SAMHAIN-ZAUBER

DIE HEXEN VON WHITE HAVEN 4

TJ GREEN

Samhain Zauber

Mountolive Publishing

ISBN Taschenbuch 978-1-991313-43-0

ISBN Hardback 978-1-991313-44-7

Umschlaggestaltung von Fiona Jayde Media

Lektorat von Missed Period Editing

Contents

Eins

A very blickte aus dem Fenster von Happenstance Books und seufzte. Der Winter stand vor der Tür.

Der Regen peitschte hernieder und Wasser strömte die Rinnsteine entlang und riss zerknüllte Blätter und Unrat mit sich. Auf der Straße befanden sich nur ein paar hartgesottene Gestalten, die von Laden zu Laden eilten und dabei zerzaust und elend aussahen.

Sie beobachtete einen jungen Mann, der sich die Straße entlangkämpfte, die Arme fest um den Körper geschlungen, um seine Lederjacke geschlossen zu halten. Er war wirklich nicht dem Wetter entsprechend gekleidet. Er hatte eine Mütze tief über den Kopf gezogen, und sie vermutete, dass sie durchnässt war.

Er hielt vor ihrem Laden an, blickte zum Schild hinauf, zögerte einen kurzen Augenblick und stieß dann die Tür auf, woraufhin die Türglocken bimmelten. Ein Schwall feuchter Luft fegte herein, bevor er die Tür hinter sich schloss und sich wie ein nasser Hund schüttelte. Er war von durchschnittlicher Größe und schmaler Statur, und seine Jeans hing ihm locker auf den Hüften. Er zog seine Wollmütze ab und wischte sich den Regen aus dem Gesicht, wodurch kurz geschorenes, hellbraunes Haar zum Vorschein kam. Er blickte auf und traf Averys Blick.

Avery lächelte. „Willkommen. Sie haben sich ja einen tollen Tag zum Einkaufen ausgesucht."

Er lächelte schwach zurück, aber es war klar, dass seine Gedanken nicht beim Wetter waren. „Ich hatte keine Wahl. Ich suche jemanden."

Avery runzelte die Stirn und spürte, dass sie bereits ahnte, was kommen würde. Seit Tagen hatte sie sich unruhig gefühlt und versucht, es auf den Wechsel der Jahreszeiten und das bevorstehende Samhain in ein paar Wochen zu schieben. Leider erklärte das nicht die ungewöhnlichen Tarot-Lesungen, die sie in letzter Zeit gehabt hatte. „Wen suchen Sie?"

Er blickte sich nervös um und bemerkte ein paar Kunden, die es sich in den Sesseln gemütlich gemacht hatten, die sie um die Auslagen und in den Ecken platziert hatte. Das Bluesalbum, das im Hintergrund spielte, trug zur entspannten Atmosphäre bei, und der Laden roch nach altem Papier und Weihrauch. Dennoch waren seine Augen von Angst erfüllt.

Avery lächelte erneut, sanft. „Kommen Sie zum Tresen und reden Sie mit mir. Niemand wird Sie hören können." Sie ging hinter die Kasse, setzte sich auf einen Hocker und hoffte, dass der junge Mann sich weniger bedroht fühlen würde, wenn etwas zwischen ihnen war.

Er folgte ihr, stützte sich auf den Tresen und senkte die Stimme. „Ich bin neu in White Haven. Ich bin vor Kurzem mit meiner Familie hierhergekommen, angezogen von der hiesigen Magie. Wir haben versucht herauszufinden, woher sie kommt – oder besser gesagt, von wem", fuhr er hastig fort, „und Sie sind eine der Personen, auf die ich es eingegrenzt habe."

Aus der Nähe konnte Avery seine Blässe unter den Bartstoppeln erkennen, und seine Angst war noch deutlicher. Trotzdem sah er ihr direkt in die Augen, als wollte er sie herausfordern, ihm zu widersprechen. Sie hielt ihre Stimme leise und ruhig. „Darf ich fragen, wie Sie Magie aufspüren können?"

„Ich habe da vielleicht eine gewisse Fähigkeit", sagte er vage.

Avery zögerte und streckte ihre Wahrnehmung aus. Sie konnte etwas Ungewöhnliches an ihm spüren, aber er fühlte sich nicht wie ein Hexer an. Er riskierte eine Menge, das merkte sie, und plötzlich kam es ihr gemein vor, so zurückhaltend zu sein. „Ihre Fähigkeiten haben Ihnen gute Dienste geleistet. Wie kann ich Ihnen helfen?"

„Mein Bruder ist krank. Er braucht einen Heiler."

„Warum bringen Sie ihn nicht zu einem Arzt?"

„Die würden zu viele Fragen stellen."

„Ich bin keine Heilerin. Jedenfalls keine gute." Seine Miene verfinsterte sich. „Aber ich kenne jemanden, der eine ist. Können Sie mir mehr erzählen?"

„Nicht hier. Später. Können Sie zu dieser Adresse kommen?" Er griff in seine Tasche, zog ein Stück Papier heraus und schob es über den Tresen.

Sie warf einen Blick darauf und erkannte die Straße. Sie verlief entlang der Küste am Hang. Auf keinen Fall würden nur sie und Briar dorthin gehen. Sie spürte zwar keine Gefahr, aber sie kannte weder ihn noch seine Familie. „Okay. Aber wir werden mehr als zwei sein, ist das in Ordnung? Wir sind alle vertrauenswürdig."

Er schluckte. „Das ist in Ordnung. Wir auch." Damit drehte er sich um und ging, ein Schwall kalter Luft wirbelte hinter ihm her.

Avery ging zum Fenster und sah ihm nach, wie er die Straße hinauflief. Sie fragte sich, woher er kam, welche Magie er besaß und wohin dieser Besuch führen würde. Es schien, als würde der relative Frieden der letzten Monate nicht anhalten.

Seit Lughnasadh, der Nacht, in der sie mit Hilfe der Nephilim die Meerjungfrauen erfolgreich abgewehrt hatten, war das Leben in White Haven ruhiger geworden. Sie und die anderen vier Hexen – El, Briar, Alex und Reuben – konnten ihren Leben nachgehen, ohne Angst vor Angriffen haben zu müssen. Ihre Magie, die von dem Bannzauber befreit worden war, schwebte immer noch über der Stadt, aber ihr Umfang hatte abgenommen. Die ungewöhnlich hohe Geisteraktivität hatte angehalten, was bedeutete, dass sie immer noch regelmäßig Bannzauber wirkten, aber die drei paranormalen Ermittler – Dylan, Ben und Cassie – überwachten das meiste davon.

Avery wurde durch eine Bewegung in ihrem peripheren Sichtfeld aus ihren Gedanken gerissen und drehte sich um, um Sally zu sehen, ihre Freundin und Geschäftsführerin, die von der Mittagspause zurückkam.

Sally runzelte die Stirn. „Du siehst tief in Gedanken versunken aus.“

„Ich hatte gerade Besuch.“

„Oh?“, fragte Sally und zog die Augenbrauen hoch.

„Er hat Angst und braucht unsere Hilfe.“

Sally wusste alles über die Kräfte von Avery und den anderen Hexen. „Du kennst ihn nicht, nehme ich an?“

„Nein. Er ist gerade erst in White Haven angekommen. Ich muss Briar und Alex anrufen.“

„Alles klar. Iss zu Mittag und lass dir Zeit. Ist ja nicht so, als würden wir uns vor Arbeit nicht retten können.“

Avery nickte und ging in den Raum im hinteren Teil des Ladens, wo es eine kleine Küche und ein Lager gab. Von hier führte eine Tür zu ihrer Wohnung über dem Laden, und sie ging hindurch und die Treppe hinauf.

Ihre Wohnung war im üblichen, chaotischen Zustand. Überall lagen Bücher verstreut, die warme Wolldecke auf dem Sofa war zerknittert und lag halb auf dem Boden, und der Raum musste dringend aufgeräumt werden. Das musste warten. Es war kühl, da die Zentralheizung niedrig eingestellt war, und sie drehte sie ein wenig auf, damit es für den Abend wärmer sein würde. Sie zog ihr Handy aus der Gesäßtasche ihrer Jeans und rief Briar an, während sie den Wasserkocher aufsetzte und etwas Suppe erhitzte.

Von allen Hexen war Briar diejenige mit dem größten Geschick für Erdmagie und Heilung. Sie führte die Apotheke „Charming Balms" und lebte allein in einem Cottage an einer der vielen Gassen von White Haven. Glücklicherweise hatte Briar an diesem Abend Zeit, und nachdem Avery sich mit ihr für sechs Uhr verabredet hatte, um sie abzuholen, rief sie Alex an und hoffte, dass er bei der Arbeit nicht zu beschäftigt sein würde.

Alex gehörte „The Wayward Son", ein Pub in der Nähe des Hafens, und er war Averys fester Freund, obwohl sie es immer total seltsam fand, ihn so zu nennen. Es klang, als wären sie vierzehn. Aber wie sonst sollte sie ihn nennen? Ihr Liebhaber? Das klang zu französisch und irgendwie schmierig. Ihr Partner? So ähnlich, aber sie wohnten nicht zusammen. Wie auch immer sie ihn nannte, er gehörte ganz ihr, war absolut heiß und sie war hin und weg. Sie waren im Sommer zusammengekommen, und es lief immer noch bestens.

„Hey, Kätzchen", sagte er, als er ihren Anruf entgegennahm. „Wie geht's dir?"

„Kätzchen! Das gefällt mir. Mir geht's gut, und dir?"

„Beschäftigt. Der Pub ist wegen des Mittagsansturms ziemlich voll. Ich weiß nicht genau, wo die Leute bei diesem Wetter alle herkommen, aber ich kann mich nicht beklagen."

„Hier ist es ruhig", erklärte sie, lehnte sich an die Theke und rührte in ihrer Suppe. „Aber das ist schon in Ordnung. Hör zu, ich komme gleich zur Sache. Ich hatte einen Besucher, niemanden, den wir kennen, aber er weiß, dass wir Hexen sind, und braucht unsere Hilfe. Hast du heute Abend Zeit?"

Sie konnte die Besorgnis in seiner Stimme hören und wie die Hintergrundgeräusche verstummten, als er den Raum wechselte. „Was meinst du damit? Er weiß über uns Bescheid?"

„Ja, aber er wollte es nicht erklären. Ich habe eine Art Magie gespürt, aber er ist keine Hexe. Er sagte, er brauche eine Heilerin, also hole ich Briar um sechs ab. Kannst du mitkommen?"

„Ja, absolut. Und ich bleibe heute Nacht bei dir, wenn das in Ordnung ist."

Sie grinste. „Natürlich. Bis später."

Es war bereits dunkel, als die Gruppe vor dem weiß getünchten Haus in der Beachside Road hielt. Es war eine viktorianische Villa mit zwei Fronten, die als Ferienunterkunft vermietet wurde. Ein Teil des vorderen Rasens war zu einer Einfahrt umfunktioniert worden, und ein alter Volvo-Kompaktwagen nahm den größten Teil des Platzes ein.

„Erster Eindruck?", fragte Briar von ihrem Platz neben Avery auf der Vordersitzbank ihres Bedford-Vans. Sie war zierlich und hübsch, und ihr langes, dunkles Haar war zu einem lockeren Pferdeschwanz zusammengebunden.

„Ich kann nichts Magisches spüren", sagte Avery, verwirrt, aber auch erleichtert.

„Ich auch nicht", stimmte Alex zu. Er saß am Ende, neben dem Beifahrerfenster, und betrachtete das Haus. Wie Briar hatte er dunkles Haar, war aber alles andere als zierlich. Er war groß und schlank, mit einem Bauchmuskelpaket zum Dahinschmelzen, und seine Arme waren mit Tattoos bedeckt. Oft trug er sein schulterlanges Haar offen, aber heute Abend hatte er es zu einem Dutt hochgesteckt, und sein Kiefer war von Bartstoppeln bedeckt. „Das macht mir Sorgen. Hast du nicht mal einen Namen bekommen?"

„Nö. Dafür ist er nicht lange genug geblieben", antwortete Avery. „Aber ich hatte bei ihm kein ungutes Gefühl. Er hatte einfach nur Angst."

„Kommt schon", sagte Briar und drängte Alex, sich zu bewegen. „Wenn jemand verletzt ist, müssen wir uns ranhalten."

Der Regen peitschte immer noch herab, und sie rannten den Weg hinauf und suchten unter dem Vordach Schutz, als Avery an die Tür klopfte.

Eine junge Frau mit langen, lila Haaren öffnete die Tür und zog eine finstere Miene. „Wer seid ihr?"

„Reizend", sagte Alex amüsiert. „Wir wurden eingeladen."

Eine Stimme schrie: „Piper! Du weißt verdammt noch mal, wer das ist. Lass sie rein."

Piper funkelte sie an, drehte sich dann um und stapfte davon, sodass die Hexen sich selbst hereinbitten mussten.

Briar grinste und schloss die Tür hinter ihnen. „Sie scheint ja ein Spaßvogel zu sein."

Sie standen in einem großen Flur mit Türen auf beiden Seiten, und geradeaus führte eine Treppe ins Obergeschoss. Piper war bereits verschwunden, aber der Mann, den Avery zuvor getroffen hatte, eilte die Treppe herunter und sah sowohl erleichtert als auch gestresst aus. „Danke, dass Sie gekommen sind. Ich war mir nicht sicher, ob Sie es tun würden. Folgen Sie mir." Er drehte sich sofort um, um wieder die Treppe hinaufzugehen.

Alex rief ihn zurück. „Moment mal, Freundchen. Bevor wir weitermachen: Wer sind Sie, und was ist hier los?"

Er stand einen Moment lang sprachlos da, dann schien er sich zu fangen. „Entschuldigung. Ich kann keinen klaren Gedanken fassen. Ich bin Josh." Er schüttelte ihre Hände. „Mein Bruder ist sehr krank, und ich fürchte, er könnte es nicht überleben. Das ist es auch, was Piper so fertig macht. Sie hat eine seltsame Art, das zu zeigen. Sehen Sie, ich verstehe, dass Sie besorgt sind, aber ich bin keine Bedrohung. Es ist einfacher, wenn ich es Ihnen einfach zeige."

Es schien, als sei das alles, was sie aus Josh herausbekommen würden, und er rannte die Treppe hinauf. Alex warf Briar und Avery einen Blick zu und folgte ihm. Avery spürte bereits, wie sich ihre kombinierte Magie sammelte, aber sie nahm immer noch keine Magie von anderswo wahr. Sie ließ ihren Blick ein letztes Mal durch den Flur schweifen und folgte dann den anderen die Treppe hinauf.

Im ersten Stock bemerkte Avery einen seltsamen Geruch. Sie rümpfte die Nase. Er war merkwürdig, unangenehm und aufdringlich.

Josh führte sie in ein Zimmer an der Rückseite des Hauses, und sobald sie eintraten, verstärkte sich der Geruch und Avery musste einen Würgereiz unterdrücken.

Sie waren in einem großen Schlafzimmer, und in dem Doppelbett in der Mitte des Raumes lag ein Mann, der sich in einem unruhigen Schlaf wand. Eine junge Frau saß neben ihm, beobachtete ihn besorgt und versuchte, seine Hand zu halten. Sie blickte auf, als sie eintraten, und eine Mischung aus Angst und Erleichterung überkam sie.

Was ist hier los?

Der Mann war von einem Schweißfilm überzogen, und sein Haar klebte ihm am Kopf. Sein Oberkörper war nackt, aber der größte Teil seines Rumpfes und einer seiner Arme war in verschmutzte Verbände gewickelt, und von diesen Wunden ging der Geruch aus.

Briar rannte nach vorne. „Bei der Großen Göttin! Was zum Teufel ist mit ihm passiert? Seine Wunden sind infiziert!"

Die junge Frau stand auf und ging aus dem Weg. „Können Sie ihm helfen?"

Briar würdigte sie kaum eines Blickes. „Ich werde es versuchen. Ihr hättet früher zu mir kommen sollen. Wie ist sein Name?" Sie stellte ihre Kiste mit Kräutern, Salben und Tränken auf den Boden und begann, die Verbände des Mannes abzulösen. Er schrie sofort auf, fuchtelte mit den Armen, und Alex sprang vor, um ihn festzuhalten.

Josh erklärte: „Das ist Hunter, mein älterer Bruder. Und das ist meine Zwillingsschwester Holly."

Holly nickte ihnen kurz zu und beobachtete dann wieder hilflos ihren Bruder. Avery konnte die Ähnlichkeit zwischen ihr und Josh erkennen. Beide hatten hellbraunes Haar und haselnussbraune Augen, obwohl Holly kleiner war als ihr Bruder und ihr Haar ihr als welliger Bob auf die Schultern fiel. Der Mann, der sich auf dem Bett wand, hatte dunkles, fast schwarzes Haar, war leicht gebräunt und von muskulösem Körperbau.

Avery fragte: „Was ist mit ihm passiert?"

Josh blickte ihr kurz in die Augen und sah dann wieder zu Hunter. „Er wurde vor einigen Tagen angegriffen. Wir waren unterwegs und sind erst vor Kurzem hier angekommen. Es hat eine Weile gedauert, Sie aufzuspüren."

Avery sah zu, wie Briar zu einer scharfen Schere griff, um die Verbände aufzuschneiden. Avery zuckte zurück, als ihr der Geruch in die Nase stieg, und keuchte dann beim Anblick der Wunden. Er hatte lange, tiefe Klauenspuren auf Brust, Rücken und linkem Arm, die entzündet waren und aus denen Eiter sickerte. Als Briar das Laken wegzog, sahen sie weitere Verbände um seine Beine.

Alex blickte auf. „Was zur Hölle hat das angerichtet? Und warum sind Sie nicht zu einem Arzt gegangen?"

„Weil sie die Polizei eingeschaltet hätten", erklärte Josh. „Das konnten wir uns nicht leisten."

Während sie beobachteten, wie Hunter sich wand und drehte, witterte Avery Magie und sah sich alarmiert um. Briar und Alex mussten sie ebenfalls gespürt haben, denn sie hielten einen Moment lang inne.

„Was verursacht das?", fragte Avery scharf und hob abwehrbereit die Hände.

„Was?", fragte Josh mit großen Augen.

„Magie. Wir können sie jetzt spüren."

„Oh nein", antwortete er. „Er verwandelt sich wieder."

„Er tut was?"

Doch Avery konnte die Frage kaum beenden, als Hunter auf seltsame Weise zu flimmern begann, als ob sein Körper schmelzen würde, und sich seine Gestalt dann in die eines riesigen Wolfes verwandelte, der knurrend und sich windend auf dem Bett lag.

„Heilige Scheiße!", rief Alex aus und sprang rückwärts aus dem Weg seiner schnappenden Kiefer. „Er ist ein *Shifter*! Warum zur Hölle haben Sie uns nicht gewarnt?"

„Weil wir gehofft haben, dass Sie es nicht wissen müssten", sagte Holly unter Tränen und eilte mit Josh nach vorne, um zu versuchen, ihren Bruder zu beruhigen. Im Bruchteil einer

Sekunde verwandelte auch sie sich in einen Wolf, ließ ihre Kleidung zurück und sprang auf das Bett. Sie jaulte, und ihre Anwesenheit schien Hunter zu beruhigen. Innerhalb von Sekunden lag er wieder schwer atmend auf dem Bett. Seine Wunden sahen in dieser Gestalt noch schlimmer aus, wenn das überhaupt möglich war; sein Fell war verfilzt und blutverschmiert.

Avery ließ die Hände sinken und seufzte schwer. „Sie sind alle Shifter?"

„Ich fürchte ja", sagte Josh mit einem schwachen Lächeln.

„Also wurde er wohl von einem anderen Shifter angegriffen?"

„So könnte man es sagen."

Briar stützte sich auf den Fersen ab. „Das wird die Sache wahrscheinlich etwas kniffliger machen."

„Aber können Sie trotzdem helfen?"

„Ja! Ich bin eine gute Heilerin, aber ich habe nur begrenzte Erfahrung mit Shiftern."

So wie gar keine, dachte Avery, genau wie der Rest von ihnen.

Briar fuhr fort: „Verwandelt er sich im Moment oft?"

Josh nickte. „Er scheint es nicht kontrollieren zu können. Seine Verwandlung dauert nicht lange, aber wir glauben, dass sie seiner Heilung im Weg steht. Seine Wunden reißen immer wieder auf und wir bekommen sie nicht sauber."

Sie nickte und dachte eine Sekunde nach. „Ich muss ihm ein Beruhigungsmittel geben. Das wird ihn beruhigen und hoffentlich daran hindern, sich zu verwandeln."

„Haben Sie dafür einen Zauber?", fragte Josh.

Briar zuckte mit den Schultern. „Theoretisch. Ich werde ihn stärker als gewöhnlich machen müssen. Ich brauche Eure Küche, um einen der Tränke, die ich bei mir habe, leicht zu verändern."

„Ich nehme an, Sie sind dann alle Hexen?", fragte Josh. „Ich meine, ich dachte, das hätte ich gespürt, aber ich war mir nicht sicher."

„Ja, das sind wir", sagte Avery. „Aber wir reden später. Lassen Sie Briar jetzt erst einmal ihre Magie wirken."

Zwei

Josh begleitete Briar in die Küche und ließ Avery mit Alex und den beiden Gestaltwandlern zurück.

Alex sah über das Bett zu Avery. „Na, das ist mal was Neues." Sie grinste. „Nicht wahr?"

„Ich wünschte nur, ich hätte nicht das Gefühl, dass sie Ärger mitgebracht haben."

„Sie wirken harmlos – für Wölfe. Wenigstens sind es keine Meerjungfrauen", sagte sie und bezog sich auf den Sommer, in dem sie von den Töchtern von Llyr angegriffen worden waren. Sie sah Holly an. „Kannst du mich verstehen, Wölfchen?"

Holly schlug mit dem Schwanz auf das Bett und Avery lachte. „Das ist so seltsam." Sie wurde ernst, als sie Hunter ansah. „Es steht schlimm um ihn."

„Briar wird ihn schon wieder hinbekommen", sagte Alex zuversichtlich. „Wenn sie Dämonenverbrennungen heilen kann, kann sie auch eine Infektion aufhalten."

„Sie klingen, als kämen sie von irgendwo aus dem Norden", bemerkte Avery. „Cumbria oder Lancashire, vielleicht."

„In dem Fall haben sie einen weiten Weg zurückgelegt, um hierherzukommen. Ich frage mich, wovor sie fliehen?"

„Nicht wovor, sondern vor wem", sagte eine junge, patzige Stimme hinter ihnen.

Piper. Sie stand in der Tür, schmollte in ihren tief sitzenden Jeans und dem T-Shirt, ihre hellbraunen Augen mit dunkelviolettem Make-up geschminkt, das zu ihren Haaren passte.

„War es eine Art Revierkampf?", fragte Alex, der an der Wand lehnte und Hunter wachsam im Auge behielt.

„Ja. Und wir haben verloren. Oder besser gesagt, er hat verloren. Und jetzt sitzen wir hier fest, meilenweit von zu Hause entfernt." Ihre Stimme troff vor Groll und Holly knurrte sie an, und bevor sie Piper noch etwas fragen konnten, drehte sie sich mit einem Schwung um und verschwand.

„Sie ist wirklich ein Schatz", sagte Alex trocken. „Ich mag sie jedes Mal mehr, wenn ich sie sehe."

Avery blickte zu Holly, die nun beobachtete, wie Hunter im Schlaf wimmerte und zuckte, als ob er träumte.

„Ich kann mir vorstellen, dass die letzten Tage für sie alle ein Albtraum waren", bemerkte Avery.

Innerhalb weniger Minuten kehrte Briar mit Josh zurück und trug einen sanft dampfenden Trank. Josh trug eine Schüssel mit heißem Wasser. Kaum hatte Briar sich am Bett niedergelassen, als Hunter erneut schimmerte und sich in seine menschliche Gestalt zurückverwandelte. „Oh, gut. Das wird das Leben einfacher machen", sagte sie. „Alex, hilf mir bitte, seinen Kopf anzuheben."

Gemeinsam manövrierten sie Hunter in eine sitzende Position und Briar träufelte den Trank zwischen seine Lippen, während sie einen Zauberspruch flüsterte. Innerhalb von Sekunden entspannte er sich und seine Atmung vertiefte sich, und Alex legte ihn wieder auf das Bett.

„So, Zeit, dieses Chaos zu beseitigen", sagte Briar entschlossen. Sie wählte eine Auswahl an Kräutern aus, ließ sie ins Wasser fallen und begann dann, die Wunden mit einem weichen Tuch zu reinigen.

„Also, was ist passiert?", fragte Avery Josh. „Piper sagte, er habe einen Kampf verloren."

„Wir leben in einem kleinen Weiler in Cumbria namens Chapel Stile. Er liegt direkt im Zentrum des Lake District und ist perfekt für Gestaltwandler. Er ist abgelegen und es gibt viel Platz für uns. In der Gegend leben einige Gestaltwandler-Familien, und wir kommen im Allgemeinen gut miteinander aus. Bis vor Kurzem." Er verstummte für einen Moment, und Avery fragte sich, ob das alles war, was er ihnen erzählen würde, aber dann rieb er sich das Gesicht und seufzte. „Das Oberhaupt einer der anderen Familien ist kürzlich gestorben und sein Sohn hat übernommen. Er ist jetzt der Alpha des Rudels. Er führt einige neue Regeln ein und sie haben uns nicht gefallen. Hunter hat sich ziemlich lautstark darüber geäußert, und er wurde angegriffen."

„Wenn du mir die Bemerkung erlaubst, das klingt ziemlich mittelalterlich", sagte Avery und fragte sich, wie schlimm die neuen Regeln sein konnten, dass jemand deswegen kämpfen wollte.

„Das ist es. So etwas ist seit Jahren nicht mehr passiert." Er sah Avery endlich in die Augen. „Wir wurden überrascht. Hunter ist ein guter Mann. Er passt auf uns auf, und er hatte schon so einige Kämpfe – Gestaltwandler sind immer territorial –, aber dieser Kampf war wirklich bösartig."

Avery sah sich Hunters Wunden an. „Es sieht aus, als hätte er versucht, ihn zu töten."

Josh nickte grimmig. „Ich glaube, das hat er."

„Du hättest die Rechnung begleichen sollen, Josh." Piper sprach wieder von hinten. Sie lehnte sich an den Türrahmen, ihr Ton war anklagend.

„Halt den Mund, Piper", fuhr er sie an. „Du redest wie immer nur Blödsinn. Wenn ich gekämpft hätte, dann würden wir beide in diesem Schlamassel stecken, und du und Holly hättet große Schwierigkeiten. Du weißt, wie Cooper ist. Er ist ein frauenfeindlicher Tyrann."

Sie funkelte ihn an, senkte aber den Blick zu Boden, scheinbar zustimmend. „Ich will nach Hause."

Joshs Ton wurde weicher. „Das will ich auch, aber ich bin nicht sicher, ob das noch möglich ist."

„Habt ihr euer Haus verloren?", fragte Avery ungläubig.

„Nein. Ich meinte nur, es wäre gefährlich, zurückzukehren. Wir müssen vielleicht verkaufen. Dürfen wir hier leben, zumindest für den Moment?"

Avery war sprachlos, aber Alex schnaubte von der anderen Seite des Bettes, wo er Briar half. „Kumpel, du brauchst nicht unsere Erlaubnis. Bleibt hier, so lange ihr wollt."

„Er hat recht, uns gehört White Haven nicht", stimmte Avery zu, verwirrt von seiner Frage. „Ihr könnt hier leben, wenn ihr das entscheidet."

„Gibt es andere Gestaltwandler in der Gegend?"

„Nicht, dass ich wüsste", antwortete sie. „Aber andererseits überrascht uns dieser Ort in letzter Zeit ständig."

„Wir mögen die wilden Gegenden – die Moore, die Gipfel und die Seen. Aber ihr seid hier am Rande des Moores."

„Ja, und es gibt hier seltsamere Dinge als Gestaltwandler, das kann ich dir versichern", sagte sie und dachte an die Nephilim. „Gibt es Hexen in Cumbria?"

„Oh ja. Und sie sind mit Cooper verbündet."

„Wir verbünden uns mit niemandem außer miteinander", erklärte Alex. „Besteht die Gefahr, dass dir jemand hierher gefolgt ist?"

„Ich hoffe nicht", sagte Josh und wich ihrem Blick aus.

Avery beschlich das schreckliche Gefühl, dass er sich da nicht sicher war.

Am nächsten Abend traf Avery die anderen Hexen in Alex' Wohnung über dem Pub, und Newton, ihr Freund, der Detective Inspector, stieß zu ihnen.

Sie hatten thailändisches Essen bestellt, und köstliche Aromen erfüllten den Raum. Reuben hatte sich wie üblich den Teller vollgeladen und saß mit diesem auf dem Knie balancierend auf dem Sofa. Er und El waren ein Paar und El verbrachte viele ihrer Wochenenden auf Greenlane Manor, Reubens riesigem Anwesen. Beide waren groß und blond, entspannt und passten gut zusammen. Briar war Single, und obwohl es eine Zeit lang so aussah, als hätten sie und Newton etwas am Laufen, war es seit ihrem Kampf mit den Meerjungfrauen im Sande verlaufen. Newton hatte immer noch Schwierigkeiten, ihre Magie mit seinem Beruf in Einklang zu bringen. Er hatte auch damit zu kämpfen, dass die Nephilim blieben, und er war auch nicht gerade begeistert, dass nun auch noch Shifter in White Haven aufgetaucht waren.

„Shifter? Meinst du Gestaltwandler?"

„Ich kenne keine andere Art von Shifter", sagte Briar verärgert.

„Wie lange wollen sie denn bleiben?"

Sie sah ihn finster an. „So lange, wie sie müssen! Und Hunter ist schwer verletzt, also muss er bleiben, bis es ihm besser geht. Das könnte Wochen dauern."

„Wie ging es ihm heute Abend?", fragte Alex sie.

„Etwas besser. Seine Wunden riechen nicht mehr. Aber er wird Narben zurückbehalten."

„Hat er sich immer noch unkontrolliert verwandelt?", fragte Avery.

„Nein. Mein Beruhigungsmittel hat das in den Griff bekommen. Er ist heute Morgen aufgewacht und hat etwas gegessen, und dann habe ich ihm wieder eine Dosis für den Tag gegeben."

„Er war wach? Das ist doch gut, oder?", fragte El von ihrer Lieblingsecke auf dem Sofa aus. „Ich würde sie gerne kennenlernen."

„Das wirst du auch, aber sie halten sich erst einmal zurück, bis es Hunter besser geht", erklärte Briar.

„Also, ich finde, ich sollte ihn treffen", sagte Newton entschieden. „Wir wollen hier keinen Ärger."

Briar funkelte ihn wieder an. Sie hatte in letzter Zeit sehr wenig Geduld mit Newton. „Sie werden keinen Ärger machen! Hör auf, so patriarchalisch zu sein."

„Ich bin Kriminalbeamter. Das ist mein Job."

„Dein Job ist es, Morde aufzuklären. Sie haben niemanden ermordet!"

Eine unangenehme Stille trat ein, und Reuben sprang ein. „Also, ich habe neulich von Gabreel gehört, oder Gabe, wie er lieber genannt wird."

„Dem Nephilim?", fragte Alex.

„Nun, ich kenne keinen anderen Gabreel", sagte Reuben mit einem Grinsen.

„Was wollte er?"

„Einen Job für Asher, einen seiner geflügelten Kumpel." Reuben besaß die Greenlane Gärtnerei, und obwohl es die Wintermonate waren, hatten sie immer noch ein paar große Gewächshäuser, die sie für die Frühlings- und Sommermonate gefüllt hielten. Sie verkauften auch viele Sträucher, die den Laden das ganze Jahr über am Laufen hielten.

„Ein Nephilim, der gerne gärtnert. Nett“, sagte Avery. „Hast du ihm einen Job angeboten?“

„Ja, habe ich. Ein paar der Teenager, die wir angestellt hatten, sind vor ein paar Wochen an die Uni gegangen, also kann er für sie einspringen. Er fängt nächste Woche an. Auch ganz legal. Sie haben Papiere und alles.“

Newton sah misstrauisch aus. „Woher haben die das?“

„Weiß ich nicht und ist mir auch egal“, sagte Reuben und schob sich einen weiteren Bissen Nudeln in den Mund.

„Seltsam, dass du das sagst“, meinte Alex. „Gabreel war auch bei mir und hat nach einem Job gesucht. Na ja, eigentlich für Amaziah. Kurz Zee. Er fängt also nächste Woche hinter der Bar an.“

„Welcher ist das?“, fragte El mit gerunzelter Stirn. „Ich versuche gerade, den Namen Gesichter zuzuordnen.“

„Habichtsnase, schwarze Haare, dunkle Haut – falls das hilft?“

„Vage. Das letzte Mal habe ich sie in einem Sturm gesehen, und um ehrlich zu sein, kann ich mich nicht mehr genau an sie erinnern.“

„Na ja, es klingt so, als würden wir einige von ihnen viel öfter sehen“, sagte Alex und nahm sich noch mehr zu essen.

Briar sah nachdenklich aus. „Ich könnte einem von ihnen eine Teilzeitstelle anbieten. Cassie kann nur noch an ein paar Tagen aushelfen, jetzt wo das Semester wieder angefangen hat.“

Cassie war eine der Geisterjägerinnen, die sie im Sommer kennengelernt hatten; sie hatte angefangen, mit Briar zu arbeiten, um etwas über Magie zu lernen und ein paar einfache Zauber zu erlernen, die bei ihren paranormalen Ermittlungen helfen sollten. Sie studierte Parapsychologie an der Penryn University mit Ben. Dylan, das dritte Mitglied, studierte englische Folklore.

Newton runzelte die Stirn und sah aus, als würde er sich gleich wieder beschweren, aber Briar warf ihm einen herausfordernden Blick zu und er entschied sich klugerweise, nichts zu sagen. Avery versuchte, sich ein Grinsen zu verkneifen. Alex nickte jedoch nur. „Großartig, ich lasse es Gabreel wissen. Ich glaube, er versucht, als langfristigen Plan ein Sicherheitsunternehmen aufzubauen, was irgendwie Sinn ergibt. Ich glaube, einige der anderen haben es geschafft, in der ganzen Stadt Barkeeper-Jobs zu bekommen."

El stellte ihren leeren Teller auf den Couchtisch. „Also, was machen wir dieses Jahr zu Samhain? Ich nehme an, wir werden zusammen feiern?"

Samhain, oder Allerheiligenabend, war eines der wichtigsten Daten im Kalender für Hexen, einer der acht Sabbate, und sie hatten es sich zur Gewohnheit gemacht, sie gemeinsam zu feiern. Die Feierlichkeiten bestanden aus Festmählern, dem Feiern des Wechsels der Jahreszeiten und der Festigung ihrer Beziehungen zueinander. Es war auch eine Zeit, um der Toten und ihrer Ahnen zu gedenken. Die Energie solcher Zusammenkünfte war beträchtlich, aber im Allgemeinen wurde keine Magie praktiziert.

Avery stöhnte. „Genevieve will, dass wir mit den anderen Zirkeln feiern. Das kam beim letzten Treffen zur Sprache. Ich wollte es euch schon die ganze Zeit erzählen."

Genevieve Byrne war die Anführerin des Hexenrats, der die dreizehn Zirkel von Cornwall regierte, und Avery war die Vertreterin von White Haven. Die Treffen fanden alle paar Monate statt, und das letzte war erst vor wenigen Tagen gewesen. Avery hatte die Einladung zu den Lughnasadh-Feierlichkeiten ausgeschlagen, nachdem Genevieve sich geweigert hatte, bei der Verteidigung von White Haven gegen die Meerjungfrauen zu helfen. Sie empfand immer noch eine diebische Freude darüber,

Genevieve gesagt zu haben, wo sie sich die Einladung hinstecken konnte.

„Wirklich?", fragte Briar aufgeregt. „Ich würde liebend gerne alle kennenlernen!"

„Ich auch!", stimmte El zu. „Du nicht auch?"

„Ich schätze schon", sagte Avery und zuckte mit den Schultern. „Ich mag es, wenn wir unser eigenes Ding machen, aber es wird eine gute Gelegenheit sein, all die anderen Zirkel zu treffen."

„Ich bin dabei", sagte Reuben, der endlich aufgegessen hatte. „Eine riesige Party. Klingt super!"

Alex lächelte und zwinkerte Avery zu. „Klingt, als wäre das ein Ja von uns. Wo treffen wir uns alle?"

„Bei Rasmus zu Hause. Er hat ein großes Anwesen am Rande von Newquay, umgeben von einem Wald. Es ist anscheinend sehr privat. Dort feiern die Zirkel alle Sabbate. Ich werde mich mit Genevieve in Verbindung setzen und ihr die gute Nachricht überbringen."

Drei

Am nächsten Tag war Samstag, der Regen hatte nachgelassen, und vom strahlenden Herbstsonnenschein beflügelt, hatte Sally begonnen, den Laden für Halloween zu schmücken.

„Findest du nicht, das ist ein bisschen zu viel Dekoration?", bemerkte Avery vom Tresen aus. Sally hängte gerade Spielzeugskelette, Hexen und Ghule in die Fenster und um die Regale. Auf dem Tresen lagen Lichterketten und im hinteren Raum des Ladens türmte sich ein Berg von falschen Kürbissen, bereit, jede Lücke zu füllen.

„Nein. Je mehr, desto besser. Es ist Halloween, Avery, in weniger als zwei Wochen! Das wichtigste Datum in White Haven!" Sie grinste, ihr Gesicht war gerötet, die Haare hatte sie auf dem Kopf hochgesteckt und die Ärmel hochgekrempelt. „Ich habe Pläne für die Ecke im Nebenraum. Du richtest sie als Leseecke ein, und wir werden abends Gruselgeschichten für Kinder vorlesen. Ich habe das schon mit der örtlichen Schule abgesprochen."

„Hast du das?", fragte Avery und ihr Herz sank ihr in die Hose. Jede Menge Kinder in ihrem Laden. Die würden alles auf den Kopf stellen! Sie blickte sich bei ihren ordentlichen Auslagen um und versuchte, diese Vorstellung aus ihrem Kopf zu verbannen.

Sally seufzte. „Avery, vertrau mir. Das wird eine Menge Kunden anlocken, und die Eltern werden da sein, um sie zu beaufsichtigen.“

„Wer wird ihnen vorlesen?“, fragte sie. Hoffentlich bin das nicht ich, dachte sie.

„Ich natürlich“, sagte Dan, der vom anderen Ende des Raumes, wo er sich mit einigen Kunden unterhalten hatte, zu ihnen stieß. Dan war Averys Assistent, der nebenbei Anglistik studierte. Er war auch Nixie, einer der Meerjungfrauen, nur knapp dem Tod entronnen. „Das wird ein Spaß.“

„Großartig“, sagte Avery, leicht erleichtert. „Ich nehme an, ich muss trotzdem irgendetwas tun?“

„Ja. Du wirst, wie wir auch, verkleidet sein und den Kunden helfen, sich mit Büchern und ihrem okkulten Bedarf einzudecken.“

Avery kniff die Augen zusammen. „Was meinst du mit verkleidet?“

Sowohl Sally als auch Dan sahen sehr zufrieden mit sich aus, und Avery beschlich ein ungutes Gefühl.

„Also“, sagte Dan, „ich werde Dracula sein. Ich habe einen sehr langen, wallenden Umhang, in den ich mich hüllen kann. Ich kann es kaum erwarten.“

Avery zog eine Augenbraue hoch. „Wirklich? Ich hätte dich nicht für den Typen gehalten, der auf Verkleidungen steht.“

„Es gibt vieles, was du nicht über mich weißt, Avery“, sagte er mit einer gewissen Lässigkeit. „Sally wird als Zombie verkleidet sein. Und rate mal, was du sein wirst?“

„Bitte sag nicht, eine Hexe.“

„Natürlich wirst du eine Hexe sein.“

Sie senkte ihre Stimme. „Ist das nicht ein bisschen zu offensichtlich, in Anbetracht der Umstände?“

„Nein. Es ist perfekt. Sehr meta.“

Sally stimmte zu. „Ich habe dir schon einen großen Hexenhut gekauft.“

„Das ist doch ein Scherz! Das haben wir die anderen Jahre nie gemacht!“

„Veränderung ist gut“, beharrte Sally. „Außerdem will der Stadtrat daraus ein richtig gutes Festival machen, da Lughnasadh ja früher als geplant zu Ende ging.“

Das war ihre Schuld, dachte Avery, da sie Eve, eine Wetterhexe aus St. Ives, hatten bitten müssen, einen riesigen Sturm zu erzeugen, um ihren Kampf mit den Meerjungfrauen am Strand zu vertuschen. Es hatte funktioniert, aber infolgedessen waren die Menschenmengen früher als üblich vom Strand geflohen.

Sally fuhr fort: „Und Stan, unser Stadtrat und Druide in Personalunion, wird alle Läden inspizieren.“

„Ich geb's auf“, erklärte Avery. „Na gut. Ich nehme an, es wird schon in Ordnung sein.“

„Es wird großartig, vertrau uns“, sagte Dan grinsend. „Ich kann es kaum erwarten, dich im Kostüm zu sehen.“

„Sei vorsichtig“, sagte Avery, „sonst verfluche ich dich noch.“

Sie wurden durch die Ankunft von Ben, einem der Geisterjäger, unterbrochen. Avery wandte sich erleichtert an ihn. „Hey, Ben. Gut beschäftigt?“

Ben war von durchschnittlicher Größe, hatte einen stämmigen Körperbau und kurzes, dunkles Haar. Er trug Jeans, einen Kapuzenpullover von der Uni und eine darüber geworfene Jacke. Er begrüßte die anderen und sagte dann: „Zu beschäftigt. Die Geistersichtungen nehmen zu, besonders um die Old Haven Church.“

„Wirklich? Ich dachte, die Lage hätte sich beruhigt.“

„Dachte ich auch, aber nicht mehr.“

„Halloween-Magie?“, fragte Dan mit großen Augen.

„Ach, bitte“, sagte Avery. „Vermisst du die ganze Action vom Sommer?“

„Nicht wirklich. Ich lass euch dann mal machen“, sagte er verlegen, und er und Sally machten sich wieder daran, den Laden zu schmücken.

Ben griff in seine Tasche und zog sein Handy heraus. „Ich frage mich, ob das hier etwas damit zu tun haben könnte. Ich habe ein paar Dinge fotografiert, die wir an den Bäumen rund um den Friedhof hängen sahen.“

Er zeigte Avery ein Foto von einem Bündel Zweige in Form eines Pentagramms, das hoch oben am Ast eines Baumes befestigt war.

Avery runzelte die Stirn. „Das ist seltsam. Ich frage mich, wie lange das schon dort hängt.“

„Noch gar nicht lange. Wir überprüfen die Gegend normalerweise jedes Mal, wenn wir dort hochgehen, was ziemlich häufig vorkommt. Wir haben ein paar Nachtsichtkameras aufgestellt, die uns der Pfarrer zur Verfügung gestellt hat.“

„Der Pfarrer? James?“

„Ja, derselbe, der sich um die Church of All Souls kümmert. Er ist nach den Ereignissen dort in Kontakt geblieben“, sagte er bedeutungsvoll und bezog sich auf das Erscheinen der Nephilim und den Tod von Harry, dem Küster. Avery war erstaunt. Sie hatte keine Ahnung gehabt, dass er mit Ben und den anderen in Kontakt geblieben war.

„Warum hast du nichts gesagt?“

„Ich habe nicht daran gedacht. Wie auch immer, das ist ein erwiesener Spukort, also behalten wir ihn gerne im Auge. Das hier“, sagte er und deutete auf das Foto, „ist in der letzten Woche aufgetaucht.“

Avery war ratlos. Wer konnte die nur auf dem Kirchengelände platziert haben? Gab es in der Gegend noch eine andere Hexe, von der sie nichts wussten? Und was wollten sie damit bezwecken? Sie traf eine Entscheidung. „Zeig es mir."

Die Old Haven Church sah im schwachen Sonnenschein wunderschön aus. Die großen, grauen Blöcke aus lokalem Stein, aus denen sie gebaut war, sahen im Licht golden aus, und lange Schatten zogen bereits über die alten, mit Flechten bewachsenen Grabsteine.

Avery blickte hinüber zum Mausoleum der Jacksons, in dem Gil, Reubens Bruder, erst vor wenigen Monaten zu Beginn des Sommers beigesetzt worden war. Darunter befand sich ein verborgener Raum, in dem sich frühere Generationen von Hexen versammelt hatten, um magische Riten zu zelebrieren. Sie schauderte. Es war ein unheimlicher Ort, und sie hoffte, nie wieder dorthin zurückkehren zu müssen. Ben hatte keine Ahnung von dem verborgenen Raum, aber er wusste alles über Reubens Bruder und wie er gestorben war.

Die Kirche war abgeschlossen und das Gelände verlassen, und Ben führte sie auf gewundenen Pfaden zwischen den Gräbern hindurch zu einem älteren Teil des Friedhofs auf der Rückseite. Die Old Haven Church lag außerhalb der Stadt, hoch auf dem Hügel über der Küste, und es fanden dort kaum noch Gottesdienste oder Beerdigungen statt. Gils war wegen des Familienmausoleums eine Ausnahme gewesen.

Am Rande der ältesten Gräber auf der Rückseite des Friedhofs befand sich ein kleines Wäldchen. Die Bäume waren eine

Mischung aus hauptsächlich Eichen und Buchen mit etwas buschigem Unterholz, und zu dieser Jahreszeit waren ihre Äste kahl, bis auf ein paar hartnäckige Blätter, die sich noch hielten. Das restliche Laub lag als dicker Teppich auf dem Boden.

„Hier haben wir die Kameras aufgestellt", erklärte Ben und deutete auf ein paar Geräte, die an einer geschützten Stelle am Rande des Wäldchens standen und durch einen Holzkasten vor der Witterung geschützt waren. „Wir haben herausgefunden, dass an diesem Ort am ehesten Geistererscheinungen auftreten – wahrscheinlich, weil es der älteste Teil des Geländes ist. Wir richten die Kameras auf die Gräber. Aber die komischen Zweig-Dinger sind weiter drinnen."

Das Wäldchen war wild und ungepflegt, und er führte Avery durch das Gewirr aus Ästen, über umgestürzte, moosbewachsene Baumstämme und verrottende Stämme zu einer kleinen Lichtung. Er deutete auf einen Gegenstand, der von dem Ast eines riesigen, knorrigen Baumes in der Mitte baumelte, Zweige und Federn, die zu einer seltsamen Form zusammengebunden waren. „Hat das Ding einen Namen?"

Avery runzelte die Stirn, verwirrt darüber, wer sie dort hingebracht hatte. „Hexenrunen, Hexenzweige, Zauberwirker. Die haben viele Namen. Ihre Absicht ist es eher, davor zu warnen, dass eine Hexe in der Nähe ist, und auch, um andere zu erschrecken. Auf Uneingeweihte wirken sie unheimlich. Aber warum sind sie hier?"

Ben sah genauso ratlos aus wie sie. „Könnte Reuben sie hier angebracht haben? Wegen seines Bruders?"

„Nein. Das ist nicht Reubens Stil. Es ist ziemlich altmodisch, um ehrlich zu sein." Avery trat näher und kniff die Augen zusammen, um es besser zu sehen. „Ich bin mir nicht sicher, ob ich dieses Zeichen erkenne.“ Sie zog ihr Handy aus der Tasche und machte ein Foto davon, um es später nachzuschlagen.

„Warum nimmst du es nicht mit?“, fragte Ben.

„Ich weiß nicht, wer es dort angebracht hat, und ich möchte lieber nicht, dass sie wissen, dass wir wissen, dass es hier ist. Und ich kann die Magie um sie herum spüren. Ich nehme nicht an, dass du irgendwelche Aufnahmen von der Person hast, die es dort platziert hat?“

„Nein. Sie haben die Kameras offensichtlich entdeckt.“ Er zuckte mit den Schultern. „Ich meine, wir haben nicht versucht, sie zu verstecken. Und wer auch immer diese Dinger hier angebracht hat, hätte sich aus jeder Richtung nähern können. Dieses Wäldchen grenzt an Felder, zwischen denen nur die niedrige Kirchenmauer liegt.“

Avery sah sich erstaunt um. „Ich wusste ehrlich nicht, dass das Wäldchen so groß ist, und ich wusste ganz sicher nicht, dass es in der Mitte eine Lichtung gibt.“ Sie drehte sich um und untersuchte die umliegenden Bäume sorgfältig, um zu sehen, ob sich im Gewirr der Äste noch weitere versteckten, aber außer den paar, von denen Ben ihr erzählt hatte, konnte sie keine sehen. Und dann dämmerte es ihr und sie stöhnte auf. „Das ist eine Eibe. Das ändert alles.“

Ben sah verwirrt aus. „Warum?“

„Weil Eiben eine enorme Bedeutung haben. Sie stehen auf Friedhöfen im ganzen Land. Manche haben mehrere, viele stehen an den Toren der Kirche. Sie schützen vor dem Bösen, aber sie sind auch Wächter der Unterwelt, des Todes und des Jenseits. Kirchen wurden absichtlich neben ihnen gebaut“, grübelte sie, „nicht andersherum. Viele Eiben sind Hunderte, wenn nicht Tausende von Jahren alt.“

„Ein weiterer Fall, in dem Christen auf heidnische Traditionen aufgesprungen sind?"

„Absolut. Sie sind eine mächtige Kraft zum Schutz vor dem Bösen." Avery deutete darauf. „Sieh ihn dir an. Der Stamm ist nicht wie bei einem normalen Baum. Er hat mehrere Stämme, die einen Baum bilden, und je älter er wird, desto mehr höhlen sich die Stämme aus und schaffen einen Raum im Inneren des Baumes. Er behält seine Nadeln das ganze Jahr über, und jeder Teil von ihm ist giftig."

Ben trat in den Hohlraum. „Man kann direkt in diesen hier hinein- und durch ihn hindurchgehen. Er ist riesig."

Avery runzelte die Stirn. „Ich werde noch ein bisschen über Eiben recherchieren. Was die Hexenzeichen angeht, sind es zu wenige, um einen großen Zauber zu wirken, aber vielleicht fängt derjenige, der sie dort platziert hat, langsam an. Wann musst du das nächste Mal hierherkommen?"

„In ein paar Tagen, warum?"

„Halte mich auf dem Laufenden, falls noch welche auftauchen. Ich glaube, wir haben eine andere Hexe in White Haven, und ich weiß nicht, was er oder sie will. Ich fürchte, es ist nichts Gutes."

Ben führte sie zurück zum Rand des Wäldchens und begann, die Speicherkarten der Kameras auszutauschen, während sie redeten. „Ich werde die später überprüfen. Wenn es etwas Interessantes gibt, sage ich dir Bescheid. Wenn es Geisteraktivitäten gibt, willst du eine Nacht hochkommen?"

Sie seufzte. „Ich schätze schon. Und ich sollte es besser den anderen erzählen."

Vier

Am nächsten Abend war Avery mit Briar im Haus der Wandler. Hunter saß aufrecht im Bett und zuckte zusammen, als Briar seine Wunden untersuchte, und Avery stand beobachtend daneben, neben ihr Josh und Holly.

„Sie sehen besser aus", sagte Briar sichtlich erfreut. „Sie schließen sich schon. Wie fühlst du dich?"

Er beobachtete bewundernd ihre geschickten Hände. Interessant. Scheint, als hätte Briar einen weiteren Fan. „Ich fühle mich viel besser. Was hast du gemacht?" Seine Stimme war tief und klangvoll mit einem cumbrischen Akzent, doch überraschend sanft.

Briar lächelte kurz. „Ich habe etwas heilende Erdmagie angewendet. In Verbindung mit deiner eigenen natürlichen Magie hat es gut gewirkt. Es waren üble Wunden. Du kannst von Glück reden, dass ich bei dir war, bevor die Infektion dich umgebracht hat."

„Ich weiß. Danke", sagte er und musterte sie mit seinen Augen.

Hunter war, wenn er nicht gerade leichenblass und schweißgebadet war, auf eine verlässliche, angenehme Art gutaussehend. Sein dunkles Haar war zerzaust, und sein muskulöser Körperbau war durchtrainiert und athletisch, wenn auch mit Narben übersät. Man sah eine Menge von ihm, obwohl ein Laken um ihn geschlungen war.

„Bevor du mir die Verbände wieder anlegst", fuhr er fort, „kann ich duschen gehen? Ich stinke fürchterlich."

„Natürlich", sagte Briar und trat vom Bett zurück. „Das wird helfen, deine Bisswunden zu säubern."

Er lächelte, stand auf und schlang das Laken um sich. Avery wandte sich Josh und Holly zu. „Wie fühlt ihr zwei euch?"

„Glücklicher, jetzt, wo es ihm gut geht", sagte Holly und sah ihrem Bruder nach, wie er das Zimmer verließ. Sie traf Averys Blick. „Ich weiß immer noch nicht, was wir tun sollen, aber zumindest haben wir etwas Zeit zum Nachdenken."

„Wir müssen irgendwann zurück", warf Josh ein. „Ich glaube nicht, dass wir für immer hierbleiben können."

„Ich weiß, aber ein Teil von mir will nicht gegen Cooper kämpfen." Holly setzte sich auf das Bett und starrte auf ihre Füße. „Wenn wir zurückgehen, bedeutet das mehr Kämpfe, und Hunter überlebt es vielleicht nicht."

„Er könnte gewinnen", gab Josh zu bedenken.

„Vielleicht, aber wie lange würde das halten?", sagte Holly und funkelte ihren Bruder an. „Cooper will, dass wir seine Geschäfte auf Kosten unserer eigenen fördern. Es ist ein Albtraum, aber ich finde nicht, dass es das wert ist, ein Leben dafür zu riskieren. Und auch wenn Hunter ein guter Kämpfer ist, ist er kein Mörder. Wir können unser Haus verkaufen und hierherziehen!"

Wieder einmal erschien Piper wie ein Geist in der Tür. „Ich will nicht hierherziehen. Das ist nicht unser Zuhause!"

„Willst du gegen Cooper kämpfen? Nur zu!", sagte Holly, ihre Stimme troff vor Verachtung. „Ich möchte mal sehen, wie weit du kommst. Hunter kämpft besser als jeder von uns, und sieh dir an, was mit ihm passiert ist."

„Wir sind weggelaufen. Ihr seid Feiglinge", fauchte Piper.

„Nimm das zurück!", fuhr Holly auf, ihre Stimme wurde zu einem Knurren.

„Niemals." Piper baute sich vor ihr auf. „Wir sind geflohen, und ich schäme mich dafür."

„Halt den Mund, Piper", warnte Josh und schob sie weg. „Holly hat im Moment eine sehr kurze Zündschnur. Willst du auch ein paar Bisse abbekommen?"

Hollys Augen hatten sich in geschmolzenes Gelb verwandelt und ihr Gesicht begann, seine menschlichen Züge zu verlieren. Alarmiert trat Avery einen Schritt zurück und bemerkte, dass Briar dasselbe tat. Instinktiv rief Avery den Wind zu sich, eine Böe fegte durch den Raum und Energie knisterte in ihren Händen.

Das reichte aus, um Holly zur Besinnung zu bringen; ihre Schultern fielen herab und ihre Augen nahmen wieder ihr normales Hellbraun an, während sie Avery misstrauisch beobachtete.

„Entschuldigung. Instinkt", murmelte Avery. „Wie viel Kontrolle habt ihr über die Wandlung? Ich meine, ich habe noch nie zuvor einen Wandler getroffen."

„Sehr gute Kontrolle", sagte Josh, bevor Holly antworten konnte. „Außer, wenn man so verletzt ist wie Hunter, oder provoziert wird. Aber Holly wusste, was sie tat, nicht wahr?" Er erwartete offensichtlich, dass Holly sich entschuldigen würde.

„Ich bin müde", erklärte sie. „Und genervt von jemandes ständigem Gejammer."

Piper funkelte sie nur an.

„Seid ihr alle Wölfe?"

„Ja, liegt in der Familie – wie Hexerei, schätze ich", sagte Josh und setzte sich auf die Bettkante.

„Und ihr verwandelt euch schon in jungen Jahren?"

„Nicht wirklich vor dem Teenageralter. Manche früher, manche später, aber das ist der Durchschnitt."

Briar hatte zugehört, während sie weitere Verbände und Salbe für Hunters Wunden vorbereitete. „Ich nehme an, ihr lernt, es zu kontrollieren, während ihr aufwachst, so wie wir. Ich kann es spüren – es ist eine andere Art von Magie."

Avery stimmte zu. „Ich auch. Ich konnte es spüren, als ihr das erste Mal in meinen Laden kamt. Es ist stärker, wenn ihr besorgt seid."

Holly lachte. „Dann kriecht der Wolf näher an die Oberfläche. Das ist eine Abwehrsache."

Briar blickte stirnrunzelnd auf. „Also, wo sind eure Eltern? Können die bei diesem Cooper-Typen nicht helfen?"

„Leider nicht", sagte Josh mit angespannter Stimme. „Sie sind beide vor ein paar Jahren gestorben. Autounfall." Mehr sagte er nicht dazu.

„Tut mir leid", murmelte Briar, und Avery schloss sich ihrem Beileid an.

Piper kniff die Augen zusammen. „Du stellst eine Menge Fragen."

„Wir sind neugierig, das ist alles. Frag uns etwas über das Hexensein, wenn du willst", schoss Avery zurück.

„Interessiert mich nicht", sagte sie nur und rauschte aus dem Zimmer.

„Entschuldigung", sagte Josh seufzend. „Normalerweise ist sie nicht so unausstehlich. Sie vermisst nur ihr Zuhause. Und sie vergöttert Hunter, also hatte sie mehr Angst, als sie zugeben will. Sie wird sich schon wieder einkriegen."

„Das will ich ihr auch raten", sagte Holly und folgte ihr aus dem Raum.

Als sie ging, kam Hunter wieder herein, ein Handtuch um die Hüften geschlungen und sein Laken in den Händen. „Schon besser. Ich gehöre ganz dir", sagte er und lächelte Briar an.

Seine Verletzungen haben seiner Libido wohl keinen Abbruch getan, dachte Avery.

„Deine Verletzungen sind entsetzlich", sagte Avery, der sie jetzt, wo er stand, erst richtig auffielen. Riesige Klauenspuren zogen sich über seinen Rücken und seine Seite und auch quer über seine Brust. Eine verlief über seinen Hals und hätte beinahe seine Wange getroffen. Und er war mit blauen Flecken übersät. „Die müssen wehtun."

Er zuckte zusammen, als er sich neben Briar setzte. „Das tun sie, aber die Tränke haben geholfen. Danke, dass ihr uns hierbleiben lasst und uns helft."

„Ich bin sicher, Josh hat dir erklärt, dass das in White Haven nicht so läuft. Ihr braucht unsere Erlaubnis nicht, um hier zu sein."

„Aber ihr habt sie uns gegeben, oder? Uns Zuflucht gewährt?" Er war seltsam beharrlich.

„Ja. Wenn ihr eine Erlaubnis wollt, dann habt ihr sie", sagte sie verwirrt.

„Und ihr seid Hexen?", fragte er und zuckte erneut zusammen, als Briar seine Wunden mit einer Salbe versorgte.

„Ja. Es gibt fünf von uns in White Haven und noch mehr in ganz Cornwall. Aber ihr habt auch Hexen in den Lakes, wie ich verstanden habe", sagte sie und erinnerte sich daran, was Josh ihr erzählt hatte.

„Ja, und sie kontrollieren, was dort vor sich geht. Sie würden es nicht gutheißen, wenn unbekannte paranormale Kreaturen unangemeldet auftauchen."

Seltsam. Sie musste noch so viel über andere Hexen lernen. „Vielleicht liegt es daran, dass es viele Wandler gibt, wo ihr herkommt. Was ist mit diesem Cooper? Wie viel Macht hat er?"

„Nicht so viel, wie er gerne hätte." Hunter verzog das Gesicht, und Avery war sich nicht sicher, ob es vor Schmerz war oder bei dem Gedanken an Cooper. „Er hat mich überrascht, der Bastard. Deshalb bin ich so schwer verletzt. Aber ich werde zurückgehen, wenn ich geheilt bin."

Josh zuckte beinahe vor Überraschung zusammen. „Werden wir? Ich war mir nicht sicher, ob du das wollen würdest."

„Natürlich will ich das", sagte Hunter und funkelte Josh an. „Unser Zuhause ist dort. Du dachtest doch nicht etwa, ich würde einfach klein beigeben und ihn in dem Glauben lassen, er hätte gewonnen, oder?"

„Ich war mir nicht sicher, was du tun wollen würdest, wenn ich ehrlich bin. Er hat dich fast umgebracht, und ich musste unsere Schwestern beschützen und von dort verschwinden."

Hunters Blick wurde für einen Moment weicher. „Und du hast das Richtige getan. Aber ich werde zurückgehen. Es ist noch nicht vorbei."

Briar sprach leise, während sie einen langen Verband abrollte. „Na ja, dann stell dich besser auf eine lange Wartezeit ein. Es wird Wochen dauern, bis das hier verheilt ist. Wenn du zu früh kämpfst, werden die Wunden wieder aufreißen. Heb deinen Arm."

Er lächelte sie an und tat wie geheißen. Er beobachtete sie, wie sie sich vorlehnte und den Verband um seine Brust wickelte, und drehte sich leicht, um ihr zu helfen.

„Wenigstens weiß ich, dass du mir helfen könntest, wenn ich wieder verletzt werde", sagte er selbstgefällig.

„Nicht, wenn du in Cumbria bist, das werde ich nicht. Das ist ein bisschen weit."

„Würdest du mich nicht besuchen?", neckte er sie.

„Nö. Ich muss ein Geschäft leiten." Sie hielt den Kopf gesenkt und konzentrierte sich auf seine Verbände.

Er verstummte und Avery versuchte, sich ein Grinsen zu verkneifen. „Was macht ihr eigentlich beruflich?"

Josh antwortete, da Hunter offensichtlich von Briar abgelenkt war. „Wir haben ein Familienunternehmen und führen Touristengruppen durch die Lakes – Tagesausflüge, Wanderungen, Kajakfahren, Hiking, Camping. Wir kennen die Gegend wie unsere Westentasche."

„Weiß jeder, was ihr seid?"

„Auf keinen Fall. Es ist eine Wandlergemeinschaft, aber niemand außerhalb des Rudels weiß davon. Das ist das Schöne an den Lakes. Es ist wild und Teile davon sind abgelegen, sodass wir uns in aller Abgeschiedenheit verwandeln können."

„Wir halten uns auch so unauffällig wie möglich", sagte Avery. „Wird hier jemand nach euch suchen?"

„Hoffen wir mal nicht", sagte Josh und rieb sich müde über das Gesicht. Avery bemerkte jedoch, dass er sich weigerte, ihr in die Augen zu sehen. „Wir wollen euch keinen Ärger machen."

„Keine Sorge. Mit Ärger können wir ziemlich gut umgehen."

„Ich glaube, du hast einen Verehrer", sagte Avery zu Briar, als sie den Hügel hinunter nach White Haven gingen. Es war eine ruhige Nacht, kalt und klar, und am Himmel über ihnen funkelten die Sterne. Später würde es Frost geben, die Kälte machte sich bereits breit. Avery zog ihre Jacke enger und kuschelte sich in ihren Schal.

„Er ist ein Flirt", sagte Briar verlegen. „Das hat nichts zu bedeuten."

Avery nahm eine neckische, singende Stimme an. „Hunter und Briar sitzen auf dem Baum und küssen sich."

„Das ist doch nicht dein Ernst! Wie alt bist du?", rief Briar aus.

„Entschuldigung", sagte Avery lachend. „Es ist doch schön. Er ist nett. Ich kann mir euch irgendwie zusammen vorstellen."

„Wirklich? Mr. Hunter-Gestaltwandler, ich gehe zurück, um den großen bösen Wolf zu bekämpfen. Ich glaube kaum."

„Trefft ihr euch eigentlich noch, du und Newton?", fragte Avery und hoffte, nicht zu neugierig zu sein.

„Nein. Ich bin eine Hexe, er ist ein Detective. Das funktioniert nicht. Und außerdem habe ich im Moment genug Arbeit, die mich auf Trab hält."

„Für die Liebe ist man nie zu beschäftigt."

„Das sagst du nur, weil du total verknallt in Alex bist. Das ist keine Beschwerde", fügte sie schnell hinzu. „Ich freue mich für dich. Aber gut, lassen wir mein Liebesleben mal beiseite, warum treffen wir uns heute Abend?"

„Ich glaube, es gibt eine abtrünnige Hexe in White Haven. Komm schon, beeil dich. Der Letzte im Pub zahlt die Runde."

Sie erreichten *The Wayward Son* atemlos und mit geröteten Wangen. Briar war überraschend schnell, und Avery, die ihr durch die Tür folgte, wünschte, sie hätte die Wette nicht abgeschlossen. Sie ging zum Tresen und bestellte zwei Gläser Wein, einen weißen für Briar und einen roten für sich, aber Simon, einer der Stamm-Barkeeper, deutete nach oben zur Decke. „Macht euch keine Umstände. Er hat Wein oben. Er hat gesagt, ich soll euch hochschicken."

„Na gut", sagte Avery, und sie schlängelten sich durch die voll besetzten Tische zum kleinen Raum im hinteren Teil des Pubs und die Treppe hinauf, die zu Alex' Wohnung führte.

Er öffnete die Tür mit einer schwungvollen Geste. „Willkommen, meine Damen." Er beugte sich vor und gab Avery einen atemberaubenden Kuss, und Briar schob sich an ihnen vorbei. „Hab dich vermisst", murmelte er.

„Nehmt euch ein Zimmer", rief Reuben vom Sofa in Alex' Wohnzimmer.

Avery lachte und betrat die Wohnung, während Alex die Tür hinter ihr schloss. „Danke, Reuben. Wie immer machst du die Stimmung komplett kaputt."

El lehnte kichernd an der Theke, die die Küche vom Wohnbereich trennte. „Dafür ist er doch da. Wie geht es unseren Gestaltwandler-Freunden?"

Briar streifte ihre Jacke ab und hängte sie über eine Stuhllehne. „Hunter geht es besser. Aber er wird für sein Leben lang vernarbt sein. Manche Dinge kann ich nicht heilen."

„Werden sie zurückgehen?"

Avery nickte. „Oh ja. Er hat vor, gegen diesen Cooper-Typen zu kämpfen."

„Ich würde dasselbe tun", sagte Reuben. „Seien wir ehrlich, das haben wir hier auch getan. Man beschützt sein eigenes Revier."

„Na ja, er ist noch nicht wieder fit genug", antwortete Briar. Sie nahm das Weinglas entgegen, das El ihr reichte. „Übrigens, Gabe, der Nephilim, war heute in meinem Laden, und er hatte Eli dabei. Ich glaube, sie kürzen alle ihre Namen ab, damit sie sich besser einfügen. Eliphaz klingt so alttestamentarisch."

„Und?", fragte Avery neugierig.

„Eli fängt am Montag bei mir an – morgen, um genau zu sein!" Sie sah verblüfft aus. „Ich muss zugeben, ich hätte nicht gedacht, dass einer von ihnen in meinem Laden arbeiten wollen würde. Es ist nicht gerade aufregend. Er wird sich zu Tode langweilen."

Alex lachte. „Es geht ums Geld. Ich bin sicher, er kommt klar. Welcher von denen ist er?"

„Er ist groß –"

„Sind sie das nicht alle?", unterbrach Avery sie.

„Olivfarbene Haut, grüne Augen, braunes Haar, glatt rasiert. Und schweigsam. Hat kein Wort gesagt. Das könnte echt seltsam werden. Cassie hört nie auf zu reden."

Reuben grunzte. „Noch etwas, worüber die Einheimischen tratschen können. Ash hat vor ein paar Tagen auch angefangen. Er ist ziemlich ruhig, aber Mann, kann der schleppen! Er arbeitet doppelt so hart wie jeder andere."

„Ich frage mich, wo in der Stadt wir sie sonst noch sehen werden?", fragte Avery. „Tatsächlich versuche ich schon die ganze Zeit herauszufinden, welcher von ihnen in der Kirche in Harecombe war."

„Vielleicht ist es besser, wenn wir es nicht wissen", sagte El.

Alex begann in der Küche, das Essen vorzubereiten. „Wir werden es eines Tages zwangsläufig herausfinden. Zee hat morgen seine erste Schicht, also hoffen wir mal, dass er kommunizieren kann. In einem Pub ist es besser, gesprächiges Personal zu haben."

Während er sprach, klingelte Averys Handy. Sie griff in ihre Tasche und sah, dass es Ben war. Innerlich seufzte sie. *Ich weiß, worum es hier geht*. „Hey, Ben. Lass mich raten. Noch mehr Hexenmale."

„Jede Menge", antwortete er. „Und die Dinge in Old Haven fangen an, richtig seltsam auszusehen."

„Wirklich?", fragte sie alarmiert. Bei ihrem Tonfall drehten sich die anderen um. „Wie seltsam?"

„Da ist eine Art Muster in den Boden gebrannt. Willst du es dir ansehen?"

Sie stöhnte. „Konntest du nicht am helllichten Tag anrufen?"

„Ich habe es gerade erst gefunden! Vertrau mir. Das willst du sehen."

„Du schleichst nachts herum? In der Eiseskälte?"

„Das ist der Job! Beweg deinen Arsch hierher."

Er legte auf und sie sah zu den anderen auf. „Ich wollte es euch eigentlich beim Abendessen erzählen, aber was soll ich sagen? Das Abendessen muss warten. Wir fahren zur Kirche von Old Haven."

Old Haven war dunkel. Sehr dunkel. Es gab keine Straßenlaternen und keine Lichter entlang der Pfade, die sich um die Gräber schlängelten. Die Luft war eisig, ein niedriger Bodennebel hatte begonnen aufzusteigen und in der Ferne rief eine Eule.

„Das sollte sich besser lohnen", beschwerte sich Reuben. „Ich friere mir den Arsch ab und bin nicht in der Stimmung für Geisteraustreibungen. Wenn das Caspians Werk ist, werde ich ihn grillen."

Avery hatte ihnen auf dem Weg hierher von den Hexenmalen erzählt, und sie hatten darüber spekuliert, wer sie dort anbringen könnte.

„Das ist nicht Caspian", sagte Avery bestimmt. „Er ist viel direkter. Und ich glaube, er ist zu beschäftigt, um Hexenmale in Old Haven anzubringen."

„Da stimme ich zu", sagte Alex, der schnell den Pfad entlangschritt und mit seiner Taschenlampe den Weg vor ihnen beleuchtete. „Er wäre raffinierter als das."

Es dauerte nicht lange, bis sie Stimmen hörten und Lichter vor sich sahen, die die kahlen Äste der Bäume beleuchteten. Die Geisterjäger. Sie standen dicht beieinander und drehten sich um, als sie die anderen herankommen hörten.

„Hey, Leute", begrüßte Dylan sie. Er trug eine große Daunenjacke, die seine schlanke Gestalt aufblähte. „Schön, dass ihr es geschafft habt."

„Ich hatte ja nichts Besseres zu tun, als Bier zu trinken und zu essen", sagte Reuben sarkastisch.

Dylan grinste. „Du wirst froh sein, dass du gekommen bist!"

„Werde ich das? Da bin ich mir nicht so sicher. Also, worüber sind wir alle so aufgeregt?"

„Folgt mir!"

Dylan führte sie auf die Lichtung in der Mitte des Hains und richtete seine Taschenlampe auf den Boden.

Eine Rune war in die Erde versengt worden.

„Was zum Teufel ist das?", rief El aus, ging in die Hocke und streckte zögernd die Hand aus, um die Brandflecken zu berühren.

„Tja, deswegen seid ihr ja hier", sagte Ben gereizt. „Wir haben so etwas noch nie zuvor gesehen. Und davon gibt es noch mehr." Er deutete auf die Eibe. An ihren Ästen hingen Dutzende von Hexenzeichen – Zweige aller Formen und Größen, die seltsame runische Formen bildeten.

Avery schauderte. Der Schein der Fackel beleuchtete die Hexenmale und warf seltsame Schatten auf die Bäume. Zusammen mit der sehr großen Rune, die in den Boden gebrannt war, war es unbestreitbar unheimlich. „Warum seid ihr um diese Zeit hierhergekommen?"

„Wir wollten die Kameras überprüfen und mit der Ausrüstung ein paar Messungen durchführen, und ich dachte mir, ich schaue nach der Eibe, wenn wir schon mal hier sind."

„Ich kann hier das Summen von Magie spüren, ihr auch?", fragte sie die anderen Hexen.

„Es ist schwach, aber ja, ich spüre es", sagte Briar und leuchtete mit ihrer Fackel in die verschlungenen Äste des Baumes hinauf.

El zog ihre Finger von der Stelle zurück, an der sie das Brandmal berührt hatte, und schnupperte daran. „Nichts als Erde und Hexenfeuer. Das Zeichen erkenne ich auch nicht." Sie stand auf und ließ den Lichtkegel ihrer Fackel über den Boden gleiten.

„Suchst du nach weiteren Zeichen?", fragte Alex.

El nickte. „Ich werde das Gefühl nicht los, dass das hier unvollständig ist."

„Stimmt", sagte er. „Ich glaube, das ist der Anfang von etwas Größerem. Wenn wir es mit den Portalöffnungen vergleichen, müsste es mehr Symbole haben, um wirksam zu sein."

Avery sah erschrocken zu Alex hinüber. Sie hatte die Hexenzweige untersucht und versucht, einige der Formen und Symbole zu erkennen. „Du glaubst, es ist eine Portaltür?"

„Ich glaube, das wird es sein, sobald es vollständig ist."

„Hier", rief El vom Rand des Unterholzes. „Hier ist noch ein Zeichen in den Boden gebrannt." Sie zog ihr Handy heraus und begann, Fotos zu machen, als die anderen zu ihr kamen.

„Was ist das?", fragte Briar stirnrunzelnd.

„Sieht aus wie ein Runenbuchstabe."

„Könnte das der Anfang eines Portals sein, um wieder Dämonen zu beschwören?", fragte Reuben alarmiert. Die letzte Person, die Dämonen beschworen hatte, war Alicia gewesen, Gils Witwe, die nun ebenfalls tot war – getötet von einem ihrer eigenen Dämonen in Reubens Haus.

Alex zuckte mit den Schultern. Er war ihr Experte für die Verbannung von Dämonen und wusste am meisten über Portalzeichen. „Diese Portale gibt es in allen möglichen Formen und Größen, also vielleicht?" Er sah sie entschuldigend an. „Tut mir leid. Zum jetzigen Zeitpunkt ist das schwer zu sagen."

„Kannst du das Symbol nicht einfach loswerden?", fragte Cassie.

„Ich versuch's", bot Briar an. Sie ging in die Hocke, und Avery spürte, wie ihre Magie anwuchs, als sie die Erde berührte. Briar war am geschicktesten mit Erdmagie, und es sah so aus, als würde sie versuchen, das Zeichen auszulöschen, indem sie die Erde nutzte, um es zu verschlingen. Nach einigen Augenblicken intensiver Konzentration, während der das Gras um das Zeichen herum zu wachsen begann, geschah jedoch nichts mit dem verbrannten Boden. Sie schüttelte den Kopf. „Nein. Die Erde wehrt sich dagegen. Alex, willst du es versuchen?"

Er nickte. „Klar." Er stand ein paar Augenblicke schweigend da und begann dann, einen Zauberspruch aufzusagen, wobei er seine Energie auf das Mal am Boden richtete. Nichts geschah, und er seufzte. „Verdammt."

Seine Magie löste jedoch etwas anderes aus. Die Hexenzeichen in den Bäumen über ihren Köpfen begannen zu vibrieren, und die Magie, die sie von ihnen ausströmen spürten, wurde stärker und pulsierte in der Luft um die Gruppe herum. Und dann gab es einen Blitz aus hellem, weißem Licht, eine magische Schockwelle brach hervor und erwischte sie alle unvorbereitet. Sie hob sie vom Boden ab und schleuderte sie mehrere Meter zurück. Avery prallte gegen einen Baumstamm und fiel in sich zusammen, wo sie einige Sekunden lang benommen liegen blieb.

Im Bewusstsein, dass sie erneut angegriffen werden könnten, kämpfte sie sich auf, um sich aufzusetzen, und blinzelte, um ihre

Sicht zu klären. Sie wollte gerade Luft beschwören, um einen Wirbelwind in die Äste über sich zu schicken, als sie Alex rufen hörte: „Nein! Keiner rührt sich."

Sie hörte das Stöhnen der anderen um sich herum, und als der Blitz aus ihrem Blickfeld verschwand, sah sie die dunklen Umrisse der anderen um sie herum, auf dem Boden ausgestreckt oder unbeholfen an Bäume gelehnt. Das Zischen von verbrannter Erde erfüllte die Luft, und sie beobachtete, wie die Zeichen auf dem Boden mit feurigem Licht aufglühten, bevor sie zu Glut verblassten. Ansonsten ließ das Gefühl der Magie nach.

„Verdammter Mist!", rief Reuben. „Ich hab mir den Schädel angeschlagen."

„Ich glaube, meine Kamera ist kaputt", stöhnte Dylan.

„Aber geht es allen gut?", fragte Alex. Dem Klang seiner Stimme nach zu urteilen, war er ein paar Meter links von Avery. Jedes einzelne Licht war erloschen, von der Magie kurzgeschlossen.

Ein Murmeln von Antworten war zu hören, aber alle schienen im Allgemeinen unverletzt zu sein.

Ben fluchte. „Was zum Teufel war das?"

„Eine ausgelöste Schutzreaktion", sagte Alex. „Das ist ausgeklügeltere Magie, als ich dachte."

Avery schickte ein paar Hexenlichter nach oben, in der Hoffnung, dass dies nichts weiter auslösen würde. Glücklicherweise tat es das nicht und zeigte nur ihre Freunde, die sich mühten, wieder auf die Beine zu kommen.

„Warum hat meine Magie das nicht ausgelöst?", fragte Briar. Sie stand auf und bürstete sich Blätter und Schmutz vom Rock und den Stiefeln.

„Ich nehme an, mein Zauber war ein direkterer Angriff als deine Erdmagie", vermutete Alex. „Tut mir leid, Leute."

„Nicht deine Schuld", sagte El. „Wir haben dich ja quasi darum gebeten."

Nachdem sie alle standen und ein paar weitere Hexenlichter aufgestiegen waren, untersuchten sie die Hexenzeichen und die Sigillen auf dem Boden. Die Sigillen glühten immer noch von der Stelle, an der sie erneut in die Erde gebrannt worden waren, aber die Hexenzweige hingen von den Bäumen, scheinbar so harmlos wie bei ihrer Ankunft, obwohl ein schwaches Leuchten die Stelle markierte, an der sie an den Ästen befestigt gewesen waren.

„Ich glaube nicht, dass wir sie losschneiden könnten, selbst wenn wir wollten", bemerkte El nachdenklich. „Ich könnte vielleicht einen passenden Zauber in einen meiner Silberdolche einarbeiten, der es uns ermöglichen würde, die Magie zu durchtrennen, die sie an den Baum fesselt. Wenn wir so weit sind."

Alex nickte. „Klingt gut. Aber wir tun nichts, bis wir mehr darüber wissen, womit wir es hier zu tun haben."

„Was glaubst du, was hier vorgeht?", fragte Cassie leicht erschüttert.

„Nun, Samhain steht bevor", sagte Reuben, „die Zeit, in der die Schleier zwischen den Welten am dünnsten sind. Ich glaube, jemand versucht, das auszunutzen und einen Riss zu erzeugen."

„Wenn du von Welten sprichst, welche meinst du damit?", fragte Dylan verwirrt.

Reubens Grinsen wirkte im Dämmerlicht teuflisch. „Alle Welten – Geister, Dämonen, andere Realitäten und wer weiß, was sonst noch. Das hier ist eine alte Kirche mit einem alten Friedhof, ruhig und abgeschieden, und eine Menge Macht manifestiert sich hier. Das wird ein lustiges Halloween, Leute!"

Fünf

Am nächsten Morgen erstrahlte Happenstance Books in der schwachen Herbstsonne in einem goldenen Licht, das durch die ungeheure Menge an Lichterketten und künstlichen Kerzen, die in den Ecken glitzerten und geschnitzte Kürbisse beleuchteten, noch verstärkt wurde.

„Hervorragende Arbeit, Sally!", sagte Stan, der Ratsherr und Stadtdruide, während er sich entzückt im Laden umsah. „Ich kann mich immer darauf verlassen, dass du bei den Feierlichkeiten der Stadt mitmachst."

Avery sagte wohlweislich nichts, sondern lächelte nur und zog eine ironische Augenbraue hoch. Auch sie war erstaunt, wie viel Zeug Sally in den Laden gestopft hatte. Sie fand, er hätte neulich schon voll ausgesehen, aber das war nichts im Vergleich zu jetzt.

„Danke, Stan", sagte Sally grinsend. „Ich liebe diese Jahreszeit und ich liebe Halloween! Wir beginnen mit unserem Erzählabend zu Beginn der Halloween-Woche." Sie deutete auf die gedruckten Plakate, die überall im Laden und im Schaufenster hingen.

„Fantastisch!" Stan nickte vergnügt, während er durch den Laden schlenderte, Sally an seiner Seite und Avery hinter ihnen her. „Ich kann vielleicht an einem Abend meine Enkelkinder mitbringen."

Heute war er ganz und gar nicht wie ein Druide gekleidet. Sein langer Umhang, den er bei Lughnasadh am Strand getragen hatte, war verschwunden, und stattdessen trug er einen normalen dunkelgrauen Anzug und ein weißes Hemd; sein einziges Zugeständnis an Halloween war ein kunstvolles Skelett auf seiner Krawatte.

Er fuhr fort: „Ich glaube, Halloween ist jedermanns Lieblingsfest. Die meisten Geschäfte sehen fantastisch aus. Und natürlich sind die Pläne für das Freudenfeuer im White Haven Castle in vollem Gange.“

„Wirst du wieder die Zeremonie leiten, Stan?“, fragte Avery.

Er drehte sich zu ihr um und grinste. „Natürlich! Das würde ich mir nicht entgehen lassen. Hoffen wir, dass der Regen nicht wieder alles ruiniert. Was für ein schrecklicher Sturm letztes Mal!“ Seine Miene verfinsterte sich. „So eine Schande, und die Wettervorhersage für den Abend war so gut gewesen ...“

Eine Welle der Schuld überkam Avery erneut. „Ach, du weißt doch, wie das mit den Wettervorhersagen ist. Die stimmen nie. Ich bin sicher, dieses Mal wird alles gut gehen.“

„Und du kommst auch?“, fragte er. „Es ist in einer Woche am Samstag, also natürlich nicht genau an Halloween, aber nah genug dran. Wir werden es natürlich auch mit der Guy-Fawkes-Nacht verbinden.“

Die Feierlichkeiten der Stadt für die heidnischen und christlichen Feste fielen immer auf den nächstgelegenen Samstag, und da fünf Tage nach Hallaween die Guy-Fawkes-Nacht war, fanden die Feierlichkeiten am Samstag dazwischen statt.

Avery grinste. „Natürlich. Ich liebe ein gutes Freudenfeuer und ein Feuerwerk. Und natürlich deine Trankopfer für die Götter.“

Stan lachte. „Nun, damit kennst du dich ja aus, nicht wahr, mit all deinen Büchern über das Okkulte hier."

Für einen schrecklichen Moment hatte Avery sich gefragt, ob er gleich noch etwas anderes sagen würde, aber sie fasste sich schnell wieder. „Natürlich. Mich fasziniert das."

„Uns alle! Es ist das Lebenselixier von White Haven. Der Ort ist davon durchdrungen. Meine Nichte ist gerade bei mir zu Besuch und sie liebt all dieses Zeug! Sie wohnt nicht hier, musst du wissen", er senkte verschwörerisch die Stimme. „Sie ist nur zu Besuch, während ihre Mutter eine üble Scheidung durchmacht. Ich muss ihr sagen, dass sie hierherkommen soll. Es würde ihr gefallen."

„Selbstverständlich", sagte Sally lächelnd. „Es wäre schön, sie kennenzulernen."

„Ja, ich werde es ihr gegenüber erwähnen. Wie auch immer", sagte er abrupt, „ich muss weiter. Ich habe noch mehr Läden zu besuchen. Macht weiter so, wir sehen uns bald!" Und damit rauschte er mit einer königlichen Geste aus dem Laden, und Avery stieß einen tiefen Seufzer aus. „Verdammte Scheiße, ich hab mich schon gefragt, was er gleich sagen würde."

„Du machst dir zu viele Sorgen", sagte Sally und richtete eine Auslage auf. „Du gehst also zum Freudenfeuer?"

„Ja, es überschneidet sich nicht mit unseren Sachen und es macht immer Spaß. Na ja, hoffentlich mehr Spaß als beim letzten Mal."

„Ich nehme an, ihr werdet eure eigenen Feierlichkeiten abhalten?"

„Wir haben die Ehre, unsere Feierlichkeiten als Teil der dreizehn Zirkel von Cornwall zu begehen – natürlich in der eigentlichen Nacht von Samhain!"

Sally riss überrascht die Augen auf. „Wow! Also gehst du hin? Ich dachte, der anfängliche Reiz, Teil des Rates zu sein, hätte nachgelassen?"

Avery stöhnte. „Hat er auch, irgendwie. Aber da Genevieve erneut gefragt hat und ich ihr letztes Mal einen Korb gegeben habe, dachte ich, ich sollte etwas guten Willen zeigen." Sie zuckte mit den Schultern. „Außerdem sollten die anderen die anderen Zirkel kennenlernen, und es wird gut sein, Nate, Eve, Oswald und Ulysses wiederzusehen." Sie bezog sich auf die anderen Hexen, die in Mevagissey und St. Ives lebten und ihnen geholfen hatten, die Meerjungfrauen zu besiegen.

„Hast du ihnen von eurem Problem oben in Old Haven erzählt?"

Avery hatte Sally früher an diesem Tag von den Hexenzeichen und Sigillen erzählt. „Nein, noch nicht. Hoffentlich ist es etwas, bei dem wir keine Hilfe brauchen werden." Sie ging in den Hinterraum und ließ Sally zum Tresen zurückkehren. „Ich mache Kaffee, willst du einen?"

„Ja, bitte. Und bring Kekse mit!"

Während Avery Kaffee kochte, dachte sie über die Hexenzeichen nach, die sie in Old Haven gefunden hatten. Jemand versuchte eindeutig, etwas zu manifestieren, aber was? Sie und Alex hatten bis spät in die Nacht geredet und versucht herauszufinden, was das Sigill war. Es ähnelte keineswegs denen, die sie für Dämonenbeschwörungen gesehen hatten, aber andererseits war es vielleicht noch nicht vollständig. Reuben hatte von anderen Welten gesprochen, aber sie nahm an, dass er wie üblich nur herumphilosophierte. Aber in einem Punkt hatte er recht. Samhain war dafür bekannt, dass die Schleier zwischen den Welten dünn wurden und Wesen zwischen ihnen hindurchtreten konnten, besonders aus der Welt der Toten, wenn

Geister umhergingen. Sie hatte das schreckliche Gefühl, dass Helena, ihre geisterhafte Verwandte, während Samhain aktiver sein würde. Aber alte Sagen sprachen auch von Feenwesen – den Welten des Anderswo –, wenn die Fey und andere seltsame Wesen in ihre Welt übertreten konnten, oder natürlich auch umgekehrt.

Es gab viele Geschichten über Fabelwesen, und Cornwall hatte eine Menge eigener. Kornische Piskies, oder Pixies, wie sie anderswo genannt wurden, waren kleine Kobolde, die schelmisch, aber meist harmlos waren und dafür bekannt, Reisende vom Weg abzubringen. Es gab auch Spriggans, kleine Kreaturen, nach denen ihr örtlicher Strand benannt war und die gehässig und rachsüchtig gegenüber denen sein sollten, die ihnen Unrecht getan hatten. Sie hinterließen Wechselbälger – Feenkinder – anstelle von sterblichen Kindern. Und Cornwall war bekannt für seine Zinnminen. Die Überreste vieler waren über das Land verstreut und man glaubte, sie würden von Knockern bewohnt, die große Köpfe und schrumpelige Gesichter hatten und kurz vor einem Grubeneinsturz gegen die Minenwände klopften. Diese Geschichten waren, wie die von Meerjungfrauen und Riesen, Kindergeschichten, aber Meerjungfrauen hatten sich als nur allzu real erwiesen, und Piskies und Spriggans sollten in der realen Welt existieren und dort lauern, wo man sie nicht sehen konnte. Feen, Kreaturen der Anderswelt – sie lebten *anderswo*.

Natürlich gab es da noch die magischen Geschichten über König Artus und die Burg Tintagel an der Nordküste von Cornwall. Morgan Le Fay war angeblich die Halbschwester von König Artus, je nachdem, welche Geschichten man las, und sie war eine Halb-Fee, wie ihr Name schon andeutete. Sie war eine Hexe, die sich zwischen den Welten der Feen und der Sterblichen bewegte. Laut Geschichten aus ganz Großbritannien und Europa beherbergte die Anderswelt auch Drachen, Dryaden, Nymphen und andere Fabelwesen. Es war ein Ort, an dem die Zeit anders verging. Ein Tag in der Anderswelt konnte Hunderten von Jahren auf der Erde entsprechen. Avery schauderte. Es gab viele Geschichten über Reisende, die in die Anderswelt übergetreten und Jahre später zurückgekehrt waren, nur um ihre Liebsten tot vorzufinden. Sie war sich nicht sicher, was beunruhigender war – Dämonen oder Feen mit ihren schlauen Listen und Manipulationen.

Und natürlich war da noch der Eibenbaum. Darüber musste sie noch nachlesen.

Gerade als sie sich Kaffee eingeschenkt und beschlossen hatte, sich im Laden abzulenken, klopfte jemand an die Tür und stieß sie langsam auf. James, der Vikar, lugte um die Kante herum. Er lächelte zaghaft. „Darf ich hereinkommen und mit Ihnen reden?"

Ein mulmiges Gefühl überkam Avery. *Er wird nach Old Haven fragen.*

Sie setzte ein Lächeln auf. „Natürlich. Ich habe Sie schon eine Weile nicht mehr gesehen. Wie geht es Ihnen?"

Er schlängelte sich durch die Kisten und sah sich neugierig um, wie er es immer tat. „Mir ging es schon besser." Er sah ihr direkt in die Augen. „Sie wissen natürlich, warum ich hier bin."

„Ich nehme an, Sie haben Fragen zur Old Haven Church."

Er nickte. „Warum wird meine Kirche schon wieder ins Visier genommen, Avery?"

„Ich wusste nicht, dass Old Haven Ihre Kirche ist."

„Old Haven gehört zur Church of England. Es ist Teil meines Gebiets, vor allem, weil es nur gelegentlich genutzt wird. Es braucht keinen hauptamtlichen Vikar."

Avery runzelte die Stirn und erinnerte sich an Gils Beerdigung. „Mein Freund ist im Sommer gestorben und wurde dort im Mausoleum der Jacksons beerdigt. Da waren Sie nicht da."

„Ich hatte Urlaub. Jemand hat mich vertreten. Sie haben meine Frage nicht beantwortet", sagte er leise.

„Ich weiß ehrlich gesagt nicht, warum Old Haven ins Visier genommen wird." Er sah so besorgt aus, dass sie wusste, dass sie ihn nicht abwimmeln konnte. „Setzen Sie sich. Ich bringe Sally ihr Getränk und dann unterhalten wir uns."

Sie eilte zur Tür hinaus, stellte Sally ihr Getränk und eine Packung Kekse vor die Nase und sagte: „Gib mir fünfzehn Minuten. Wenn ich dann nicht da bin, komm und hol mich."

Sally grinste und nickte, und Avery holte tief Luft und ging ins Hinterzimmer.

James blätterte gedankenverloren in einem Buch über die lokale Geschichte, legte es aber sofort nieder, als sie hereinkam.

„Möchten Sie einen Kaffee?", fragte sie und dachte an ihre guten Manieren.

„Ein Keks reicht."

Sie schob ihm eine Packung Schokoladenkekse hin und sah zu, wie er einen Bissen davon nahm. „Ich bin mir nicht sicher, was in Old Haven vor sich geht, aber es ist definitiv anders als das, was in All Souls passiert ist."

„Inwiefern?"

„Nun, jemand versucht, die Ereignisse in Old Haven zu manipulieren. Jemand platziert Hexenzeichen in den Bäumen, und jetzt ist ein Zeichen in die Erde gebrannt. Das ist in All Souls nicht passiert. Der Geist dort ist ganz von allein aufgetaucht." Avery zuckte innerlich zusammen. *Nicht ganz die Wahrheit, aber sie konnte James nichts von dem Portal unter der Kirche erzählen.*

James' Lippen wurden schmal. „Hexerei! Jemand betreibt Hexerei in Old Haven? Das ist heiliger Boden. Geweiht. Gott geweiht!" Seine Stimme wurde lauter vor Zorn.

„Hexen sind keine Dämonen", sagte Avery, ihre Stimme ebenfalls von Empörung erfüllt. „Hexen sind gut. Sie werden nicht von geweihtem Boden abgestoßen. Viele verehren die Göttin, nicht den christlichen Gott. Das macht sie nicht böse."

„Sie sprechen aus Erfahrung", sagte James wissend und zog die Augenbrauen hoch.

„Ja", sagte sie, seiner Anschuldigungen und seiner dummen Ignoranz überdrüssig. „Ich kenne mich mit Hexerei aus. Es gibt Gutes und Schlechtes an der Kunst, wie bei allem anderen auch. Aber ich bin mir ziemlich sicher, dass es hier nicht darum geht, Dämonen nach Old Haven einzuladen." Als sie das sagte, durchströmte sie eine Gewissheit, und sie war überzeugt, dass sie Recht hatte. Ihr ganzes Wesen stimmte dem zu.

Er beugte sich vor. „Wozu sind die Hexenzeichen dann da? Sie sind unheimlich und unheilig, und ich will, dass sie verschwinden."

„Wir können sie nicht entfernen. Noch nicht."

Er kniff die Augen zusammen und lehnte sich dann zurück. „Genau das hat Ben auch gesagt. Warum? Es sind doch nur Zweige."

„Hören Sie, Sie haben Ben gebeten, ein Auge auf den Ort zu haben, und das tut er. Es gab dort vermehrt Geist-Sichtungen. Es ist eine alte Kirche mit alten Gräbern. Halloween steht vor der Tür. Vielleicht will jemand Geister aufscheuchen und den Leuten Angst machen. Oder vielleicht ist es etwas anderes. Er hat mich um Rat gefragt, und ich habe vorgeschlagen, dass wir die Zeichen vorerst nicht entfernen. Sie müssen mir vertrauen, James. Wir werden sie entfernen, wenn wir können."

„Nun, das ist das Problem, Avery, ich bin mir nicht sicher, ob ich Ihnen vertrauen kann.“

Averys Herz hämmerte schmerzhaft in ihrer Brust. „Warum sind Sie dann hier?“

„Ich lote meine Optionen aus.“

„Was soll das heißen?“, schoss sie verärgert zurück. „Wir haben Ihnen bei All Souls geholfen, und ich werde Ihnen auch jetzt helfen, aber wir brauchen Zeit und Raum, um es zu tun.“

James erhob sich, wobei der Stuhl über den Boden scharrte. „Seit den Ereignissen im Sommer habe ich mit meinem Gewissen gerungen. Ich bin mir nicht sicher, was damals passiert ist, aber ich muss akzeptieren, dass ich vorsätzlich weggesehen habe. Das werde ich nicht noch einmal tun. Ich habe beschlossen, die Polizei zu rufen.“

Auch Avery stand auf. „Und was werden die tun?“

„Ich möchte, dass sie es katalogisieren und einen Hausfriedensbruch zu Protokoll geben. Ich will nicht, dass derjenige, der das tut, denkt, er könne einfach so weitermachen.“

„Und was ist mit Ben und den Dreharbeiten?“

„Das werde ich erlauben, aber nicht die Hexenzeichen. Ich werde sie so schnell wie möglich entfernen lassen. Und ich will die Presse dabei haben.“

„Die Presse! Sind Sie wahnsinnig? Old Haven wird überrannt werden! Ich dachte, Sie würden das hassen. Genau das wollten Sie doch bei Allerseelen vermeiden!“

„Ich habe meine Meinung geändert. Ich werde klarstellen, dass dies nicht toleriert wird.“ Und damit drehte er sich um und marschierte zur Tür hinaus.

„Ich mache mir Sorgen, dass James verletzt wird", sagte Avery zu Alex.

„Ich bin sicher, ihm wird nichts passieren. Besonders, wenn die Presse und die Polizei da sein werden", antwortete er und versuchte, sie zu beruhigen. „Was soll schon schiefgehen?"

„Alles!", schnaubte sie. „Ich frage mich, ob ich hingehen sollte."

„Red keinen Stuss", sagte er ungläubig. „Du kannst keine Magie anwenden und deine Anwesenheit würde verdächtig aussehen. Lass James einfach machen, was er tun muss. Ich garantiere dir, wenn er diese Zeichen abreißen kann, sind sie über Nacht wieder da. Wahrscheinlich *kann* er sie sowieso nicht abreißen. Sie sind mit Magie verstärkt."

„Das ist es, was mir Sorgen macht. Er könnte sich verletzen. Und was wäre dann auf dem Film zu sehen?"

„Nichts! Die Magie wird die Aufnahmen unbrauchbar machen."

„Also, nach dem, was Ben mir erzählt hat, findet es morgen Mittag statt."

Es war ein paar Stunden, nachdem James seine Absicht verkündet hatte, die Zeichen zu entfernen, und Avery und Alex saßen am Ecktisch im Penny Lane Bistro, genau dort, wo sie Monate zuvor gesessen hatten, als sie planten, einzubrechen und nach Helenas Grimoire zu suchen. Tatsächlich war das Penny Lane Bistro das Haus gewesen, in dem Helena mit ihrem Mann gelebt hatte, und von dort war sie zu ihrem Prozess als Hexe verschleppt worden.

„Wann hat er angerufen?", fragte Alex und bezog sich auf Ben.

„Gegen sechs. Ich hatte versucht, ihn vor James' Plänen zu warnen, aber er hat an der Universität Testpersonen mit übersinnlichen Fähigkeiten geprüft."

Alex grinste. „Hatten sie denn welche?"

„Sieht nicht so aus", sagte sie lachend. „Jedenfalls hatte James es ihm schon erzählt. Die Presse konnte für heute nicht schnell genug aufgetrommelt werden, deshalb findet es morgen statt. Anscheinend waren sie sehr interessiert."

„Natürlich waren sie das. Es ist die perfekte Halloween-Geschichte. Besonders nach den Todesfällen in den Kirchen im Sommer."

„Ich schätze, wir können nicht viel tun. Ich habe Ben gesagt, er soll so weit wie möglich Abstand halten." Avery seufzte. „Ich dachte, wir hätten uns mit James im Guten getrennt, und jetzt stelle ich fest, dass er seit Monaten vor Wut schäumt. Das ist echt mies."

Alex beugte sich vor und nahm ihre Hand, wobei er über ihre Handfläche strich. „Ich weiß. Aber wir sind Hexen und er ist ein Pfarrer. Und wir haben uns wirklich sehr verdächtig verhalten. Wie auch immer, ich verhungere. Lass uns erst Essen bestellen und dann können wir reden."

„Kommt dein Magen immer zuerst?", fragte Avery pikiert.

„Nicht immer." Er wandte sich der Speisekarte zu. „Ich nehme Steak. Und du?"

„Du nimmst immer Steak."

„Ich bin ein Kerl aus Fleisch und Blut und war den ganzen Tag auf den Beinen. Du?"

„Hirsch", sagte Avery entschieden. Sie nippte an ihrem Rotwein und beschloss, dass er recht hatte. Sie konnte wegen James nichts tun. Ben und die anderen würden da sein – sie sollten über Geister interviewt werden. Sie konnten ein Auge auf James haben. „Also, wie macht sich Zee so?", fragte sie, nachdem sie ihre Bestellung aufgegeben hatten.

„Brillant."

„Wirklich?"

„Jep. Er ist groß und stattlich, er arbeitet hart und die Frauen lieben ihn. Einschließlich der Hälfte des Barpersonals", fügte er mit einem Stirnrunzeln hinzu.

Avery lachte. „Oh! Ein Frauenheld?"

„Das würde ich nicht sagen. Er ist einfach charmant – und riesig. Und geheimnisvoll. Ich glaube, das hilft."

„Inwiefern geheimnisvoll?"

Alex nippte an seinem Bier, während er nachdachte. „Er redet nicht viel über sich – verständlicherweise. Niemand weiß, woher er kommt oder was er außerhalb der Arbeit macht. Und seien wir ehrlich – wir wissen auch nicht viel mehr. Ich weiß nur, dass sie in dem großen Haus am Rande des Moors leben, das für Langzeitmieten zur Verfügung steht. Ich habe keine Ahnung, wie sie das arrangiert haben oder wer ihre Papiere erledigt hat, und ich will es auch gar nicht wissen."

„Wie kommt Newton mit ihm klar?" Newton trank oft im The Wayward Son, aber er war sehr misstrauisch gegenüber den Nephilim.

Alex zog die Augenbrauen hoch und atmete schwer aus. „Höflich, aber schroff. Er wird sich schon einkriegen. Ich glaube nicht, dass es hilft, dass der sehr gut aussehende Eli mit Briar zusammenarbeitet."

„Wirklich! Eifersüchtig? Tja, er hätte was unternehmen sollen, als er die Chance dazu hatte." Sie nahm einen genüsslichen Schluck Wein. „Ich bin ein bisschen enttäuscht. Sie wären so ein schönes Paar gewesen. Aber er ist selbst schuld."

„Du bist eine harte Frau, Avery Hamilton", sagte Alex, hielt ihre Hand und blickte sie auf eine Weise an, die ihr garantiert den Magen verdrehte. „Erinnere mich daran, mich niemals mit dir anzulegen."

Sie blickte in seine dunklen, schokoladenbraunen Augen und spürte, wie ihr Herz einen Schlag aussetzte. „Behandle mich weiter so, und ich glaube nicht, dass du das jemals tun wirst."

„Niemals? Das gefällt mir", sagte er, rieb erneut über ihre Handfläche, und Avery erlaubte sich einen Anflug von Aufregung bei dem Gedanken, dass dies länger halten könnte als jede andere Beziehung, die sie je zuvor gehabt hatte.

Sie war sich nicht sicher, ob sie erfreut oder zutiefst verärgert war, als der Kellner ihr Essen brachte und ihr Gespräch alltäglicher wurde, aber kurz nach neun wurden sie von Alex' Telefon unterbrochen.

„Hey Reuben", fing Alex an, aber dann verstummte er und sah alarmiert aus. Richtig alarmiert. Averys Magen zog sich vor Sorge zusammen. „Reuben, du musst ruhig bleiben, bis wir da sind. Gib uns fünf." Er sah Avery an. „Mit El stimmt etwas nicht. Wir müssen los."

Sechs

E l lag bewusstlos mitten in ihrem Wohnzimmer auf dem Boden.

Ihr langes, blondes Haar lag um sie herum verteilt und leuchtete hell auf dem Dunkelrot des Teppichs unter ihr. Ihr Gesicht war blass und ihre Glieder waren weit von sich gestreckt. Sie trug Röhrenjeans und ein T-Shirt, und ihre Füße waren nackt.

Die Tür zu ihrer Wohnung hatte offengestanden und sie fanden Reuben an ihrer Seite; er kniete da und rüttelte sanft an ihr. „Sie wacht einfach nicht auf!" Er sah sie an, Panik in seinen Augen.

Avery fühlte nach ihrem Puls. „Wie lange ist sie schon so?"

„Ungefähr fünfzehn Minuten. Es ist passiert, kurz bevor ich euch angerufen habe." Reuben war vor Sorge fast außer Atem.

„Was habt ihr gemacht?", fragte Alex ruhig.

„Wir hatten gerade zu Abend gegessen. Ich hatte gekocht und war dabei, die Küche aufzuräumen, und sie ging vom Tisch weg, um zu mir zu kommen, und ist einfach umgefallen!"

„Keine Kopfschmerzen, Schwindel, irgendwas Seltsames? Irgendein Anzeichen für eine Ohnmacht?", fragte Alex.

„Nein! Es war ein ganz normaler Abend und sie ist einfach zusammengebrochen. Soll ich einen Krankenwagen rufen? Ich war mir nicht sicher, ob es Magie war."

Interessanter Gedanke.

„Hast du Briar angerufen?", fragte Avery.

„Ich bin nicht durchgekommen", erklärte er.

„Ich versuch's." Alex stand auf und fing an, auf und ab zu gehen, während er sein Handy aus der Tasche zog.

Els Puls flatterte wild unter Averys Fingern und ihre Augen schienen sich unter den geschlossenen Lidern schnell zu bewegen.

Avery sah sich verwirrt im Zimmer um und stellte eine Frage, ohne wirklich eine Antwort von Reuben zu erwarten. „Ich frage mich, ob sie besessen ist oder so was?"

Er runzelte die Stirn. „Warum fragst du das?"

„Na ja, du hast dich gefragt, ob es Magie ist. Sie ist jung und gesund. Warum sollte sie zusammenbrechen?"

Je mehr sie darüber nachdachte, desto wahrscheinlicher schien es ihr, und auch sie stand auf und sah sich mit zusammengekniffenen Augen im Zimmer um.

„Lass uns nachdenken. Wir wissen, dass es in White Haven noch eine Hexe gibt. In Old Haven gibt es Hexenzeichen und seltsame Sigillen auf dem Boden. Jemand versucht, etwas zu beschwören. Sie müssen wissen, dass wir Hexen sind – oder zumindest, dass es in White Haven Hexen gibt. Josh konnte Magie erkennen, und er ist ein Gestaltwandler, also würde uns eine andere Hexe auch erkennen. Vielleicht sind sie sogar deshalb hier", sagte sie und dachte laut nach.

„Willst du damit sagen, dass es derjenige, wer auch immer es ist, auf uns abgesehen hat?", fragte Reuben mit großen Augen. „Irgendein Mistkerl hat El verhext?"

„Vielleicht." Avery zuckte mit den Schultern. „Das ist die einzig logische Lösung – so unwahrscheinlich sie auch klingen mag."

Alex kam zu ihnen. „Ich habe Briar erreicht. Sie war mit Hunter bei den Gestaltwandlern. Sie kommen jetzt."

„Die beiden?", fragte Avery verwirrt.

„Er will helfen", erklärte Alex. „Ich bin mir aber nicht sicher, ob er uns meint oder Briar. Aber jede Hilfe ist willkommen."

„Wir müssen nach Hexenzeichen, Symbolen, Runen, Fluchmalen suchen – einfach nach allem", sagte Avery. „Ich frage mich, ob sie von unserem mysteriösen Neuankömmling verflucht wurde."

Alex nickte. „Reuben, du behältst El im Auge. Schrei laut, wenn sich etwas ändert. Wir durchsuchen die Wohnung."

„Und das Foyer", schlug Reuben vor und griff nach Els Hand.

„Gute Idee. Ich sehe dort jetzt nach", sagte Avery und ging zum Aufzug.

Els Wohnung befand sich im obersten Stockwerk eines alten umgebauten Lagerhauses neben dem Hafen von White Haven. Das Foyer war verschlossen, und Besucher mussten klingeln, um eingelassen zu werden, aber das würde eine Hexe nicht aufhalten. Es war ein Leichtes, Schlösser zu öffnen – elektronische oder andere.

Das Problem war, dachte Avery, während sie die Lobby untersuchte, in der sich eine große Pflanze, ein kleiner Tisch, die Eingangstüren zu den beiden Erdgeschosswohnungen und nicht viel mehr befanden, *ein Fluchbeutel oder etwas Ähnliches in der Lobby würde sicher das ganze Gebäude betreffen.*

Außerhalb des abgesperrten Bereichs des Foyers befand sich der Eingang mit einer Reihe von verschlossenen Briefkästen. Es gab hier nur fünf weitere Wohnungen – zwei auf jeder Etage, einschließlich des Erdgeschosses. Avery sah in Els Briefkasten, aber er war leer, bis auf ein paar Werbeflyer.

Sie verließ das Gebäude und ging um dessen Außenmauern herum, ohne zu wissen, wonach sie suchte, aber in der Hoffnung, etwas Ungewöhnliches zu entdecken.

Draußen atmete sie tief ein und genoss die frische Seeluft und den scharfen Geruch von Salzwasser und Seetang. Es war Flut, und die Fischerboote und kleinen Segelschiffe schaukelten auf dem sanft bewegten Wasser. Das grelle Licht der Straßenlaternen zeigte, dass die Straße neben dem Hafen größtenteils verlassen war, abgesehen von ein paar Leuten, die auf ihrem Weg zu und von den Pubs und Restaurants vorbeischlenderten. Die Fenster des Fish-and-Chip-Ladens waren beschlagen, und der schwache Geruch von Pommes und Essig wehte zu ihr herüber. Avery fröstelte. Es war kalt und sie spürte Regen in der Luft.

Avery machte sich auf den Weg um die Seite des Gebäudes. Nur eine kurze Entfernung trennte es vom Meer, und als sie weiter um die Rückseite des Lagerhauses herumging, verklangen die Geräusche der Stadt und sie hörte das Glucksen und Plätschern des Wassers.

Ein Kribbeln lief ihr über den Rücken.

Jemand beobachtete sie.

Avery erstarrte, verlangsamte ihre Atmung und sandte ihre Magie sanft aus. Sie wollte denjenigen, der sie beobachtete, nicht aufschrecken.

Langsam drehte sie sich um und musterte die Umgebung. Rechts konnte sie nur die Straße sehen, die sich am Rande der Stadt entlangschlängelte, vorbei an der Spielhalle mit Viking Ink darüber, und in Richtung Spriggan Beach führte.

Nein. Aus dieser Richtung kam nichts.

Avery untersuchte die Wände und den Boden nach Hexenmalen oder Sigillen und spürte die ganze Zeit ein Kribbeln zwischen den Schulterblättern, aber das Gebäude sah normal aus und fühlte sich auch so an. Dieser Angriff war eindeutig auf El gerichtet, und wer auch immer zusah, wollte ihre Reaktion sehen.

Sie blickte zu dem tief im Schatten liegenden Pfad unter der Mauer am anderen Ende des Hafens. *Dort war jemand. Sollte sie jetzt angreifen?* Sie hatte keine Ahnung, wie stark ihr Gegner war oder was er draufhatte. Soweit sie wusste, konnte es eine Falle sein.

Schnell, bevor sie es sich anders überlegte, schickte sie einen Zauber los, um das Blut gefrieren zu lassen – unangenehm, aber nicht tödlich. Innerhalb von Sekunden ertönte ein Schrei, und Avery sah ein hellblaues Licht über das Wasser auf sich zuflitzen. Sie rollte sich ab, fuhr ihre Verteidigung hoch und lenkte den Energieblitz ab. Eine Gestalt sprintete in Richtung Straße. Avery sah ein aufgerolltes Seil am Kai liegen, schickte einen weiteren Zauber darauf und sah mit Genugtuung, wie es sich hob und dem unbekannten Feind ein Bein stellte. Ihre Angreiferin rollte sich schnell ab und schleuderte einen gut gezielten Fluch auf sie. Avery flog rückwärts und schlug mit einem dumpfen *Wumms* gegen die Hauswand.

Sie rappelte sich vom kalten Boden auf und machte sich kampfbereit, doch es war zu spät. Ihre Angreiferin war verschwunden.

Avery rannte den Kai zurück, in der Hoffnung, jemanden die Straße entlanglaufen zu sehen, traf stattdessen aber auf Briar und Hunter, die von der Straße herangesprintet kamen. Briar war außer Atem. „Entschuldigung! Ich bin so schnell hergekommen, wie ich konnte. Geht es ihr gut?"

„Ja, ging es, aber ich bin seit fünfzehn Minuten hier draußen. Jemand, eine andere Hexe, hat dort drüben gelauert." Avery zeigte dorthin, wo sich ihre Angreiferin versteckt hatte.

Hunter kniff die Augen zusammen. „Zeig es mir. Ich habe einen besseren Geruchssinn als ihr alle. Vielleicht kann ich etwas aufspüren."

Wenn Hunter noch unter seinen Verletzungen litt, so ließ er es sich nicht anmerken. Er sah kampfbereit aus und strotzte nur so vor Selbstvertrauen und Aggression.

Briar stimmte zu. „Mach du nur weiter. Ich gehe hoch zu El." Ohne auf ihre Antwort zu warten, ging sie hinein, und Hunter folgte Avery.

„Fühlst du dich also besser?", fragte Avery, während sie gingen.

„Viel besser", sagte er grinsend. „Briar ist eine gute Heilerin."

„Das ist sie. Sie ist eine gute Hexe."

„Single?", fragte Hunter und warf ihr einen fragenden Blick zu.

Avery lächelte, trotz ihrer Sorge um El. „Ja. Single. Wohnst du nicht ziemlich weit weg von hier?"

„Im Moment nicht."

Avery musterte ihn. Er hatte die Hände in die Taschen seiner Lederjacke geschoben, und die Jeans schmiegte sich an seine Hüften. Lederstiefel und sein charmantes, selbstbewusstes Grinsen rundeten das Bild ab. Er war eine dunklere, überheblichere Version seines jüngeren Bruders Josh und ganz anders als Newton. „Sie ist nicht der Typ für eine schnelle Nummer", riet sie ihm und beschleunigte ihre Schritte. „Wenn du sie verletzt, koche ich dir die Eier."

„Jawohl, Ma'am", sagte er mit einem Grinsen.

„Ich meine es ernst." Sie hatten das andere Ende des Hafens erreicht, und die Lücke zwischen den beiden Mauern gähnte weit und dunkel. Die Wellen waren unruhig, wo das ruhige Wasser auf das offene Meer traf. „Hier hat meine Angreiferin mich und das

Gebäude beobachtet. Ich kann ein restliches Kribbeln von Magie spüren."

Hunter ließ sich auf alle viere fallen und schnüffelte am Boden. Alte Hummerkörbe und Seile lagen aufgerollt an der Seite; der Geruch von Fisch und Meer war stark. Avery war sich sicher, dass er nicht viel würde riechen können, aber sie irrte sich.

„Weiblich, alt." Er schnüffelte erneut und sah verwirrt aus. „*Sehr* alt."

Avery runzelte die Stirn. „Aber meine Angreiferin war flink. Sie ist gerannt und hat sich abgerollt. Eine alte Person könnte das nicht tun. Du musst etwas anderes wahrnehmen."

Er blickte zu ihr auf und schüttelte den Kopf. „Nein. Ich rieche natürlich auch anderes Zeug – Fischer, Fisch, Seetang, Hunde, Katzen. Aber ich spüre auch Magie. Alte Magie von einer alten Person." Er schien sich sehr sicher zu sein.

„Wie alt ist *sehr* alt? Und wie kannst du das an einem Geruch erkennen?"

Er stand auf und seufzte. „Das ist schwer zu erklären, aber Energie hat Signaturen – das kannst du wahrscheinlich auch wahrnehmen?"

„Ja, aber das hier ist keine Energie, sondern Alter."

„Oh, auch Alter hat Energie. Du zum Beispiel riechst nach Jugend und Lebenskraft und –" er atmete tief ein. „Rosen und Geißblatt. Und Rotwein. Und einem moschusartigen Mann." Er grinste. „Ein Date zum Abendessen? Und sehr starker Magie. Deine Magie", fuhr er fort, bevor sie antworten konnte, „ist eine Mischung aus alt und neu. Ich spüre eine weitere Präsenz um dich herum. Etwas Rauchiges und Komplexes und eine Spur von Veilchen." Er runzelte verwirrt die Stirn. „Jemand, der noch älter ist als deine geheimnisvolle Angreiferin."

Avery war verblüfft. „Du musst Helena riechen können, meine geisterhafte Vorfahrin, die bei mir wohnt."

„Du hast eine sehr interessante Gesellschaft, Avery."

„Wenn Helena sich sehr alt anfühlt und unsere Angreiferin nicht ganz so alt, von welchem Alter reden wir dann?"

Er zuckte mit den Schultern und ging die Mauer entlang, dem Geruch folgend. „Schwer, das mit Sicherheit zu sagen. Wie alt ist Helena?"

„Fast fünfhundert Jahre."

Er zog die Augenbrauen hoch. „Also, ich würde auf vielleicht zweihundert schätzen. Oder so um den Dreh."

Avery spürte eine Gänsehaut über ihre Haut kriechen, die nichts mit der kühlen Oktoberluft zu tun hatte. „Aber wie kann jemand in diesem Alter noch am Leben sein?"

Er grinste. „Magie?"

Zwanzig Minuten später kehrten Avery und Hunter in Els Wohnung zurück, nachdem sie erfolglos versucht hatten, der Fährte in die Stadt zu folgen. Unglücklicherweise machten es die überwältigenden Gerüche der anderen zu schwer und sie verloren jede Spur in den engen Gassen, die ins Zentrum führten.

Alex blickte auf, als sie eintraten, und runzelte leicht die Stirn. „Ich habe mir schon Sorgen gemacht. Was ist passiert?"

„Etwas wirklich Seltsames", antwortete Avery und versuchte, Hunters Neuigkeiten zu begreifen. El lag immer noch regungslos auf dem Boden, ihre Atmung war flach, und die anderen kauerten neben ihr. „Wie geht es El?"

„Keine Veränderung. Aber wir haben das hier gefunden." Alex deutete auf eine silberne Halskette auf dem Boden, die schwer zu erkennen war, weil sie fast unter einem Beistelltisch lag. „Sie ist verflucht. Raffiniert."

„Woher weißt du das?", fragte Avery verwirrt.

„Ich habe versucht, ihre Schritte nachzuvollziehen", erklärte Reuben, „und ich erinnerte mich daran, dass sie, als sie zu mir herüberkam, bei diesem Beistelltisch innehielt und so etwas sagte wie: ‚Ah, da bist du ja!' Ich dachte, sie sprach mit mir, aber dann hob sie die Kette auf und fiel wie ein Stein zu Boden. Ich dachte nicht, dass beides zusammenhängt. Ich komme mir so dumm vor!"

„Tu das nicht", beruhigte Avery ihn. „Warum sollte man auch an einen Fluch denken? Und sind wir sicher, dass es einer ist?"

„Ja, sie ist definitiv verflucht", sagte Briar nachdrücklich. Sie hielt ihre Hände ein paar Zentimeter über El und fuhr in einer schwungvollen Bewegung über sie. „Ich kann das Energiefeld um die Kette spüren. Was auch immer ihr tut, fasst sie nicht an. Aber es ist gedämpft, irgendwie getarnt. Und von El kann ich nichts spüren. Normalerweise, wenn ich heile, kann ich fühlen, wie sich die Energien des Körpers falsch anfühlen, aber jetzt nicht. Da ist nur eine Leere." Sie blickte auf. „Es ist wirklich seltsam. Ich kann einfach nicht herausfinden, wie er funktioniert."

Avery ging zu der Halskette und hockte sich daneben, wobei sie darauf achtete, sie nicht zu berühren. Sie hielt ihre Hand darüber und spürte mit ihrer Magie nach; Briar hatte recht.

Alex fragte: „Wie ist diese Hexe überhaupt an ihre Halskette gekommen?"

„Ich habe keine Ahnung!", sagte Reuben. „Wie du schon sagtest, sie trägt viel Schmuck. Und sie hat keine fehlende Halskette erwähnt."

„Nun, wer auch immer das verursacht", überlegte Avery, „war draußen vor dem Lagerhaus, auf der Hafenmauer, und hat zugesehen. Vielleicht haben sie ihn von draußen aktiviert."

Briar schüttelte den Kopf. „Nein. Er war bereits verflucht. Ich glaube, sie haben sich an den Folgen geweidet, meinst du nicht auch?"

„Vielleicht." Avery zuckte ratlos mit den Schultern.

„Irgendeine Ahnung, wer es ist?", fragte Alex.

„Jemand sehr Altes", sagte Hunter und mischte sich ins Gespräch ein. Bis dahin war er wie ein Spürhund im Zimmer auf und ab gegangen. „Ich kann sie auch hier riechen."

„Sie waren in dieser Wohnung?" Avery wirbelte herum, um ihn anzusehen. „Ich kann keine fremde Magie spüren!"

„Ich schon. Sie ist schwach, aber ich bin gut. In Wolfsgestalt wäre ich noch besser. Hätte ich mich auf der Straße verwandeln können, hätte ich ihnen mit Leichtigkeit folgen können."

„Wölfe in White Haven? Ich glaube nicht", sagte Avery.

Er grinste. „Sag den Leuten, ich bin ein Husky. Das würde klappen."

„Können wir sie nicht einfach jetzt heilen und später darüber nachgrübeln, wie sie verflucht wurde?", fragte Reuben mit einem gefährlichen Unterton in der Stimme.

Briar seufzte. „So einfach ist das nicht, Reuben. Wir müssen herausfinden, um welche Art von Fluch es sich handelt, um ihn aufzuheben." Sie zog ihr Athame und einen kleinen Samtbeutel aus ihrer Medizinkiste und gesellte sich dann zu Avery. Sie legte ihr Athame unter die Halskette, hob sie vorsichtig an und untersuchte sie erneut. Els verfluchte Halskette war eine lange Silberkette mit einem verzierten Amulett daran und sie sah vollkommen normal aus. Briar ließ sie in den Beutel fallen und band ihn sicher zu.

Reuben knurrte beinahe vor Frustration. „Wie lange kann das dauern? Ich habe verdammt noch mal keine Ahnung von Flüchen!"

„Wenn wir ihn nicht brechen können, könnte er ewig andauern", sagte Briar und verstaute die Halskette in der Kiste. „Und das würde sie umbringen." Ihre Worte fielen in eine ohrenbetäubende Stille. „Allerdings gibt es einen Heilzauber, den ich wirken muss, um uns etwas Zeit zu verschaffen. Kannst du sie in ihr Bett tragen?"

Während Briar und Reuben sich um El kümmerten, gesellte sich Alex zu Hunter und Avery. „Du sagtest, dieser Angreifer sei alt? Was meinst du damit?"

„Ich meine, ihr habt eine über zweihundert Jahre alte Hexe, oder so etwas, die in White Haven herumläuft und die ansässigen Hexen verflucht", antwortete Hunter mit einem Hauch überheblicher Arroganz in seiner Stimme.

„Nun, dann kannst du deine berühmte Nase auf die Probe stellen und morgen die Old Haven Church auskundschaften. Ich will wissen, ob unsere beiden Probleme von derselben Person verursacht werden."

Sieben

El blieb bewusstlos, aber Briar versprach, bei ihr zu bleiben, ebenso wie Hunter und Reuben. Alex und Avery verabschiedeten sich, nachdem sie sichergestellt hatten, dass die anderen sich mit Neuigkeiten melden würden.

„Hunter ist ganz schön überheblich", sagte Alex, als sie auf dem Weg zu seiner Wohnung über dem The Wayward Son waren.

„Aber ziemlich nützlich." Avery schob ihre kleine Hand in Alex' und genoss seine Wärme. „Seine Nase hat Dinge gewittert, die ich nicht spüren konnte. Ja, ich habe Magie gespürt, aber kein Alter."

Alex schüttelte den Kopf. „Eine wirklich alte Hexe muss bedeuten, dass irgendeine Art von Alchemie im Spiel ist, und vielleicht eine Queste."

„Alchemie? Eine Queste?" Avery sah verwirrt zu ihm auf. „Was meinst du?"

„Würdest du Hunderte von Jahren leben wollen, wenn du nichts zu erreichen hättest? Unsere Vorfahren waren mächtig, ebenso wie einige der anderen im Hexenrat. Sie sind alle tot. Magie verlängert normalerweise nicht die Lebensspanne, es sei denn ..." Er sah sie spekulativ an.

„Es sei denn, man geht eine Art Handel ein, oder wendet wirklich dunkle Magie an", beendete Avery den Satz.

„Weil man *etwas tun* will.“

„Wie kann man seine Lebensspanne um über zweihundert Jahre verlängern? Hast du jemals einen Zauber dafür gesehen?“

Alex schüttelte den Kopf. „Nein. Aber ich weiß, dass die Alchemie solche Dinge versprochen hat.“

„Das Geschenk der Unsterblichkeit ist ein Mythos, Alex.“

„Aber es ist vielleicht keine Unsterblichkeit. Es könnte eine Möglichkeit sein, das Leben Stück für Stück zu verlängern, bis man erreicht hat, was man sich vorgenommen hat.“

„Und das wäre, eine Art Portal zu öffnen – wenn die beiden Dinge zusammenhängen?“, schlug Avery vor.

„Vielleicht.“

„Also, warum El ins Visier nehmen?“

„Weil sie gesagt hat, sie könne ein Messer oder ein Schwert herstellen, das die Magie durchschneiden kann, die die Hexenzeichen sichert. El auszuschalten bedeutet, dass die Hexenzeichen bleiben. Diese Hexe hat Ohren und Augen, von denen wir nichts wissen.“

„Ein Verräter?“

Alex runzelte die Stirn. „Das glaube ich nicht. Ein Seher vielleicht? Durch Spähsehen? Jemand, der es besser kann als ich.“ Er warf den Kopf zurück und rief: „Kannst du uns jetzt sehen? Wir werden dich finden, du Alte.“ Er drehte sich zu Avery um und grinste.

„Du Spinner.“

„Aber verdammt sexy, oder?“ Er zog sie für einen langen, innigen Kuss an sich.

„Wer ist denn jetzt überheblich?“, sagte Avery, als sie wieder zu Atem kam.

„Ich zeig dir gleich, was überheblich ist." Sie hatten seine Wohnung erreicht, und er öffnete das hintere Tor des Pubs mit einem schelmischen Funkeln in den Augen.

Die Old Haven Church war in Nebel und Nieselregen gehüllt, als die Gruppe am nächsten Morgen um neun Uhr dort ankam.

Briar hatte Avery um sechs Uhr angerufen und gesagt, dass El immer noch bewusstlos sei und sie den ganzen Tag bei ihr bleiben würde. Weder sie noch Reuben hatten viel geschlafen, und Briar hatte Eli gebeten, für sie im Laden einzuspringen. So besorgt Alex und Avery auch waren, sie konnten nichts tun und beschlossen, ihr Treffen wie geplant stattfinden zu lassen.

Hunter lehnte an der Haupttür der Kirche und suchte unter dem breiten Vordach Schutz, Piper neben ihm. Sie blickte finster, als sie die beiden sah, aber er grinste nur wie ein Wolf. „Bereit für die Jagd?"

„Immer", sagte Alex, als er den Weg zur Baumgruppe anführte.

Hunter hielt mit Alex Schritt. „Wie geht es deiner Freundin?"

„Nicht gut."

„Tut mir leid. Briar war sich sicher, dass sie heute Morgen etwas herausfinden würde."

„Sie hat versucht, positiv zu sein, aber ich glaube, wir wissen alle, dass es nicht so einfach sein wird. Je mehr wir jetzt herausfinden, desto mehr helfen wir El."

Hunter nickte und beschleunigte sein Tempo.

„Hilfst du auch?", fragte Avery Piper in der Hoffnung, sie aus ihrer schlechten Laune zu locken.

Sie zuckte mit den Schultern. „Es gibt ja sonst nicht viel zu tun."

Avery unterdrückte den Drang, mit den Augen zu rollen, und sagte trocken: „Wie schön für dich."

Als sie den Wald erreichten, sagte Alex: „Wir müssen schnell arbeiten. Die Presse und die Polizei werden um zwölf hier sein, mit dem Vikar."

„Das wird nur wenige Minuten dauern", beruhigte Hunter sie.

Sobald sie die Lichtung erreichten, schauderte Avery. „Die Magie ist stärker geworden. Spürst du es, Alex?"

Alex legte seine Hand auf den knorrigen Stamm der Eibe. „Ja, und nicht nur um uns herum. Der Baum hat einen ..." Er hielt einen Moment inne, um nachzudenken. „Einen Puls oder einen Atem – es ist, als würde der Baum atmen."

Inzwischen hingen Dutzende von Hexenzeichen nicht nur an den Ästen der Eibe, sondern auch in den umliegenden Bäumen, und Avery beobachtete, wie sich ihre seltsamen Formen und Muster in der feuchten, herbstlichen Luft drehten. „Ich kann sie auch spüren, wie sie vor Magie schimmern. Es ist so ungewöhnlich."

„Inwiefern?", fragte Hunter, während er den Kopf hob und die Luft schnupperte.

„Es fühlt sich tiefer an, fast älter –"

„Wilder", sagte Alex, bevor sie fortfahren konnte. „Wie wilde Magie, die gerade erst zum Leben erwacht."

Avery lächelte Alex sanft an. „Genauso fühlt es sich an!"

Hunter blickte nachdenklich zwischen den beiden hin und her, nickte, zog dann ohne einen zweiten Gedanken seine Kleider aus und verwandelte sich in einen wunderschönen schwarzen Wolf mit einer grauen Schnauze.

Obwohl Avery es erwartet hatte, war es dennoch ein Schock. Für ein paar Augenblicke schimmerte sein Körper, löste sich dann auf und stattdessen stand ein Wolf da. Allerdings war Hunter größer als ein normaler, nicht-wandelnder Wolf – zumindest dachte Avery das. *Als ob ich viel Zeit mit Wölfen verbringen würde.* Er reichte ihr mindestens bis zur Taille und seine Pfoten waren riesig. Sogar in Wolfsgestalt konnte sie noch die Narben von seinem Kampf sehen, wo sein dichtes Fell zerzaust und löchrig war.

Hunter begann sofort, am Boden zu schnüffeln, und sie sahen ihm zu, wie er zwischen den Baumwurzeln und schmalen Tierpfaden suchte.

Avery sah ihm beim Suchen zu und wandte sich dann wieder Alex zu. „Was bedeutet das? Wilde Magie?"

„Ist nicht alle Magie wild?", fragte Piper und sah leicht gelangweilt aus.

„Jein", sagte Avery und bemühte sich um eine Erklärung. „Die Magie, die wir benutzen, ist diszipliniert, über Generationen gelehrt und praktiziert, von Zaubern und den Elementen geleitet und geformt. Diese hier fühlt sich an, als hätte sie keine Grenzen, keine Zügel. Das gibt uns einiges zu denken."

Piper zuckte mit den Schultern und verstummte wieder.

Während Hunter suchte, dachte Avery über die Kameras am Waldrand nach. „Ich frage mich, ob Dylan mit den Aufnahmen Glück hatte."

„Hat er dich nicht angerufen?", fragte Alex.

„Nein. Ich wette, dieser Magiestoß hat neulich Nacht alles gegrillt."

Alex trat in den hohlen Stamm der Eibe und rieb mit der Hand über die knorrige Oberfläche. „Ich frage mich, wie alt der wohl ist. Er muss älter als die Kirche sein."

„Das glaube ich auch", sagte Avery. „Ich habe es geschafft, einiges an Überlieferungen über sie nachzulesen. Ich weiß, dass sie den Druiden heilig waren. Sie glaubten, dass sie eine Verbindung zu den eigenen Vorfahren herstellen und den Weg einer Person in die Anderswelt bewachen. Sie ist auch Hekate und der Greisin heilig."

„Hekate und der Greisin?", fragte Piper, deren Neugier ihre Verdrossenheit überwand. Sie lehnte sich an eine Buche und beobachtete zur Hälfte sie und zur Hälfte ihren Bruder.

„Hekate ist die griechische Göttin der Magie und Hexerei, des Mondes und der Geister und eine der vielen Götter und Göttinnen, die der Nacht und der Unterwelt heilig sind", erklärte Avery. „Sie ist eng mit der keltischen Göttin verbunden, von der es drei Aspekte gibt – die Jungfrau, die Mutter und die Greisin. Die Greisin ist die alte Frau, die wir alle einmal werden. Sie steht für den Tod und bewacht als solche auch die Unterwelt." Sie lächelte. „Du befindest dich, so wie ich immer noch, in unserer Jungfrauenphase."

„Das klingt bescheuert." Pipers Augen blitzten herausfordernd.

„Die Vorstellung, dass sich Menschen in Wölfe verwandeln, auch, und trotzdem tust du es", erwiderte Avery.

„Bei all dem wird viel über Unterwelt und Anderswelten geredet", sagte Alex und ignorierte Piper.

Avery nickte. „Bei allem, was ich gelesen habe, wird die Verbindung der Eibe zur Anderswelt am häufigsten erwähnt. Und dieses Siegel, das vor dem Stamm in den Boden gebrannt wurde, muss etwas damit zu tun haben – das glaube ich jedenfalls."

Alex seufzte. „Und wir haben immer noch nicht herausgefunden, was dieses Siegel ist."

Hunter schritt um ihre Füße herum. Innerhalb von Sekunden verwandelte er sich zurück in seine menschliche Gestalt, vollkommen nackt, und Avery versuchte, den Blick abzuwenden. *Wandler sind nicht schüchtern.* Alex bemerkte ihren Blick, seine Augen waren voller Belustigung.

„Nun, es ist derselbe Geruch, den ich schon einmal gefunden habe", sagte Hunter mit einem Anflug von Humor in den Augen, als ob er wüsste, dass es Avery unangenehm war.

Selbstzufriedener Mistkerl.

Er fuhr fort: „Eine alte Frau und alte Magie. Ganz anders als ihr." Er schauderte, ging zu seiner Kleidung und zog seine Jeans an. „Und mächtig."

„Keine anderen Gerüche, die darauf hindeuten, dass sie mit jemandem zusammenarbeitet?", fragte Alex.

„Nein. Jede Menge andere menschliche Gerüche, aber nichts, was auch nur im Entferntesten nach Hexe riecht. Tatsächlich", er hob den Kopf und atmete ein, „kommen einige von ihnen jetzt."

Während er sprach, hörte Avery Stimmen und drehte sich um, um Dylan und Ben ankommen zu sehen. „Hey Leute", sagte Ben gut gelaunt. „Dachte nicht, dass ihr heute kommt."

„Wir gehen bald", beruhigte Avery ihn und stellte sie Piper und Hunter vor. „Ihr seid früh dran."

„Ich wollte gerade die Aufnahmen überprüfen", sagte Dylan, „aber wir haben eure Stimmen gehört und dachten, wir sagen mal Hallo." Er blickte sich um und bemerkte die neu hinzugekommenen Hexenzeichen. „Wow. Da war jemand fleißig!"

„Ja, zu fleißig", sagte Alex niedergeschlagen. „Glaubst du, du hast überhaupt irgendwelche Aufnahmen?"

Er verzog das Gesicht. „Leider glaube ich, dass hier zu viel Magie in der Luft liegt, als dass jetzt noch etwas aufgezeichnet werden könnte. Die Aufnahme rauscht nur noch.“ Er bemerkte, wie Piper ihn ansah, und grinste, wobei seine Zähne weiß vor seiner dunklen Haut aufblitzten.

Pipers Interesse schoss in die Höhe und zum ersten Mal sah Avery sie tatsächlich lächeln. „Cool. Kannst du es mir zeigen?“

„Klar. Folge mir.“

Hunter sah ihr nach, wie sie Dylan zurück durch die Bäume folgte, und seufzte. „Sie ist manchmal verdammt anstrengend.“

„Vielleicht braucht sie nur eine Ablenkung“, sagte Avery. „Sieht so aus, als hätte sie eine gefunden.“

Ben hatte sich auf der Lichtung umgesehen. „Dieser Ort ist echt gruselig. Ihr solltet hier verschwinden. Die Polizei kommt bald und die Presse wird sich schon früh postieren. James ist auch auf dem Weg.“

„In Ordnung“, sagte Avery. „Bitte versuch, James davon abzuhalten, die Hexenzeichen anzufassen. Ich glaube nicht, dass sie sicher sind, und ich denke, er könnte einen üblen Schock bekommen.“

„Ich werde es versuchen, aber ich glaube, wir werden scheitern“, sagte Ben. „Er wird von Minute zu Minute wütender deswegen.“

„Nun, das wird die Hexe, die das tut, auch. Sie hat El letzte Nacht verflucht, mit einer ihrer eigenen Halsketten.“ Sie erzählte ihm, was sie in der Nacht zuvor herausgefunden hatten.

Ben sah besorgt aus. „Das wird langsam gefährlich.“

„Wird es das nicht immer?“

„Wenn wir irgendetwas tun können, um El zu helfen, lass es mich wissen.“

„Wird gemacht. Und wenn ihr irgendetwas über diesen Ort herausfinden könnt, lasst es uns wissen. Ich werde ein paar Nachforschungen anstellen." Avery sah sich im Hain um. „Das muss etwas damit zu tun haben, was die Hexe vorhat."

„Kommt, wir sollten besser gehen", sagte Alex und folgte Hunter, als dieser zum Friedhof zurückging.

Avery nickte. „Rufst du mich später an, Ben?"

„Wenn wir dann noch alle am Leben sind", antwortete Ben.

Avery war sich ziemlich sicher, dass er keinen Scherz machte.

Bevor Alex und Avery nach Hause zurückkehrten, gingen sie zu Els Wohnung, in der Hoffnung, sie wach und wohlauf anzutreffen, doch sie wurden enttäuscht. Sie lag unnatürlich still unter ihrer Decke.

Briar lehnte sich gegen den Türrahmen. „Dieser Fluch ist stark. Ich kann ihn nicht brechen."

„Obwohl sie die Kette gar nicht berührt?", fragte Avery.

„Jap." Briar ging zurück ins Wohnzimmer und zeigte auf einen Beistelltisch, auf dem die Kette unter einer Glasglocke lag, die wie eine von Els Ladendekorationen aussah. „Die Kette ist auch immer noch verflucht. Ich habe mich nicht getraut, sie anzufassen. Ich habe ein paar Zauber versucht, um die Art des Fluchs herauszufinden, aber er ist gut getarnt."

Reuben war in der Küche und versuchte, sich zu beschäftigen. Er sah furchtbar aus. Er hatte tiefe Ringe unter den Augen vom Schlafmangel und dichte Bartstoppeln bedeckten bereits sein Kinn und seine Wangen. „Und solange der Fluch besteht, bleibt El in seinem Bann."

Briar erklärte: „Viele meiner Zauber dienen der Heilung von Erdmagie. Nur wenige handeln davon, wie man Flüche bricht. Hast du irgendwelche passenden Zauber?"

„Mir fällt spontan keiner ein, aber ich kann auf jeden Fall nachsehen", sagte Avery. „Ich fahre jetzt zurück in die Wohnung, und wenn alles gut geht, setze ich mich sofort daran."

„Ich auch", stimmte Alex zu. „Tatsächlich muss ich heute erst später arbeiten, also kann ich hier bleiben, falls du zu deinem Laden musst, Briar. Ich kann meine Grimoires holen, sie hierherbringen und ein Auge auf El haben."

Sie lächelte ihn dankbar an. „Ja, bitte. Ich muss nach ein paar Dingen sehen und ein paar Kräuter sammeln. Ich komme heute Nachmittag zurück."

„Das Gleiche gilt für dich, Reuben. Du solltest nach Hause gehen und etwas schlafen."

„Auf gar keinen Fall. Dem Geschäft geht es gut und El ist wichtiger."

„Na gut, aber du musst versuchen, hier zu schlafen. Briar kann dir etwas geben. Du siehst beschissen aus."

„Danke, Kumpel." Reubens üblicher, heiterer Humor hatte ihn verlassen. „Das liegt daran, dass ich mich auch so fühle. Ich kann nicht glauben, dass jemand El das antun würde!"

„Es hätte jeden von uns treffen können. Tatsächlich", sagte Alex und sah sie alle an, „könnte es das immer noch. Seid misstrauisch gegenüber jedem. Wir müssen versuchen, herauszufinden, wie sie an Els Kette gekommen ist – ob aus dem Laden oder von hier – und wir müssen unsere Schutzzauber verstärken. Einer von uns könnte der Nächste sein."

Acht

A very ging die kurvigen Straßen von White Haven hinauf, da sie dankend auf eine Mitfahrgelegenheit verzichtet hatte. Sie brauchte die frische Luft, um ihren Kopf freizubekommen, und ihr Laden war nur zehn Minuten vom Hafen entfernt.

Trotz der düsteren Umstände und ihrer Sorge um den Fluch und die seltsamen Ereignisse in der Old Haven Church, brachten ihre Umgebung sie zum Lächeln. Der Trübsinn des Tages wurde durch die Dekorationen in den Geschäften und Cafés vertrieben. Die Fenster waren gefüllt mit Kürbissen, Hexen auf Besen, Skeletten, Vampiren, Geistern und Spukgestalten sowie Lichterketten. In etwa einer Woche würden all diese Dinge durch Weihnachtsdekorationen ersetzt werden und alle würden sich auf die nächste Runde der Feierlichkeiten vorbereiten. Der Stadtrat hatte die Straßen bereits mit festlicher Beleuchtung geschmückt, aber im Moment lag der Fokus eindeutig auf All Hallows' Eve.

Die Zahl der Einkäufer war jetzt, nach dem Ende der Sommerferien, geringer, und unterwegs nickte Avery den Einheimischen zu oder hielt an, um mit ihnen zu reden, während sie ihren Geschäften nachgingen. An diesem Wochenende würden sich die Straßen jedoch wieder mit Besuchern füllen, da die Leute für den Halloween-Spaß anreisten.

Als Avery bemerkte, dass sie in der Nähe von Els Laden war, bog sie in eine Seitenstraße ab, um mit Zoey zu sprechen, einer praktizierenden Wicca-Hexe.

Wie üblich stand Zoey hinter dem Tresen und sah makellos aus. Ihr Haar war zu einem stumpfen Bob geschnitten, aber dieses Mal waren die Spitzen neonblau gefärbt, und ihr Make-up war perfekt. Sie lächelte nicht oft, aber sobald Avery den Laden betrat, hellte sich ihr Blick auf. „Wie geht es El? Besser?"

„Leider nein", sagte Avery, trat an den Tresen und lehnte sich darauf. „Ich wollte dich fragen, ob du dich an irgendetwas Seltsames erinnerst, das in den letzten ein oder zwei Tagen hier passiert ist?"

Zoeys Miene wurde enttäuscht. „Ich habe an nichts anderes gedacht, seit Reuben es mir erzählt hat. Es ist nichts Ungewöhnliches passiert. Wir hatten einige Stammkunden und ein paar neue, aber niemand ist mir seltsam vorgekommen."

„Keine Anzeichen für einen Einbruch, nehme ich an?"

„Nein, warum?"

„Jemand war in Els Wohnung. Wir glauben, es ist eine Frau, eine alte Frau, die möglicherweise als jemand viel Jüngeres erscheint. Ich habe mich nur gefragt, ob du irgendetwas gesehen hast."

„Alles war völlig normal", erklärte sie verwirrt. „Ich habe versucht, an irgendetwas zu denken, das helfen könnte, aber es fällt mir einfach nichts ein!"

„Schon gut", sagte Avery und lächelte sanft. „Wir werden sie schon irgendwie zurückbekommen. Brauchst du in der Zwischenzeit Hilfe mit ihrem Laden?"

„Nein. Ich schaffe das. Ich schmeiße den Laden ja sowieso schon so gut wie allein."

„Okay. Wenn dir irgendetwas einfällt, egal wie unbedeutend, lass es uns wissen."

Frustriert, dass es nichts mehr zu erfahren gab, ging Avery weiter zu ihrem Lieblingscafé, kaufte drei Kaffee und eine Auswahl an Gebäck und machte sich auf den Weg zurück zu Happenstance Books.

„Ist hier irgendwas los?", fragte sie und stellte alles auf den Tresen.

„Nö", sagte Dan, griff sofort nach einem Gebäckstück und nickte zu den Bücherregalen hinter ihr. „Außer, dass du Besuch hast."

„Wirklich? Wer denn?"

Ein vertrauter, gedehnter Tonfall ließ ihre Haut kribbeln. „Ich. Ich habe ein paar Fragen." Sie drehte sich um und sah Caspian aus einem der tiefen Sessel, die im Laden verteilt waren, auftauchen. Er trug einen dunkelgrauen Anzug mit einem hellgrauen Leinenhemd, das am Hals offen stand. Der Duft von teurem Aftershave wehte zu ihr herüber und sie bemerkte sein gepflegtes Haar und seine teuren Lederschuhe, alles abgerundet durch einen schweren, knielangen Wollmantel.

„Oh, wie schön. Ich hab dich so vermisst", sagte Avery trocken.

Er erlaubte sich das leiseste Lächeln, das sein Gesicht umspielte, und dann war es auch schon wieder verschwunden. „Natürlich hast du das. Ich bin eine wahre Freude. Nach dir", sagte er und wies zum hinteren Teil des Ladens.

Sie verzog das Gesicht, überlegte, ob sie sich weigern sollte, und entschied dann, dass sie es genauso gut hinter sich bringen konnte – sobald er nett darum bat. Sie verschränkte die Arme vor der Brust. „Sag bitte!"

„Müssen wir das jetzt durchziehen?"

„Ja. Man nennt das Manieren. Es wird Zeit, dass du welche lernst."

Sie konnte hören, wie Dan in sein Gebäck kicherte, und versuchte, es zu ignorieren.

Caspian kniff die Augen zusammen, seufzte und sagte dann mit übertriebener Höflichkeit: „Dürfte ich dich bitte unter vier Augen sprechen, Ms Hamilton?"

„Aber sicher doch, Mr. Faversham", erwiderte sie, schnappte sich einen Kaffee und ein Gebäck und trug sie in den Hinterraum.

„Keinen für mich?", fragte er und lehnte sich vor, um ihr die Tür aufzuhalten.

„Hätte ich dich erwartet, hätte ich natürlich einen mitgebracht." *Lügnerin!* „Stattdessen", sagte sie, weigerte sich entschieden, ihren eigenen zu teilen, und griff nach einer Packung Kekse: „Möchtest du einen Hob Nob?"

„Großartig, meine Lieblingskekse", sagte er und ließ sich auf einen Stuhl am Tisch sinken. Er biss mit großer Zufriedenheit hinein und Averys Lippen zuckten belustigt. *Wer hätte gedacht, dass Caspian Hob Nobs mag?*

Sie setzte sich ihm gegenüber und dachte über die seltsamen Gespräche nach, die sie oft an diesem Tisch führte. Als sie einen Bissen von ihrem mit Pudding gefüllten Croissant nahm, hoffte sie, dass der Zucker ausreichen würde, um sie durchzustehen. „Ich nehme an, das ist kein reiner Höflichkeitsbesuch?"

„Nein. Ich frage mich, was um alles in der Welt dich geritten hat, den Vikar die Presse nach Old Haven rufen zu lassen, um zu filmen, wie er Hexenzeichen entfernt."

„Nun, außer dass ich den Vikar hätte bezaubern können, gab es eigentlich keine Möglichkeit, ihn aufzuhalten. Und außerdem, woher weißt du das?" Wieder einmal war sie verärgert. Seine

Fähigkeit, sie innerhalb von Sekunden auf die Palme zu bringen, war unheimlich.

Er grinste, während er nach einem weiteren Keks griff. „Ich habe meine Methoden."

„Ein Spitzel bei der Presse, meinst du?"

„Wir alle haben unsere Mittel und Wege, um über die lokalen Nachrichten auf dem Laufenden zu bleiben. Also, was *ist* in Old Haven los?"

Avery überlegte, wie viel sie ihm erzählen sollte, und sie sahen sich ein paar Sekunden lang schweigend über den Tisch hinweg an. Trotz des sehr holprigen Starts ihrer Beziehung und der Tatsache, dass Caspian für Gils Tod verantwortlich gewesen war, schienen sie einen unausgesprochenen Waffenstillstand geschlossen zu haben. Sie kaute auf ihrem Croissant, genoss es einen Moment lang, bevor sie eine Entscheidung traf.

„Es gibt eine unbekannte Hexe in White Haven. Sie hat El verflucht und scheint in der Kirche von Old Haven einen Zauber zu wirken, der sich auf die alte Eibe in dem Hain hinter dem Kirchhof konzentriert. Ich nehme an, sie dachte, der Ort sei so ruhig, dass niemand bemerken würde, was sie vorhatte. Glücklicherweise sind Ben und die anderen ziemlich regelmäßig dort oben und haben sie entdeckt. Anfangs hingen nur ein paar Hexenzeichen an den Ästen, aber jetzt sind es mehr und zwei Siegel sind in den Boden gebrannt. Die Macht dort ist spürbar und wächst."

Caspian beugte sich vor. „El ist verflucht?"

Avery war schockiert. Sie hätte nicht gedacht, dass er damit anfangen würde. „Ja. Ihre Halskette. Wir haben sie auf dem Boden ihrer Wohnung gefunden. Reuben erinnerte sich, dass sie sie aufgehoben hatte und dann zusammengebrochen ist. Aber wir können nicht herausfinden, was für ein Fluch das ist. Und sie ist bewusstlos. In einer sehr seltsamen, unnatürlichen Stille.“ Avery zögerte eine Sekunde, während die Sorge in ihr aufstieg. „Wir können ihn noch nicht brechen. Briar hat es versucht – sie ist in solchen Dingen besser –, aber ich werde jetzt auch anfangen, nach Zaubern zu suchen.“

„Fluchzauber sind bekanntermaßen schwer zu brechen“, sagte Caspian. „Sie neigen dazu, auf diejenigen zurückzufallen, die versuchen, sie zu brechen. Außer natürlich, man ist derjenige, der ihn gewirkt hat.“

„Ich weiß. Deshalb sind wir ja so vorsichtig.“ Sie versuchte erfolglos, ihren Sarkasmus zu zügeln.

„Eine Halskette, sagst du? Aus Silber?“

„Ja.“

„Silber speichert Magie sehr gut, das wird knifflig.“ Er hielt inne und blickte in die Ferne. „Ich werde darüber nachdenken.“

Wirklich? „Danke, Caspian. Das wissen wir zu schätzen.“

Die Überraschung musste ihr ins Gesicht geschrieben stehen, denn er verzog das Gesicht. „Ich bin nicht ohne Mitgefühl und die Grimoires meiner Familie enthalten viele Flüche.“

Keine Überraschung.

Er fuhr fort: „Was werdet ihr in der Zwischenzeit tun, um der Presse in Old Haven entgegenzuwirken?“

Avery schnaubte. „Es ist Halloween. Hoffentlich halten die Leute das für einen Streich oder einen Schwindel. Und es ist sehr wahrscheinlich, dass ihre Kameras nicht funktionieren werden. Dylans tun es jedenfalls nicht mehr.“

„Was hat er gefilmt?“

„Geisteraktivitäten. Der Ort kann unberechenbar sein.“

Er lehnte sich nachdenklich zurück. „Interessant. Aber das ist gut – die Kameras, meine ich. Und irgendwelche Spuren zu dieser Hexe?“

„Keine. Aber sie ist alt. Sehr alt, laut…“ Avery hielt sich rechtzeitig zurück. Sie war sich nicht sicher, ob sie wollte, dass Caspian von den Shifters wusste. „Soweit wir das beurteilen können, jedenfalls.“

„Eine Zeitwandlerin?“

Avery verschluckte sich beinahe an ihrem Kaffee. „Eine *was*?“

Er lächelte. „Manche Hexen haben gelernt, der Zeit zu trotzen. Wenn sie diejenige ist, die deinen Zauber gewirkt hat, werdet ihr euch schwertun. Sie sind sehr mächtig.“

„Ich habe noch nie von einer Zeitwandlerin gehört!“

„Also gibt es doch noch ein paar Dinge, die ich dir beibringen kann!“, grinste er.

„Nur zu“, sagte sie und hätte ihm am liebsten die Reste ihres Gebäcks an den Kopf geworfen.

Er zuckte mit den Schultern. „Sie haben das Geheimnis gelernt, dem Altern zu trotzen. Unsterbliche Kreaturen vielleicht, aber im Wesentlichen dehnt sich die Zeit für sie. Aber das kostet Energie. Sehr viel sogar. Sie wird sich irgendwo in der Nähe von natürlichen Ressourcen aufhalten, die sie anzapfen kann, um ihre Energie wieder aufzufüllen. Irgendwo abgeschieden.“

„Das Meer ist doch sicher eine große natürliche Ressource?“

„Ja, aber riesig und unhandlich. Fließendes Wasser, wie eine Quelle oder ein Fluss, ist besser. Natürlich wird euer Überfluss an Magie über der Stadt helfen.“

„Soweit ich das beurteilen kann, zapft das niemand an.“

„*Noch nicht*“, sagte er und griff nach einem weiteren Keks. „Und nun zu meinem nächsten Anliegen. Es gibt Shifter in White Haven.“

„Wow. Du unterhältst ja ein richtiges Spionagenetzwerk, nicht wahr?“, sagte Avery verärgert.

„Die Device-Hexen aus Cumbria sind an mich herangetreten.“

Der Name kam Avery vage bekannt vor, aber sie konnte ihn nicht ganz einordnen. „Wer?“

„Du bist wirklich ein unbeschriebenes Blatt, nicht wahr?“

„Reiz mich nicht, Caspian.“

„Hast du schon von den Pendle-Hexen gehört?“

„Natürlich habe ich das. Ich bin keine Idiotin.“

Er breitete grinsend die Hände aus.

Sie stöhnte. *Natürlich!*

Die Hexen der Device-Familie waren eine alte Familie, deren Wurzeln mindestens bis ins sechzehnte Jahrhundert zurückreichten, wahrscheinlich sogar noch weiter. Sie erlangten traurige Berühmtheit, als sie mit einer anderen Hexenfamilie unter der Führung von Anne Whittle in Fehde gerieten und beide daraufhin den Behörden gemeldet und wegen Hexerei vor Gericht gestellt wurden. Die Familien wurden gemeinhin als die Demdike-Familie bezeichnet, nach der „Alten Demdike“, dem Oberhaupt der Devices, und die Chattoxes nach „Mutter Chattox“, dem Oberhaupt der Whittles. Zusammen wurden sie die Pendle-Hexen genannt, nach der Gegend in Lancashire, in der sie lebten. Die Geschichte war berüchtigt, weil sie des zehnfachen Mordes durch Hexerei beschuldigt wurden. Von den zwölf angeblichen Hexen, die vor Gericht gestellt wurden, wurden zehn für schuldig befunden und gehängt, eine wurde freigesprochen und die andere starb im Gefängnis.

Caspian fuhr fort: „Ihre Nachkommen haben, wie unsere, überlebt, und sie sind nach wie vor zwei der mächtigsten Hexenfamilien im Norden Englands. Die Devices sind jetzt in Cumbria und das schon seit vielen Jahren, nachdem sie Pendle verlassen haben. Sie regieren mit eiserner Faust. Du weißt, dass es dort viele Gestaltwandler gibt?“

Avery spürte ein tiefes, flaues Gefühl in der Magengrube. „Ja. Einige sind geflohen, nachdem einer von ihnen angegriffen wurde. Er war dem Tode nahe, als sie zu mir kamen.“

„Das ist nicht die Geschichte, die ich gehört habe“, sagte er leise. „Sie haben zuerst angegriffen, und die Familie, die sie angegriffen haben, will Rache – eine Revanche. Demdike, auch bekannt als Alice Device, wird dafür sorgen, dass es dazu kommt.“

Avery verstummte für einen Moment, ihre Gedanken überschlugen sich. „Aber sie sind hierher geflohen und haben behauptet, sie wären von einem Typen namens Cooper angegriffen worden. Sie haben hier Zuflucht gesucht. Sie geben sich als Opfer aus.“

Caspian runzelte die Stirn. „Nun, ich nehme an, die Wahrheit liegt irgendwo zwischen den beiden Geschichten. So oder so, Alice – die Anführerin ihrer Familie – wird dafür sorgen, dass die Gestaltwandler zurückkehren. Sie werden morgen hier ankommen. Erwarte einen Besuch.“

Avery runzelte die Stirn, immer noch verwirrt. „Warum haben sie dich angerufen und nicht mich?“

„Im Laufe der Jahre haben unsere Familien Geschäfte miteinander gemacht, aber das ist schon lange her. In solchen Fällen war es jedoch nur natürlich, dass sie mit mir sprechen, da ich dich kenne.“

„Aber warum kommen sie zu mir?“

Caspian schüttelte langsam den Kopf. „Avery, du hast noch viel zu lernen. Es ist, weil du ihnen Zuflucht gewährt hast.“

Schon wieder dieses Wort.

Sie sah ihn erstaunt an. „In welchem Jahr leben wir, Caspian? Wir gewähren doch keine Zuflucht wie in einem Feudalsystem. Die Leute kommen und gehen und können hier frei leben!"

„Das mag für normale Leute gelten, aber für solche wie uns, die am Rande der normalen Welt leben, gelten einige Vorgehensweisen der alten Schule immer noch. Besonders aus der Sicht der Devices. Einige alte Familien mögen ihre Feudalsysteme ziemlich gern."

„So wie deine, meinst du? Dein Widerwille, uns unsere Grimoires zu überlassen."

Er rutschte unbehaglich auf seinem Stuhl hin und her. „Die Wünsche meines Vaters konnten nicht ignoriert werden. Willst du nun meinen Rat oder nicht?"

„Na ja, du bietest ihn nicht oft an, also schieß los."

Er hielt ihren Blick über den Tisch hinweg standhaft. „Gestaltwandler mögen dieses System auch. Sie sind Wölfe – Rudeltiere, trotz ihrer menschlichen Gestalt. Cumbria ist eine wilde Gegend, deshalb leben sie dort. Es ist abgelegen, Wölfe können dort verschwinden. Du willst hier keinen Krieg der Gestaltwandler. Haben die Gestaltwandler um Zuflucht *gebeten*?"

„Ja. Und ich habe gelacht, aber gesagt, dass sie natürlich hierbleiben können."

„Na, da hast du es doch. Ich schlage vor, du lässt deinen Jungen wieder zusammenflicken und schickst ihn dann auf den Weg." Er lächelte. „Er hat dir geholfen, die alte Hexe aufzuspüren, nicht wahr?"

„Ja."

„Schulde ihm nicht zu viele Gefallen. Das könnte sich noch als Bumerang erweisen."

„Wir haben sein Leben gerettet. Er sollte verdammt noch mal dankbar sein, sonst wird es für *ihn* zum Bumerang."

Caspian lächelte, und es ließ ihn fast charmant aussehen. „Deshalb mag ich dich, Avery. Du hast Feuer und eine unbestreitbare Magie. Wenn du irgendwann genug von Alex hast, ruf mich an."

Und damit ging er und ließ Avery ihm nachstarren.

Neun

A very kochte vor Wut. Hatte Caspian gerade versucht, sie anzumachen? *Frecher Mistkerl.* Als ob sie auch nur einen Gedanken daran verschwenden würde, eine Affäre mit ihm zu haben!

Sally lachte, als sie ihr von ihrem Gespräch erzählte. „Er will dich doch nur reizen, Avery. Ignorier ihn. Er würde alles sagen, um dich auf die Palme zu bringen."

Dan stimmte ihr zu, schränkte aber ein: „Aber er *ist* Single. Und warum auch nicht? Er ist reich, sieht gut aus. Ein Wichser, ja, aber trotzdem … Vielleicht meint er es ernst."

„Ist mir doch egal, ob er es ernst meint. Was er sich einbildet!"

„Er ist ein Mann. Du kannst es ihm nicht verübeln, dass er es versucht, Avery", sagte Dan mit gerunzelter Stirn. „Du hast ja keine Ahnung, wie es ist, ein Mann zu sein, von dem erwartet wird, dass er den ersten Schritt macht. Es ist egal, wie selbstbewusst du bist, es ist trotzdem unangenehm. Sei nicht so streng mit ihm."

„Ich habe einen festen Freund. Gibt es nicht so etwas wie einen Ehrenkodex unter Kumpels?"

„Ja, aber er und Alex sind keine Kumpel", merkte er an.

Avery schnaubte. „Verräter. Das war das letzte Mal, dass ich dich vor einer Meerjungfrau rette."

„Autsch. Ein Glück, dass ich den Frauen abgeschworen habe.“ Er grinste und griff nach einem weiteren Gebäckstück. „Wenigstens habe ich Essen, das mich tröstet.“

„Also, was wollte Caspian sonst noch? Ihr habt euch ja eine ganze Weile unterhalten“, sagte Sally.

Sie standen alle um die Theke herum. Der Laden war leer, und draußen war der Regen in einem derartigen Wolkenbruch zurückgekehrt, dass die andere Straßenseite nur noch verschwommen zu erkennen war. Happenstance Books schien von der Außenwelt abgeschnitten zu sein. Weihrauchschwaden zogen durch den Raum, B.B. King spielte und ein Kribbeln von Magie lag in der Luft. Avery liebte Nachmittage wie diesen.

„Er kam, um mich vor den Gestaltwandlern und der bevorstehenden Ankunft der Ex-Pendle-Hexen zu warnen“, sagte Avery und erzählte von ihrem Gespräch.

Sally sah besorgt aus. „Glaubst du, die Gestaltwandler spielen ein falsches Spiel mit dir?“

„Dass sie lügen, meinst du? Über das, was wirklich passiert ist?“

„Vielleicht. Du weißt rein gar nichts über sie. Sie tauchen hier auf, einer von ihnen fast tot, und bitten um Hilfe. Sie haben dir ihre Seite der Geschichte erzählt. Du hast keine Ahnung, was da sonst noch abgelaufen ist.“

Avery schwieg einen Moment lang. Sally hatte recht. Sie musste noch ein paar Fragen stellen.

Verdammt.

Der alte Volvo, der normalerweise vor dem Haus parkte, war verschwunden.

Avery hielt einen Moment auf der Türschwelle inne, bevor sie klopfte, und streckte ihre Hexensinne weit aus. Sie spürte die Magie der Gestaltwandler, aber sonst nichts. Sie nahm all ihren Mut zusammen, klopfte entschlossen und eine Zeit lang geschah nichts.

Sie wollte gerade wieder klopfen, als Holly überrascht die Tür öffnete. „Oh, du bist es. Ich dachte, Briar wäre schon früher da.“

„Nein. Briar ist bei unserer Freundin El ein wenig eingespannt. Kann ich reinkommen?“

Holly wirkte misstrauisch, sagte dann aber: „Klar, aber Hunter ist nicht da.“

„Das ist gut. Ich habe ein paar Fragen und hoffe, du kannst mir helfen.“ *Immer mit der Ruhe.* Sie wollte nicht, dass ihr die Tür vor der Nase zugeschlagen wurde. Die Tür mit ihren Hexenkräften aufzusprengen, stand heute nicht auf ihrer To-do-Liste.

Holly zuckte mit den Schultern. „Ich kann es versuchen.“ Sie drehte sich um und führte Avery in die Küche auf der Rückseite des Hauses. Der Regen hatte sich zu einem Nieseln abgeschwächt, und Nebelschwaden zogen durch den Garten hinter dem Haus. Holly schaltete den Wasserkocher ein. „Willst du was trinken?“

„Tee wäre herrlich.“ Die Göttin sei gepriesen für den Tee. Er schien für jedes Gespräch den Weg zu ebnen.

Avery hatte mit sich gerungen, wie sie dieses Gespräch am besten beginnen sollte, und ihr war klar geworden, dass es keinen einfachen Weg gab. Sie konnte um den Kampf und das, was wirklich geschehen war, herumreden, beschloss aber schließlich, dass Ehrlichkeit der beste Weg war.

„Alice Device kommt mich morgen besuchen."

Holly ließ die Tasse, die sie in der Hand hielt, fallen und sah Avery schockiert an. Das Geräusch der zerbrechenden Tasse wurde ignoriert, als sich ihre Blicke trafen. Holly war wie erstarrt.

Avery sprach sanft. „Möchtest du dich setzen?"

Holly nickte, tastete nach einem Stuhl und ließ sich geistesabwesend darauf sinken. Sie war immer noch stumm und starrte auf den Tisch.

„Warum kommt die alte Demdike mich besuchen?"

„Ich hätte nicht gedacht, dass sie uns bis hierher folgen würden." Hollys Hände begannen zu zittern, und sie legte sie in ihren Schoß, sodass Avery sie nicht sehen konnte.

„Was ist in Cumbria passiert?"

Holly schluckte nervös. „Ich bin nicht sicher, ob Hunter wollen würde, dass ich das erzähle."

„Mir ist scheißegal, was Hunter will. Was ist passiert?"

Holly sah sie an, ihre Augen flehten sie schweigend an.

„Ich kann den Devices nicht gegenübertreten, ohne zu wissen, was wirklich geschehen ist. Schwäche ist keine Option."

Holly atmete schwer aus. „Cooper ist der Rudelführer und Hunter hat ihn herausgefordert. Er hat verloren und wir sind geflohen."

„Oh! Hunter wurde also nicht bei einem heimlichen Manöver angegriffen, sondern er hat Cooper tatsächlich herausgefordert. Er hat den Kampf angefangen."

„Ja."

„Warum die Lüge? Und was ist die große Sache? Cooper ist immer noch der Rudelführer. Warum kommen sie hierher?"

„Er muss Loyalität schwören und seinen Anspruch auf die Führung aufgeben. Er ist geflohen – *wir* sind geflohen –, bevor er das tun konnte. Hunter will ihn erneut herausfordern. Er kauft sich Zeit."

„Zeit, um zu heilen."

Holly nickte. „Ja. Wenn er nach einer Herausforderung verliert, verlieren wir alles. Wir rutschen an das untere Ende des Rudels. Verlust von Privilegien. Und von mir wird immer noch erwartet, dass ich Cooper heirate."

Avery spürte, wie sich die Luft erhob und ihre Haare sich aufstellten, als eine Windböe durch die Küche fegte. Holly sah sich alarmiert und verwirrt um. „Du sollst was tun?"

„Cooper heiraten. Wir sind die ältesten Familien. Es wird erwartet. Ich mag ihn nicht. Das habe ich noch nie. Hunter hat versucht, mich zu beschützen."

Avery war außer sich. „Du bist doch kein Stück Fleisch! In was für einem verdammten System lebst du eigentlich? Wir haben das einundzwanzigste Jahrhundert, Holly!"

„Verursachst du diesen Wind?"

„Ja! Ich kann einen verdammten Hurrikan heraufbeschwören, wenn ich will! Ist das dein Ernst?"

„Ja. Gestaltwandler sind Rudeltiere. Es ist patriarchalisch. Und der Rudelführer ist eng mit den Devices verbündet – der alten Demdike. Sie tragen ihre Geschichte mit sich."

„Ich habe auch eine Geschichte! Das haben wir alle." Avery sprang vom Tisch auf und begann, im Zimmer auf und ab zu gehen, während sich Energie in ihren Händen zu einem Ball formte. Sie war sich ziemlich sicher, dass Holly ehrlich zu ihr war. Normalerweise konnte Avery Lügen spüren – Hexen waren gut darin –, aber ihre Wandlermagie trübte ihr Urteilsvermögen. „Sagst du mir die Wahrheit? Denn wenn ich dich morgen verteidige, will ich sichergehen, dass ich absolut alles weiß. Ich kann dir das Leben genauso zur Hölle machen wie sie." *Nicht ganz wahr, aber das mussten sie ja nicht wissen.*

„Ja! Hunter würde es hassen, wenn du das wüsstest – er hasst es, zu versagen. Er dachte, er könnte es mit Cooper aufnehmen. Das hat sein Selbstvertrauen erschüttert und ihn fast umgebracht – meinetwegen. Ich habe ihn angefleht, es zu tun!" Holly begann zu weinen. „Ich sollte es einfach hinnehmen. Die Heirat mit dem Rudelführer ist etwas, was viele andere Gestaltwandlerinnen wollen würden."

„Nur wenn sie dumm sind", sagte Piper. Wieder einmal hatte sie sich an die Tür geschlichen und stand da und beobachtete die beiden.

„Aber du willst nach Hause", sagte Holly verärgert. „Auf meine Kosten."

„Nicht wahr." Piper gesellte sich mit gesenkten Schultern zu ihnen an den Tisch. „Ich will nach Hause, ja, aber nicht mit diesen Konsequenzen."

„Und was denkt Josh?", fragte Avery.

„Wie wir, denkt er, dass es Zeit für eine Veränderung ist. Es wäre gut für das ganze Rudel", sagte Holly.

„Und was ist mit den anderen Mitgliedern?"

„Manche stimmen zu, andere nicht. Wir sind sehr viele."

„Die Jüngeren wollen auf jeden Fall eine Veränderung", sagte Piper, „ich weiß, dass sie das wollen. Ich glaube, sie werden am Boden zerstört sein, dass Hunter verloren hat."

„Sie würden das wissen?" Avery hatte Mühe, die Regeln des Rudels und was genau eine Herausforderung beinhaltete, zu verstehen.

„Oh, ja. Das Rudel war dabei und hat den Ausgang beobachtet."

„Wie genau habt ihr Hunter da weggebracht, wenn es ein arrangierter Kampf war und alle zugesehen haben?"

„Josh hat einen anderen Kampf angezettelt und wir haben ihn im Chaos rausgeschmuggelt. Wir haben jede Regel gebrochen, die es gibt", erklärte Piper, leicht triumphierend, was Avery ein kurzes Lächeln entlockte.

„Dein Stil gefällt mir!" Avery schwieg für eine Sekunde und dachte nach. „Mischen sich die Hexen in Kämpfe ein?"

„Ich bin mir ziemlich sicher, nicht", sagte Holly, aber in ihren Augen lauerte Zweifel.

„Also, um das klarzustellen, Hunter wurde nicht aus dem Hinterhalt angegriffen. Er hat den Kampf angezettelt und verloren?"

Holly nickte. „Ja. Und wir müssen zurückkehren, um es zu beenden. Entweder wir unterwerfen uns, Hunter stirbt, oder wir werden verbannt."

Avery spürte, wie sich ihre Verärgerung zu kaltem, hartem Stahl verfestigte und sie setzte sich. „Warum seid ihr in White Haven? Warum nicht woanders?"

„Wir wollten viel Abstand zwischen uns und sie bringen, und das hier ist weit im Süden. Und dann haben wir die Magie hier gespürt. Sie ist stark. Du bist stark. Wir brauchten deine Hilfe und jemanden, der den Devices die Stirn bieten konnte, falls sie nach uns suchen würden. Ehrlich gesagt dachten wir nicht, dass sie das tun würden – zumindest nicht so schnell. Sie sind gemein, Avery. Sie werden uns zurückschleppen, bevor wir bereit sind zu gehen."

„Nein, werden sie nicht. Dafür werde ich sorgen."

Avery marschierte mit brennendem Feuer in der Seele in The Wayward Son. Alex stand hinter der Bar und bediente einen Kunden, und für eine Sekunde sah er sie nicht. Sein Anblick beruhigte sie, ein ganz klein wenig.

Seine schlanke, muskulöse Statur sah in seinen Jeans und dem schwarzen T-Shirt gut aus. Wie üblich bedeckten Bartstoppeln seine Wangen und sein Kinn, und sein Haar fiel ihm locker auf die Schultern. In ihrem Magen schlug es einen Salto. *Er war so heiß.* Und in jeder Hinsicht das genaue Gegenteil von Caspian. Er sah auf und grinste, als er sie sah, und ihr Magen drehte sich noch einmal um. Selbst jetzt, Monate nachdem sie zusammengekommen waren, bekam sie bei seinem Anblick noch immer eine Gänsehaut.

„Hi, Hübsche", sagte er und beugte sich über die Bar, um sie zu küssen. „Ich dachte nicht, dass ich dich vor später sehen würde."

Sie nahm sein Gesicht zwischen ihre Hände und küsste ihn zurück, genoss seine Wärme und seinen Duft, bevor sie sich löste. „Hi, Schöner. Ich habe dich vermisst."

„Gut", sagte er, ein sanftes Lächeln spielte auf seinen Lippen. „Aber warum habe ich das Gefühl, dass es noch einen anderen Grund für deinen frühen Besuch gibt?"

„Es gab ein paar Entwicklungen bei unseren neuen Freunden. Kommst du für eine Weile von der Bar weg? Ich werde auch die anderen anrufen."

„Klar, gib mir eine halbe Stunde. Aber denk daran, El ist nicht da, und Reuben auch nicht. Der wird bei ihr sein."

„Mist." Sie rieb sich das Gesicht. „Hast du gehört, wie es ihr geht?"

„Keine Veränderung. Ich habe Reuben vorhin angerufen." Er deutete auf einen Hocker am Ende der Bar, weit weg von neugierigen Ohren. „Setz dich und ich hole dir was zu trinken. Willst du was essen?"

Bei der Erwähnung von Essen knurrte ihr Magen und sie schaute auf ihre Uhr. Es war fast drei. Kein Wunder, dass sie hungrig war. „Ja, eine Schüssel Pommes, bitte." Und dann kam ihr ein anderer Gedanke. „Was ist in der Kirche passiert?"

„Ich habe nichts gehört." Er stellte ihr ein Glas Rotwein hin.

Avery griff nach ihrem Handy. „Verdammt, hoffen wir mal, keine Nachrichten sind gute Nachrichten. Ich rufe Ben an."

Noch bevor sie den Anruf tätigen konnte, wehte eine Böe kalter, feuchter Luft in die Bar, und Avery blickte auf und sah einen finster dreinblickenden Newton auf sich zukommen. „Newton! Ich habe dich um diese Zeit nicht hier erwartet."

Newton verschwendete keine Zeit mit Nettigkeiten. „Was zum Teufel ist in der Old Haven Church los?"

„Warst du heute dort?"

„Ja, ich war dort, und es wäre nett gewesen, wenn du mich vorgewarnt hättest!" Sein Gesicht war eine einzige Gewitterwolke.

„Aber du hast doch mit Morden zu tun, warum warst du dort?"

„Weil mein Chef wegen des ganzen seltsamen Krams, mit dem ich in letzter Zeit zu tun hatte, entschieden hat, dass ich jetzt der neue Ansprechpartner für paranormalen Mist bin."

„Und das ist schlimm?", fragte Avery zögernd, bevor sie einen großen Schluck Wein nahm. Das würde einer dieser Tage werden.

„Ja! Ich will nicht das Aushängeschild für das paranormale Cornwall sein!"

Alex schob ein Pint des lokalen Doom-Biers vor ihn hin. „Geht aufs Haus, Kumpel. Sieht so aus, als könntest du es gebrauchen."

Newton sah aus, als wollte er protestieren, ließ sich dann aber auf einen Hocker neben Avery gleiten und trank trotzdem einen Schluck. „Danke."

„Also, was ist mit dem Vikar passiert?"

„Er wurde von seiner Leiter geschleudert. Die Kamera ist explodiert, der Kameramann hat Verbrennungen dritten Grades erlitten und die Interviewerin, eine aufgeweckte Blondine namens Sarah, ist vor Schreck in Ohnmacht gefallen."

Avery setzte schockiert ihr Glas ab, warf Alex einen ebenso schockierten Blick zu und fragte: „Geht es James gut?"

„Nein. Er ist im Krankenhaus, bewusstlos, mit einem gebrochenen Arm."

Averys Hand fuhr zu ihrem Mund. „Oh, nein. Und Ben und die anderen?"

„Denen geht es gut, wenn auch schockiert. Sie haben vom Rande der Lichtung aus zugesehen."

„Und dir geht es gut?", fragte sie und stockte, als er sie mit seinem Blick fixierte.

„Nein! Ich bin verdammt wütend! Ihr habt nichts davon gesagt! Keiner von euch!", Er richtete seinen Blick auf Alex.

„Offensichtlich ein Fehler", sagte Alex und blickte nervös zu Avery, „und könntest du etwas leiser sein?"

Avery blickte sich um und sah, wie sich ein paar Köpfe in ihre Richtung drehten.

Newton verzog das Gesicht und fuhr in einem leisen, bedrohlichen Ton fort. „Warum hast du es mir nicht gesagt?"

„Ich habe es ehrlich gesagt vergessen und dachte nicht wirklich, dass etwas daraus werden würde", sagte Avery. „Es tut mir so leid, Newton. Wir haben mit den Gestaltwandlern und Els Fluch eine Menge um die Ohren."

„Fluch?", fragten seine vor Überraschung geweiteten Augen.

„Entschuldigung, haben wir dir davon auch nichts erzählt?"

„Warum geht ihr beide nicht hoch in meine Wohnung?", schlug Alex vor, als er sah, dass Newton kurz davor war, an die Decke zu gehen, „und du kannst Newton auf den neuesten Stand bringen. Ich komme nach, sobald ich kann."

Damit ging Avery nach oben und wünschte sich moralischen Beistand.

Newton schritt in Alex' Wohnung auf und ab, während Avery ihm die neuesten Nachrichten erzählte, alles außer der Sache mit den Hexen aus Cumbria, die warten konnte, bis Alex da war.

„Werden sie den Bericht trotzdem bringen?", fragte Avery.

„Natürlich werden sie das. Vielleicht schafft er es sogar in die landesweiten Nachrichten."

„Aber es gibt keine Aufnahmen von dem eigentlichen Vorfall?"

„Nein. Aber sie haben ein anderes Team geschickt und Ben und mich interviewt, weit weg von dem Hain. Die Magie dort stört ihre Ausrüstung – nicht, dass sie wüssten, dass es Magie ist, natürlich. Ich habe vorgeschlagen, dass das ein Schwindel für Halloween ist – ein sehr guter. Einer, der schiefgegangen ist", sagte er und funkelte sie erneut an.

Avery setzte sich auf das Bodenkissen vor dem Kamin und wärmte ihre Hände, Trost in den hellen Flammen suchend. Draußen wurde es bereits dunkel, und Alex' Wohnung war düster, nur vom Feuer und einer Lampe in der Ecke erhellt. Sie mochte es so, es passte zu ihrer Stimmung, und die Stille, nur vom Knistern der Flammen unterbrochen, erlaubte ihr zu denken.

Sie blickte zu Newton auf. „Bitte, setz dich doch."

Er runzelte die Stirn, gab aber nach und setzte sich in den großen Ledersessel. „Es geht wieder los, nicht wahr?"

„Ja, und wir haben keine Ahnung, was diese Hexe in Old Haven vorhat, außer vielleicht irgendeine Art von Tor zu öffnen. Der Ort ist gut geschützt, und die Magie dort wird von Tag zu Tag stärker."

In diesem Moment schwang die Tür auf und Alex kam herein. Er trug zwei Schalen mit Pommes und setzte sich auf das Sofa. Beide Schalen stellte er auf den Couchtisch neben Avery. „Hier, bitte. Für dich auch, wenn du welche willst, Newton."Newton nickte und nahm geistesabwesend eine Pommes.

„Hast du ihn ins Bild gesetzt?", fragte Alex.

„Ja, und jetzt habe ich noch mehr Neuigkeiten für euch beide", sagte sie, während sie eine Schale Pommes näher zu sich zog.

Während sie an den Pommes knabberte, erzählte sie ihnen von Caspians Besuch und ihrem Gespräch mit den Gestaltwandlern.

Alex stöhnte und lehnte sich zurück, rieb sich das Gesicht. „Großartig, einfach großartig. Hast du schon von ihnen gehört?"

„Nein, aber das ist nur eine Frage der Zeit."

„Okay", sagte Alex und traf eine Entscheidung. „Lass uns zu Els Wohnung gehen, uns dort mit Briar und Reuben treffen und überlegen, was wir als Nächstes tun. Willst du mitkommen, Newton?"

„Natürlich will ich das, verdammt noch mal."

Zehn

Als sie Els Wohnung erreichten, goss der Regen wieder in Strömen, lief an Els Fenstern herab und ließ die Aussicht verschwimmen. Ihre Wohnung war jedoch ein warmer Kokon aus Licht und Farbe, und Avery, Alex und Newton streiften ihre Jacken ab und gesellten sich zu Reuben und Briar ins Wohnzimmer.

„Gibt es bei El eine Besserung?", fragte Avery, die sich sicher war, dass die Antwort sie enttäuschen würde.

„Eine klitzekleine." Briar sah hoffnungsvoll aus, was einige der Schatten unter ihren Augen vertrieb. Reuben sah noch schlimmer aus als zuvor.

„Wirklich? Wie?", fragte Alex und stellte eine Tasche voller Bücher auf den Tisch.

„Ich habe ein paar Zauber gefunden, in denen es darum geht, Flüche aufzuheben, also habe ich damit experimentiert. Sie ist nicht bei Bewusstsein, aber ihre Augen flackern ein wenig. Ich hoffe, das bedeutet, dass etwas passiert. Entschuldigung, das ist vage, aber ich habe das Gefühl, ich tappe hier im Dunkeln."

Briar führte sie in Els Schlafzimmer, wo diese nur mit einem Laken bedeckt lag. Der Raum war warm und die Jalousien waren halb heruntergelassen, sodass der Raum schummrig und schattig blieb. Um das Bett herum waren Kerzen aufgestellt worden, und die Luft war vom Duft des Weihrauchs erfüllt. Auf Els Stirn war ein Symbol gezeichnet und eine Reihe von Runen auf ihre Hände und Füße gekritzelt worden. Ein Amethyst war über dem Symbol auf ihrem Kopf platziert.

Briar beobachtete sie mit besorgten Augen. „Ich habe versucht, den Fluch aus ihr herauszuziehen, aber es ist schwierig, ohne zu wissen, worum es sich handelt. Ich habe die Halskette so gut wie möglich untersucht, aber nicht viel Erfolg gehabt. Ich habe Angst, sie ohne Schutz zu berühren."

Avery seufzte verärgert über ihre Vergesslichkeit. „Das erinnert mich daran. Caspian hat angeboten, bei der Aufhebung von Els Fluch zu helfen."

Reuben war ihnen ins Zimmer gefolgt und lehnte stirnrunzelnd am Türrahmen. „Ich will ihn nicht in ihrer Nähe haben! Woher weiß dieser Wichser das überhaupt?"

„Weil ich von einem Besuch von ihm gesegnet wurde", sagte Avery und fühlte sich alles andere als glücklich. „Er kam, um mir einige Informationen über die Gestaltwandler zu geben, aber sobald er wusste, dass El verflucht war, bot er seine Hilfe an. Es ist unwahrscheinlich, ich weiß, aber es schien aufrichtig zu sein. Er sagt, seine Grimoires enthalten viele Zauber über Flüche und deren Aufhebung."

Newton schnaubte. „Natürlich tun sie das."

„Das Gleiche habe ich auch gesagt, aber ich denke, wir sollten sein Angebot ernsthaft in Betracht ziehen." Sie blickte Alex an. „Was meinst du?"

Er zuckte mit den Schultern. „Ein Teil von mir stimmt Reuben zu, aber wenn du nicht weiterkommst, Briar ..."

Briar nickte nachdenklich. „Lasst mich darüber nachdenken, während ihr uns über unsere Gestaltwandler-Freunde auf den

neuesten Stand bringt." Sie führte sie zurück in den Wohnbereich.

„Du denkst nicht ernsthaft darüber nach, Caspians Hilfe
anzunehmen?", fragte Reuben entsetzt.

„Doch, das tue ich. Je länger sie verflucht ist, desto schlimmer wird es ihr gehen. Sie wird dehydrieren und verhungern,
und wer weiß, was noch alles."

Reuben seufzte resigniert und holte Getränke, während
Avery ihnen alles über die Devices und ihre Beziehung zu den
Gestaltwandlern erzählte und über die Möglichkeit, dass ihre
geheimnisvolle Hexe eine Zeitwanderin sein könnte.

„Wow. Es ist eine Menge passiert, während ich hier war",
sagte Briar nachdenklich. „Hunter hat das nicht erwähnt, als
ich heute früh seine Wunden überprüft habe." Dann runzelte sie die Stirn. „Hat er sich wieder verwandelt?"

„Äh, ja. Ist das schlimm?"

Briar sah entnervt aus. „Ja! Er ist ein furchtbarer Patient.
Jedes Mal, wenn er sich verwandelt, reißt das seine Wunden
wieder auf."

„Sie sahen ziemlich rot aus", gestand Avery.

„Also willst du damit sagen, dass er diesen Kampf
angezettelt hat? Er hat es gestanden!"

„Ja und nein", sagte Avery. „Ich weiß nur, was passiert ist,
weil ich nach Caspians Besuch zu ihnen nach Hause gegangen bin und Holly und Piper allein zu Hause angetroffen
habe. Sie haben mir alles über die wahren Umstände des
Kampfes erzählt, und es klingt glaubwürdig."

„Nun, wir haben immer vermutet, dass sie uns etwas ver-
heimlichen", sagte Alex. „Das rückt die Sache in ein ganz
anderes Licht."

„Sie haben uns angelogen", argumentierte Reuben. „Und Ärger nach White Haven gebracht."

„Das ist etwas, womit wir fertig werden können", sagte Avery und versuchte, ihn zu beruhigen. „Und du musst dich nicht einmischen. Du musst dir um El Sorgen machen."

„Ich fühle mich im Moment ziemlich nutzlos", sagte er und fuhr sich mit den Fingern durch die Haare. „Ich habe die Grimoires von vorne bis hinten nach Lösungen für Flüche durchgelesen, und das, was ich gefunden habe, hat bei El nicht viel geholfen. Ich könnte etwas anderes gebrauchen, das ich ausprobieren kann."

Avery seufzte. „Wir sind nicht auf einen Kampf aus. Wir gewinnen Zeit für die Gestaltwandler. Ich weiß nicht viel darüber, wie sie leben, aber es klingt nach einem patriarchalischen Albtraum." Sie zuckte mit den Schultern. „Und bis ich mich nicht mit den Devices treffe, wissen wir nicht einmal, was sie wollen."

Newton sah ungeduldig aus. „Ich mache mir mehr Sorgen über die Ereignisse direkt vor unserer Haustür – die Old Haven-Kirche, um genau zu sein. Was unternehmen wir dagegen?"

Briar funkelte ihn an. „El ist im Moment meine Sorge, Newton."

Er sah für einen Moment zerknirscht aus. „Nun, ja, natürlich, aber der Pfarrer wurde gerade vor laufender Kamera von Magie getroffen. Wir müssen verhindern, dass das eskaliert."

„Verflucht", sagte Alex, lehnte sich an die Rückenlehne des Sofas und rieb sich die Augen. „Wenn das erst einmal bekannt wird, werden die Paranormal-Besessenen nach Old Haven strömen. Was für ein verdammter Albtraum."

„Ja, das werden sie, was sie in Gefahr bringt", sagte Newton und dachte über die Konsequenzen nach. Er wandte sich wütend an sie. „Ich kann nicht glauben, dass ihr mir nichts davon erzählt habt!"

„Ach, komm drüber weg", sagte Briar schroff. „Wir hatten andere Sorgen."

Avery zuckte innerlich zusammen. Briar konnte jetzt so bissig zu Newton sein. Ihm war das jedoch egal. „Es ist mein Job, Briar. *Komm du* drüber weg."

Sie funkelten sich für einige Sekunden an, bevor Reuben eilig mit ein paar Flaschen Bier aus dem Kühlschrank dazwischenging. „Also, was ist der Plan?"

Alex beugte sich entschlossen vor. „Die Old Haven Church ist alt, aber der Ort, an dem sie steht, ist noch älter. Die Eibe steht dort seit Hunderten von Jahren und ist wahrscheinlich älter als die Kirche, die irgendwann im dreizehnten Jahrhundert gebaut wurde. Eiben haben eine enorme Bedeutung. Sie symbolisieren Tod und Wiedergeburt, was zum Teil der Grund dafür ist, dass Kirchen neben ihnen gebaut wurden. Bei Old Haven steht sie in der Mitte eines Baumhains. Wir müssen mehr über diesen Ort herausfinden. Warum hat die Hexe ihn ausgewählt?"

„Du siehst mich mit diesem fiebrigen Glanz in deinen Augen an", bemerkte Reuben. „Was soll ich tun?"

„Wir haben viele Bücher mitgebracht", begann Alex.

„Ja, Bücher über die lokale Geschichte, Baumkunde, alte Riten ... Und wir dachten uns, während du nach El siehst ...", fuhr Avery fort.

„Klar, ich könnte recherchieren." Reuben nickte. „Das wird mich beschäftigen. Ich drehe hier langsam ein bisschen durch."

Avery lächelte. „Danke."

„Und was habt ihr vor?", fragte er.

„Wie ich bereits erwähnte, meinte Caspian, die Hexe sei eine Zeitwanderin. Es ist ihr gelungen, die Zeit zu manipulieren, um länger zu leben. Er sagt, das erfordert eine Menge Energie, und wir sollten nach Quellen elementarer Energie suchen, die ihr helfen, sich zu erneuern, insbesondere Wasser – Süßwasser."

„Eine Zeitwanderin? Den Begriff habe ich schon mal gehört, aber mehr weiß ich auch nicht", gestand Briar.

„Wir auch nicht", sagte Alex. „Aber ich habe eine Idee, wo wir sie finden können. Wir werden eine Geisterwanderung machen."

Reuben runzelte die Stirn. „Das könnte gefährlich sein, wenn sie das auch kann."

„Aber so kann ich ein großes Gebiet abdecken und vielleicht ihre Energiesignatur aufnehmen."

Avery fügte hinzu: „Er wird nicht allein sein. Wir gehen zusammen."

„Wo werdet ihr suchen?"

„Natürliche Quellen, Wasserfälle – ich muss anfangen, Onkel Google zu befragen", sagte Alex.

„Und was ist mit dem Schutz der Old Haven Church vor paranormalen Fanatikern?", fragte Newton, immer noch vor Ärger strotzend. „Die Polizei kann das nicht machen."

Alex lächelte. „Unser Freund Gabe sucht gerade einen Job im Sicherheitsdienst."

Newton sah verblüfft aus. „Der Nephilim-Typ?"

„Das passt doch super, oder? Ein Nephilim, der die Kirche beschützt. Perfekt", sagte Alex grinsend. „Ich rufe ihn sofort an."

„Nein, warte", sagte Avery und hielt seine Hand fest. „Lass mich erst mit James reden. Ist er zu Hause, Newton?"

„Vielleicht. Kommt drauf an, ob er bei Bewusstsein ist oder eine Gehirnerschütterung hat."

Avery saß einen Moment lang schweigend und nachdenklich da. Sie wollte nach ihrem Gespräch wirklich nicht mit James reden, aber sie wusste, dass sie es tun musste. Er war verletzt worden, weil sie nicht energischer eingeschritten war, und das Kirchengelände würde von paranormalen Enthusiasten überschwemmt werden, wenn sie nicht schnell handelten. Und sie mochte ihn, trotz ihrer Differenzen. Er war ein guter Mann, und sie wollte ihm helfen. „Ich rufe ihn jetzt an. Und Briar, was ist mit Caspians Hilfsangebot?"

„Ruf ihn an. Wir können jede Hilfe gebrauchen."

Avery rief umgehend Caspian an, noch vor James. Er antwortete mit einem langsamen, gedehnten Tonfall. „Avery. Welch ein Vergnügen."

Sie kam direkt zur Sache. „Hast du ernst gemeint, was du vorhin angeboten hast? Wegen El?"

„Natürlich."

„Könntest du dann zu Els Wohnung kommen? Briar hat so gut wie keine Fortschritte gemacht, und wir brauchen jetzt Hilfe."

Avery spürte, wie er vor Selbstgefälligkeit strotzte, weil er gefragt wurde, und sie kämpfte dagegen an, ihren Ärger zu unterdrücken. „Es wird mir ein Vergnügen sein. Ich bin in einer Stunde da."

„Brauchst du die Adresse?"

„Natürlich nicht. Ich weiß, wo sie wohnt." Und damit legte er auf und ließ sie wütend zurück.

Dann rief sie James an, aber es ging sofort die Mailbox an. Sie blickte zu Alex auf. „Ich fahre zu ihm nach Hause. Willst du mitkommen?"

„Sicher. Newton, wir rufen dich an, wenn es Neuigkeiten über den Nephilim und die Kirche gibt. Bis dahin sieh zu, ob du für kurze Zeit ein paar Polizisten dort postieren kannst. Wir brauchen nicht noch mehr Verletzte."

„Und was ist mit diesen anderen Device-Hexen?", fragte Newton besorgt.

„Um die kümmern wir uns, wenn sie ankommen."

„Ich bin nicht sicher, wie erfreut er sein wird, uns zu sehen", sagte Avery zu Alex, als sie bereit zum Klopfen auf James' Türschwelle standen.

Alex lächelte dieses langsame, sexy Lächeln, das ihr immer die Knie weich werden ließ. „Du bist bezaubernd, weißt du das?"

Sie errötete vor Freude. „Tja, danke, aber das hilft mir gerade nicht."

„Ich sage dir, dass du bezaubernd bist, und das hilft nicht?"

Sie lachte. „Es ist fantastisch, und du bist auch bezaubernd. Aber ich glaube nicht, dass James das von mir denkt."

„Offensichtlich ist er ein Idiot", sagte er leise, als er sich für einen Kuss vorbeugte, der ihr den Atem raubte, und sie ihn spielerisch wegstieß.

„Wir knutschen auf der Türschwelle des Pfarrers rum. Benimm dich!"

Er lachte, als sie an die Tür klopfte, und sie hörten Schritte von der anderen Seite. Die Frau, die öffnete, schien in ihren späten Dreißigern zu sein, mit schulterlangem braunem Haar und müden Augen. Sie war zierlich gebaut, kleiner als Avery, und sie blickte unsicher auf. „Kann ich Ihnen helfen?"

„Hallo, ich bin Avery und das ist Alex. Könnten wir vielleicht kurz mit James reden?"

Sobald Avery ihre Namen nannte, verfinsterte sich das Gesicht der Frau, ein Anflug von Angst blitzte in ihren Augen auf und sie trat einen Schritt zurück. Avery wurde schlecht. *Hatte diese Frau Angst vor ihr?*

„Was wollen Sie?“

„Nur reden. Ich habe gehört, dass er heute verletzt wurde.“

„Ja, dank *Ihnen*. Sein Arm ist gebrochen und er hat sich den Kopf gestoßen.“

„Und deshalb sind wir hier. Ich habe ihn doch gebeten, heute nicht dorthin zu gehen“, sagte Avery sanft. „Sind Sie seine Frau? Sie sind sicher besorgt. Wir wollen helfen.“

Einen schrecklichen Moment lang dachte Avery, die Frau würde ihr die Tür vor der Nase zuschlagen, und fragte sich, ob sie einen Glamour auf sie wirken müssten, was sie eigentlich nicht tun wollte. Aber dann trat seine Frau wieder einen Schritt zurück und öffnete die Tür weiter. „Kommen Sie herein. Ich bringe Sie zu ihm.“

Sie traten ein und Avery streckte ihre Hand aus. „Und Ihr Name ist?“

Sie zögerte einen Augenblick und schüttelte dann ihre dargebotene Hand. „Elise.“

Alex tat es ihr gleich und schenkte ihr sein strahlendstes Lächeln. „Danke, Elise. Wir wissen das zu schätzen.“

Sie wandte ihnen den Rücken zu und führte sie einen breiten Flur entlang, und Avery und Alex warfen sich einen verstohlenen Blick zu. *Das würde schwer werden.*

Das Haus war von der Zentralheizung wohlig warm, die Eingangshalle und der Korridor waren holzgetäfelt und der Boden mit Teppichen ausgelegt. Entlang des Weges lag vereinzelt Spielzeug herum, das Elise im Vorbeigehen müde aufsammelte. Sie betraten ein Wohnzimmer, das vom Chaos des Familienlebens erfüllt war, und nachdem sie es durchquert hatten, führte sie sie zu einer Tür im hinteren Teil des Hauses. Sie klopfte zögerlich an und stieß die Tür dann auf. „James, du hast Besuch."

Es war ein Arbeitszimmer, das von einer einzigen Lampe beleuchtet und mit einem von Papieren überquellenden Schreibtisch sowie mehreren Bücherregalen voller Bücher möbliert war. James lehnte in einem großen Sessel, dessen Stoff an den Armlehnen und der Kopfstütze über die Jahre dünn geworden war. Im Kamin brannte ein schwaches Feuer, und er saß da und starrte abwesend in die Flammen. Er drehte den Kopf nicht.

Elise warf ihnen einen Blick zu, marschierte dann zum Kamin, legte ein weiteres Holzscheit auf und stocherte im Feuer, um es wieder zum Leben zu erwecken.

Avery ging sehr langsam um den Sessel herum, als würde sie sich einem verängstigten Kind nähern, und ließ sich auf die Knie fallen, sodass sie auf seiner Augenhöhe war. „Hi James, wie geht es dir?"

Für einen Moment rührte er sich nicht, dann hob er langsam den Blick, um ihren zu erwidern, und wiegte seinen linken Arm, der nun in Gips lag. „Nicht so toll."

„Es tut mir wirklich leid, dass du heute verletzt wurdest, uns beiden." Sie nickte Alex zu, der nun in James' Blickfeld trat, sich im Schneidersitz auf den Boden setzte und James mitfühlend zunickte. Avery fuhr fort: „Wie fühlst du dich?"

„Eigentlich ziemlich durcheinander, Avery." Er blickte über sie hinweg zu Elise, und Elise richtete sich auf und verließ den Raum. Er wartete, bis ihre Schritte verklungen waren. „Ich bin mir nicht ganz sicher, was heute passiert ist, aber ich bin mir ziemlich sicher, dass es kein Schwindel war."

„Was glaubst du dann, was es war?" Avery spürte, wie sich ihre Kehle vor Sorge zuschnürte, doch ihr Gesichtsausdruck blieb ruhig und entspannt.

James wandte den Blick ab, zurück zum Feuer. „Ich spürte einen Ruck durch meinen Arm und meinen ganzen Körper fahren. Es fühlte sich an, als ob jede Nervenfaser in Flammen stünde, und es hat mich einfach weggeschleudert, direkt von der Leiter und gegen einen Baum. Aber ich habe etwas gesehen ..."

Avery sah zu Alex, der ruhig wirkte, aber sie wusste, dass er genauso besorgt war wie sie. Sie ermutigte James: „Was hast du gesehen?"

„Ein Gesicht, das Gesicht einer Frau. Alte Augen, so sehr alt. Unerlöst."

„Wie hast du ihr Gesicht gesehen?"

„In meinen Gedanken." Er wandte sich ihr zu, seine eigenen Augen ebenso gequält, und hob seine unverletzte Hand, um auf seinen Kopf zu zeigen. „Genau hier drin. Nur für eine Sekunde. Und eine Stimme schrie so etwas wie: ‚Nein, lauf weg, Prediger.' Dann wurde ich ohnmächtig, aber ihr Gesicht steckt hier fest. Jedes Mal, wenn ich die Augen schließe, sehe ich sie."

Alex runzelte die Stirn und beugte sich vor. „Hast du irgendetwas gefühlt? Irgendeine Emotion?"

„Ja." Sein Blick wanderte zu Alex. „Eine rasende Wut. Wer ist sie?"

„Wir wissen es nicht", gestand Alex. „Aber wir versuchen, es herauszufinden."

„Würdest du sie wiedererkennen?", fragte Avery eifrig.

„Oh ja. Definitiv."

„Das könnte uns helfen, nehme ich an", überlegte Avery.

James fügte hinzu: „Dort ist eine Macht am Werk. Ich habe sie gespürt. Es war unheimlich. Es fühlte sich ganz anders an als damals, als dieser Geist in der Kirche war. Diese *Dinge* am Baum, du hast sie Hexenzeichen genannt. Ist sie eine Hexe? Seid *ihr* welche?"

Avery spürte, wie ihr der Atem in der Kehle stockte, und sie geriet für einen Moment ins Wanken. Bevor sie antworten konnte, sprang James ein. „Ja, ich sehe es in deinem Gesicht." Er sah Alex an. „Bist *du* auch eine?"

Alex hielt seinen Blick fest auf James gerichtet. „Es gibt viele Definitionen einer Hexe."

James erlaubte sich ein kurzes Lächeln. „Semantik. Was ist deine Definition?"

„Was ist deine?", konterte Alex.

Für ein paar Sekunden war der Raum still, und alles, was Avery hören konnte, war das Verschieben der Glut, das Knistern der Scheite im Feuer und das leise *Ticktack* der Uhr an der Wand, das mit jedem Augenblick lauter zu werden schien.

Eine neue Härte trat in James' Stimme. „Ich habe natürlich von Wicca gehört – Hexen, die die Jahreszeiten feiern, die die Göttin anbeten, die dem einen wahren Gott abschwören. Aber es gibt auch solche, die Pakte mit dem Teufel schließen, die das Mal des Teufels tragen, die Vertraute haben, die ihre Befehle ausführen, die Zauber wirken und sich mit dem Okkulten beschäftigen. Zu welcher Sorte gehört ihr?"

Avery seufzte und nahm ebenfalls einen härteren Ton an, als sie eine Entscheidung traf. Dies war nicht die Zeit für Lügen, und wenn es schiefginge, könnten sie immer noch einen Glamour auf ihn wirken. „Es gibt keine Hexen, die Pakte mit dem Teufel schließen, James. Das ist mittelalterlicher Unsinn. Unschuldige Männer und Frauen wurden dafür verbrannt, einschließlich meiner Vorfahrin, Helena Marchmont. Aber ja, ich bin eine Hexe. Ich wirke Magie, Naturmagie." Sie beobachtete, wie sich James' Gesicht veränderte und seine Augen sich vor Überraschung weiteten. *„Echte* Magie. Sie wurde mir über die Jahrhunderte weitergegeben, und Alex von seiner Familie. Wir haben mit niemandem einen Pakt geschlossen, und wir sind gut, unsere Magie dient dem Schutz. Wir beschützen White Haven, und das schließt dich mit ein."

Seine Augen verengten sich vor Misstrauen und Zweifel. „Was meinst du mit ‚echter Magie'?"

Avery warf Alex einen Blick zu und er nickte. Sie wandte sich James zu, beschwor die Luft und eine leichte Brise umspielte sie und hob ihr Haar an. Sie ließ die Brise durch den Raum ziehen, die die Papiere auf seinem Schreibtisch durcheinanderwirbelte und anhob, bis sie für ein paar Sekunden frei schwebten, und dann fuhr sie fort, auch Alex und James durchs Haar zu streichen. James zuckte zusammen, der Schock stand ihm deutlich ins Gesicht geschrieben. Alex wandte sich daraufhin dem Feuer zu und ließ die Flammen höher und höher schlagen, wobei er wirbelnde Formen in ihnen erschuf, und dann hielt er seine Handfläche ausgestreckt und beschwor eine Flamme auf seine Hände.

James wich in seinem Stuhl zurück, eine Mischung aus Furcht und Staunen in seinen Augen. „Tatsächlich Magie", sagte er und atmete leise aus.

„Elementarmagie", korrigierte Avery ihn und beobachtete seine Reaktion.

„Ich glaube, ich habe eine Gehirnerschütterung."

Avery lächelte. „Das mag sein, aber sie ist echt. Und sie hat nichts mit dem Teufel zu tun."

Alex beobachtete James aufmerksam und beugte sich vor. „Wir vertrauen dir diese Information an, James. Es ist ein Geheimnis – unter uns."

James nickte zustimmend. „Ihr hättet lügen können.“

„Ja, das hätten wir – und können es immer noch.“

„Gibt es noch mehr als nur euch beide?“

Alex zögerte eine Sekunde lang. „Ja, aber wir werden dir nicht sagen, wer sie sind. Das ist nicht wichtig.“

James nahm dies schweigend hin. „Und diese Frau in meinem Kopf?“

„Eine weitere Hexe, aber wir haben keine Ahnung, wer sie ist oder was sie will“, antwortete Avery. „Es ist wichtig, dass wir die Leute im Moment von Old Haven fernhalten.“

„Und das schließt dich mit ein“, fügte Alex hinzu.

„Wissen diese paranormalen Ermittler über euch Bescheid?“

Avery nickte. „Bitte glaub mir, wenn ich sage, dass von uns keine Gefahr ausgeht, James. Du brauchst keine Angst vor uns zu haben, aber du hast auch keine Ahnung von der Natur der Magie und wie gefährlich sie sein kann. Sie ist mächtig und geheimnisvoll und kann von denen, die sich dafür entscheiden, für das Böse missbraucht werden.“

„So wie diese Hexe. Sie hat mich bedroht“, sagte er und wurde allmählich wütend.

„Weshalb du dich da raushalten musst“, sagte Alex eindringlich.

James starrte ihn an und es war klar, dass sein Moment des Staunens wieder in Angst und Misstrauen umschlug. *Hatten sie gerade einen schrecklichen Fehler gemacht?* „Wie halten wir auf, was in Old Haven passiert?“

„Wir arbeiten daran“, sagte Alex. „Aber wir brauchen Zeit und Raum.“

„Wie ich dir gestern schon sagte“, sagte Avery und konnte die Ungeduld in ihrer Stimme nicht verbergen.

„Könnt ihr diese Dinge nicht einfach mit eurer …“, er schluckte, „Magie entfernen?“

„Nein. Aber wir können das Gebiet schützen. Wir haben Freunde, die helfen können; sie arbeiten in der Sicherheitsbranche. Soll ich sie fragen?“, fragte Alex.

„Wer sind sie?“, fragte James und blickte misstrauisch zwischen ihnen hin und her. „Andere Hexen?“

„Nein. Aber sie sind stark und niemand kann das besser. Ihr Manager“, sagte Avery und zuckte innerlich bei der Lüge zusammen, „heißt Gabe und du kannst ihn gerne treffen.“

„In Ordnung“, sagte er und sein Gesicht spiegelte Resignation und Verzweiflung wider. „Und jetzt geht bitte und lasst mich versuchen, das alles zu begreifen. Was sagen wir der Presse?“

Alex lächelte. „Du willst es ihnen jetzt nicht erzählen? Weil sie heute dort eine Menge gesehen haben.“

„Nein. Nicht jetzt.“ Er hielt sich wieder die Hand an den Kopf und sah entsetzt aus. „Kannst du dir vorstellen, was die sagen würden?“

Avery erhob sich. „Sie haben am Ende Newton, den Kriminalinspektor, und Ben und die anderen interviewt, also ist es schon erledigt. Ich bin mir aber nicht sicher, ob das die Lage beruhigen wird. Wir melden uns.“

Elf

Wieder einmal saßen Avery und Alex in einem Schutzkreis auf dem Teppich vor Alex' Kamin, genau wie bei dem ersten Mal, als Avery mit ihm auf Geisterwanderung gegangen war.

Der Raum war nur von Kerzen und dem Kaminfeuer schwach erleuchtet und Avery saß Alex im Schneidersitz gegenüber, ihre Knie berührten sich. Er hielt den kleinen Silberkelch, der mit dem Trank gefüllt war, der ihnen helfen sollte, in den notwendigen Geisteszustand zu gelangen, nahm einen Schluck und reichte ihn dann Avery. Sie verzog das Gesicht, als sie daran nippte und ihn zurückgab. Sie hatte vergessen, wie bitter er war. „Wohin gehen wir zuerst?"

„Nach Old Haven. Ich dachte, es wäre interessant zu sehen, wie es in unserem Geisteszustand aussieht", sagte er, griff nach ihren Händen und drückte sie. „Und von dort aus weiter über die Moore. Vielleicht folgen wir dem Fluss das Tal hinauf."

Avery nickte. „Erinnerst du dich an das letzte Mal, als wir das gemacht haben?"

„Natürlich. Es war das erste Mal, dass ich dich geküsst habe."

Avery beugte sich vor und streichelte seine Wange, während eine Welle der Sehnsucht sie überkam. „Was für ein Glück für mich. Ich habe dich damals falsch eingeschätzt."

„Ich weiß, aber ich vergebe dir", sagte er frech und zog sie dann erneut für einen Kuss an sich. „Hör auf, so ablenkend zu sein. Wir haben Arbeit zu erledigen."

„Na gut, ich lenke dich später ab." Sie legte sich hin und hielt seine Hand, so wie sie es schon einmal getan hatten, und lauschte, wie er den Zauberspruch sprach, der ihren Geistern half, ihre Körper zu verlassen.

Sie spürte, wie sie aus dem Bewusstsein in einen seltsamen Traumzustand glitt, und wie zuvor löste sich Alex zuerst aus seinem Körper und schwebte über ihr. Sein Körper schimmerte silbern, eine Schnur verband ihn mit seinem körperlichen Selbst.

Er lächelte zu ihr hinab und zog sanft, und sie spürte den Ruck, als sie emporschwebte, um sich ihm anzuschließen. Seine Stimme hallte in ihrem Kopf wider. *Musst du zuerst wieder eine Runde durch den Raum drehen?*

Nein, mir geht es gut, antwortete sie. *Lass es uns hinter uns bringen.*

Er drehte sich um und zog sie durch die Wände seiner Wohnung hinaus über die Straßen von White Haven. Obwohl es draußen kalt war, fühlte sie sich vollkommen warm und wohl, unempfindlich gegenüber dem Herbstwetter, aber die Elementarenergien sahen heute Nacht ganz anders aus. Regen und Wind wirbelten um sie herum und der Himmel über ihnen war schwer von brütenden Wolken, die auf dieser Ebene lila und grau erschienen. Die Straßenlaternen funkelten immer noch hell unter ihnen und Avery konnte die Auren der Menschen sehen, die dem Wetter trotzten. Über der Stadt pulsierte schwach ihre Magie, die in der Nacht freigesetzt worden war, als sie den Bannzauber gebrochen hatten, viel schwächer als zuvor. Alex zögerte jedoch nicht und zog sie schnell über die Stadt und auf den Hügel nach Old Haven.

Dort oben waren keine Menschen. Die Landschaft war still und dunkel und der massive Bau der Kirche lag fest unter ihnen. Aber dahinter schien ein dunkelrotes Glühen in der Nacht zu vibrieren. *Siehst du das?*, fragte Alex, seine Stimme in ihrem Kopf, als er sie näher führte.

Ja. Das ist eine ziemlich bedrohliche Energiesignatur. Eine rote Aura um eine Person konnte Leidenschaft, Energie und Stärke bedeuten, aber wenn sie, so wie diese, wolkig und schwarz gefärbt war, bedeutete sie Wut und Negativität. *Spiegelt das die Aura der Hexe wider?*, fragte Avery. Alex verstand das besser als sie.

Wahrscheinlich. Sie hat diesen Zauber erschaffen und wie wir dachten, ist er sehr stark.

Als sie sich näherten und sich vom Energiefeld fernhielten, sah Avery silbern leuchtende Sigillen, die um das Gebiet herum glühten. Schutzzeichen.

Sie meint es ernst, sagte Alex. *Ich frage mich, ob diese heute hinzugefügt wurden, nach James' Versuch, die Hexenzeichen zu entfernen.*

Vielleicht muss das Gebiet nicht von Gabe beschützt werden. Diese Schutzzeichen würden jeden davon abhalten, näher zu kommen.

Die Runen waren schützend, aber auch abwehrend, und Avery konnte ihre Macht von hier aus spüren. Sie fragte sich, was für ein Zauber das war.

Vielleicht hat James' Versuch, ein Hexenzeichen zu entfernen, sie ausgelöst und deshalb hat er sie in seinem Kopf gehört?, schlug Alex vor.

Avery stimmte zu, wurde aber durch etwas unter dem wolkig-roten Bereich abgelenkt, das von der Eibe selbst auszugehen schien. *Kannst du das sehen?* Sie zeigte auf das Herz des Baumes.

Der Stamm und die Äste der Eibe erstrahlten in einer grünen Aura, die Leben und Vitalität anzeigte, und alle anderen Bäume und Büsche vibrierten in derselben Farbe. Die der Eibe war jedoch dunkler und satter, was Avery für ein Zeichen ihres hohen Alters hielt. Aber in ihrem hohlen Stamm sah sie ein schwach schillerndes, weißes Leuchten.

Alex drehte sich, um eine bessere Sicht zu bekommen. *Das ist eine andere Energiesignatur.*

Da stimme ich dir zu. Aber was bedeutet das?

Ich denke, was auch immer sie tut, es funktioniert und ein Portal beginnt sich zu bilden.

Aber wohin? Das letzte, das wir sahen, war voller Feuer und Dunkelheit.

Hoffentlich dann nicht in die Dämonenreiche. Die Hexenzeichen schwingen auch mit.

Er hatte recht. Viele von ihnen hingen in der Eibe und den umliegenden Bäumen, und auch sie leuchteten in Regenbogenfarben und zitterten leicht vor Macht.

Komm schon, sagte er seufzend. *Hier können wir nichts mehr tun. Versuchen wir, sie zu finden.*

Sie zogen weiter und suchten nach etwas, das Old Haven mit dem Versteck der Hexe in Verbindung bringen könnte, aber da war nichts.

Sie flogen über angeschwollene Bäche und reißende Flüsse, die vom Regen schwer waren. Kleine Wasserfälle wirbelten ihre Energie auf und warfen Feuchtigkeitswolken auf, aber nichts deutete darauf hin, dass eine Hexe in der Nähe sein könnte. Sie suchten sogar nach Abwesenheiten von Licht, die darauf hindeuten könnten, dass etwas sie blockierte, sahen aber nichts.

Alex lenkte ihre Aufmerksamkeit auf die Moore, weit weg von White Haven und anderen kleinen Siedlungen. Er zeigte hinunter auf rasende Gestalten, die über den Boden jagten. Insgesamt vier, und sie schienen eine kleine, fliehende Kreatur zu jagen. Die Wandler.

Avery schnappte nach Luft. „Du hast recht!" Als sie tiefer sanken, sah sie, wie riesig und schnell sie waren. Sie hatten es auf ihre Beute abgesehen, bei der es sich Avery zufolge um einen Fuchs handelte, und sie schaute weg, als sie sich in einer Zangenbewegung um ihn herum bewegten. „Ich liebe Füchse! Sie dürfen ihn nicht töten."

„Das ist es, was sie tun ... sie sind Wölfe." Aber Avery spürte auch einen Hauch von Bedauern in seiner Stimme – wenn man diese Stimme im Kopf überhaupt als Stimme bezeichnen konnte.

„Heute Nacht nicht", sagte sie verärgert. Sie hatte seit ihrer letzten Geisterwanderung nicht mehr versucht, ihre Kräfte auf dieser Ebene einzusetzen, doch sie belegte den Fuchs schnell mit einem Schutzzauber, der seinen Geruch überdeckte und ihn in Schatten hüllte. Dann lenkte sie seinen Geruch auf eine falsche Fährte, wodurch die Wölfe in die falsche Richtung abbogen. Sie lächelte Alex vergnügt an, als der Fuchs über das Moor in die Freiheit rannte und die Wölfe nun weit entfernt waren.

„Avery Hamilton, das war sehr hinterhältig", sagte Alex anerkennend.

„Ich weiß, aber das ist mir egal. Es ist ja nicht so, als würden sie verhungern."

„Komm schon. Wir kommen hier nicht weiter. Lass uns nach Hause gehen."

Sie machten sich auf den Rückweg nach White Haven und flogen über die Straßen, die sich unter ihnen verzweigten. Alex' Augen verengten sich und er deutete auf dunkle Gestalten, die sich auf der Straße bewegten, die direkt in die Stadt führte; eine dunkle Masse aus Grau und Schwarz um ein schnell fahrendes

Auto, die im Schein der Straßenlaternen gut zu erkennen war. „Ich glaube, die Devices sind hier."

„Wenn man nach ihren Auren geht, sind sie nicht glücklich", sagte Avery.

Sie sanken tiefer, bis sie viel näher am Auto waren, und versuchten, hineinzusehen. Es waren drei Gestalten; ein Fahrer und zwei weitere auf dem Rücksitz, von denen eine Welle der Macht und Entschlossenheit ausging.

Avery bemerkte, dass eine der Hexen auf dem Rücksitz sich umdrehte, um aus dem Fenster zu schauen, als ob sie ihre Anwesenheit spürte, und zog Alex weg. „Der Spaß fängt jetzt erst an."

Avery verbrachte die Nacht bei Alex. Anfangs sprachen sie darüber, wie sie mit den Devices umgehen sollten, aber dann, als die Welt von Wind und Regen ausgeblendet wurde, entschied Avery, dass es viel mehr Spaß machte, sich mit Alex auszuziehen. Die Devices konnten warten.

Mitten in der Nacht wachte sie auf und wunderte sich, was das für ein seltsames Geräusch war, das sie hörte. Ein paar Sekunden lang lag sie benommen da und versuchte, das Geräusch zu analysieren, dann drehte sie sich zu Alex um, aber das Bett war leer.

Alarmiert war sie hellwach, sprang aus dem Bett und zog sich ein T-Shirt über, bevor sie in den Hauptraum ging, wo sie Alex auf dem Küchenboden kauernd vorfand, wie er mit sich selbst – oder jemandem in seinem Kopf – sprach. *Mist.* Avery ließ sich neben ihm nieder und überlegte, ob sie versuchen sollte, ihn aufzuwecken, aber das konnte gefährlich sein.

Der Raum war dunkel, abgesehen von dem Licht, das von den Straßenlaternen durch die Jalousien fiel. Sie sprach einen Zauber, um die Lampen einzuschalten, aber der Raum sah normal aus und sie konnte keine andere Anwesenheit unter ihnen ausmachen.

Sie rollte ihn auf den Rücken und hob seine Augenlider an. Seine Augen waren weiß, nach hinten in den Kopf gerollt, und er flüsterte weiter Worte, die sie nicht verstehen konnte. Er fühlte sich eiskalt an, seine Haut war blass und seine Fäuste waren geballt. Sie rannte zum Sofa, holte ein Kissen und eine Decke hervor, legte ihm dann das Kissen unter den Kopf und breitete die Decke über ihm aus.

Vor Monaten hatte Nate, einer der Hexer aus St. Ives, Alex gewarnt, dass seine Visionen stärker werden könnten, und eine Zeit lang war das auch so. Ihre Probleme mit den Meerjungfrauen und den Nephilim schienen Schleusen der Empfänglichkeit geöffnet zu haben, was zu Kopfschmerzen und plötzlichen Zusammenbrüchen geführt hatte. Sie waren mit den Aktivitäten der Hexen in White Haven verbunden gewesen, und einmal hatte er eine Vision von Gabe, dem Nephilim, gehabt und war unerwartet in seinen Kopf geschleudert worden. Es war ein paar Mal bei der Arbeit passiert, was seine Mitarbeiter alarmiert hatte, und er hatte es als Erschöpfung abgetan. Mit Nates Hilfe war es ihm gelungen, sie unter Kontrolle zu bringen, und jetzt traten sie nur noch sporadisch auf.

Die Anstrengungen des heutigen Abends mussten sie wieder ausgelöst haben. Avery hasste es, wenn das geschah; sie war machtlos, sie aufzuhalten oder ihn aus ihnen herauszuholen. Sie saß frustriert da und hoffte, es würde schnell enden, als sie das Kribbeln von Magie spürte, als Alex' Schutzzauber um sein Pub zu vibrieren begannen. Jemand versuchte, sie zu durchbrechen.

Sie sprang auf die Füße, die Hände erhoben, und fügte ihre eigene Magie zu Alex' Zaubern hinzu. Für kurze Zeit schien es zu funktionieren, doch dann fielen die Zauber mit einem dumpfen *Knall* und sie sah, wie sich eine tintenschwarze Masse in der Mitte des Wohnbereichs zu winden begann. Jemand benutzte Hexenflug, was Avery zwar versucht hatte, aber nur schwer zu meistern vermochte. Sie errichtete schnell eine Schutzbarriere aus schimmernder weißer Energie, die verhinderte, dass was auch immer es war, näher kam; sie mochten in der Wohnung sein, aber es war noch nicht vorbei. Sie war versucht, eine Feuerwelle darauf abzufeuern, aber sie wollte auch wissen, wer es war.

Der Wirbel aus Dunkelheit verdichtete sich zur Gestalt einer großen Frau, die mit erhobenen Armen dastand und Avery mit ihren dunklen Augen anbohrte. Sie trug moderne Kleidung – eine dunkle Hose, die in kniehohen Lederstiefeln steckte, ein Hemd und eine lange Jacke – und sie hatte langes, seidiges, kastanienbraunes Haar, das ein blasses Gesicht umrahmte. In dem Augenblick, bevor sie angriff, bemerkte Avery den Schock auf ihrem Gesicht. *Sie hatte nicht erwartet, dass ich hier sein würde.* Bevor Avery etwas tun konnte, schickte die Hexe eine Welle reiner Energie auf sie, die sie von den Füßen gerissen hätte, wäre da nicht ihr Schild gewesen, der den Angriff wirksam abwehrte.

Avery benutzte ihren Schild als Waffe, stieß ihn mit einer Welle eiskalter Luft nach vorne, fegte die unbekannte Hexe von den Füßen und ließ sie gegen die gegenüberliegende Wand krachen. Bevor sie reagieren konnte, pinnte Avery sie dort fest und hob sie vom Boden, sodass ihre Beine Zentimeter über dem Boden baumelten.

„Wie könnt Ihr es wagen, uneingeladen einzutreten!", schrie Avery, wütend und verängstigt zugleich.

„Wie könnt Ihr es wagen, nach mir zu suchen!", erwiderte die Frau mit heiserer Stimme. Es gelang ihr, die Hände zu heben, und sie schickte mit einer Schnelligkeit, die Avery überrumpelte, eine Energiewelle auf sie zu. Avery flog rückwärts und prallte schmerzhaft gegen die Küchenschränke. Sie stürzte, nach Luft ringend, und schaffte es nur mit Mühe, wieder auf die Beine zu kommen und einen weiteren Angriff abzuwehren, diesmal einen Strahl Hexenfeuer, der aus den Händen der Frau durch den Raum schoss. Avery konnte die Hitze von hier aus spüren und es gelang ihr, ihn auf eine Zimmerpflanze abzulenken, die in Flammen aufging.

Alex lag noch immer regungslos am Boden, und Averys Herz hämmerte ihr schmerzhaft in der Brust. Sie musste diese Frau aufhalten, *und zwar sofort.*

Avery nutzte das Element Luft, um die brennende Pflanze vom Boden zu heben und sie wirbelnd durch den Raum zurück auf die Hexe zu schleudern, die sie ihrerseits gegen die Wand warf und vorrückte. Auch Avery rückte vor, doch anstatt mit Magie anzugreifen, rannte sie mit voller Wucht durch den Raum und riss die Hexe mit einem Rugby-Tackle zu Boden. Sie krachten gegen das Sofa, rollten darüber und auf den Couchtisch, bevor sie auf den Teppich auf der anderen Seite fielen und dabei nur knapp den breiten Steinsims des Kamins verfehlten.

Der unerwartete Angriff hatte der Hexe die Luft geraubt, und Avery nutzte die Gelegenheit und schlug ihr ins Gesicht. Der Kopf der Frau schnellte vor Schreck zurück und schlug auf dem Boden auf, und Zorn erfüllte ihre dunklen Augen. In einer plötzlichen Machtdemonstration schleuderte sie Avery nach oben, bis sie sie mit einem magischen Schraubstockgriff an die Decke presste. Sie hielt ihren linken Arm nach oben und ballte ihre Hände, als würde sie etwas zerquetschen, und Avery spürte, wie sich ihr Brustkorb zusammenzog. Sie bekam keine Luft mehr und fühlte, wie ihr Sichtfeld an den Rändern schwarz wurde.

Mit der rechten Hand wischte sich die Hexe das Blut von der Lippe, das ihr herunterrann. Sie starrte zu Avery hoch. „Das wirst du bereuen, du Schlampe."

Avery konnte sich weder bewegen noch sprechen; ihr Griff war ungeheuer stark. *Scheiße. Sie wird mich umbringen.*

Und dann sah Avery aus dem Augenwinkel, wie Alex auf die Beine kam und ein riesiger Feuerball durch den Raum schoss.

Er traf die Hexe, bevor sie überhaupt wusste, was geschah, und sie wurde augenblicklich von Flammen eingehüllt. In einem Sekundenbruchteil verschwand sie und nahm die Flammen mit sich. Avery stürzte auf den Boden, schlug halb auf dem Couchtisch auf, bevor sie zu Boden fiel.

Für ein paar Sekunden bekam sie keine Luft und lag keuchend da, während sie versuchte, durch die vordringende Schwärze zu sehen. Sie spürte mehr, als dass sie sah, wie Alex neben ihr schliddernd zum Stehen kam. „Avery. Den Göttern sei Dank, du lebst."

„Gerade so", krächzte sie. Die Schwärze begann sich zurückzuziehen, und sie sah sein besorgtes Gesicht über sich. „Ich glaube, ich habe mir ein paar Rippen gebrochen. Das tut verdammt weh." Sie hob vorsichtig ihre linke Hand und tastete ihre Seite ab. Sogar das Einatmen tat weh.

Alex tastete zärtlich ihren Kopf ab und dann ihre linke Seite. „Wie ist es mit dem Atmen?"

„Schmerzhaft. Hilf mir, mich aufzusetzen."

Er schob eine Hand hinter ihren Rücken und hob sie praktisch in eine sitzende Position.

„Autsch, autsch, autsch", sagte sie bei jeder kleinsten Bewegung. Als sie wieder zu Atem gekommen war, kniff sie die Augen zusammen und sah Alex an. Er sah genauso schrecklich aus, mit dunklen Schatten unter den Augen. „Wie geht es dir? Ich dachte, du wärst bewusstlos.“

„War ich auch. Ich konnte spüren, wie sich ihr Geist wie eine dicke Wolke um meinen legte. Er war undurchdringlich, bis du *irgendetwas* getan hast. Du musst sie aus der Konzentration gebracht haben. Ich blieb für ein paar Sekunden regungslos liegen, bevor ich handelte, und versuchte nur, meine Kraft zu sammeln.“

Avery lächelte ihn an und legte eine Hand an seine Wange. „Was für ein Glück für mich. Ich glaube, sie wollte mich gerade umbringen.“

„Ich hätte sie zuerst getötet. Keine Frage.“ Er beugte sich vor und küsste sie sanft. „Soll ich Briar anrufen?“

„Nein. Lass sie schlafen. Ich überlebe bis zum Morgen. Und du?“

„Mir wird es schon wieder gut gehen. Ich bin nur stinksauer, dass sie mich überrumpelt hat. Und ich muss meine Schutzzauber wieder errichten.“ Er ließ sich zurück auf den Boden fallen, starrte an die Decke und umklammerte seinen Bauch. „Mir ist schlecht.“

„Ich mache dir etwas“, sagte Avery und versuchte, sich auf die Beine zu kämpfen, bevor sie aufgab. „In einer Minute.“ Sie sah zu Alex hinüber. „Sie dachte, du wärst allein. Sie war ziemlich schockiert, mich zu sehen. Wäre ich nicht hier gewesen, bin ich nicht sicher, was sie getan hätte.“

Alex war eine Sekunde lang still. „Glaubst du, sie hätte mich getötet?“

„Ich bin mir nicht sicher. Vielleicht. Sie will uns auf jeden Fall außer Gefecht setzen. Zuerst El und jetzt du.“ Ein schrecklicher Gedanke kam ihr. „Vielleicht hat sie Briar und Reuben schon angegriffen. Ich muss sie anrufen, das kann nicht warten.“

Avery stand langsam auf, zuckte bei jeder Bewegung zusammen, zog ihr Handy aus ihrer Tasche, die auf der Küchentheke lag, und rief Reuben an. Es klingelte eine Weile, bevor er abnahm. „Avery. Es ist vier Uhr morgens. Das sollte besser wichtig sein.“

„Wir wurden in Alex' Wohnung angegriffen. Ich wollte sichergehen, dass es euch gut geht.“

„Was!“ Sein Tonfall änderte sich, als sein Gehirn auf Touren kam. „Seid ihr beide okay?“

„Ja, gerade so. Und ihr? Ist Briar bei dir?“

„Ja, sie schläft auf der Couch. Also, das hat sie zumindest.“ Sie konnte hören, wie er sich bewegte, und er senkte seine Stimme, als er etwas zu Briar sagte. „Jep, hier ist nichts passiert.“

Eine Welle der Erleichterung überkam Avery. „Gut. Ist Caspian noch da?“

„Nein, er ist vor Stunden nach Hause gegangen, kommt aber später wieder.“

„Wirklich?“ Avery dachte, ihre Verwirrung würde niemals enden. „Warum?“

„Tja, schockierenderweise war er ziemlich nützlich.“ Reuben klang genervt, aber auch erfreut, was nicht überraschend war. Er hatte so ziemlich geschworen, Caspian für immer zu hassen, nachdem dieser Gil getötet hatte.

Avery traf eine Entscheidung. „Ich lasse euch dann wieder schlafen, aber wir kommen in ein paar Stunden rüber. Diese Hexe meint es ernst, und wir müssen entscheiden, was wir tun.“

„Sicher, bis später“, sagte Reuben gähnend, bevor er auflegte.

„Also, es geht ihnen gut?“, fragte Alex von dort, wo er immer noch ausgestreckt auf dem Teppich lag.

„Jep. Komm schon. Lass uns deine Schutzzauber wieder errichten.“

Er stöhnte, setzte sich auf, sah sich in seiner Wohnung um und runzelte die Stirn. „Und vielleicht aufräumen. Ihr beide habt ein ziemliches Chaos angerichtet."

Er hatte recht. Die Sofakissen waren auf dem Boden verstreut, Erde war *überall* verteilt, und die Überreste der verbrannten Pflanze waren an der Wand verschmiert und lagen nun rauchend auf dem Boden. Kerzen und andere Gegenstände lagen entweder auf dem Boden oder an willkürlichen Orten, und Bilder hingen schief an der Wand. Obendrein hing der Geruch von Rauch in der Luft.

„Deine schöne Wohnung! Tut mir leid", sagte Avery und hatte ein furchtbar schlechtes Gewissen.

Er grinste, erhob sich und kam zu ihr in die Küche. „Das lässt sich alles reparieren. Na ja, die Pflanze vielleicht nicht. Hauptsache, dir geht es gut." Er runzelte die Stirn. „Warum hast du einen blauen Fleck am Kinn?"

„Wirklich?" Avery berührte die Stelle sanft. „Ich glaube, da bin ich mit dem Kinn gegen ihren Ellbogen geknallt, als ich sie mit einem Rugby-Tackle umgerissen habe."

Alex lachte auf. „Und an deinen Fingerknöcheln ist Blut."

„Ich habe ihr auch eine verpasst."

„Das ist mein Mädchen", sagte er. Doch dann runzelte er die Stirn. „Ist das dein Blut? Denn wenn sie es hat ..."

Er brauchte es nicht zu erklären. Haare und Blut waren für eine Hexe äußerst wertvoll, und man wollte nicht, dass ein Feind sie in die Finger bekam. Man konnte sie benutzen, um eine Puppe herzustellen – eine kleine Figur von jemandem, die man mit Zaubern belegen und manipulieren konnte.

„Nein. Ich bin mir ziemlich sicher, dass es ihres ist. Ich habe ihr die Lippe aufgeschlagen."

„Gut. Dann benutzen wir es." Er warf ihr ein Taschentuch zu. „Wisch es auf und bewahr es gut auf."

Zwölf

Am nächsten Morgen quälte sich Avery knarrend aus dem Bett; jeder Muskel schmerzte und ihre Rippen brannten wie Feuer. Nachdem sie mit Sally telefoniert und ihr erklärt hatte, dass sie erst später zur Arbeit gehen würde – und sie gebeten hatte, ihre Katzen zu füttern –, machten sich alle auf den Weg zu Els Wohnung. Als Avery und Alex ankamen, war Caspian schon da.

Die Stimmung in Els Wohnung war absolut sachlich. Zauberbücher, Geschichtsbücher und Nachschlagewerke lagen überall verstreut. Räucherwerk lag in der Luft, und die Zentralheizung war voll aufgedreht, was die kalte Finsternis vertrieb, die vor den Fenstern lauerte. Caspian und Briar saßen, tief in eine Unterhaltung vertieft, an Els kleinem Esstisch, und Reuben hockte im Schneidersitz auf dem Boden, ein offenes Buch auf dem Schoß und eine dampfende Tasse Kaffee neben sich. Auf der Küchenarbeitsplatte stand interessanterweise eine Reihe von verschieden geformten Alchemistenkolben, von denen jeder mit einer unkenntlichen Substanz gefüllt war. Es sah aus wie in einem Chemielabor.

Es war seltsam, Caspian dort zu sehen, in Jeans und T-Shirt statt in einem Anzug, und er blickte auf, als sie eintraten. Sein

Blick streifte Alex, bevor er auf Avery ruhte. Sie erwiderte kurz seinen Blick, bevor sie die anderen ansah und rief: „Hallo, Leute."

„Hey Ave, Alex", sagte Reuben und drehte sich zu ihnen um. „Habt ihr euch erholt?"

„So gut wie." Alex ging zu Els offener Küche und stellte frisches Gebäck ab, dicht gefolgt von Avery mit einem Tablett voller Kaffeebecher. „Na ja, Avery vielleicht nicht. Sie ist ziemlich lädiert." Er zog sie an sich und küsste sie auf die Stirn.

„Aber ich habe es geschafft, Kaffee zu kaufen, obwohl ich mich wie gerädert fühle", erklärte sie mit einer Grimasse. Briar stöhnte anerkennend auf und gesellte sich zu ihnen an die Theke. „Ihr seid Schätze. Genau das, was ich gebraucht habe. Kann ich irgendetwas tun, um dir bei der Heilung zu helfen, Avery?"

Avery schüttelte den Kopf. „Nein, El ist wichtiger. Genauso wie Kaffee. Zwei Latte, zwei Flat Whites und ein Moccachino, falls jemand auch einen Schokoladenkick braucht", sagte Avery und zeigte auf die Becher.

„Meiner!", rief Reuben. Er hielt erwartungsvoll seine Hand hoch.

Briar drehte sich zu ihm um. „Du hast doch schon einen Kaffee!"

„Ich kann auch zwei haben!", protestierte er.

„Ist ja schon gut, keine Panik." Sie nahm den Becher und brachte ihn zu ihm.

Caspian kam zu ihnen herüber und lächelte selbstgefällig. „Auch einer für mich? Ich habe wohl Glück."

„Na ja, du hilfst ja, also warum nicht?", sagte Avery und versuchte, seinem Blick auszuweichen.

„Und du bekommst sogar ein Gebäckstück", sagte Alex spitz. „Muss wohl dein Glückstag sein."

Caspian schenkte ihm ein überaus kühles Lächeln. „Mit euch allen hier zu sein, erfüllt mein Herz mit Freude."

Briar seufzte entnervt. „Hört auf, ihr beiden. Wir machen tatsächlich gute Fortschritte, dank Caspian."

Alex setzte einen hochmütigen Gesichtsausdruck auf. „Gut. Ist El also schon aus ihrem Fluch-Koma erwacht?"

„Nein, aber wir wissen jetzt, um welche Art von Fluch es sich handelt", sagte Caspian. Er zeigte auf den Tisch, wo die verfluchte Halskette auf Samt gebettet lag, außer Reichweite einer zufälligen Berührung. „Ich habe einige Zauber gefunden, die die Natur des Fluchs offenbaren, und durch ein Ausschlussverfahren –"

„Endloses Ausschlussverfahren", fügte Reuben mit einem Stöhnen hinzu.

Caspian ignorierte ihn. „Indem wir verschiedene Tränke und Kräuter in den Alchemistenkolben getestet haben, haben wir herausgefunden, dass es sich um einen erdgebundenen Fluch handelt."

„Was bedeutet das?", fragte Avery zwischen zwei Schlucken Kaffee.

„Elementare Erdmagie, in das Silber gebunden, hat Els Geist erstickt und ihre Magie an Erde und Dunkelheit gefesselt."

Avery hielt entsetzt inne. „Das klingt furchtbar. Ihr Geist ist also gefangen – als wäre sie lebendig begraben?"

„So ähnlich", sagte Briar. „Wenn es einen Überschuss an Erdmagie gibt, werden wir Luft, Feuer und Wasser brauchen, um sie auszugleichen."

„Die Hexe hat mich gestern Abend angegriffen", sagte Alex nachdenklich. „Und ich habe ein ähnliches Gefühl erlebt. Sie hat mich erstickt, und ich dachte, es geschah mit ihrem Geist, aber nachdem ich darüber nachgedacht habe, deutete das Gewicht darauf hin, dass es etwas Erdiges war. Ich wurde fast darunter zerquetscht."

„Also ist unser Neuankömmling eine Erdhexe", sagte Caspian nachdenklich.

Avery runzelte die Stirn. „Aber sie ist per Hexenflug gereist. Ich dachte, das könnten nur Luftexen?"

Er zuckte mit den Schultern. „Wenn es sie schon so lange gibt, wie wir annehmen, hat sie wahrscheinlich viele Fähigkeiten gemeistert, die die meisten von uns in einem einzigen Leben niemals erreichen würden."

„Aber ich bin eine Erdhexe", sagte Briar beleidigt. „Ich mache solche Dinge nicht!"

Caspian seufzte. „Wir können mit unseren Kräften so viele positive oder negative Dinge tun, wie wir wollen, das weißt du, Briar. Erde kann Leben nähren und erschaffen oder es ersticken und begraben. Feuer kann wärmen oder verbrennen, Luft kann streicheln oder wie ein Hurrikan wüten, und Wasser kann Leben spenden oder es ertränken." Er nahm einen Schluck Kaffee und griff nach einem Croissant. „Erdmagie für einen Fluch zu verwenden ist zu dieser Jahreszeit auch ziemlich raffiniert."

„Natürlich", sagte Briar. „Ihre Jahreszeit ist der Winter, ihre Natur ist die Erdung, und die Höhle, ihre natürliche Manifestation des Schutzes, kann ein Gefängnis sein."

Alex nickte nachdenklich. „Els vorherrschende Stärke ist das Feuer. Das genaue Gegenteil der Erde im natürlichen Zyklus."

„Aber wie brechen wir ihn?", fragte Reuben ungeduldig. Er saß immer noch auf dem Teppich und beobachtete sie mit zusammengekniffenen Augen.

Caspian schlug vor: „Wir befreien El aus ihrer Fesselung, indem wir alle Elemente verwenden. Es wird uns alle brauchen, aber jetzt, da wir wissen, wogegen wir kämpfen, können wir es gezielter angehen.“

„Und wir haben den Zauber fast fertiggestellt“, fügte Briar hinzu.

Eine Woge der Erleichterung durchfuhr Avery. „Fantastisch. Wann?“

„Mittags.“ Caspian wandte sich wieder seinem Zauberbuch zu. „Erdmagie ist um Mitternacht am stärksten, also mittags am schwächsten. Feuer ist mittags am stärksten. Wir müssen sie in die Mitte eines Pentagramms legen. Wir werden es auf den Boden zeichnen.“ Er zeigte dorthin, wo Reuben in der Mitte des Teppichs saß, und blickte dann zurück zu Avery und Alex. „Ihr habt die Hexe letzte Nacht verletzt?“

Alex nickte. „Eine Kombination aus einem Feuerball, einem Rugby-Tackle und einem Schlag ins Gesicht.“

„Du hast sie geschlagen?“, fragte Briar mit großen Augen.

„Avery war’s“, erklärte Alex stolz, während er sie an sich zog und auf die Wange küsste.

„Nicht schlecht!“

Avery lachte, spürte aber unangenehm berührt Caspians anerkennenden Blick auf sich und ignorierte ihn geflissentlich.

„Gut“, sagte Caspian. „Sie wird sich jetzt erholen, und das wird uns das Leben leichter machen. Ein Zauber ist, wie ihr wisst, immer mit der Hexe verbunden, die ihn gewirkt hat, und bei Flüchen ist das nicht anders.“

„Und geht es El heute schon etwas besser?“, fragte Avery.

Briar schüttelte den Kopf. „Nein. Sie ist wieder tiefer ins Koma gefallen.“

Ihr Gespräch wurde von Averys klingelndem Handy unterbrochen und sie sah, dass es Sally war. Sie zog sich in die hinterste

Ecke des Raumes zurück, als sie abnahm. „Hi Sally, alles in Ordnung?"

„Ich fürchte nicht, Avery." Sallys Stimme klang kurz angebunden und verärgert. „Du hast hier zwei Besucher, die sich weigern zu gehen, bis sie mit dir gesprochen haben. Sie stören den reibungslosen Ablauf dieses Ladens."

Avery stellte sich vor, wie Sally sie anstarrte, während sie sprach. *Das müssen die Devices sein.*

„Haben sie einen Namen genannt?"

„Nein, nur, dass sie von weit her gereist sind, um dich zu sehen."

„Nun, sag ihnen, ich hätte etwas zu erledigen und würde sie empfangen, wenn ich Zeit habe", antwortete sie. Dann senkte sie ihre Stimme, nur für den Fall, dass sie sie hören konnten. „Und biete ihnen keinen Kaffee an."

Sie blickte zu Alex hinüber, als sie auflegte. „Die Devices sind hier."

„Großartig. Genau zur rechten Zeit", sagte Alex.

„Brauchst du meine Hilfe?", fragte Caspian gedehnt.

„Nein", sagte Avery schroff und milderte dann ihren Ton, als sie sich daran erinnerte, dass er ihnen half. „Konzentrier du dich auf El. Alex und ich treffen uns mit ihnen und sind vor Mittag wieder hier. Sollen wir etwas mitbringen?"

„Alex, tu, was auch immer du tun musst, um dich darauf vorzubereiten, dich mit Els Geist zu verbinden. Avery, bring einfach dich selbst mit."

„Was ist mit Caspian los?", fragte Alex Avery, als sie den Hügel hinauf zu Happenstance Books gingen. „Er schien in deiner Nähe *seltsam*. Gruseliger als sonst."

Avery hielt einen Moment inne und entschied dann, dass Ehrlichkeit die beste Option war. „Er hat mir gesagt, ich solle ihn anrufen, falls ich von dir gelangweilt sein sollte."

„Das hat er *getan*?", fragte Alex und blieb mitten auf der Straße stehen. „Der unverschämte Mistkerl!"

Sie drehte sich zu ihm um und lachte. „Allerdings. Offensichtlich werde ich das nicht tun, denn er ist ein Arsch und du bist großartig, also musst du dir keine Sorgen machen, außer vielleicht, dass ich ihn auch noch schlage."

„Dafür würde ich bezahlen", sagte er und runzelte dann die Stirn. „Wann hat er das gesagt? Du hast es mir nicht erzählt."

Sie rieb sich das Gesicht und wich einem Einheimischen aus, der im Vorbeigehen nickte. „Gestern? Als er kam, um nach Old Haven und der Presse zu fragen. Es ist so viel passiert, ich hatte einfach keine Gelegenheit, es zu erzählen."

Er sah leicht beleidigt aus. „Solange das der einzige Grund ist."

„Natürlich ist er das", sagte Avery und beeilte sich, ihn zu beruhigen. Sie zog ihn aus dem Nieselregen in einen Ladeneingang, schlang ihre Arme um ihn und atmete seinen herrlichen Alex-Duft ein. „Du weißt, dass ich null Interesse an Caspian habe."

„Ich wollte nur sichergehen", murmelte er, während seine dunklen Augen sie prüfend ansahen.

Sie stellte sich auf die Zehenspitzen und küsste ihn. „Zweifle niemals an meinen Gefühlen für dich oder an meiner Abscheu gegenüber Caspian."

Er grinste. „Na, dann komm, sonst kochen die Devices noch vor Wut."

Sobald Avery Happenstance Books betrat, spürte sie eine Kälte in der Atmosphäre, und das hatte nichts mit der Heizung zu tun.

Sally funkelte schweigend ein paar Hexen an, die auf dem Sofa unter dem Fenster saßen und jeden mit stählernen Blicken beobachteten. Andere Kunden hatten sich in die entlegensten Winkel des Ladens zurückgezogen, sodass der Hauptbereich verlassen war. Avery erwiderte Sallys wütenden Blick mit hochgezogenen Augenbrauen und wandte sich sofort den Neuankömmlingen zu, die sich wie eine Person erhoben, um sie zu begrüßen.

Da warteten ein Mann und eine Frau. Avery schätzte die Frau auf über sechzig, mit langem, weißem Haar und einem feingliedrigen, aristokratischen Gesicht, das durch hohe Wangenknochen und blassbraune Augen, die fast bernsteinfarben waren, betont wurde. Sie trug einen langen, wallenden schwarzen Mantel, der Kleider aus Samt und Seide verdeckte. Der Mann war jünger, vielleicht Ende vierzig, mit grau meliertem Haar, das zu einem sauberen Seitenscheitel gekämmt war. Auch seine Kleidung war eindeutig teuer; ein schicker, dreiteiliger Anzug und ein feiner Wollmantel. Macht ging von ihnen aus. Tatsächlich war Avery sich ziemlich sicher, dass sie diese ausstrahlten, um Furcht einzuflößen. Unglücklicherweise bewirkte es nur, dass es sie ärgerte.

Avery sprach als Erste. „Ich glaube, Sie warten auf mich? Ich bin Avery Hamilton, und das ist Alex Bonneville."

Die Frau antwortete, ein Hauch von Lancashire in ihrem Akzent. „Wir hatten nicht erwartet, so lange warten zu müssen, Ms. Hamilton."

„Ich wüsste nicht, wieso nicht. Es ist ja nicht so, als hätten Sie einen Termin mit mir vereinbart."

Ihr Gesichtsausdruck gefror, und sie zischte beinahe. „Mr. Faversham hat Ihnen mitgeteilt, dass ich kommen würde."

„Aber er ist nicht mein Sekretär. Und Ihr Name ist?"

Avery merkte, dass es die Frau in den Fingern juckte, Magie zu benutzen, und sie spürte, wie Alex sich neben ihr aufrichtete. „Alice Device, und mein Sohn, Jeremy Device."

„Ausgezeichnet. Bitte folgen Sie mir." Sie führte den Weg erneut in ihr Hinterzimmer, mit Alex als Nachhut.

Als sie drinnen waren und die Tür fest geschlossen war, lehnte sich Alex wachsam dagegen, und Alice fuhr sie an. „Ihre Unverschämtheit ist ungeheuerlich."

„Ihre auch!", sagte Avery. „Das ist *mein* Laden, Sie tauchen hier unangemeldet und uneingeladen auf und haben dann die Frechheit, mich zu kritisieren. Aus welchem Jahrhundert kommen Sie eigentlich?"

„Wir bitten um Entschuldigung", sagte Jeremy und griff geschickt ein. „Wir haben eine lange Reise hinter uns. Ich denke, das wissen Sie. Ich habe bereits letzte Nacht Ihre einzigartige ...", er hielt inne, „... *Energie* gespürt. Das waren Sie, nicht wahr? Die über unserem Wagen geschwebt ist?"

Avery sah ihn prüfend an. „Ja. Wir dachten schon, dass Sie uns bemerkt hätten. Beeindruckend."

„Eine meiner Gaben." Er neigte den Kopf, senkte seinen Blick jedoch nicht.

Avery atmete tief durch und deutete auf den Tisch und die Stühle in der Mitte des kleinen Raumes. „Wir sind auch müde. Bitte, nehmen Sie Platz."

Alice sah sich abschätzig im Raum um, der wie gewöhnlich voller Warenkisten war. „Könnten wir uns nicht woanders hinsetzen, wo es bequemer ist?"

Avery hatte nicht die geringste Absicht, sie mit nach oben in ihre Wohnung zu nehmen. „Leider nicht."

„Kommen wir zur Sache", sagte Alice, die immer noch stand. „Die Gestaltwandler, Hunter Chadwick und seine Familie, haben sich hier versteckt. Sie haben unverzüglich nach Cumbria zurückzukehren."

„Haben Sie sie gefragt?" Avery wusste, dass sie das nicht getan hatten, denn ihre altmodischen Ansichten verlangten von ihnen, zuerst die Hexen der Stadt zu fragen.

„Natürlich nicht", bestätigte Alice. „Sie stehen unter Ihrem Schutz."

„Ja, das stehen sie", sagte Avery. Auch wenn sie anfangs nicht genau verstanden hatte, worauf sie sich eingelassen hatte, beschloss sie in diesem Moment, dass es nun endgültig so war. „Eine Rückkehr nach Cumbria kommt zurzeit nicht infrage."

Alice schaute von oben herab auf Avery. „Sie haben offensichtlich keine Ahnung, was sie getan haben."

„Ich glaube, Hunter hat einen Kerl namens Cooper herausgefordert, um seine Schwester zu retten, und den Kampf unglücklicherweise verloren. Sein Bruder hat aufgrund der Schwere von Hunters Verletzungen eine Rettungsaktion durchgeführt. Er ist immer noch dabei, zu heilen."

„Dieser *Kerl* ist Cooper Dacre, der Anführer des Rudels, und er verlangt, dass Hunter Frieden schließt oder bei einer erneuten Herausforderung stirbt. Der Kampf wurde nicht beendet. Dadurch befindet sich das ganze Rudel in einem Schwebezustand. Das ist inakzeptabel."

Interessant, dass ein Rudel unter politischer Instabilität litt.

„Hunter vermutet eine Einmischung und fürchtet um seine Familie."

„Wie können Sie es wagen, anzudeuten, wir hätten uns in den Kampf eingemischt", sagte Alice, während leuchtend rote Zornesflecken auf ihren blassen Wangen aufblühten.

„Das habe *ich* nicht, das hat er, und er hat Sie überhaupt nicht erwähnt." Avery hielt inne und ließ ihre Andeutung in der Luft hängen. „Sie können jetzt nach Cumbria zurückkehren und wir werden Ihnen mitteilen, wann er reisefähig ist."

„Er kehrt heute mit uns zurück."

„Nein. Sie haben um Zuflucht gebeten und wir haben sie gewährt. Wir entscheiden, wann er bereit ist zu gehen."

Alice verstummte und starrte Avery mit brodelndem Groll an, und Avery wusste, dass sie nichts tun konnte. Ermutigt durch ihren Fortschritt und Alex' Solidarität im Rücken fragte sie: „Haben Sie den Kampf beaufsichtigt?"

„Wir sind bei allen Herausforderungen zugegen."

Avery entschied, dass eine List vielleicht am besten wäre. „Ich verstehe die Regeln der Gestaltwandler und ihrer Gesellschaft nicht. Sie sind für diejenigen, die nicht daran teilhaben, sehr komplex. Sie arbeiten Hand in Hand mit dem herrschenden Rudel? Den Dacres?"

„Ja. Das ist schon seit Hunderten von Jahren unsere Art."

„Also, sollte ein Herausforderer gewinnen, gilt Ihre Loyalität ihm?"

Alice blinzelte. „Ja, natürlich."

„Klingt faszinierend. Ich würde liebend gern eine Herausforderung miterleben, du nicht auch, Alex?"

„Absolut", hörte sie ihn antworten.

Avery fuhr fort. „Ich glaube, Hunter plant eine erneute Herausforderung, sobald er sich erholt hat und White Haven verlassen will. Ich würde gerne zusehen, wenn das möglich ist. Ich war noch nie in Cumbria, und natürlich ist es eine Gegend, die für ihre reiche Geschichte der Hexen, einschließlich Ihrer Familie, berühmt ist."

„Herausforderungen können blutige Angelegenheiten sein, Miss Hamilton, und sind für Außenstehende absolut verboten", sagte Alice, und eine magische Welle streckte eine schlangenartige Ranke zwischen ihnen aus, als ob sie Averys Verteidigung sondieren wollte.

Avery stoppte sie auf der Stelle. „So eine Schande."

Alices Züge verzerrten sich plötzlich und ihre anmutige Fassade wich einem Knurren, als zwischen ihnen eine magische Flamme aufloderte. „Du legst dich mit Dingen an, die außerhalb deiner Reichweite liegen, junge Hexe."

Da hatte Avery genug, und ein Windwirbel erhob sich um sie, peitschte ihr die Haare aus dem Gesicht und drängte Alice einen Schritt zurück. „Sie haben um unsere Hilfe gebeten und sie haben sie bekommen. Wagen Sie es nicht, mir zu drohen! Sie haben in White Haven keinerlei Befugnisse!"

Alice hob trotzig ihr Kinn. „Und Sie werden in Cumbria keine haben. Seien Sie vorsichtig, Ms. Hamilton. Jeremy. Eine Karte, bitte."

Jeremy griff in seine Tasche, zog eine Visitenkarte hervor und reichte sie Avery wortlos. Sie nahm sie entgegen, ohne den Blickkontakt mit Alice zu unterbrechen. „Danke. Ich werde Sie informieren, wenn er reisefähig ist."

Alex öffnete die Tür, und ohne ein weiteres Wort rauschte Alice aus dem Zimmer, gefolgt von Jeremy. Innerhalb von Sekunden hörten sie das schrille Klingeln der Türglocken, als sie den Laden verließen.

Avery blickte zu Alex auf. „Donnerwetter."

„Ich glaube, wir haben uns gerade einen weiteren Feind gemacht", sagte er und küsste sie sanft auf die Stirn.

Dreizehn

Els Wohnung hatte sich in Avery und Alex' Abwesenheit verwandelt. Die Jalousien waren heruntergelassen und überall standen Kerzen, die den Raum in ein goldenes Licht tauchten. Das Sofa war zurückgeschoben, der Teppich aufgerollt und auf dem Boden war ein Pentakel gezeichnet worden – ein Kreis, der ein Pentagramm umschloss.

Der Duft natürlicher Öle aus mehreren Duftlampen erfüllte die Räume, und Avery nahm unter anderem Minze und Rosmarin wahr. Als sie tief einatmete, spürte sie, wie ihr Kopf klarer wurde und neue Entschlossenheit sie erfüllte. „Ein energiespendender Zauber", sagte sie zu niemandem im Besonderen.

Briar war noch dabei, dem Pentagramm den letzten Schliff zu geben, aber sie blickte zu ihr auf. „Um dabei zu helfen, den Fluch aufzuheben."

„Gute Idee." Sie streifte ihre Schuhe ab und legte ihren Mantel in die Ecke, aus dem Weg, während Alex dasselbe tat.

„Wie lief das Treffen?", fragte Caspian. Auch er war bereit für den Zauber. Er saß bereits am Punkt des Feuers im Pentagramm, sein Grimoire vor sich, und hatte ebenfalls sein Hemd ausgezogen, was eine blasse, leicht muskulöse Brust enthüllte, auf die eine seltsame Rune gezeichnet worden war. Das Muster wiederholte sich in vielen kleineren Runen, die sich als eine lange Kette seine Arme und Hände hinabzogen.

„Kommt darauf an, wie man es betrachtet", erklärte Avery. „Sie sind ohne die Wandler abgezogen, aber sie waren nicht glücklich."

„Aber rat mal, wer nach Cumbria fährt, wenn die Wandler zurückkehren?", sagte Alex und setzte sich an die Spitze des Pentagramms, den Punkt des Geistes. Er sah Caspian an. „Ich nehme an, hier soll ich sitzen."

Caspian nickte geistesabwesend. „Ihr fahrt nach Cumbria? Ist das klug?"

„Wir haben keine Wahl." Avery setzte sich an den Punkt der Luft, zwischen Alex und Caspian. „Ich vermute, sie werden sich in den Kampf einmischen. Holly hat ihnen das so ziemlich vorgeworfen."

„Haben wir nicht schon genug um die Ohren?", fragte Reuben, der nur in ein Handtuch gewickelt aus dem Bad kam und sich mit einem anderen die Haare trocken rieb.

„Na ja, wir fahren ja nicht sofort!", tadelte ihn Avery und versuchte, nur sein Gesicht anzusehen. Reubens bemerkenswerter Körperbau war sehr befremdlich. „Und warum duschst du *jetzt*?"

„Ich war surfen", erklärte er. „Ich musste den Kopf freikriegen und mich mit meiner Magie verbinden. Ich habe herausgefunden, dass das für mich der beste Weg ist. Bin gleich wieder da und hole El", sagte er, als er aus dem Zimmer sprang.

Als er in Boardshorts und einem T-Shirt zurückkehrte, trug er El auf den Armen und legte sie behutsam in die Mitte des Pentagramms, ihren Kopf an der Spitze des Geistes, nur wenige Zentimeter von Alex entfernt, und ihre Arme und Beine zu den anderen Elementen ausgestreckt. Sie war in eine weite weiße

Baumwollhose und ein Hemd gekleidet, ihre Haut war blass, fast grau, und ihre Lippen waren farblos. Averys Herz wurde schwer. Sie sah aus, als stünde sie an der Schwelle des Todes, und alle anderen Sorgen traten aus ihrem Bewusstsein zurück. Das Einzige, was jetzt zählte, war El.

Reuben setzte sich an den Punkt des Wassers und vervollständigte das Pentagramm, während Briar sich bei der Erde platzierte. Vor jedem von ihnen brannte eine Kerze in den Farben, die den Elementen entsprachen.

„Was jetzt?", fragte Alex und sah zu Briar, aber Caspian antwortete.

„Els Geist ist durch das Element Erde verflucht, und sie erstickt unter dessen Gewicht. Sie hängt am seidenen Faden. Wir müssen es herausziehen und zerstören. Alex, du musst nach ihrem Geist greifen, ihr helfen, an die Oberfläche zu kommen, sie zu Licht und Wärme führen. Sie wird verwirrt sein. Der Rest von uns wird die Elemente ausgleichen. Briar als Erdhexe wird am besten in der Lage sein, die Erde aus ihr herauszuholen, und ich werde mit Feuer, Els eigenem Element, nähren."

„Ist das dein natürliches Element?", fragte Avery und erkannte, dass sie keine Ahnung hatte, worin Caspians Stärken lagen.

„Nein. Wie bei dir liegt meine Stärke in der Luft, weshalb ich den Hexenflug beherrsche. Keine andere Elementarkraft kann das meistern." Er sah für einen Moment verwirrt aus. „Beherrschst du ihn schon?"

„Nein, er entzieht sich mir", gestand sie.

„Ich kann dir ein paar Tipps geben", sagte er, und seine dunklen Augen hielten ihren für einen Moment fest, bevor er sich wieder seinem Grimoire zuwandte. „Jedenfalls werde ich den Platz des Feuers einnehmen. Ich kann meine Stärke zu Els erwachender Macht hinzufügen. Und dann kommt der schwere

Teil. Der Fluch ist wie ein lebendiges Wesen – er wird versuchen, sich an etwas anderes zu heften. Ich habe vorgeschlagen, ihn in ein anderes Tier zu leiten, wie ein Kaninchen. Das wäre die sauberste Lösung."

„Aber ich habe Nein gesagt", unterbrach Briar ihn und funkelte Caspian an. „Ich werde den Tod einer weiteren Kreatur nicht zulassen. Und der Fluch *würde* ein so kleines Wesen töten."

„Also müssen wir den Fluch in etwas anderem einschließen." Er deutete auf ein großes Glasgefäß mit Wasser, das neben ihm stand. „Ihr fragt euch vielleicht, warum ich mit Runen bedeckt bin. Sie werden helfen, den Fluch nach oben und hier hinein zu ziehen, wo wir ihn einfangen können. Es ist entschieden schwieriger und nicht ohne großes Risiko, aber wenn wir es nicht tun, wird El sterben."

Die Risiken, die sie eingingen, wurden ihr plötzlich bewusst, und Avery drehte sich schockiert zu ihm um. „Der Fluch wird *durch* dich hindurchgehen? Aber was, wenn du ihn nicht kontrollieren oder zurückhalten kannst?"

„Sobald der Fluch von ihrem Körper weicht, müsst ihr eure Kräfte mit meinen vereinen und mir helfen. Alle außer Alex. Lass niemals die Verbindung zu ihrem Geist los. *Niemals*!"

Alex nickte und schloss dann die Augen, um sich zu sammeln.

„Du hast meine Frage nicht beantwortet", sagte Avery und starrte Caspian an.

„Ich werde verflucht sein, wenn ich versage, also habe ich nicht vor zu versagen." Er blickte nach links zu Briar und dann zu Reuben neben ihr. „Sprecht mir die Worte des Zaubers nach. Das wird nicht schnell gehen – oder schön werden –, also seid vorbereitet."

Es war jetzt wenige Minuten vor Mittag und der Regen war zurückgekehrt, der die Wohnung mit einem gedämpften, stetigen

Trommeln erfüllte, das die Geräusche der Stadt übertönte. Avery starrte auf ihre Kerze, atmete tief und beruhigend ein und aus und schloss dann die Augen, während sie darauf wartete, dass Caspian begann.

Er begann den Zauber zu intonieren, Zeile für Zeile, den sie ihm nachsprachen. Er rief jedes der Elemente an, und Avery öffnete die Augen, um ihn zu beobachten. Seine Stimme war sicher und fest, und als er jedes Element anrief, loderten die jeweiligen Kerzen heller auf. Avery spürte, wie die Luft zu ihr strömte, und sie kanalisierte sie und hielt sie fest bei sich. Caspian beugte sich vor, um Els linken Fuß zu halten, und die anderen taten es ihm gleich und ergriffen das nächste Gliedmaß, was für Avery Els linke Hand war.

Von Els Haut ging eine unheimliche Kälte aus, die Caspians Glauben bestärkte, dass sie dem Tode nahe war. Averys Entschlossenheit wuchs. Sie durfte El nicht verlieren. *Reuben durfte El nicht verlieren.* Avery blickte zu Alex auf, doch seine Augen waren geschlossen, während er Els Kopf sanft zwischen seinen Händen hielt. Eine leere Trankflasche stand neben ihm auf dem Boden, und sie erkannte, dass er etwas eingenommen hatte, um seinem Geist zu helfen, El zu erreichen.

Auf Caspians Nicken hin ließ sie die Luft durch ihre Finger in Els strömen und spürte, wie sie durch beide floss und Els Sinne belebte. Sie spürte Feuer von Caspian und Wasser von Reuben und schließlich die leichteste Berührung von Erde von Briar, vorsichtig, um sie nicht zu überwältigen.

Und dann begann der Kampf. Langsam, als käme sie aus den dunkelsten Tiefen des Ozeans, begann sich eine schwere Woge eisiger Kälte zu erheben und legte ihr Gewicht um sie alle. Für einen Augenblick geriet Avery in Panik, als seine dichten Finger begannen, sie zu umschließen, und Grauen erfüllte ihre

Gedanken. *Nichts würde funktionieren. Sie würden alle sterben. Es war sinnlos, warum es überhaupt versuchen?*

Doch die Luft reinigte ihre Gedanken, und der Duft
des energiespendenden Zaubers stärkte ihren Willen. Der
Fluch versuchte, sie zu untergraben, und suchte nach ihren
Schwächen.

Caspian rief ihn zu sich, öffnete ihm seinen Körper, doch
der Fluch wehrte sich, widerstand seinem Ruf und klammerte sich wie ein Pilz an El. Alle Elemente vermischten sich
nun, und obwohl Averys Augen geöffnet waren und sie Els
unbewegliche Gestalt beobachtete, kämpfte ihr Geist unter
der Oberfläche ihrer Haut.

Ihr Kampf, den Fluch zu bannen, dauerte lange. Sie
gewannen und verloren wieder, während der Fluch in Wellen
kam und ging, seine Stärke zu- und abnahm, bis schließlich
das Seltsamste geschah. Der Erdfluch bäumte sich auf wie
eine Kobra, direkt aus ihrem Körper, eine dunkle, wogende
Masse aus Braun und giftigem Grün, die aus Els Poren
strömte, als die anderen Elemente an Stärke gewannen.
Caspian rief ihn noch einmal, und er fuhr in die Rune auf
seiner Brust. Caspian schrie auf wie ein wildes Tier, als die
Rune in einem feurigen Licht loderte.

Caspian hielt Els Fuß immer noch fest, und Avery spürte
seine Verbindung. Sie raste durch Els Körper, verband ihre
Macht mit seiner und spürte, wie Reuben und Briar dasselbe
taten. Alle seine Runen loderten auf, und sie sah, wie der
Fluch um die glühenden Zeichen wirbelte, während Caspian
ihn seinen Arm hinab zu dem Wasser an seiner Seite trieb.
Er stieß seine linke Hand in das Gefäß, sein Gesicht vor
Anspannung und Konzentration – und Schmerz – verzerrt.
Er brüllte erneut und zehrte von ihnen allen.

Er hatte recht. Der Fluch war wie ein wildes Tier und er zuckte und wogte und kämpfte unter Caspians Haut, und die Runen hielten ihn kaum im Zaum.

Ein Teil von Averys Bewusstsein war immer noch bei El, und sie spürte, wie sie sich regte, wie das Leben in ihre Glieder zurückkroch. Alex war da, eine schwache Präsenz, aber er konzentrierte sich nur auf Els Geist.

Caspians Hand war vollständig in das Wasser getaucht, und er stieß den nun zappelnden Fluch hinaus. Er klammerte sich verzweifelt fest und wand sich wie ein riesiger Aal unter Caspians Haut. Mit einem letzten Willensakt stieß er ihn aus seinem Körper. Das Wasser wirbelte, als ob es einen Mahlstrom enthielte, und Avery hob mit einem Luftstoß den Deckel an und schlug ihn mit einem lauten *Klatsch* auf das Gefäß.

Stille trat ein, und Caspian fiel rücklings auf den Boden, seine Brust hob und senkte sich, die Runen leuchteten in einem schmutzigen roten Licht.

Reuben und Briar fielen in sich zusammen wie Luftballons und kippten über ihre Knie nach vorne. Avery konnte kaum atmen. Ihre Rippen schmerzten wieder, ihr Kopf pochte, und Sterne tanzten vor ihren Augen. Das klebrige Gefühl des Fluchs schien noch in der Luft zu hängen, aber El regte sich wie eine Katze nach einem langen Nickerchen.

Alex öffnete die Augen und rief leise: „El, kannst du mich hören?"

Für einen Augenblick sagte sie nichts, und seine Stimme wurde dringlicher. „Ich spüre dich, El, du bist hier. Öffne deine Augen."

Und dann stöhnte sie. „Was zum Teufel ist gerade passiert? Und warum habe ich einen Bärenhunger?"

Alex lachte erleichtert auf. „Willkommen zurück."

Reuben stieß einen schwachen Schrei der Freude aus und robbte vorwärts, um sie zu halten, zog sie auf seinen Schoß, und Avery griff nach Alex' Hand. „Gut gemacht. Geht es dir gut?"

„Erschöpft, aber in Ordnung. Und du?"

„Dasselbe." Sie sah hinüber zu Caspian und Briar. „Seid ihr beide in Ordnung?"

„Ich denke schon", sagte Briar und schauderte. „Das war schrecklich, einfach schrecklich. Ich fühle mich besudelt. Eine ganze Weile hatte ich das Gefühl, wir wären zum Scheitern verurteilt."

„Ich glaube, das ist die Wirkung des Fluchs", sagte Alex. „Er wurde entwickelt, um dich mental und körperlich zu vernichten."

Caspian schwieg immer noch, und Avery rutschte zu ihm hinüber. „Caspian, sprich mit mir. Bist du okay?" Die Runen waren von seiner Haut verschmiert, aber sie hatten seinen Körper vernarbt; sie konnte sehen, wie rote Striemen anfingen, Blasen zu werfen. Sie sah Alex und Briar besorgt an. „Leute, ich glaube, etwas stimmt nicht."

Aber dann öffnete er die Augen und krächzte: „Mir geht es gut. Kaum. Jemand soll das Gefäß versiegeln, bevor das verdammte Ding wieder herauskommt." Und dann schloss er die Augen wieder fest.

Briar hatte bereits einen Zauber vorbereitet, um das Gefäß zu versiegeln, und sie stand müde auf und sprach ihn. Das Wasser darin war trüb und erinnerte Avery an den Bannzauber, den Helena und die anderen Hexen gewirkt hatten, um Caspians Vorfahrin Octavia darin einzuschließen. Sie nahm an, dass auch er sich daran erinnern würde. Sie sah ihn auf dem Boden liegen, seine Brust hob und senkte sich in flachen Atemzügen. Er hatte viel riskiert, um ihnen zu helfen, mehr, als sie anfangs erkannt hatte. Mehr als sie selbst, wie sie sich schämen musste zuzugeben. Sie hatte nicht erkannt, dass die Auswirkungen des Fluchs so schwerwiegend sein würden, bis es fast zu spät war. *Was bedeutete das für ihre Beziehung zu ihm?*

Als hätte er ihr Starren gespürt, öffnete er seine Augen. „Geht dir etwas durch den Kopf, Avery?"

„Eine ganze Menge. Du hättest sterben können. Und deine Runen scheinen eingebrannt zu sein."

Er hob die Arme und lachte trocken. „Sieht so aus. Sie werden mit der Zeit verblassen."

„Ich habe eine Salbe, die helfen wird", sagte Briar mit ernster Miene. „Das war unglaublich mutig, Caspian. Ehrlich gesagt hätten wir es ohne dich nicht geschafft. Ich hatte keine Ahnung, wie ich diesen Fluch brechen sollte."

Alex meldete sich hinter ihnen mit misstrauischem Ton zu Wort. „Das sieht dir gar nicht ähnlich, Caspian. Was ist hier los?"

Caspian setzte sich langsam auf und sah sie einen nach dem anderen an, während er seine Worte wog. „Die Zeit hat mir bewiesen, dass ihr nicht meine Feinde seid."

„Du bist immer noch für den Tod meines Bruders verantwortlich und du hast einmal versucht, mich zu töten", sagte Reuben, der El immer noch auf seinem Schoß hielt, und Caspian ließ den Kopf sinken. „Aber du hast El gerettet, und auch wenn Gils Tod niemals vergessen werden kann, ist das ein Anfang. Danke."

Caspian betrachtete ihn einen Moment lang schweigend und nickte dann. „Gut. Dann sollte ich wohl gehen."

„Das wirst du nicht", sagte Briar. „Du hast Verletzungen, die ich versorgen muss."

El krächzte: „Könnt ihr alle aufhören zu reden und mir was zu essen holen!"

Briar sprang auf und ging zu ihrer Kiste mit Heilsalben und -tränken. „Noch kein Essen für dich, El. Es ist noch zu früh. Du hattest seit fast 48 Stunden nichts mehr im Magen. Ich habe einen Heiltrank, den du zuerst trinken musst, und dann reichlich Wasser.“

„Und dann Essen?“, El hob ihr blasses Gesicht und blinzelte sie an.

„Nur Suppe“, ermahnte sie Briar.

Avery lachte. „Schön, dich wiederzuhaben, El! Schön zu sehen, dass sich nicht viel verändert hat.“ Sie blickte auf ihre Uhr. „Das hat ja ewig gedauert!“

„Ich habe dir doch gesagt, dass es dauern würde“, erklärte Caspian. „Es war ein tiefer Fluch, gut durchdacht, gut ausgeführt. Unsere geheimnisvolle Hexe hat beeindruckende Kräfte. Wir müssen entscheiden, was wir jetzt tun.“

Avery lächelte. Es schien, als hätte er sich in ihren Kampf eingemischt, was unerwartet kam.

Aber seien wir ehrlich. Wir können jede Hilfe gebrauchen, die wir kriegen können.

Alex musste denselben Gedanken gehabt haben. „Sie hat drei von uns angegriffen, zugegebenermaßen einen unbeabsichtigt. Bist du sicher, dass du dich da einmischen willst?“

„Mit etwas Glück weiß sie noch nichts von mir. Das verschafft uns einen Vorteil.“

Alex streckte sich und erhob sich. „Wir sollten besser unsere nächsten Schritte planen.“

El sah immer noch blass aus, aber Briars Tränke und die Suppe hatten ihr wieder etwas Farbe zurückgegeben. Sie saß zusammengekauert neben Reuben auf dem Sofa, den Kopf auf seinem Schoß, zugedeckt mit einer Decke.

Die Jalousien waren offen, aber der Tag war immer noch dunkel durch dichte Wolken und strömenden Regen. Sie hatten das Pentagramm und den Kreis beseitigt und die Luft von negativen Energien gereinigt, und jetzt saßen sie alle da, tranken Tee und aßen Kekse.

„Also", fasste Reuben zusammen, „El wurde verflucht, du wurdest im Schlaf angegriffen, Alex, deine Schutzzauber wurden zerschmettert, und Avery wurde wie eine Stoffpuppe durch die Luft gewirbelt. Habe ich etwas vergessen?"

Avery war beleidigt. „Wir haben sie aber schließlich besiegt."

„Nur, weil du da warst", warf Caspian ein. „Wer weiß, was mit Alex passiert wäre, wenn du es nicht gewesen wärst."

„Vielleicht brauchen wir Sicherheit durch die Gruppe", schlug Briar vor. Sie saß auf dem Boden, lehnte sich gegen den Sessel und hatte die Füße unter sich gezogen. „Sie scheint es gezielt auf einzelne von uns abgesehen zu haben."

Caspian stimmte zu. „Je näher Samhain rückt, desto schlimmer könnte es werden. Was auch immer sie plant, muss mit dieser Nacht zusammenfallen. Sie will nicht, dass ihr euch einmischt."

„Ihr solltet alle bei mir einziehen", sagte Reuben entschieden. „Ich habe mehr als genug Platz."

„Aber was ist mit meinem Laden?", fragte Avery.

„Ich schlage nicht vor, dass wir nicht mehr rausgehen. Jeder geht weiterhin zur Arbeit, aber nachts sind wir verwundbar. Tagsüber sind zu viele Leute unterwegs, um anzugreifen."

Alex nickte. „Du hast recht. Es wäre am sichersten, und dann könnten wir dein Haus mit unserer vereinten Magie schützen."

„Kann ich meine Katzen mitbringen? Ich lasse sie nicht zurück", flehte Avery.

Reuben lächelte sie an. „Natürlich kannst du das."

„Na gut dann. Ab wann? Heute Abend?"

„Ja. Wir haben El gerettet. Wenn die Hexe das weiß, könnte sie es erneut versuchen." Er sah die anderen an. „Einverstanden?"

„Einverstanden", murmelten alle.

„Bevor ich gehe", sagte Caspian, „darf ich fragen, was ihr über das Gelände von Old Haven herausgefunden habt? Den Hain?"

Reuben zuckte mit den Schultern. „Sicher. Leider noch nicht viel. Aber ich habe ein wenig über die Druiden des alten Britanniens gelesen. Sie verehrten Bäume und entwickelten ein ganzes Glaubenssystem und das Ogham-Alphabet um sie herum. Die Eiche war der Baum, den sie am meisten verehrten, aber die Eibe gilt als die Verbindung zur spirituellen Welt durch unsere Vorfahren und als Wächter der Anderswelt. Sie hat eine besondere Bedeutung an Samhain, wenn die Tore zwischen den Welten am durchlässigsten sind. Und Samhain ist auch die Nacht der alten Weisen. Dieser Hain hinter Old Haven ist wahrscheinlich ein Überbleibsel eines von vielen alten Hainen, die von den Druiden verehrt wurden. Und wir alle wissen, dass aufgrund des heidnischen Glaubens an die Eibe Kirchen direkt neben ihnen gebaut wurden. Old Haven ist da keine Ausnahme. Die Haine sind Machtzentren, wenn sie richtig genutzt werden, und diese Hexe manipuliert ihn eindeutig."

„Um ein Tor zu den Toten zu öffnen?", fragte Briar.

„Oder ins Feenreich", sagte Reuben und sah amüsiert aus. „Es klingt lächerlich, aber ..."

„Als Alex und ich gestern Morgen dort waren", sagte Avery, „konnte ich die wilde Magie dort spüren. Sie fühlte sich anders an, uralt, als könnte alles geschehen."

Alex fügte hinzu: „Wir sind letzte Nacht auf Geisterwanderung gegangen. Im hohlen Stamm der Eibe war ein seltsames Licht, als würde sich bereits ein Portal oder ein Durchgang bilden."

Caspian nickte. „Irgendeine Spur von der Hexe?"

„Keine. Sie hat sich gut getarnt."

Caspian stand auf. „Wenn ihr noch etwas findet, lasst es mich wissen, und ich tue dasselbe. Die Auswirkungen der Öffnung dieses Portals könnten gewaltig sein. Ich meine, plant sie, es wieder zu schließen, oder soll es für immer offen bleiben und den Übergang hin und her ermöglichen? Das könnte verheerend sein. Ein solches Portal zwischen den Welten der Fae und der Menschen hat es seit Jahren nicht mehr gegeben – wenn es das denn ist." Er runzelte die Stirn. „Habt ihr alle vor, an den Samhain-Feierlichkeiten des Hexenrats teilzunehmen?"

„Ich habe zugesagt, dass wir kommen", sagte Avery. „Aber das könnte alles ändern."

„Genevieve wäre nicht begeistert, wenn ihr schon wieder nicht teilnehmt."

„Sie wäre aber auch rasend, wenn wir zuließen, dass sich ein Tor zu einer anderen Welt öffnet. Vielleicht könnten wir kurz vorbeischauen und versuchen, beides unter einen Hut zu bringen", schlug Avery vor.

Caspian lachte, als er zur Tür hinausging. „Viel Glück dabei!"

Vierzehn

Avery war erschöpft. Sie brauchte dringend Schlaf, aber zuerst musste sie noch ein paar Stunden Arbeit erledigen. Und dann musste sie Hunter und die anderen Gestaltwandler über den Besuch der Devices informieren.

Sie seufzte, als sie Happenstance Books betrat. Dort herrschte reges Treiben; Sally und Dan waren beide an der Kasse beschäftigt und bedienten eine Schlange von Kunden.

Avery machte sich daran, den vielen Kindern und ihren Eltern zu helfen, die auf der Suche nach gruseliger Lektüre waren. Die Kinderabteilung war, wie auch der Rest des Ladens, vollständig für Halloween dekoriert, und Dan hatte die Leseecke für die Märchenstunde vorbereitet, die am nächsten Abend beginnen sollte und damit die Woche vor Halloween einläutete. Der lange Donnerstagabend würde bis Weihnachten beibehalten werden, eine Bitte des Stadtrats, die sich eher wie ein Befehl anfühlte.

Avery seufzte innerlich, da ein Teil von ihr sich wünschte, es wäre schon alles vorbei. Diese Zeit des Jahres war so arbeitsreich, aber sie konnte sich nicht beschweren. Geschäft bedeutete Geld. Wenn sie sich nur nicht mit einer abtrünnigen Hexe, den Devices und Gestaltwandlern herumschlagen müsste. Sobald Sally und Dan keine Kunden mehr hatten, brachte sie sie bezüglich El und allem anderen auf den neuesten Stand.

Sie sahen entsetzt aus. „Ich wusste nichts von El!", sagte Dan, der auf dem Hocker hinter dem Tresen saß. „Warum hast du nichts gesagt?"

„Tut mir leid, die letzten paar Tage waren so hektisch, ich schätze, ich wollte euch keine Sorgen machen. Aber passt auf, ihr beide müsst wachsam sein. Wenn irgendetwas Seltsames passiert, lasst es mich wissen. Ich verstärke meinen Schutz für den Laden und schlafe bei Reuben, bis das hier vorbei ist – wir werden alle dort sein. Und ich nehme die Katzen mit."

Sally runzelte die Stirn und zeigte auf ihr Kinn. „Ist der blaue Fleck von letzter Nacht?"

Avery nickte und tastete sanft nach, ob er angeschwollen war. „Leider ja. Diese Frau macht mir Angst. Sie kennt keine Grenzen."

„Und die Devices? Dieses Paar war unerträglich", beschwerte sich Sally.

„Die sind hoffentlich inzwischen weg, aber es ist noch nicht vorbei. Weit gefehlt. Aber diese Schlacht schlagen wir ein andermal." Sie dachte über die Tatsache nach, dass es nach Samhain ein ganz anderes Problem in Cumbria zu lösen gab, und sie hatte keine Ahnung, wie das ausgehen würde. „Ich wünschte nur, wir hätten donnerstags nicht so lange geöffnet. Mir gefällt der Gedanke nicht, dass ihr um diese Zeit den Laden verlasst."

„Nicht um mich mache ich mir Sorgen", sagte Sally. „Und unter all euch Hexen gibt es eine Menge Angestellte, die sie ins Visier nehmen könnte. Sie kann nicht überall gleichzeitig sein. Außerdem scheint sie in Old Haven ziemlich beschäftigt zu sein."

Avery nickte, leicht beruhigt von Sallys Logik. „Stimmt. Kommt schon. Schließen wir ab. Morgen wird ein langer Tag, also denke ich, wir brauchen eine gute Nachtruhe."

„Für mich geht's in den Pub", sagte Dan mit einem Grinsen. „Ich werde versuchen, es nicht zu übertreiben. Kommst du auf ein schnelles Bierchen mit?"

Sally schüttelte den Kopf. „Ich sollte besser wegen der Kinder nach Hause. Und ich backe einen Kuchen für uns, damit wir morgen durchhalten", fügte sie mit einem Lächeln hinzu.

„Ja!", rief Dan und stieß die Faust in die Luft. „Ich liebe deine Backkünste, Sally."

Sie sah ihn mit einer Warnung im Blick an. „Und ich werde Cupcakes für die Kinder mitbringen. Die sind nicht für dich! *Nicht ein einziger*!"

„Spielverderberin", grummelte Dan, während er in seine Jacke schlüpfte.

„Und ich werde packen und meine Schutzzauber für den Laden verstärken", sagte Avery.

„Okay", rief Dan beschwingt, als er zur Tür ging. „Vergesst nicht, morgen ist Verkleidungstag. Die Halloweenwoche ist da! Dein Kostüm liegt hinten."

„Verdammt!", sagte Avery voller Inbrunst.

Avery schloss den Laden ab, holte den Karton mit ihrem Kostüm aus dem Hinterzimmer, schaltete das Licht aus und schlenderte hinauf in ihre Wohnung.

Die Katzen begrüßten sie, indem sie an ihren Beinen rieben und nach Futter jaulten. Sie kraulte sie hinter den Ohren und fütterte sie, verriegelte die Katzenklappe, die in den Garten führte, damit sie keinen Fluchtversuch unternehmen konnten, und holte dann ihre Transportboxen aus dem Schrank. Dann ging sie hinauf in ihr Schlafzimmer, um zu packen. Am Ende beschloss sie, nur ein paar Kleidungsstücke für die Nacht und den Abend mitzunehmen, da sie sich für die Arbeit umziehen konnte, wenn sie am Morgen zurückkam. Sie verzog das Gesicht bei dem Anblick des Kartons. *Verdammt. Sie musste sich verkleiden.*

Sie hielt das Kostüm ins Licht. Es war ein langes Kleid mit einem Mieder, dessen Rock aus Bahnen aus schwarzem und grünem Stoff bestand, und dazu gehörte ein dicker Gürtel mit einer Silberschnalle, den sie sich um die Taille schnallen sollte. Ein bodenlanger, dunkelgrüner Umhang und ein schwarzer Hexenhut vervollständigten das Ganze, zusammen mit wadenhohen Schnürstiefeln, die im Karton schmachteten. Sie musste kichern. Es war ihre eigene Schuld; sie hätte Sally nicht erlauben sollen, es für sie auszusuchen.

Sie ließ das Kostüm auf ihrem Bett liegen, durchsuchte ihre Regale nach nützlichen Büchern, die sie zusammen mit ihren Grimoiren einpacken konnte, und sammelte auch ihre eigene Zauberausrüstung zusammen – ihr Athame, ihren Kelch und ihre Silberschale. Sie fühlte sich nackt, wenn sie diese nicht in ihrer Nähe hatte. Ein Kribbeln in ihrem Nacken kündigte die Ankunft von Helena, ihrer geisterhaften Ahnin, an, und sie drehte sich langsam um, immer wieder beunruhigt von ihrer Erscheinung.

Helena stand stocksteif in der Mitte des Raumes und beobachtete Avery. Wie immer trug sie ein langes schwarzes Kleid, über dem ein langer Umhang lag, und ihr dunkles Haar fiel ihr über die Schultern und den Rücken hinab. Ein schwacher Veilchenduft wehte durch den Raum, und ihr hübsches Gesicht legte sich in sorgenvolle Falten.

Avery nickte ihr zu und bemerkte, dass sie körperlicher erschien, als sie es seit Monaten getan hatte. *War das die Auswirkung von Samhain?* „Du siehst besorgt aus, Helena. Sei es nicht. Ich komme wieder. Eine abtrünnige Hexe macht das Leben schwer."

Im Nu erschien Helena nur Zentimeter von Avery entfernt wieder, und Avery trat erschrocken zurück. „Verdammte Hölle, Helena, was machst du da?"

Helena beugte sich vor und hob die Hand, als wollte sie Avery über das Gesicht streichen. Averys Herz hämmerte ihr in der Brust. Helena war ihr schon lange nicht mehr so nahegekommen und es erinnerte sie daran, wie sie von ihrem Körper und ihrem Geist Besitz ergriffen hatte. *Was, wenn sie das jetzt tun wollte? Was, wenn sie jetzt stärker war und es ohne Einladung tun konnte?* Damals hatte sie sie töten wollen, und aus diesem Grund hatte Avery ihr Schlafzimmer gegen sie geschützt. Aber, so erinnerte sie sich, Helena hatte ihr im Sommer geholfen, den Zauber zu finden, um die Meerjungfrauen zu enthüllen. *Ich habe nichts zu befürchten.*

Helena öffnete den Mund und begann zu sprechen, aber Avery konnte nichts hören. „Ich kann dich nicht hören, tut mir leid."

Helena deutete erneut auf Averys blauen Fleck und runzelte die Stirn. Avery war immer wieder erstaunt über Helenas Wahrnehmung, und sie war definitiv stärker als sonst. „Ich weiß nicht, wer sie ist! Sie versucht, in der Kirche von Old Haven ein Portal zu öffnen. Wir wissen nicht, warum oder zu welchem Zweck. Aber sie ist stark. Ich bin hier nachts nicht sicher."

Helena trat zurück und ging zu dem Stadtplan, den Avery immer noch an ihrer Wand hängen hatte; die Karte, die das alte Pentagramm über der Stadt markierte, basierend auf den Häusern, in denen die Vorfahren aller Hexen gelebt hatten. Sie zeigte auf die Kirche von Old Haven auf der Karte.

„Ja, das ist der Ort", sagte Avery.

Helenas Gesichtsausdruck schlug in Besorgnis um, und dann deutete sie mit einem fragenden Blick auf Averys Taschen.

„Ich fahre zum Greenlane Manor", sagte sie und zeigte darauf auf der Karte. „Zum Anwesen der Jacksons."

Helena nickte und verschwand dann.

Avery sah sich verdutzt im Zimmer um. „Helena?"

Seltsam. Vielleicht war sie nach Old Haven gegangen? Avery schüttelte den Kopf. Es hatte keinen Sinn zu warten. Manchmal sah sie Helena wochenlang nicht; sie fragte sich immer, wohin sie ging. In die Geisterwelt oder an andere Orte in White Haven?

Wie auch immer, es war Zeit, zu Reuben zu fahren.

Alex hatte beschlossen, mit seinem eigenen Auto zum Greenlane Manor zu fahren, da er bis zur Sperrstunde arbeitete, also fuhr Avery allein und fand nur Briars Auto in der Einfahrt.

Das Haus war dunkel, bis auf die Lichter an der Haustür und ein paar Lichter im ersten Stock. Sie klopfte an die Tür, und binnen Sekunden riss Reuben sie auf, und der Sound von Drum and Bass wummerte hinter ihm her. Er grinste sie an. „Komm rein. Ich koche gerade, also hoffe ich, du bist hungrig." Er griff nach vorn, nahm ihre Tasche und führte sie in die Küche, und sie folgte ihm mit ihren Katzen. „Ich zeig dir gleich dein Zimmer. Ich muss nur kurz nach dem Essen sehen."

„Ehrlich, du hättest nicht kochen müssen, Reuben", sagte sie und beschleunigte ihre Schritte, um mit ihm mitzuhalten. „Ich dachte, wir bestellen was." Sie folgte ihm den langen, mit Antiquitäten gesäumten Flur hinunter in die Küche auf der Rückseite des Hauses, die ein Traum aus hochmoderner Technik war. Es gab scheinbar meilenweite Arbeitsflächen und glänzende Edelstahlgeräte, und der Geruch von etwas Würzigem kitzelte ihre Nase. Und es war ein einziges Chaos. Schüsseln, Gewürze und Schneidebretter waren mit Essensresten übersät. „Wow! Du hast wirklich die ganze Küche in Beschlag genommen, Reu!"

„Ich weiß." Er klang nicht im Geringsten reumütig. „Ich bin ein kreativer Koch. Aber glaub mir, es wird großartig schmecken!"

„Das glaube ich dir", sagte sie und sah ihm zu, wie er die kunstvoll in die Wand eingelassene Soundanlage leiser drehte und dann einen großen Topf umrührte und die Hitze herunterschaltete. Er tauchte einen Löffel hinein und kostete. „Perfekt. Du magst scharfes Curry, oder?"

„Natürlich. Was ist es denn?"

„Lamm-*Maas*. Meine Spezialität. El liebt es. Das ist eine Freude für sie", sagte er mit einem Augenzwinkern. Unter seiner erzwungenen Fröhlichkeit konnte Avery die Sorge in seinem Gesicht sehen, und sie drückte seinen Arm.

„Geht es ihr gut? Irgendwelche Nachwirkungen des Fluchs?"

Er runzelte die Stirn und fuhr sich durch sein dunkelblondes Haar. „Sie schläft im Moment, aber sie schien irgendwie niedergeschlagen, ehrlich gesagt, als die Erleichterung, wieder wach zu sein, nachließ. Ich glaube, der Fluch hat sie deprimiert zurückgelassen."

„Das überrascht mich nicht. Er war ziemlich giftig. Du musst es ja gefühlt haben."

„Ja, stimmt. Das habe ich. Ich schätze, ich wollte nur, dass sie wieder ganz die Alte ist."

„Ich bin sicher, das wird sie, sie ist widerstandsfähig, aber sie war fast zwei Tage lang weg. Viel länger und wir hätten sie für eine Infusion ins Krankenhaus bringen müssen. Wie zum Teufel hätten wir das erklären sollen?" Avery rieb sich das Gesicht. „Es war viel ernster, als ich dachte. Es tut mir leid, dass ich dir nicht geholfen habe, eine Lösung zu finden. Ich dachte einfach, es wäre etwas Einfaches, das Briar brechen könnte."

Reuben zuckte mit den Schultern. „Du warst mit anderen Dingen abgelenkt."

„Keine Entschuldigung. El ist meine Freundin. Nichts ist wichtiger als sie."

„Avery, du hast getan, was du konntest, und geholfen, als du am meisten gebraucht wurdest. Und du hast recht – sie wird wieder gesund. Es wird nur Zeit brauchen." Ihre Katzen miauten kläglich, und Reuben sah zu ihnen hinunter und lachte. „Ich glaube, deine Katzen kriegen einen Koller. Lass mich dir dein Zimmer zeigen."

Er hob ihre Tasche erneut an und führte sie eine kleine, fast in der Ecke der Küche versteckte Treppe hinauf, die auf den Flur im ersten Stock führte. Er führte sie durch eine Reihe von Gängen, bis er eine Tür erreichte. Er riss sie auf und verkündete: „Ihr Zimmer, Madam. Natürlich mit Alex – es sei denn, du hättest lieber dein eigenes?"

„Nein, du Idiot, natürlich nicht." Sie schnappte nach Luft, als sie das Zimmer richtig betrachtete. „Alter Schwede, Reuben. Das ist ja der Wahnsinn!"

„Ich weiß. Das ist alles Alicias Werk", sagte er und bezog sich auf die tote Frau seines Bruders Gil. „Sie mag eine hinterhältige, Dämonen beschwörende Schlampe gewesen sein, aber sie hatte ein großartiges Gespür für Design."

Averys Augen waren weit aufgerissen, als sie das Zimmer betrat und den hochglanzpolierten Holzboden bewunderte, der mit teuren Perserteppichen, satten Farben, prächtigen antiken Möbeln und feinem Leinen bedeckt war. „Wer schläft hier normalerweise?"

„Niemand. Ich sorge nur dafür, dass Deb, die Haushälterin, es bereit hält."

Avery bestaunte die fantastischen Dinge, die man mit Geld kaufen konnte, und zog die Vorhänge zurück, um einen Blick auf die Aussicht zu werfen. Das Zimmer blickte auf den Garten hinter dem Haus, der teilweise von Akzentlichtern erhellt wurde, die in die Bäume hinaufstrahlten, aber ansonsten war es dunkel; ein hellgrauer Streifen markierte das Meer am Ende des Gartens.

Sie wandte sich ihm zu. „Danke, Reuben. Das ist fantastisch. Du weißt, dass ich hier vielleicht nie wieder ausziehe."

„Und das wäre auch in Ordnung. Du hast auch ein eigenes Bad", sagte er und zeigte auf eine Tür auf der rechten Seite. „Ich gehe zurück in die Küche, komm runter, wenn du so weit bist. Ich dachte, wir essen so zwischen sieben und acht", sagte er vage.

„Was ist mit dem Schutzzauber für das Haus?"

„Den machen wir später." Schon halb zur Tür hinaus, zögerte er. „Übrigens, Briar ist etwa drei Türen weiter den Flur runter, in der Richtung", sagte er und zeigte nach links. „Bis später."

Als sie allein war, ließ Avery die Katzen frei, die davonschossen, um alles zu erkunden, und sich streckten, als wären sie stundenlang eingesperrt gewesen. Dann sah sie sich erneut im Zimmer um, packte ihre wenigen Habseligkeiten aus, schnappte beim Anblick des wunderschönen Badezimmers nach Luft, stöberte in Schubladen und Schränken herum und warf sich dann aufs Bett und grinste. Sie liebte ihre Wohnung, aber das hier war der Wahnsinn. Und sie würde es mit Alex teilen. Als sie dalag, auf die dicken Kissen gestützt, wurde ihr bewusst, wie voll ihr Kopf mit Sorgen um Gestaltwandler, die Apparate, seltsame Portale und die Bäume der Druiden war. Vielleicht würde sie ihre Augen ausruhen, nur für einen kurzen Moment.

Das Nächste, woran sie sich erinnerte, war ein leises Klopfen an ihrer Tür, und Briar rief: „Avery, ist bei dir alles in Ordnung?"

Avery öffnete mühsam ein Auge und stöhnte. „Ja, komm rein!"

Briar steckte den Kopf zur Tür herein. „Hast du geschlafen?"

„Das war nicht meine Absicht. Der Schlaf hat mich einfach übermannt." Sie setzte sich auf und blinzelte den Schlaf aus den Augen. „Ich wusste gar nicht, dass ich so müde war."

„Nicht überraschend, wenn man bedenkt, dass du letzte Nacht angegriffen wurdest." Briar kam mit zwei Weingläsern herüber, einem mit Rotwein und einem mit Weißwein. Sie reichte Avery das Glas mit dem Rotwein. „Reuben hat mich damit hochgeschickt."

„Wow. Er ist ein toller Gastgeber." Sie nahm einen anerkennenden Schluck. „Perfekt. Und wie geht es dir?"

Briar saß mit verschränkten Beinen am Ende des Bettes und nippte an ihrem Wein. „Gut, aber wie du brauche ich eine ordentliche Mütze Schlaf. Diesen Fluch zu brechen, hat mich echt ausgelaugt. Er war so glitschig." Sie schauderte. „Igitt. Was machen deine blauen Flecken?"

„Es sind eigentlich meine Rippen", sagte Avery und tastete nach ihrer linken Seite. „Ich bin auf Alex' Couchtisch gekracht, und das hat mir völlig die Luft geraubt. Jetzt schmerzt es nur noch."

Briar betrachtete sie schweigend. „Du hast Glück gehabt. Es hätte viel schlimmer kommen können. Komm, lass uns essen gehen, und dann können wir diesen Ort schützen – und zwar richtig. Ich will eine Nacht gut schlafen, ohne Angst vor einem Angriff.“

Reuben wartete im gemütlichen Wohnzimmer neben der Küche und saß neben El. Es war ein kleiner, heimeliger Wohnbereich, viel weniger formell als das große Wohnzimmer vorne im Haus. Er war vollgestopft mit einem überdimensionalen Ecksofa, weichen Sesseln und einem riesigen Fernsehbildschirm, der an der Wand befestigt war. Ein kunstvoller Holzofen stand in der Ecke, und ein knisterndes Feuer heizte den Raum.

„Hey, El! Du bist ja wach“, sagte Briar und setzte sich neben sie. „Wie geht es dir?“

El sah immer noch blass aus. „Mir ging es schon mal besser, aber ich werde es überleben.“

„Schön, dich auf den Beinen zu sehen“, stimmte Avery zu. „Wenigstens hast du Reuben, der sich um dich kümmert.“

El lachte schwach. „Er macht seine Sache großartig. Ich kann es kaum erwarten, etwas Richtiges zu essen.“

Reuben unterbrach sie und zeigte auf den Bildschirm. „Ratet mal, wer im Fernsehen ist.“

Newtons Gesicht war dort in Großaufnahme zu sehen, wie er mit der Interviewerin sprach, und im Hintergrund war die Old Haven Church zu sehen.

„Oh nein“, sagte Avery, „ist noch etwas passiert?“

„Wie vorhergesagt, sind etliche Geisterjäger aufgetaucht, die versuchen, auf das Gelände zu gelangen, und die Polizei musste eingreifen. Und schaut mal, wer jetzt da ist.“

Das Interview stammte von früher am Tag. Dunkelgraue Wolken hingen über dem Friedhof, und Newton trug einen schweren Mantel mit hochgeschlagenem Kragen. Reuben drehte die Lautstärke auf, und sie hörten, wie Newton erklärte, dass die Kirche eine private Firma beauftragt hatte, um das Gelände

zu schützen. Die Kamera schwenkte zurück und zeigte den beunruhigend großen Gabreel, der die Interviewerin aufmerksam
anstarrte, als sie fragte: „Meinen Sie nicht, das ist vonseiten der
Kirche übertrieben, das Gelände einer Gottesdienststätte abzus-
perren?“

Gabreel runzelte die Stirn. „Meine Aufgabe ist es, die Öf-
fentlichkeit vor Schaden zu bewahren, und da es hier an diesem
Ort einen Witzbold zu geben scheint, der keine Skrupel hat, unschuldige Menschen zu verletzen, denke ich, dass es das Beste ist,
was die Kirche im Moment tun konnte.“

„Und wie gedenken Sie, dieses Gebiet zu schützen?“

„Ich habe ein halbes Dutzend Mitarbeiter, die sich Tag und
Nacht bei der Überwachung des Geländes abwechseln werden.“

„Ist das alles? Das ist ein ziemlich großes Gelände.“

„Ich habe ein sehr effektives Team“, sagte er mit einem Blick,
der sie beinahe herausforderte, ihm zu widersprechen.

„Aber was werden Sie tun?“, hakte sie nach, sichtlich auf einen
Streit aus.

„Das Gelände patrouillieren.“

Angesichts seines endgültigen Tons wandte sie sich wieder
Newton zu. „Und billigt die Polizei diesen Aktionsplan?“

„Absolut“, sagte er. „Die Polizei ist keine private Sicherheitsfirma. Selbstverständlich unterstützen wir diese Entscheidung und arbeiten derzeit daran, den Witzbold zu identifizieren.
Mehrere Personen wurden gestern infolge dieses Streichs verletzt, und die Täter werden nach ihrer Ergreifung strafrechtlich
verfolgt. Die Sicherheitsfirma verschafft uns die Zeit, Hinweisen
nachzugehen.“

Die Kamera schwenkte nun herum, um die Interviewerin ins
Bild zu rücken, die wohl die kecke Blondine sein musste, von
der Newton am Tag zuvor gesprochen hatte. „Vorerst ist das

Kirchengelände also gesperrt, und wir raten allen Geisterjägern, sich zu ihrer eigenen Sicherheit von dem Gebiet fernzuhalten. Sarah Rutherford, Cornwall News.“

Reuben schaltete den Fernseher wieder stumm. „Meinst du, wir sollten uns den Ort noch mal ansehen?“

„Jetzt?“, fragte Avery entsetzt.

„Nein, morgen“, sagte er und sah sie an, als wäre sie verrückt geworden. „Gabe ist da oben und macht sein Ding. Ich bin sicher, alles wird gut gehen. Und außerdem ist das Essen fertig.“

Sie verbrachten den Rest des Abends mit Essen, Trinken und Entspannen, und als Alex ankam, döste Avery bereits halb auf dem Sofa, eingelullt von der Wärme und der guten Gesellschaft. Er gesellte sich zu ihnen auf das Sofa, nachdem er sich ein Bier geschnappt hatte.

„Alle reden über die Old Haven Church“, informierte Alex die Gruppe.

„Alle?“, fragte Avery zweifelnd.

„*Alle*! ‚Wer ist verantwortlich?‘ ‚Ist es ernst?‘ ‚Wie schwer wurde der Pfarrer verletzt?‘ ‚Gibt es ein Dämonentor auf dem Kirchengelände?‘ ‚Lässt die Halloween-Magie die Geister von den Toten auferstehen?‘ ‚Wie schlimm wird es bis Halloween werden?‘“, zählte er alles auf und verdrehte die Augen. „Jeder hat eine Meinung, und jeder will, dass dies das Schlimmste ist, was passieren kann. Die meisten Leute sind total aufgeregt, und eine ganze Reihe plant einen mitternächtlichen Besuch.“

Reuben lachte. „Ich bin versucht, selbst hinzugehen, nur um zu sehen, wie Gabe damit umgeht. Geht Zee auch hin?“

„Yep“, antwortete Alex zwischen zwei Schlucken Bier. „Nicht, dass er das den Schaulustigen erzählt hätte. Das wird eine nette Überraschung für sie sein, ihn bei seiner anderen Arbeit zu sehen.“

El gähnte und fragte: „Also, was jetzt?"

Reuben lächelte. „Jetzt sichern wir das Haus mit einem knallharten Schutzzauber, und dann schlafen wir."

Fünfzehn

Avery wurde durch das beharrliche Klingeln ihres Handys geweckt, das über ihren Nachttisch vibrierte.

Sie griff danach und ging ran, noch bevor sie wahrgenommen hatte, wer anrief. „Ja?", stöhnte sie.

Eine hysterische Frauenstimme antwortete. „Avery! Alice hat Hunter und Holly mitgenommen! Wir brauchen Hilfe!"

Averys Verstand schaltete sich ein und sie fuhr hoch, während sie spürte, wie Alex neben ihr erwachte. Piper. Sie schaltete das Handy auf laut und knipste eine Lampe an. „*Was*? Willst du mich auf den Arm nehmen?"

„Nein! Sie sind ins Haus gestürmt, haben Josh und mich angegriffen, damit wir uns nicht wehren konnten, und haben Hunter und Holly mitgenommen! Ich dachte, du hättest gesagt, wir wären geschützt!" Wut schwang in Pipers Stimme mit, während sie Avery vorwarf, sie angelogen zu haben.

„Das wart ihr! Nein, das *seid* ihr. Das habe ich ihnen gesagt." Inzwischen war sie halb aus dem Bett gestiegen. „Wo haben sie sie hingebracht?"

„Nach Cumbria, natürlich! Um gegen Cooper zu kämpfen."

„Wir werden ihnen folgen", sagte Avery entschieden.

„Ihr kommt jetzt?"

Alex griff ein und legte Avery eine zurückhaltende Hand auf den Arm. „*Nein*. Das hat keinen Sinn. Wir werden uns nicht unterwegs mit ihnen anlegen. Das ist für alle zu gefährlich. Wann findet die Herausforderung statt?"

„Sobald sie es arrangieren können, wahrscheinlich morgen um Mitternacht. Vielleicht übermorgen. Wir müssen sofort los!"

Averys Gedanken überschlugen sich mit Möglichkeiten, als sie in Alex' resigniertes Gesicht blickte. „Nein, Piper, Alex hat recht. Wir können im Moment nichts ausrichten. Aber wir werden mit dir kommen, morgen früh. Wir werden alle zusammen reisen. Und jetzt versprich mir, dass du wartest."

Piper war einen Moment lang still. „Was ist, wenn sie ihnen wehtun?"

„Sei logisch", sagte Alex, seine Augen waren schwer vor Müdigkeit. „Hunter muss kämpfen und Holly ist eine Sicherheit. Wir fahren morgen. Einverstanden?"

Ihre Stimme war leise. „Ja, okay. Du überlegst es dir nicht anders?"

„Auf keinen Fall", sagte Avery bestimmt. „Ich habe noch eine Rechnung mit ihnen offen. Sie haben euer Refugium verletzt. Wir sehen uns morgen früh. Wir sind um acht bei euch."

Sie legte auf und sah Alex an. „Diese Schlampe!"

„Caspian hat dich vor ihnen gewarnt."

„Das sind ihre Regeln, nicht meine!"

„Vielleicht haben sie nicht geglaubt, dass du es ernst meinst."

„Klang ich so, als würde ich es ernst meinen?"

„Ja. Aber sie sind von der alten Schule und daran gewöhnt, ihren Willen durchzusetzen. Bist du sicher, dass du ihnen dorthin folgen willst? Das wird übel enden."

„Ja!", sagte Avery aufgebracht. „Du etwa nicht?"

Er hob kapitulierend die Hände. „Natürlich! Und jetzt komm her." Er löschte mit einem Zauberspruch die Lichter, legte sich hin und zog sie an sich. „Versuch zu schlafen. Morgen liegt ein langer Tag vor uns."

Der Morgen hatte schlecht begonnen. Alex und Avery hatten sich wie vereinbart am Haus der Wandler getroffen, nur um festzustellen, dass ihr Volvo sabotiert worden war und nicht ansprang, und weder Alex noch Avery konnten ihn mit einem Zauber wieder zum Laufen bringen. Am Ende fuhren sie in Averys Lieferwagen zurück zu Reuben und liehen sich Gils BMW, der noch in der Garage stand. Die siebenstündige Fahrt nach Cumbria war undenkbar, wenn Piper oder Josh ungesichert auf der Ladefläche von Averys Lieferwagen saßen. Als sie aufbrachen, war es fast neun, und der Berufsverkehr war noch in vollem Gange. Alex übernahm die erste Etappe am Steuer, da er weitaus mehr an die Straßen von Cornwall gewöhnt war als Josh oder Piper.

Das einzig Gute daran, nach Cumbria fahren zu müssen, dachte Avery, als Alex auf die Landstraßen zusteuerte, die zur Autobahn und in den Norden führten, war, dass sie es aufschieben konnte, sich in ihrem eigenen Laden als Hexe zu verkleiden. Als sie Sally anrief, um ihr zu sagen, dass sie sich ein paar Tage frei nehmen müsse, warf diese ihr vor, es absichtlich zu tun.

„Habe ich nicht! Das ist ein Notfall", betonte sie. „Es tut mir leid, wirklich. Und ich werde die anderen bitten, ein Auge auf dich zu haben. Ruf entweder Briar oder Reuben an, wenn du dir

Sorgen machst. Oder Newton." Sie wusste, dass er helfen würde, wenn er könnte. „Bei allem Verdächtigen, zögere nicht."

„Schon gut", seufzte Sally. „Aber ich hatte mich auf heute gefreut."

„Ich hatte mich auf deinen Kuchen gefreut und darauf, euch beide verkleidet zu sehen. Aber ich komme wieder und dann ziehe ich dieses dämliche Kostüm an."

„Pass auf dich auf, Avery. Ich mag die Devices nicht und ich traue ihnen nicht. Sei vorsichtig."

„Das werde ich", versprach sie.

Die anderen Hexen waren auch nicht begeistert gewesen, als sie sie beim Frühstück gesehen hatte. „Wir sollten alle gehen", sagte Reuben leichtsinnig. Jetzt, da es El besser ging, war sein üblicher Elan zurückgekehrt, und Avery konnte sehen, dass er auf Action aus war.

Alex sah ihn nur mit einem abwägenden Blick an. „El erholt sich immer noch von ihrem Fluch und wir haben hier immer noch eine abtrünnige Hexe. Ihr drei müsst bleiben und auf White Haven aufpassen. Wir kommen schon klar."

„Nimm mein Kurzschwert", hatte El darauf bestanden und bezog sich auf das Schwert, das sie geschmiedet hatte und das die Elementarmagie verstärkte. „Du kannst es in meinem Laden abholen. Ihr beide könnt es gut führen und es könnte euch helfen."

Dieses Schwert lag nun im Kofferraum des Wagens, und Avery konnte seine Magie von ihrem Platz im Fond neben Piper spüren, die auf ihrer Lippe kaute und zappelte, während sie aus dem Fenster starrte.

„Erzähl mir von dem Rudel", sagte Avery, sowohl um sie abzulenken als auch um mehr über das zu erfahren, was ihnen bevorstand. „Wie viele gehören dazu?"

„Ungefähr zehn Familien, alle über die kleinen Städte und Dörfer im Lake District verteilt. Das sind etwa 30 oder 40 Wandler", schätzte sie.

„Einschließlich der Kinder?", fragte Alex und lauschte, während er fuhr.

Josh schüttelte den Kopf. „Nein. Sie sind keine vollwertigen Rudelmitglieder, bis sie 16 werden."

„Und haben normale Menschen Beziehungen mit Shiftern?", fragte Avery.

„Klar", sagte Piper, „sonst gäbe es ja jede Menge Inzest! Folglich sind nicht alle Kinder Shifter. Normalerweise merkt man das in den frühen Teenagerjahren. Wenn die Hormone verrückt spielen, fängt das Wandeln an. Manche Kinder verpassen viel in der Schule, bis sie anfangen, ihre Verwandlungen zu kontrollieren. Du willst dich wirklich nicht im Unterricht verwandeln!"

„Also lebt ihr, nehme ich an, so wie wir unterm Radar?"

Josh blickte über seine Schulter. „Japp. Genau wie wir es euch gesagt haben. Wir haben ein normales Geschäft, aber das Rudel steht immer an erster Stelle. Man schwört ihm mit 16 die Treue."

„Weiß die Gemeinschaft, dass Shifter unter ihnen leben, oder ahnt sie es auch nur?"

„Vielleicht, aber niemand sagt etwas. Wir sind auf dem ganzen Land verteilt. Es ist groß, abgelegen, und wir passen auf, keine Aufmerksamkeit auf uns zu ziehen."

Alex drehte sich leicht in seinem Sitz, behielt aber die Straße im Auge. „Also, diese Herausforderung. Was ist das, wo findet sie statt?"

„Am Castlerigg Stone Circle. Jeder kann den Anführer – den Alpha – herausfordern, aber die meisten tun das nicht, es sei denn, es passiert etwas wirklich Schlimmes. Der Alpha ist stark und bringt Stabilität."

Avery runzelte die Stirn. „Wie lange ist Cooper also schon der Alpha?"

„Knapp ein Jahr. Er ist seinem Vater nachgefolgt."

„Ist das normal?"

Josh warf Piper einen nervösen Blick zu. „Nicht wirklich. Normalerweise folgt der Stärkste nach. Wenn ein alter Anführer zu schwach wird, fordern ihn andere heraus. Aber es gab seit Hunderten von Jahren keine echte Herausforderung mehr. Es war eine Erbfolge."

„Warum?", fragte Avery, die etwas Verdächtiges witterte.

Piper antwortete mit trockenem Ton. „Die Dacres sind eine sehr reiche Familie. Sie haben Macht und Einfluss und möchten die Führung behalten. Sie kämpfen mit schmutzigen Tricks und haben die Devices auf ihrer Seite, und ehrlich gesagt, auch viele andere Mitglieder. Eine Hand wäscht die andere. Leider war es ein Schritt zu weit, Anspruch auf Holly zu erheben. Es mit ihnen aufzunehmen, ist eine gewaltige Sache. Hunter war das egal."

Avery hatte Schwierigkeiten, das zu verstehen. „Also ist Hollys Heirat mit Cooper politisch motiviert. Aber warum sie? Wenn sie so reich sind, was macht sie so besonders?"

„Weil wir eine der ältesten Familien sind und eine starke Linie von Shiftern haben. In der Vergangenheit kamen Alphas aus unserer Familie. Man glaubt, dass wir weitere starke Shifter hervorbringen werden. Außerdem, wenn sich zwei Shifter paaren, sind ihre Kinder *immer* auch Shifter. Cooper will Shifter-Kinder. Er hat keine Brüder oder Schwestern. Er braucht einen Erben, wenn seine Familie weiterhin der Alpha bleiben soll."

„Ihr sagtet, andere Frauen würden diese Chance gerne ergreifen, warum also nicht sie auswählen?"

„Weil es nicht viele weibliche Shifter gibt, deshalb", sagte Josh. „Shifter sind wahrscheinlicher männlich."

Piper lächelte sanft. „Wir sind selten und daher kostbar.“

Avery atmete schwer aus. „Wow. Das ist verrückt. Was für ein seltsames Leben.“

„Seltsamer als deins?“, fragte Piper und kniff die Augen zusammen.

„Ja! Ich werde nicht zu Zuchtzwecken an irgendeinen Hexer verheiratet, nur weil ich eine Frau mit einer starken Blutlinie bin!“

„Und“, fügte Alex hinzu, „bei Hexen gibt es so ziemlich eine gleichmäßige Verteilung von Männern und Frauen, obwohl das gängige Bild ist, dass Hexen weiblich sind.“

Avery dachte einen Moment nach. „Gibt es im ganzen Land noch andere Shifter-Gemeinschaften?“

„Klar“, antwortete Josh. „Viele weiter nördlich als wir, besonders in Schottland. Es gibt eine gewisse Bewegung zwischen den Rudeln, aber das ist nicht üblich. Neulinge bringen Herausforderungen mit sich.“

„Und neue Rudel?“

„Entstehen selten“, sagte er. „Es sei denn, man kann einige Mitglieder überreden, gemeinsam wegzugehen. Sie müssen wirklich unglücklich sein, um das zu tun. Das bedeutet, in ein völlig neues Gebiet zu ziehen.“

„Also muss Hunter gewinnen, oder was würde passieren?“

„Alles, was wir gesagt haben“, erklärte Piper. „Holly wird Cooper heiraten, und im Grunde muss Hunter ihm dann Treue schwören.“

„Aber ich glaube nicht, dass er das tun wird“, fügte Josh besorgt hinzu. „Er würde eher sterben.“

„Und Cooper wäre nur zu erfreut, das geschehen zu sehen“, sagte Piper, drehte sich dann um und schaute aus dem Fenster.

„Und Holly?", fragte Avery. „Sie würde Cooper nicht abweisen?"

„Wie wir schon sagten. Er ist mächtig. Er beeinflusst Unternehmen und die Einheimischen. Ein Wort von ihm, und unser Geschäft könnte den Bach runtergehen. Wir würden quasi zu Außenseitern in unserer eigenen Gemeinschaft werden, und unser Einkommen wäre weg. Wir müssten weggehen und neu anfangen. Unser ganzes Leben ist dort – Freunde, Arbeit, unser Zuhause. Holly weiß, was die Konsequenzen wären."

„Also würde sie sich im Grunde für euch alle opfern", sagte Avery, unsicher, ob sie Hollys Entscheidung bewundern sollte oder nicht.

„Japp", sagte Josh und sah unbehaglich aus.

Alex klang ungläubig, als er einwarf: „Ihr wisst, dass ein Leben woanders in Ordnung wäre. Ihr würdet neu anfangen. Na und?"

Josh sah ihn scharf an. „Würdest du das?"

„Wenn es bedeuten würde, Avery oder irgendjemanden, den ich liebe, davor zu bewahren, natürlich würde ich das."

Avery blinzelte schockiert. Liebe? War das für sie bestimmt? Liebte er sie? Dieses Gespräch hatten sie noch nie geführt. Liebte sie ihn? Sie sah ihn einen Moment lang an und traf seinen Blick im Rückspiegel. Ja, natürlich tat sie das.

Sie riss ihren Blick los und wandte sich wieder Josh zu. „Würdest du ihn herausfordern?"

„Ich bin versucht, aber ich kenne meine Grenzen. Ich bin nicht so stark wie Hunter oder Cooper."

Alex warf ihm einen Blick zu. „Du musst doch gute Freunde haben – andere Wandler, die dich unterstützen würden."

Josh nickte. „Ja, die haben wir. Ich habe sie heute früh angerufen. Wir haben ein paar Familien, die uns wirklich wohlgesonnen sind und bereit wären, uns diskret zu helfen, aber niemanden, der sein Leben für uns aufs Spiel setzen würde. Ich habe sie gebeten, uns Bescheid zu geben, falls sie etwas von einem Treffen hören. Sie stimmen mir zu. Es wird heute Nacht stattfinden, aber es gibt noch keine Neuigkeiten.“

„Wir müssen sie vor der Herausforderung treffen. Es muss doch einen Weg geben, sie dazu zu bringen, euch zu helfen“, sagte Alex beharrlich.

Josh fuhr ihn verärgert an. „Wie denn? Wir können nicht garantieren, dass wir gewinnen. Ich sage es dir immer wieder, aber du hörst nicht zu. Wir haben diese Art von Unterstützung oder Einfluss nicht! Wir sind völlig am Arsch!“ In Joshs Augen hatte sich ein beängstigender gelber Ring gebildet, der wie Feuer um seine Pupillen aussah, und sie konnten ein leises Knurren aus seiner Kehle hören. Piper schreckte aus ihrer entspannten Haltung auf dem Rücksitz hoch und Avery spürte ein Kribbeln in ihren Handflächen, als sie ihre Magie herbeirief.

„Komm verdammt noch mal runter, Josh. Es ist nur eine Frage – ich versuche zu helfen!“, schrie Alex zurück.

Piper streckte eine Hand aus und legte sie auf Joshs Arm. „Josh, bitte.“

Er atmete tief durch, schaute aus dem Fenster, und Avery spürte, wie die Anspannung nachließ.

„Erzähl mir von den Devices“, sagte Avery in der Hoffnung, andere Wege zu finden, um zu helfen. „Alles. Was sind ihre Beweggründe, ihre Schwächen, ihre Rollen in der Gemeinschaft?“

Piper ergriff als Erste das Wort. „Wie die Dacres sind sie reich. Großes Haus, hohes Ansehen in der Gemeinschaft, sie besitzen viele örtliche Unternehmen.“

Alex schnaubte. „Kein Wunder, dass sie sich an Caspian gewandt haben. Ihre Familien scheinen ähnlich zu sein.“

„Warum ist es ihnen wichtig, ob Cooper verliert?", fragte Avery.

„Sie wissen, dass andere Rudelmitglieder es vorziehen würden, unser Leben unabhängiger zu gestalten, weg vom Einfluss der Devices. Sie würden ihre Macht über uns verlieren."

„Spielt das eine Rolle?", fragte Avery ungläubig.

„Für sie schon."

„Und weiß irgendjemand von ihren Verbindungen zu den Pendle-Hexen des sechzehnten Jahrhunderts?"

„Vielleicht stellen ein paar Einheimische die Verbindung her, aber niemand würde glauben, dass sie Hexen sind", sagte Josh und drehte sich um. Avery war erleichtert zu sehen, dass seine Augen wieder ihre normale Farbe hatten. „Genauso wie bei dir und deiner Vorfahrin Helena."

Avery sah ihn erstaunt an. „Woher weißt du davon?"

„Briar hat es uns erzählt. Wir haben nach euch allen und eurer Geschichte gefragt. Sie hat uns die mysteriöse Wolke der Macht über White Haven erklärt. Das hat uns zu euch geführt."

Avery dachte einen Moment nach und beobachtete die vorbeiziehende Landschaft. Sie waren auf der A30, durchquerten die raue Schönheit des Bodmin Moor, das unter dem grauen, wolkenverhangenen Himmel noch düsterer als sonst wirkte.

Sie tauschte einen besorgten Blick mit Alex im Rückspiegel aus und wusste genau, was er dachte. *Wie würden sich die Devices einmischen und was konnten sie tun, um sie aufzuhalten?*

„Wie viele Devices gibt es?", fragte sie abrupt.

„Alice, ihre Tochter Rose und Roses zwei Kinder, die beide jünger sind als ich, und Jeremy und seine Kinder. Ich glaube nicht, dass sich Alices Enkelkinder einmischen werden, nur Jeremy und Rose."

Avery wurde klar, dass sie keine Ahnung hatte, wie sie die anderen in der Nacht zuvor gefangen genommen hatten, also fragte sie jetzt, da sie das Gefühl hatte, es würde ihr helfen zu verstehen, wie sie kämpften.

„Sie haben wie zivilisierte Leute an die Tür geklopft", sagte Piper. „Es war neun Uhr abends. Hunter hat aufgemacht, und sie sagten, sie wollten reden, dass sie verstanden, dass wir unter eurem Schutz standen, aber sie müssten die Bedingungen besprechen. Er war misstrauisch, ließ sie aber herein."

Josh fuhr fort. „Wir waren im Wohnzimmer und kamen zur Tür, um zu sehen, was los war. Als sie eintraten, tat Jeremy etwas – ließ *etwas* aus seinen Händen frei."

„Ja, es war wie eine kleine Wolke aus Schwärze", sagte Piper und bemühte sich zu beschreiben, was es war. „Aber sie schoss wie ein kleiner Wirbelwind auf uns zu, und das ist alles, woran ich mich erinnere."

Avery runzelte die Stirn. „Ihr seid ohnmächtig geworden?"

„Jep", sagte Josh. „Als wir aufwachten, war es drei Uhr morgens und wir haben uns auf dem Boden den Arsch abgefroren. Hunter und Holly waren weg."

„Ihr seid sicher, dass sie nach Hause gefahren sind?", fragte Alex.

„Ja. Sie werden entweder zu Coopers Haus oder zu ihrem eigenen gegangen sein."

„Also, wenn sie die ganze Nacht gefahren sind, werden sie inzwischen da sein", sagte Avery. Die Fahrt nach Cumbria dauerte etwa sieben Stunden, plus minus etwas Zeit für Pausen und Verkehr.

„Sie werden keine Zeit mehr verlieren wollen", sagte Alex. „Sie wissen, dass ihr folgen werdet. Kann dieser Kampf auch bei Tag stattfinden?"

„Nein." Josh schüttelte den Kopf. „Alle Herausforderungen finden um Mitternacht statt, im Freien, beim Cast-
lerigg-Steinkreis."

„Bist du sicher?", fragte Avery.

„Immer", stimmte Piper zu. „Es ist heiliger Boden, unsere
spirituelle Heimat."

Piper sah müde aus und die Schatten unter ihren Augen wurden dunkler. Ihre übliche schnippische Art war verflogen, und
stattdessen wirkte sie besiegt, als sie sich in den Sitz zurücklehnte
und die Augen schloss.

Avery verstummte und versuchte, einen Plan zu schmieden,
was sie aber für praktisch unmöglich hielt, ohne zu wissen, wie
die Nacht verlaufen würde. Sie dachte an Els Schwert hinten
im Auto und war froh, dass sie es mitgenommen hatten. Heute
Nacht konnte es sehr übel werden.

Sechzehn

Kurz vor Birmingham löste Avery Alex am Steuer ab und kämpfte sich auf ihrem Weg in den Norden durch das schreckliche Autobahnkreuz der M5/M6. Der Verkehr war grauenhaft und zwang sie stellenweise ins Schneckentempo. Am Vormittag hatten sie endlich einen Anruf von Joshs Freund erhalten, der bestätigte, dass die Herausforderung noch in dieser Nacht stattfinden würde, aber weitere Neuigkeiten gab es nicht. Während Avery fuhr, schliefen Josh und Piper auf dem Rücksitz; sie alle würden ihre Kräfte für die bevorstehende Nacht brauchen.

Josh fuhr die letzten beiden Stunden der Strecke, und schließlich verließen sie die M6 und folgten der A590 und dann der A591 nach Ambleside. Josh navigierte sie zum Haus der Devices, wo sie hofften, Hunter und Holly anzutreffen.

„Ich bezweifle, dass die dort sein werden", sagte Alex. „Sie werden sie irgendwo versteckt haben. Sie müssen wissen, dass wir nach ihnen suchen würden. Oder zumindest du." Er grinste plötzlich. „Bestimmt haben sie gehofft, dass der Schaden an deinem Volvo dich aufhalten würde. Idioten."

„Einverstanden", sagte Josh. „Sie werden sie verstecken, bevor sie sie nach Castlerigg bringen. Sie werden nicht riskieren, dass die Herausforderung jetzt noch verhindert wird. Sobald sie dort sind, wird das Rudel dafür sorgen, dass sie stattfindet."

„Werden sie?", fragte Avery. „Warum?"

„Eine Herausforderung schafft Ungewissheit. Das will niemand."

Avery schüttelte verwirrt den Kopf. Wenn einige von ihnen eine Veränderung wollten, sollten sie doch Hunter unterstützen. Offensichtlich hatten viele Angst vor Cooper und seinen Anhängern. Avery hasste ihn jetzt schon. Er klang wie ein Tyrann.

Die Devices lebten am Rande von Ambleside, einer beliebten Touristenstadt im Zentrum des Lake District am Kopfende des Lake Windermere, umgeben von zerklüfteten Hügeln und rauschenden Bächen. Als sie am See vorbeifuhren, dämmerte es und sie gerieten erneut in den Verkehr. Avery schaute besorgt auf ihre Uhr. Es war schon fast sechs. Stau, Straßenarbeiten und ein paar Pausen hatten sie auf dem ganzen Weg aufgehalten, und wer wusste schon, was sie hier noch weiter verzögern könnte.

Sie schlängelten sich durch enge Gassen, doch wegen der hereinbrechenden Nacht erhaschte Avery nur einen flüchtigen Blick auf die wilde Schönheit der Landschaft, obwohl sie nicht umhinkam, sich in der Aussicht zu verlieren. Es war wilder als Cornwall und der perfekte Ort für Wölfe, um ungesehen und ungehört frei umherzustreifen. Als sie Ambleside erreichten, war ihre Umgebung in Dunkelheit getaucht, aber die Stadt sah mit ihren gewundenen Straßen aus grauen Steingebäuden und dem hellen Gelb der Straßenlaternen, die Geschäfte und Pubs beleuchteten, malerisch aus. Zu jeder anderen Zeit hätte Avery es geliebt, durch die Straßen zu schlendern und sie zu erkunden, aber dafür war jetzt keine Zeit.

Das Haus der Devices war ein großes Steingebäude, das am Fuße eines Hügels lag. Es hatte eine lange Auffahrt, die nur einen flüchtigen Blick auf das Haus freigab, und für zusätzliche Privatsphäre war es von einem großen, ummauerten Garten umgeben, der Einblicke auf alte Bäume und Sträucher bot.

Josh parkte am Straßenrand und drehte sich zu den anderen um. „Wenigstens bietet uns die Dunkelheit etwas Deckung. Sobald wir uns auf das Grundstück geschlichen haben, werden Piper und ich uns verwandeln und als Wölfe zum Haus gehen. Vielleicht solltet ihr hier warten, bis wir Entwarnung geben?"

Alex sah ihn ungläubig an. „Auf keinen Fall. Das sind Hexen, und sie sind offensichtlich nur zu gern bereit, ihre Macht gegen euch einzusetzen. Wir kommen mit."

„Einverstanden", sagte Avery und griff nach dem Türgriff. „Wir sollten nach magischen Fallen und Schutzzaubern suchen."

Sie stiegen aus dem Auto und Avery fröstelte, als sie ihre Jacke anzog; sie war dankbar, dass sie sich Els dicken Parka geliehen hatte. Es war kalt, fast eisig, und der Wind brachte eine Kühle aus den Bergen mit sich. Sie griff in den Kofferraum nach Els Schwert. „Willst du es, Alex?"

Er schüttelte den Kopf. „Nein, du kannst besser damit umgehen als ich. Aber bleib in meiner Nähe."

Die Gasse, in der sie sich befanden, war menschenleer, und Alex und Avery standen am Anfang der Auffahrt und spürten nach Magie. „Noch nichts", verkündete Alex.

„Dito." Avery sah zu Josh und Piper, die sichtlich darauf brannten, loszulegen. „Seid vorsichtig!"

Sie nickten und schlüpften in die Sträucher am Rande der Auffahrt, legten schnell ihre Kleidung ab und verwandelten sich dann mühelos in zwei wunderschöne Wölfe, wobei Piper etwas kleiner war als Josh. Innerhalb von Sekunden waren sie verschwunden.

Alex folgte ihrem Pfad ins Gebüsch, und Avery folgte ihm. Sie pirschten sich zum Haus vor, tasteten sich vorsichtig vorwärts und schlugen kleine Äste beiseite. Die Wölfe waren verschwunden.

„Mir gefällt das nicht", flüsterte Alex. „Es ist zu ruhig."

„Das Grundstück ist groß. Näher am Haus wird es mehr Schutz geben", meinte Avery.

Ihr Atem entwich in weißen Wolken, und sie wünschte, sie hätte ihre Handschuhe mitgebracht. Avery flüsterte einen kleinen Wärmespruch und spürte, wie ihr Mantel anfing, sich aufzuheizen. Den hatte sie von Eve gelernt, der Hexe aus St Ives. *Gott sei Dank für Wetterhexen.*

Der Angriff kam unerwartet – die Devices hatten ihn gut verborgen.

Als sie in Sichtweite des Hauses kamen, schoss eine Wand aus Finsternis aus dem Boden und hüllte sie vollständig ein. Sie fühlte sich klebrig und erstickend an, und Avery verlor schnell die Orientierung. Sie sank auf die Knie und war froh, den feuchten Boden unter sich zu spüren. Sie ließ ein Licht in ihren Händen aufflammen, aber die Schwärze verschluckte es. Sie konnte Alex überhaupt nicht spüren.

Verdammt!

Sie rief: „Alex!"

Stille.

Sie versuchte es erneut und erdete sich diesmal vollständig mit der Erde. Sie zog deren Kraft in ihre Hände und schleuderte einen Blitz vor sich, in der Hoffnung, dass Alex immer noch zu ihrer Linken war. Der Geruch von Magie und Ozon war überwältigend, aber die ölige Dunkelheit wich leicht zurück.

Innerlich gab sie sich eine Ohrfeige. Die Luft war still und schwer; was sie brauchte, war Wind. Sie erschuf einen Minitornado, der die ölige Dunkelheit in sein Zentrum zog. Innerhalb weniger Sekunden löste er sich auf und sie schickte den Tornado auf die andere Seite des Gartens.

Sie drehte sich dorthin, wo Alex nur wenige Augenblicke zuvor gestanden hatte, aber er war verschwunden.

Für eine Sekunde geriet Avery in Panik, dann atmete sie tief durch. *Blendwerk. Er war hier irgendwo.*

Das Heulen eines Wolfes durchbrach die Stille zu ihrer Rechten. Nach einem letzten Blick nach Alex drehte sie sich um und ging auf das Geräusch zu.

Ein zweites Heulen folgte dem ersten und sie bekam eine Gänsehaut. Es war verlockend zu rennen, aber das wäre zu gefährlich. Sie trat aus dem Gebüsch hervor und das Haus erschien vor ihr, auf der anderen Seite eines Rasens und großer Blumenbeete.

Niemand war zu sehen. Sie ging nach rechts, auf das Heulen zu. Ein weiteres Heulen ertönte, viel näher, und die große Gestalt eines Wolfes kam in Sicht, die Lefzen zurückgezogen, um große Zähne zu entblößen, während sich ein Knurren tief in seiner Kehle aufbaute.

Es war Josh, da war sie sich sicher. Er hatte dunkelbraunes Fell mit einem weißen Streifen auf der Nase, wie sie bei seiner Verwandlung bemerkt hatte, und er war größer als Piper.

Aber irgendetwas stimmte nicht.

Er kam auf sie zu, als würde er sie nicht kennen, und Avery wich in die Schatten zurück und beobachtete ihn. Sie hob ihre Hände, gerade als er auf sie zusprang und in nur wenigen Sekunden mehrere Meter überwand. Sie feuerte einen Energiestoß auf ihn ab, der ihn in die Brust traf.

Er rollte betäubt zur Seite, kam aber schnell wieder auf die Beine. Er heulte erneut und Avery gefror das Blut in den Adern.

Sie hatte sich immer gefragt, woher dieser Ausdruck kam, und jetzt wusste sie es. Das Heulen eines Wolfes war furchterregend.

Er sprang erneut über den kleinen Abstand zwischen ihnen hinweg und auch sie schlug zu, wobei sie ihn verzweifelt nicht verletzen wollte, sich aber bewusst war, dass eine einzige falsche Bewegung ihrerseits dazu führen würde, dass er ihr die Kehle herausriss.

Sie war zu langsam. Seine Pfoten landeten auf ihrer Brust und warfen sie zu Boden. Es verschlug ihr den Atem und sie schrie auf vor Schmerz, als ihre verletzten Rippen protestierend aufschrien. Geschockt schlug sie um sich und sandte eine so starke Energiewelle aus, dass sie ihn in die Luft hob und gegen einen Baum schleuderte.

Sie rappelte sich auf, bereit, weiterzukämpfen. Doch dann sah er sie an, schüttelte verwirrt seinen großen, zotteligen Kopf, und sie sah, wie Erkenntnis in seinen Augen aufblitzte.

Er senkte den Kopf, wimmerte und verwandelte sich dann zurück. Der nun sehr menschliche Josh zitterte und kauerte sich in Fötusstellung zusammen, und Avery rannte zu ihm.

„Es tut mir so leid. Geht es dir gut?"

Er nickte. „Ich brauche nur eine Minute. Ich weiß nicht, was in mich gefahren ist. Ich habe dich überhaupt nicht erkannt. Du warst nur irgendjemand – ein Feind."

„Irgendein seltsamer Zauber. Ich bin auch in einen geraten und habe Alex verloren."

Genau in diesem Moment ertönte hinter dem Haus ein weiteres Heulen.

„Wir müssen los", sagte Josh. „Bleib dicht bei mir."

Er verwandelte sich wieder, erhob sich und trabte um das Haus herum, während Avery joggte, um mitzuhalten.

Das Haus lag in völliger Dunkelheit. Unmöglich, dass hier jemand war. Diese Fallen sollten sie verwirren und aufhalten, und sie funktionierten.

Ein plötzlicher Schmerz in ihrem Kopf ließ sie stolpern und hinfallen, und Josh kehrte an ihre Seite zurück und stupste ihre Hand an. Eine Stimme erfüllte ihren Kopf. *Avery, hier ist Alex. Kannst du mich hören?*

Erleichterung durchflutete sie und sie antwortete in Gedanken. *Ja! Wo bist du?*

Irgendwo im Garten. Es ist dunkel. Ich komme nicht raus, aber ich spüre die Erde unter mir und kann die Bäume hören. Es ist, als wäre ich erblindet.

Hast du Piper gesehen?

Ich höre Heulen, aber das ist alles.

Ich komme. Bleib bei mir.

Sie erhob sich und sandte ein Hexenlicht aus, das die Bäume und einen Pfad erhellte, der hinter dem Haus verlief. Sie war sich nun sicher, dass niemand hier war. Sie hatten das geplant, um sie aufzuhalten, sie wenn nötig die ganze Nacht hier festzuhalten, alles nur, damit sie die Herausforderung verpassten.

Zum Teufel mit ihnen. Sie würden nicht gewinnen.

Sie sandte ein Licht nach dem anderen aus, die im Garten schwebten, und beschloss dann, einen Suchzauber zu wirken. Alex' Duft haftete überall an ihr und sie trug seinen Schal. Sie wirkte schnell den Zauber und ein kleines, blaues Licht erschien aus dem Nichts; sie folgte ihm durch den Garten.

Sie war noch nicht weit gekommen, als Piper knurrend auf dem Pfad vor ihr auftauchte. Oh nein. Nicht schon wieder.

Aber dieses Mal griff Josh ein. Als Piper auf Avery sprang, sprang Josh auf sie, und die Wölfe prallten mitten im Sprung zusammen. Sie schlugen auf dem Boden auf, ein knurrendes, sich überschlagendes Knäuel aus Zähnen und Fell.

Sobald sie eine klare Schusslinie hatte, feuerte Avery ein paar Stöße reiner Energie auf Piper, und wie bei Josh schien es sie aus dem Zauber zu reißen, der sie verwirrt hatte. Sie winselte, als die Erkenntnis sie durchströmte, und beide drehten sich um und machten sich auf den Weg durch den Garten.

Alex. Kannst du uns hören?, kommunizierte Avery erneut mit ihm in ihrem Kopf. Sie konnte seine Anwesenheit und seine Sorge spüren.

Du klingst gedämpft, antwortete er. Als wärst du über mir.

Du musst unter der Erde sein, schlussfolgerte sie. Sie haben wahrscheinlich einen Keller oder ein Untergeschoss. Kannst du schon etwas sehen?

Etwas bindet meine Magie. Ich kann nichts zaubern, außer mit dir zu sprechen.

Ein Heulen lenkte Averys Aufmerksamkeit ab, und sie rannte auf das Geräusch zu. Josh und Piper scharrten mit den Pfoten auf dem Boden und wühlten die Erde auf, und Avery gesellte sich zu ihnen. Sie waren im hinteren Teil des Gartens, neben einem alten Schuppen, und Avery konnte Metall unter der Erde schimmern sehen.

„Ich höre euch!", rief Alex hörbar von unter ihren Füßen.

Erleichterung durchflutete Avery und sie rief den Wölfen zu: „Haltet Abstand. Ich werde etwas versuchen."

Avery nutzte Elementarluft, um die Erde zu bewegen, und gebrauchte sie wie eine Schaufel, um sie aus dem Weg zu räumen. Als sie die Erde zur Seite schaufelte, sah sie eine Luke im Boden, wie bei einem alten Luftschutzbunker. Magie ging von ihr aus und knisterte an den Rändern. „Alex, ich habe eine Luke gefunden. Sie ist mit einem Zauber verschlossen. Gib mir einen Augenblick."

Sie konnte eine Kombination aus Erd- und Feuermagie spüren. Die Erde musste Alex dieses Gefühl einer erstickenden Decke geben, das ihn blendete, ganz ähnlich wie Els Fluch. Sie versuchte es mit ein paar verschiedenen Zaubersprüchen, um zu durchbrechen, was auch immer Alex im Inneren festhielt, aber nichts funktionierte. Sie lehnte sich zurück und dachte einen Moment nach. Els Schwert war von Eisfeuer erfüllt – vielleicht würde das klappen.

„Josh, Piper. Ich brauche das Schwert aus dem Kofferraum. Könnt ihr es holen?" Josh nickte und trottete quer durch den Garten. Innerhalb weniger Minuten kehrte er mit der Klinge zwischen den Zähnen zurück. Avery rief: „Alex, falls du irgendetwas spüren kannst, geh zu den Rändern und kauer dich hin."

Sie hielt das Schwert, aktivierte seine Magie, indem sie einen Feuerschauer über die Klinge jagte, und drückte dann die Spitze auf die Blechplatte, woraufhin sie das Knacken der Magie spürte. Gleichzeitig sprach sie einen Bannzauber, während sie das Schwert durch das Blech stieß, als wäre es Butter. Sobald es das Metall durchdrungen hatte, ertönte ein *Plopp* und Avery wurde mehrere Fuß zurückgeschleudert, wobei das Schwert im Metall stecken blieb. Josh verwandelte sich und übernahm. Er zerrte das Schwert durch das Metall, während um sie herum die Funken sprühten. Eine ölig-schwarze Wolke sickerte aus dem zackigen Riss, und er trat hustend zurück. Avery beförderte sie mit einem Wink in den Schuppen und versiegelte sie dort. Wieder benutzte sie ihre Magie, um das Metall zurückzubiegen. Sie spähte hinein und sah Alex, der etwa acht Fuß tief auf dem Boden kauerte und die Arme über dem Kopf verschränkt hatte. Sie rief ihm zu: „Brauchst du eine helfende Hand?"

Er blickte auf und grinste. „Ich brauche im Moment so einiges, aber hier rauszukommen, wäre schon mal gut."

„Wenn es euch nichts ausmacht", sagte Josh zitternd, „verwandle ich mich wieder in einen Wolf. Ich friere mir den Arsch ab."

„Kein Problem", sagte Avery. Als sie sich wieder Alex zuwandte, zog er sich bereits aus dem Loch im Boden, und Avery streckte ihm die Hand entgegen, um ihm mit einem letzten Ruck herauszuhelfen.

„Geht es dir gut?", fragte sie und musterte ihn auf Verletzungen.

Er band sein Haar zu einem halben Pferdeschwanz zurück und ließ die Schultern kreisen, als wäre er bereit für einen Kampf. „Alles bestens. Nur stinksauer. Wenn die uns mit so einem Zeug bewerfen, werden wir später noch Probleme bekommen."

„Wir schaffen das schon", sagte sie und umarmte ihn fest. „Wir müssen nur kreativer werden. Wir sind ein super Team, erinnerst du dich?"

„Ich erinnere mich", sagte er und stahl ihr einen schnellen Kuss. „Und jetzt lass uns von hier verschwinden. Ich komme mir vor wie Indiana Jones, verdammt noch mal."

Als sie sicher wieder im Auto saßen und auf dem Weg zurück nach Ambleside waren, die Heizung auf die höchste Stufe gedreht, beschlossen sie, wie es weitergehen sollte.

Josh wog ihre Optionen ab. „Es ist sinnlos, zu Cooper zu fahren. Wir stoßen dort womöglich auf dasselbe Problem und haben schon über eine Stunde verschwendet. Aber vielleicht rufe ich mal meinen Kumpel Evan an. Ich wüsste gern, was er von all dem hält."

„Einer der Wandler, die dich unterstützen?", fragte Avery.

„Und er steht auf Holly", sagte Piper und zog eine Augenbraue hoch. „Vielleicht ist er hilfsbereiter, als du denkst, Josh."

Er stöhnte. „Er steht auf sie. Das ist doch nicht Romeo und Julia, verdammt."

„Du hast keine romantische Ader", tadelte ihn Piper.

„Er auch nicht", antwortete er.

„Mir gefällt der Plan", sagte Alex grinsend. „Wohin geht's?"

„Nach Keswick. Das Zentrum aller Wolfsangelegenheiten in Cumbria."

„Wirklich?", fragte Avery und hatte das Gefühl, sekündlich etwas Neues zu lernen.

„Dort ist Castlerigg, und Cooper wohnt da, wie auch ein paar andere Wandlerfamilien."

„Aber du hast recht, es hat keinen Sinn, zu Cooper zu fahren", sagte Piper unnachgiebig.

„Wieso das?", fragte Alex und drehte sich um, um sie auf dem Rücksitz anzusehen.

„Wir könnten bei Cooper für immer festsitzen. Er wohnt in etwas, das quasi eine verdammte Burg ist. Wir könnten im Kerker landen."

„Eine Burg?", sagte Avery ungläubig.

„Jep. Mit Sicherheitspersonal."

Daraufhin knurrte Averys Magen laut. „Ich hätte eine kleine Bitte. Bevor wir irgendetwas anderes tun, lasst uns in den Pub gehen. Ich habe einen Bärenhunger und die Nase voll davon, im Auto zu sitzen und Raststättenfrass zu essen."

„Ganz meiner Meinung", sagte Josh und fand eine Parklücke am Rande einer belebten Straße. „Und dann planen wir unseren Angriff."

Siebzehn

D as Gasthaus „Zum Einhorn" war ein kleines, weiß gestrichenes Steingebäude, das sich in der Mitte einer Ladenzeile an einer Einbahnstraße versteckte.

Sie gingen hinein und fanden einen gemütlichen Pub mit einer niedrigen Holzbalkendecke, einer langen Holztheke, einer Auswahl an lokalen Bieren und einer Gin-Auslage vor. Es gab ein paar freie Tische, und nachdem sie Getränke und Essen bestellt hatten, steuerten sie auf den Tisch in der Ecke zu, froh über die Privatsphäre.

Jetzt, da sie in der Wärme saßen, kamen ihnen ihre Erlebnisse in dem Garten der Devices wie ein Albtraum vor.

„Das Gute ist, dass sie bei Castlerigg keine Zauberfallen werden legen können", sagte Josh und munterte auf, als er an seinem Bier nippte. „Das ganze Rudel wird da sein."

„Aber sie könnten versuchen, uns auf dem Weg dorthin aufzuhalten", warf Piper ein. „Die Straße ist abgelegen."

„Nicht, wenn wir den richtigen Zeitpunkt abpassen", antwortete er.

„Wie lange braucht man von hier aus dorthin?", fragte Alex. Es ging bereits auf acht Uhr zu.

„Eine halbe Stunde. Aber wir fahren los, sobald wir gegessen haben. Was mich daran erinnert, ich rufe Evan an." Und damit schlüpfte Josh hinaus, um den Anruf zu tätigen.

„Wie ist Keswick so?", fragte Avery Piper, deren Miene bereits wieder ihren gewohnt finsteren Ausdruck annahm.

„Viel los, alt und die meiste Zeit des Jahres voller Touristen. Es ist bei Wanderern beliebt."

„Und bei Wandlern", fügte Alex hinzu.

„Ja, bei denen auch. Es gibt Wälder, Moore, Seen – alles wild und abgelegen, wenn man die Städte weit genug hinter sich lässt."

„Und der Steinkreis ist in der Nähe?"

Piper nickte. „Direkt außerhalb der Stadt."

Sie hielten inne, während die Kellnerin ihr Essen brachte, gerade als Josh zufrieden aussehend zurückkam. Sobald sie gegangen war, fragte Alex: „Gute Neuigkeiten?"

„Sehr gute", sagte Josh grinsend. „Evan und ein paar andere Kumpel haben beschlossen, zu helfen."

Piper sah misstrauisch aus. „Wer? Und wie?"

„Ollie und Tommy."

Piper zog die Stirn in Falten. „Tommy ist ein Raufbold! Der will sich doch nur prügeln."

Josh deutete mit seiner Gabel auf sie. „Genau. Und das wollen Ollie und Evan auch. Ich habe Evan darauf hingewiesen, dass er vielleicht eine echte Chance bei Holly hat, wenn er Cooper aus dem Weg räumen kann."

„Du hast Holly als Köder benutzt?", fragte sie empört.

„Nein! Nicht so", sagte er, ebenso empört aussehend. „Hältst du jetzt die Klappe und lässt mich ausreden?"

Piper verzog das Gesicht und winkte ihm zu, weiterzumachen, während Alex und Avery amüsiert zusahen.

„Es stellt sich heraus, dass Cooper sie und ein paar andere in den letzten Monaten unter Druck gesetzt hat, sein Geschäft zu unterstützen, während er ihre bedroht hat."

„Was *ist* sein Geschäft?", fragte Alex.

„Immobilien. Frag mich nicht nach den Details, denn ich habe keine Ahnung. Jedenfalls haben sie die Nase voll, und mit diesem jüngsten Vorfall mit Hunter haben sie endlich beschlossen, dass es Zeit ist, zu handeln." Er wandte sich an Alex und Avery. „Wenn ihr die Hexen unter Kontrolle halten könnt."

Avery sah Alex mit einem Grinsen an und wandte sich dann wieder an Josh. „Kontrolle kann ich nicht garantieren, aber wir können uns da wahrscheinlich was ausdenken. Aber was ist dein Plan?"

„Hunter wird gegen Cooper kämpfen. Ich muss ihm sagen, dass er sich ergeben muss, sobald der Kampf eine Weile im Gange ist – wir müssen zu ihm durchkommen, um es ihm mitzuteilen – und dann werde ich ihn herausfordern, genau wie Evan, Ollie und Tommy. Alle auf einmal. Wir sagen ihm, dass wir es mit ihm aufnehmen, einer nach dem anderen. Er kann uns nicht alle besiegen. Wer auch immer ihn besiegt, wird zum Alpha. Er wird kapitulieren müssen."

Avery spürte die leiseste Regung der Hoffnung in sich. „Kapitulieren wozu?"

„Zu allem. Dass er seine Nase aus den Angelegenheiten anderer Leute heraushält. Sein Anspruch auf Holly. Seine Schikanen. Er bleibt nur Alpha, wenn er diesen Bedingungen zustimmt."

„Und wenn nicht?", fragte Alex.

„Wir kämpfen", sagte Josh achselzuckend. „Und er wird verlieren."

„Tyrannen lassen sich nicht gern in die Enge treiben", sagte Alex leise. „Und er hat die Devices, um euch machtlos zu machen."

„Nicht offen, vor allen Leuten. Jeder weiß, dass sie ihn unterstützen, aber sie haben sie nie verdächtigt, durch Magie zu manipulieren. Die Devices haben uns sogar oft geschworen, dass sie niemals unseren Willen oder Coopers Führung auf diese Weise untergraben würden." Josh sah jetzt aufgeregt aus, als seine Pläne Gestalt annahmen. „Wölfe sind schnell und tödlich. Die Devices können nicht die ganze Zeit auf der Hut sein. Sie wissen, dass sie uns bei Laune halten müssen. Sie werden zustimmen müssen. Und ihr müsst sie daran binden."

„Wir müssen *was*?", fragte Avery und verschluckte sich beinahe an ihrem Getränk.

„Sie binden. Das könnt ihr doch, oder?"

Jetzt war Alex an der Reihe zu grinsen. „Wir wissen alles über das Binden."

Eine plötzliche Erinnerung an einen Zauber blitzte in Averys Gedanken auf, als Alex sprach. „Wir können eine Wortbindung verwenden."

„Können wir?", fragte er verwirrt.

„Vertrau mir. Es liegt mir auf der Zunge. Ich muss in meinem Grimoire nachsehen." Es juckte sie in den Fingern, den Tisch auf der Stelle zu verlassen, aber sie zwang sich, ihre Mahlzeit zu beenden und sich anzuhören, was Josh sonst noch geplant hatte.

„Ausgezeichnet", sagte Josh und machte unbeeindruckt weiter. „Wir fahren zu Evan nach Keswick. Wir können das Auto dort lassen und zum Steinkreis laufen, wenn wir so weit sind."

Alex fragte: „Sollen wir mit euch in den Steinkreis kommen oder in der Nähe verdeckt lauern?"

„Dieser Kampf wird nur von Rudelmitgliedern und den Devices bezeugt", sagte Josh, während er sich über seinen Pie mit Pommes hermachte. „Aber der Kreis ist von Steinmauern umgeben, also solltet ihr euch hinter einer davon verstecken können. Zum richtigen Zeitpunkt werden wir euch rufen. Klingt gut?"

„Und das bedeutet, ihr könnt sie überwachen, falls sie sich entscheiden, trotzdem Magie einzusetzen", fügte Piper voller Vorfreude hinzu. „Aber ihr müsst euren Geruch tarnen oder weit weg bleiben. Wölfe, selbst in menschlicher Gestalt, haben einen starken Geruchssinn."

„Kein Problem. Da lassen wir uns was einfallen, nicht wahr, Avery?", sagte Alex und zwinkerte ihr zu.

„Nichts, was ein Tarnzauber nicht lösen könnte", antwortete sie. Trotz ihrer Sorge war sie neugierig, ein Treffen der Gestaltwandler zu sehen, besonders in einem Steinkreis. Dann fragte sie etwas, das ihr schon den ganzen Abend auf der Zunge lag. „Kämpft ihr als Wölfe oder als Menschen?"

Piper antwortete und schob ihren Teller beiseite. „Als Menschen – die meiste Zeit. Eine gegenseitige Vereinbarung, seit sich Cooper und Hunter das letzte Mal zur gleichen Zeit verwandelt haben. Es wurde ziemlich übel. Deshalb wurde Hunter so schwer verletzt."

„Was mich zu meinem nächsten Punkt bringt", fügte Josh hinzu und griff nach seinem Bierkrug. „In den letzten paar Tagen hat er sich bedeckt gehalten. Gerüchten zufolge wurde er selbst ziemlich übel zugerichtet. Wir haben es nicht gesehen, weil wir geflohen sind. Nur die Pflege von Rose Device hat ihm so schnell geholfen. Das ist ein weiterer Grund, warum er nicht gegen uns alle kämpfen kann. Er ist nicht fit genug."

„Warum also jetzt kämpfen?", fragte Avery ungläubig.

„Der Schein ist alles", sagte Josh. „Besonders für einen Alpha. Und er glaubt, er müsse nur gegen einen einzigen Herausforderer kämpfen. Ihn erwartet eine große Überraschung."

Die Gruppe folgte der A591 zum Dorf Castlerigg und dann ohne Zwischenfälle weiter nach Keswick. Es war eine kleine Marktstadt am nördlichen Ende des Sees Derwentwater. Sie fuhren durch die ruhigen Straßen und erkundeten dann die Gegend um den Steinkreis, bevor sie zu Evans Haus fuhren, damit Avery und Alex ein Gefühl für den Ort bekamen.

Die Nacht wurde von Minute zu Minute kälter. Der Steinkreis von Castlerigg lag am Fuße der Hügel Skiddaw und Blencathra. Er befand sich auf einer Anhöhe und der Wind fegte unerbittlich darüber hinweg. Eine Mondsichel stand hoch über ihnen und der Himmel war voller Sterne. Der Tau lag schwer auf dem Boden und bald würde er gefrieren. Bereits jetzt funkelten weiße Flecken im gedämpften Licht, und Schnee sprenkelte die Hügelkuppen über ihnen.

Der Kreis selbst war groß und wurde von 38 hohen, unregelmäßig geformten Hinkelsteinen gebildet, die Jahrtausende zurückreichten – mindestens 5.000 Jahre. Unterwegs hatte Avery ihn gegoogelt, fasziniert von seiner Geschichte. Auf der linken Seite des Kreises gab es eine Lücke in den Steinen, was auf einen möglichen zeremoniellen Eingang hindeutete, sowie ein kleines Rechteck aus Steinen in der Mitte. Wie bei vielen Steinkreisen wurde angenommen, dass er sowohl astronomische als auch Bestattungszwecke hatte.

Piper hatte recht. Niedrige Steinmauern säumten die umliegenden Felder, einschließlich des Feldes, auf dem sich der Steinkreis befand. Sie besprachen ihre Vorgehensweise und den besten Platz, um sich zu positionieren, und dann wendete Josh den Wagen, fuhr die schmalen Wege zurück und schlängelte sich durch die Außenbezirke der Stadt, bevor er schließlich vor einem kleinen Steinhaus am Ende einer Reihe identischer Häuser anhielt. Das Haus lehnte sich an ein kleines Wäldchen – der perfekte Ort für einen Gestaltwandler.

Josh sprang den Weg hinauf, Piper hinter ihm, aber Alex und Avery holten ihre magischen Utensilien aus dem Kofferraum und blieben dann einen Moment stehen, um die Straße zu überblicken. Die Luft war klar und der Ruf einer Eule drang durch die stille Nacht. Sonst rührte sich nichts.

„Bist du sicher, dass wir das schaffen können?", fragte Alex Avery und legte seine Hand leicht auf ihren Arm. „Ich will keinen Krieg mit den Devices."

„Ich bin sicher. Ich will auch keinen. Wenn ich das richtig anstelle, kommen wir zu einem Waffenstillstand. Eine gegenseitige Bindung, die uns beide zufriedenstellt."

„Ich glaube nicht, dass ich an *sie* gebunden sein will."

„Es ist nicht diese Art von Bindung", sagte sie und lächelte zu ihm auf. „Komm mit rein und ich erkläre es dir. Ich hoffe wirklich, dass drinnen eine Art heißer Grog auf mich wartet."

Die Haustür stand noch einen Spalt offen, und sie betraten einen kleinen, schmalen Flur. Sie schlossen die Tür hinter sich, gingen auf das Licht am Ende des Ganges zu und fanden fünf Leute, die sich um ein Feuer drängten, das in einem riesigen, altmodischen Herd loderte. Eine zusammengewürfelte Reihe von Sesseln und ein altes, abgenutztes Sofa kämpften um den Platz darum. Die andere Hälfte des Raumes bestand aus einer sehr alten Küche, die wahrscheinlich seit den 1950er Jahren nicht mehr renoviert worden war.

Josh blickte auf und erfasste sie mit seinem Blick. „Hallo, Leute. Lasst mich euch die Truppe vorstellen." Er deutete auf die drei sehr großen Männer im Raum. *So habe ich mir Gestaltwandler vorgestellt*, dachte Avery.

Ollie war groß mit einem athletischen Körperbau, kurz geschnittenen Haaren wie Josh und hellen, haselnussbraunen Augen. Evan war durchschnittlich groß, drahtig und schlank. Und nun, Tommy war einfach riesig. Er sah genauso aus, wie Piper ihn genannt hatte – ein Raufbold. Er hatte zotteliges braunes Haar, einen Vollbart, große muskulöse Arme und Beine und durchdringende, babyblaue Augen, was höchst beunruhigend war. Diese babyblauen Augen runzelten die Stirn, seine Ärmel waren hochgekrempelt und er sah aus, als wäre er bereit, es mit jedem aufzunehmen.

Nach einem schnellen Händeschütteln mit allen setzte Tommy sein Gespräch mit breitem nordischem Akzent fort. „Ich schwöre, ich reiße ihm den Kopf ab, wenn ich die Gelegenheit dazu kriege. Ich lasse nicht zu, dass Holly von diesem Mistkerl in die Falle gelockt wird. Ich habe genug von ihm. Er hält sich für was Besseres als uns alle, und ich kann einiges ertragen, aber nicht das!" Er schlug mit der Faust auf den Herd, und Avery zuckte zusammen.

„Du musst ihm nicht den Kopf abreißen! Droh ihm nur damit. Er wird nicht gegen dich kämpfen wollen, Tommy. Tatsächlich überrascht es mich, dass er überhaupt versucht hat, dich in seinen Mist hineinzuziehen", sagte Josh und versuchte, ihn zu beruhigen.

Tommy sah etwas schuldbewusst aus und blickte weg, ins Feuer. „Vielleicht hat er etwas gegen mich in der Hand."

Josh sah zu Ollie und Evan und dann zurück zu Tommy. „So wie was?"

„Nur ein bisschen Verkauf von Baumaterialien unter der Hand."

„Sag mir nicht, du hast von Coopers Baustelle geklaut?"

Tommy kratzte sich am Ohr. „Das war ein kleiner Fehler meinerseits. Es wird nicht wieder vorkommen."

„Er hat dir mit der Polizei gedroht?"

„Könnte sein", sagte er verlegen.

Josh runzelte die Stirn. „Warum also der Sinneswandel?"

„Mir gefällt es nicht, dass dieser Mistkerl etwas gegen mich in der Hand hat. Das ist einer der Fälle, in denen Gewalt die Lösung ist."

Ollie protestierte. „Die *Androhung* von Gewalt, Tommy. Die Drohung, dass er seinen Alpha-Status verliert. Das ist alles!"

Inzwischen hatte Avery es sich in einem Stuhl bequem gemacht und wärmte ihre Füße und Hände am Feuer. Alex lehnte mit verschränkten Armen an der Wand hinter ihr, ein amüsierter Ausdruck auf seinem Gesicht, während er den Wortwechsel beobachtete.

Tommy bemerkte seinen Blick und sagte: „Und was wirst du tun, du Schönling? Hier, um die Hexen zu zähmen?"

„Man zähmt keine Hexen", sagte Alex trocken. „Sie sind keine wilden Tiere."

„Tja, diese Alice gehört an die Leine. Eine verrückte Kuh. Mischt sich in unsere Angelegenheiten ein."

„Das tun wir auch, aber ich nehme an, das ist in Ordnung?"

„Das kommt darauf an, was ihr vorhabt", sagte Tommy und musterte Alex mit ruhigem Blick.

Avery spürte, wie sich Alex' Macht aufbaute. Wenn Tommy sein Mundwerk nicht zügelte, würde seine Zunge bald gebunden sein.

Piper schritt ein. „Ach, halt die Klappe, du großer Vollpfosten. Alex und Avery sind hier, um zu helfen."

Er sah Piper an, runzelte die Stirn und lachte dann. „Du hattest schon immer eine große Klappe für so 'ne Kleine."

„Und du laberst nur Scheiße. Halt die Klappe."

Avery lachte laut auf und steckte damit alle an.

„Also", sagte Josh, nachdem er sich die Augen gewischt hatte, „kann mir jemand einen verdammten Drink geben, bevor wir in dieser Eiseskälte zu dem Ort da hochstapfen müssen?"

Evan grinste und ging zu einem Schrank in der Küche, aus dem er Whiskey und Gläser holte. Er schenkte jedem einen Shot ein und reichte sie herum, bevor er sich Alex und Avery zuwandte. „Also, was ist euer Plan?"

„Wir sind hier, um Alice daran zu hindern, ihre Magie einzusetzen, um euch zu verwirren, euch zu bezaubern oder den Kampf zu beeinflussen", sagte Avery. „Wir würden gerne von Anfang an im Kreis dabei sein, damit sie wissen, dass wir da sind. Das würde unser Leben und eures einfacher machen. Sie werden sich nicht einmischen, weil sie wissen, dass wir es wissen werden."

Tommy schüttelte den Kopf. „Auf keinen Fall. Das Rudel wird das nicht erlauben."

„In dem Fall arbeiten wir hinter den Kulissen, um sie daran zu hindern, sich in den Kampf einzumischen. Aber irgendwann werden wir uns zu erkennen geben müssen."

„Warum?", fragte Ollie und sprach damit zum ersten Mal.

Alex erklärte es. „Alles, was Cooper euch verspricht, könnte irgendwann von den Devices untergraben werden. Ihr könntet böse *Unfälle* haben, eure Geschäfte könnten unerklärlicherweise scheitern …“ Er zuckte mit den Schultern. „Alles Mögliche könnte passieren. Wenn Cooper euren Bedingungen zustimmt, müsst ihr einen Beweis verlangen, dass die Bedingungen auch eingehalten werden, und dann müssen Josh oder Piper uns dazubitten.“

Ollie sah misstrauisch aus. „Und wie wollt ihr das schaffen? Sie haben die Dinge seit Generationen beeinflusst – das wissen wir alle. Es ist ein offenes Geheimnis.“

„Wir bieten eine gegenseitige Bindung an“, sagte Avery. „Wir stimmen zu, uns hier nie wieder einzumischen, und sie stimmen zu, ihr Wort nicht zu brechen, indem sie euch angreifen oder sich an uns rächen. Sie haben das Refugium bereits verletzt. Hunter kann Forderungen stellen, und wir auch. Und die Zirkel von Cornwall werden uns unterstützen.“

„Und wie soll das halten?“

„Durch Magie. Bindungszauber sind genau das. Man kann sie auf alle möglichen Arten einsetzen – um jemandes Magie, Zunge oder Handlungen zu binden – aber man kann sie auch nutzen, um Vertrauen zu wahren. Und wir werden ihre ganze Familie binden. Keine Schlupflöcher.“

„Ich mag keine Magie“, sagte Tommy plötzlich und starrte sie wütend an. „Ich traue ihr nicht.“

„Dann vertrau mir“, antwortete sie.

„Woher wissen wir, dass ihr da seid?“, fragte Evan.

„Wir werden uns tarnen, aber ich verspreche euch, wir werden da sein. Wir werden euch nicht im Stich lassen.“

Ollie nippte an seinem Drink. „Erzählt mir von der Bindung. Kann jeder eine machen?“

Alex runzelte die Stirn. „Was hast du vor?“

„Falls etwas schiefgeht. Können wir eine machen?“

Er nickte. „Ein Blutschwur. Daran wird sich jede Hexe halten. Es ist die älteste und stärkste Bindung, die es gibt – abgesehen von echter Magie. Aber ihr müsst eure Bedingungen sehr klar formulieren."

„Gut zu wissen", sagte Ollie und nickte nachdenklich.

Avery stand auf, kippte ihren Drink hinunter, schüttelte den Kopf über die Schärfe und wandte sich dann an Alex. „Lass uns von hier verschwinden und uns vorbereiten. Können wir ein anderes Zimmer benutzen, Evan?"

Evan führte sie in ein kleines Vorderzimmer, das durch die Zentralheizung stickig war, und sobald sie allein waren, schüttelte Alex den Kopf. „Das gefällt mir nicht. Es gibt zu viele Variablen."

„Ich weiß, und Ollie denkt offensichtlich genauso. Aber welche anderen Optionen haben wir?"

„Wir können ins Auto steigen und sie ihrem Schicksal überlassen."

„Das meinst du nicht ernst", sagte Avery und sah ihn ungläubig an.

Alex seufzte. „Nein, ich schätze nicht. Aber ich will einen Vorteil. Ich habe noch eine andere Idee."

Avery zog eine Augenbraue hoch. „Fahr fort."

„Wir schützen diese Jungs mit einem Amulett, damit sie nicht von Alice beeinflusst werden können."

„Das ist eine gute Idee."

Alex grinste. „Und ich denke, wir bieten ihnen einen Stärketrank an."

„Wirklich? Ist das nicht ein bisschen, nun ja, geschummelt?"

„Vertrauen wir denn *ihnen*, dass sie einen fairen Kampf zulassen?"

„Nein."

„Also gleichen wir die Chancen wirklich nur aus", bemerkte Alex.

Auch Avery grinste. „Na ja, wenn du das so sagst ... Und wir brauchen etwas Starkes für die Bindung."

Alex nickte. „Bindungen wie diese funktionieren am besten mit etwas Sympathischem. Dieser Ort grenzt an einen Wald. Was ist mit Efeu?"

„Ausgezeichnet. Du holst ihn, und ich bereite den Rest vor."

Achtzehn

Es war kurz vor halb zwölf Uhr nachts und Avery blickte zusammen mit Alex auf Castlerigg hinab, verborgen in den Schatten. Sie hatten Piper und Josh in Keswick zurückgelassen, damit diese ihren eigenen Weg zum Steinkreis zusammen mit den anderen Wandlern finden konnten.

Avery blickte zu Alex' markantem Profil auf, das in diesem Augenblick nur sie sehen konnte. Sein Haar war zu einem halben Pferdeschwanz zurückgebunden und sein Jackenkragen war hochgeschlagen. Es war eiskalt, aber sie hatte erneut den Wärmespruch geflüstert, der sie beide einhüllte. Es fühlte sich an, als wären sie die einzigen Menschen auf der Welt.

Sie dachte daran zurück, was er Josh im Auto gesagt hatte, nämlich dass er alles für sie und jeden anderen, den er liebte, tun würde, und sie wollte ihn verzweifelt fragen, ob das stimmte. Sie fragte sich beinahe, ob sie es sich nur eingebildet oder seine Worte überinterpretiert hatte, denn jetzt, als sie ihn unter dem weiten Sternenhimmel und der blassen Mondsichel ansah, wurde ihr klar, dass sie ihn liebte und es brauchte, dass er sie ebenfalls liebte. Mehr als alles andere.

Gerade als sie ihren Mut zusammennahm, um zu fragen, ließ das Aufleuchten von Autoscheinwerfern in der Ferne Alex wegschauen, und sie folgte seinem Blick. Zwei Männer machten sich auf den Weg zum Steinkreis. Sie waren kaum zu erkennen, nur schwarze Gestalten, die sich vom Grau des Nachthimmels und der schwachen Linie der Steinmauern abzeichneten. Einer hob die Nase in den Himmel, wandte sich für eine Sekunde in ihre Richtung und blickte dann wieder weg.

Alex versteifte sich neben ihr. „Sie können uns riechen."

„Nein, können sie nicht", beruhigte Avery ihn. „Wir haben Sicht, Geruch und Geräusch verhüllt. Und wir stehen windabwärts. Er kann etwas riechen, aber nicht uns."

Die Männer gingen genau in die Mitte des Kreises und kauerten sich zusammen, um zu reden. Alex zog an ihrem Arm. „Dann lass uns näher herangehen."

Sie entfernten sich von der Steinmauer und gingen lautlos über das Gras, bis sie nur noch wenige Meter entfernt waren. Der Wind trug die schroffen Männerstimmen zu ihnen, und für einen Moment hatte Avery Schwierigkeiten zu verstehen, was sie sagten. Ihre Akzente waren so stark, aber als sie sich an den Klang ihrer Stimmen gewöhnt hatte, begann sie, das Gespräch zu verstehen.

„Alice wird dafür sorgen, dass sie als Letzte ankommen", sagte ein älterer Mann. „Sie will nicht, dass er von den anderen Mitleid bekommt."

„Und Holly?", fragte ein jüngerer Mann, aber er hatte einen Bart und trug eine Wollmütze, sodass Avery sein Gesicht nicht sehen konnte.

„Sie wird hier sein. Sie muss verstehen, dass dies die Art des Rudels ist."

Der Jüngere lachte unangenehm. „Das sollte sie schon wissen. Deshalb ist sie ja weggelaufen."

„Heute Nacht wird sie nicht weglaufen. Alice wird dafür sorgen, dass Cooper gewinnt und dass Holly sich ihm verspricht."

„Was hat Alice arrangiert?"

„Irgendeinen Trank." Der ältere Mann zuckte mit den Schultern. „Nichts allzu Offensichtliches, aber es wird ihm den entscheidenden Vorteil verschaffen. Hunter hat ihn neulich Abend schwer verletzt, auch wenn er es geheim gehalten hat. Aber er muss jetzt handeln. Andere werden unruhig. Hunter hat fleißig telefoniert, um Unterstützung zu suchen, und er bekommt sie."

Ha! Genugtuung. Avery drehte sich mit einem verschmitzten Lächeln zu Alex um.

Weitere Stimmen durchbrachen die Stille, und sie zogen sich schnell zurück und sahen zu, wie andere in Zweier- und Dreiergruppen eintrafen. Sie alle versammelten sich in der Mitte des Steinkreises, bis schließlich – Avery schätzte, innerhalb der nächsten zehn Minuten – etwa dreißig Wandler anwesend waren, und bis auf drei oder vier Frauen, darunter Piper, waren es alles Männer.

Der helle, klare Klang einer Glocke ertönte von jenseits des Steinkreises, und ein großer Mann führte eine Gruppe in die Mitte. Das musste Cooper sein. Er bewegte sich mit Arroganz und Autorität, und alle wandten sich ihm zu, als er ankam. Die Veränderung der Energie war interessant. Avery spürte sowohl Aufregung als auch Furcht.

Hinter Cooper wurden Hunter und Holly zwischen Alice und Jeremy eskortiert, und hinter ihnen waren eine weitere Frau und drei Männer, die alle lange Stangen trugen. Die Frau hatte eine deutliche Ähnlichkeit mit Alice, und Avery vermutete, dass es sich um Rose handeln musste, ihre Tochter, die Cooper bei der Heilung geholfen hatte.

Sobald alle anwesend waren, wandte sich Cooper an Alice. „Bitte versiegeln Sie den Kreis."

Sofort erkannten Alex und Avery, was geschah. Sie beobachteten das Geschehen wieder von den Mauern am Rande des Feldes aus, und wenn sie es versiegelte, bevor sie den Steinkreis erreichten, wären sie ausgesperrt und könnten in keiner Weise helfen.

Alice handelte schnell, zog ihren Athame und ging zum zeremoniellen Eingang, wo sie begann, hinter den stehenden Steinen entlangzugehen und dabei den Zauber zur Weihung des Bodens zu sprechen.

Alex und Avery rannten zur anderen Seite der Steine und traten weit genug hinein, um von den Wandlern entfernt zu bleiben, aber auch weit genug im Inneren, damit Alice nicht über sie stolpern würde. Den Göttern sei Dank war Castlerigg groß.

Alice ging an ihnen vorbei, ihre Miene war ruhig mit einem Hauch von Triumph, als hätte sie bereits gewonnen.

Innerhalb einer weiteren Minute war der Kreis geschlossen, und mit dem Geräusch des Windes im Gras fiel ein Schleier über die Außenwelt. Josh blickte sich nervös um, ebenso wie Piper, die sich offensichtlich Sorgen machten, ob Avery oder Alex es geschafft hatten, aber es gab im Moment keine Möglichkeit, sie zu beruhigen.

Die drei Männer, die als Letzte eingetreten waren, gingen den Umkreis ab und stellten die Fackeln auf, die sie mitgebracht hatten. Sobald alle an ihrem Platz waren, entzündete Alice sie mit einem Klatschen ihrer Hände, und sie loderten in Flammen auf. Die Gesichtszüge aller wurden sichtbar und offenbarten Mienen der Sorge, Verwirrung oder Aufregung. Averys Unbehagen verstärkte sich. Sie hatte das Gefühl, eine Art urzeitliche Gladiatorenarena betreten zu haben.

Cooper sprach, seine tiefe Stimme hallte in der klaren Nachtluft wider. „Willkommen. Heute Nacht beenden wir, was vor zwei Wochen begann, bevor Hunter aus unserer Mitte gezerrt wurde, ehe der Kampf beendet war."

Ein Grollen des Gelächters kam von einigen Mitgliedern, aber nicht von vielen. Die meisten beobachteten Cooper nur mit steinernen Blicken.

Er fuhr fort: „Die Regeln bleiben bestehen. Hunter muss mich besiegen, um der neue Alpha zu werden. Ich werde nicht nachgeben. Ich möchte allen klarmachen, dass er mich dafür töten muss. Ich jedoch werde nicht den Tod fordern." Er wandte sich an Hunter, sein Blick war kalt. „Sie müssen sich *mir* nur geschlagen geben und mir die Treue schwören."

Hunter strotzte vor Wut und Entschlossenheit und zuckte nicht zusammen, als er Cooper ansah. Avery hätte sich nicht vorstellen können, dass er erst kürzlich so schwer verletzt worden war, hätte sie es nicht selbst gesehen. Er sah fit und kampfbereit aus. „Und wenn ich mich nicht geschlagen gebe?"

„Dann wird es ein Kampf auf Leben und Tod", sagte Cooper mit einem unangenehmen Lächeln.

Josh trat aus dem Kreis seiner Freunde hervor, in dem er sich verborgen hatte, Piper direkt hinter ihm. „Ich möchte vor dem Kampf mit meinem Bruder sprechen."

Cooper sah ihn überrascht an, ebenso wie Alice und die anderen Hexen. „Ich war mir nicht sicher, ob Sie nach Ihrer Flucht zurückkehren würden", höhnte Cooper.

„Und mir entgehen lassen, wie mein Bruder gewinnt?", sagte Josh und provozierte ihn. „Keine Chance. Nun, ich glaube, ich darf jetzt mit Hunter sprechen."

Hunters Hände waren bis dahin gefesselt gewesen; Cooper beugte sich vor, zog ein großes Messer aus einer Scheide an seinem Gürtel und schnitt die Seile durch. „Sie haben zwei Minuten, um ihm Vernunft beizubringen. Und glauben Sie nicht, dass Sie dieselbe Nummer wie beim letzten Mal abziehen können."

Während der Rest des Rudels einen Kreis um das bildete, was Avery für den Kampfplatz hielt, nahmen Josh und Piper Cooper und Holly beiseite.

Alex zog Avery auf einen der kleineren Menhire, die das innere Viereck bildeten, weit entfernt vom Rand des Kreises, was ihnen einen guten Blick auf den Kampf ermöglichte. Alice und Jeremy sahen sich mit zusammengekniffenen Augen in Castlerigg um. Sie mochten vermuten, dass sie da waren, aber sie wussten es nicht mit Sicherheit, und es gab nichts, was sie jetzt tun konnten.

Innerhalb von Minuten verstummte das Gemurmel der Gespräche, und Hunter und Cooper traten in den provisorischen Kampfring, beide nur mit Jeans bekleidet. Ihre Füße und ihre Brust waren nackt, und das flackernde Licht enthüllte, dass beide von wütend roten Narben gezeichnet waren. Nach einer formellen Verbeugung von beiden Seiten begann der Kampf.

Er war blutig und brutal, eine Mischung aus Schlägen, Tritten und Kampfkunst. Die beiden waren einander ebenbürtig. Sie lieferten sich einen Schlagabtausch, und mehrmals sah es so aus, als hätte Hunter die Oberhand, während Cooper auf dem unebenen Boden zurückstolperte. Aber er kam immer wieder auf die Beine.

Inzwischen waren beide blutig, ihre Lippen waren aufgerissen, und eine von Hunters langen, kaum verheilten Narben war bereits wieder aufgeplatzt und blutete erneut. Der Geruch von Blut lag schwer in der Luft, und Avery bemerkte, dass mehrere Gestaltwandler deutlich wölfische Züge angenommen hatten; ihre Augen waren von gelbem Feuer umrandet.

Avery verzog das Gesicht, als Hunter die bisher härtesten Schläge einstecken musste, und als er zu Boden ging, trat Cooper ihm in die Rippen, bevor er sich wegrollen konnte.

„Unterwerfen?", fragte Cooper mit einem bösen Grinsen.

„Niemals", grunzte Hunter, bevor er sich erneut auf Cooper stürzte.

Avery flüsterte Alex zu: „Warum unterwirft er sich jetzt nicht?"

„Weil er versucht, Cooper zu zermürben. Wenn er ihn bis an seine Grenzen treibt, bevor er sich unterwirft, wird Cooper in der zweiten Herausforderung mehr zu kämpfen haben."

Avery nickte und sah weg. Das war schrecklich und brutal.

Der Kampf ging weiter, und Avery konnte Grunzen, dumpfe Schläge und brutale Schreie hören, und dann ein Keuchen der Gestaltwandler, als ein *Knacken* ertönte.

Widerstrebend sah Avery hin und sah Hunter auf dem Boden liegen, mehr Blut als Mensch, den linken Arm haltend.

„Aufgeben?", fragte Cooper, der triumphierend und ebenfalls bluttriefend über ihm stand.

Es war klar, dass Hunter nicht weiterkämpfen konnte.

Hunter nickte, der Schmerz war bei jeder Bewegung sichtbar, und jemand rannte nach vorne, half ihm auf die Beine und half ihm wegzuhumpeln.

Cooper musterte die Menge. „Ist noch jemand töricht genug, mich herauszufordern?"

Obwohl er blutig und verletzt war, mit einer dicken Lippe und Schnittwunden im Gesicht und am restlichen Körper, sah Cooper aus, als könnte er weitermachen, und die Menge verstummte lange genug, dass Cooper grinsen konnte, als hätte er gewonnen. Aber dann trat Evan vor.

„Ich fordere Sie heraus. Gleiche Bedingungen, gleiche Konditionen – was bedeutet, dass Sie Ihren Anspruch auf Holly aufgeben, wenn ich gewinne."

Das Licht in Coopers Augen erlosch für einen Moment. Er riskierte einen Blick auf Hollys aufsässiges Gesicht und nickte dann. „Es scheint, als wüssten manche Leute nicht, wann sie geschlagen sind."

„Und es scheint, als wüssten Sie nicht, wann Sie abgewiesen wurden", schoss Evan zurück, die Fäuste an den Seiten geballt und ein Knurren, das sich in seinem Rachen zusammenbraute. „Warum benehmen Sie sich nicht ein einziges Mal in Ihrem elenden Leben wie ein Gentleman und widerrufen Ihren Anspruch auf sie?"

„Ich werde meinen Anspruch widerrufen, wenn sie den Mut hat, mich abzuweisen." Er sah sie noch einmal an, aber sie blieb stumm, und wieder blickte er triumphierend zu Evan und den anderen Gestaltwandlern. „Hat dann jemand eine Abweisung gehört? Nein, dachte ich mir. Und jetzt bringen wir das hinter uns."

Cooper wischte sich mit dem Handrücken das Blut aus dem Gesicht, trat einen Schritt zurück und forderte Evan auf, näherzukommen. Und dann begann der nächste Kampf.

Evan war kleiner als Cooper und Hunter, und sein Kampfstil war anders. Er war drahtig und schnell und schaffte es, ein paar schnelle Schläge und Würfe zu landen. Aber Cooper schöpfte aus einer inneren Stärke und hatte bald die Oberhand. Aber er wurde müde, das war offensichtlich. Er brauchte eine Sekunde länger, um sich nach Schlägen zu erholen, und eine Sekunde länger, um aufzustehen, und seine Wunden rissen noch weiter auf.

Avery schaute nur eine kurze Weile zu, bevor sie sich abwandte. „Wie kannst du es ertragen, zuzusehen?", flüsterte sie Alex zu.

„Weil einer von uns es muss. Ich stelle sicher, dass die Geräte nichts benutzen, und bisher ist alles gut. Nur der Trank."

Aber Evan strapazierte sein Glück nicht zu lange. Er sorgte dafür, dass auch er blutig und voller Prellungen war und dass Cooper außer Atem kam. Er hielt gerade lange genug durch, um überzeugend auszusehen, bevor er nachgab.

Coopers Siegerpose war diesmal unsicherer, aber er warf den Kopf in den Nacken und knurrte: „Noch jemand?"

Coopers Anhänger bewegten sich durch die Menge, und die Köpfe senkten sich. Es war klar, dass einige trotz Coopers Schwäche eingeschüchtert und wirklich verängstigt von ihm waren. Andere jedoch hatten sichtlich genug, und einige der älteren Wandler, die zu alt waren, um erfolgreich herauszufordern, sahen sich mit einer Erwartung um, die weder Cooper noch den Hexen entging.

„Glaubt ihr, meine Zeit ist gekommen?", fragte Cooper trotzig. „Ich glaube nämlich nicht, dass sonst noch jemand den Mut hat."

Ollie trat vor. „Ich schon."

Cooper sah ihn mit zusammengekniffenen Augen an, dann das halbe Dutzend Wandler, die sich hinter ihm versammelt hatten, und er wirkte misstrauisch.

„Hast du den Verstand verloren, Oliver?"

„Eher wieder zu Sinnen gekommen", antwortete er, während er sein Hemd auszog und einen muskulösen, mit Tattoos bedeckten Körper enthüllte.

Alice trat vor. „Cooper sollte erst eine Pause machen."

„Nein, sollte er nicht", sagte Ollie und funkelte sie an. „Das sind die Bedingungen der Herausforderung, Alice. Das wissen Sie. Mischen Sie sich nicht ein."

Avery spürte, wie ihre Magie sich zu manifestieren begann, als Alice sich auf einen Gegenschlag vorbereitete, genauso wie Alex neben ihr, aber Jeremy legte ihr eine Hand auf den Arm.

„Wir werden uns nicht einmischen", stimmte er zu und warf Alice einen warnenden Blick zu, als er sie an den Rand der zuschauenden Menge zurückzog.

An diesem Punkt erwartete Avery, dass auch Tommy vortreten und ihn warnen würde, dass er als Nächstes herausfordern würde, genau wie sie es geplant hatten, und Cooper die Chance bieten würde, Holly jetzt freizulassen, aber das geschah nicht. Sie wollten ihn bis zum Äußersten treiben.

Inzwischen hatte sich die Atmosphäre in der Menge verändert, und es war klar, dass, was auch immer das Ergebnis sein sollte, von dem viele heute Abend ausgegangen waren, es sich als ganz anders erweisen könnte. Es war, als ob ein elektrischer Schauer durch jeden fuhr, und die Energie im Kreis stieg in Erwartung sprunghaft an.

Einer von Coopers Anhängern fuhr Ollie an, und Avery erkannte ihn als einen der beiden Männer, die zuerst angekommen waren. „Ollie, das willst du nicht tun. Wir werden alle viel zu verlieren haben, wenn du gewinnst – du eingeschlossen."

Die Drohung war unmissverständlich, und falls einige in der Aufregung der Herausforderung Coopers Einfluss vergessen hatten, erinnerten sie sich alle jetzt daran.

Ollie lächelte langsam. „Es sind Drohungen wie diese, Garret, die mich daran erinnern, warum Veränderung gut ist." Er ließ die Schultern kreisen und begann, sich abzuwenden.

„Wenn du gewinnst, fordere *ich* dich heraus." Garrets Stimme war leise und bedrohlich, und wieder schlug die Stimmung um.

Ollie grinste und seine Augen leuchteten auf. „Ach ja?"

In diesem Moment rief Tommy: „Und wenn du gewinnst, fordere ich *dich* heraus, Garret, du kleiner Wichser. Und ich verspreche, dir deinen dürren kleinen Hals zu brechen, und dann nehme ich es mit dem Nächsten auf." Er wirbelte zu Cooper herum und zeigte auf ihn. „Am liebsten wärst du das, aber jeder andere tut's auch."

Cooper knurrte, und das Rudel löste sich in Geschrei auf, als kleine Kämpfe auszubrechen begannen.

Alex sah Avery an. „Ich glaube, unsere Pläne sind schiefge-laufen."

Alice riss sich von Jeremy los und hob ihre Hände, als ob sie Magie einsetzen wollte, aber jemand rief: „Hütet euch vor der Hexe!" Sie drehte sich abrupt um, als eine dunkle Gestalt aus der Menge schoss und sie zu Boden riss, auf ihrer Brust landete und ihr ins Gesicht knurrte.

Alice lag erstarrt da, und ihr dämmerte die Erkenntnis, dass in diesem Moment alles auf dem Spiel stand, und Cooper sah panisch aus, als er bemerkte, dass er die Kontrolle verlor.

Ein Schrei hallte durch die Luft. Es war Holly. „Genug!" Sie warf den Kopf in den Nacken und heulte, und jedes einzelne Haar an Averys Körper stellte sich auf.

Dicke, schwere Stille trat ein, als sich alle Augen auf sie richteten. „Wenn Sie Alpha bleiben wollen, lassen Sie mich sofort frei, Cooper Dacre, von allen Verpflichtungen, ohne irgendwelche Konsequenzen für irgendjemanden, der uns geholfen hat. Ich verstoße Sie und erwarte, dass Sie dem nachkommen."

Er starrte sie an, knurrte, und dann, trotz allem, was er zu verlieren hatte, sprang er auf sie zu. Aber bevor er sich ihr nähern konnte, stürmte Ollie los, riss ihn zu Boden, und die Hölle brach los.

Avery und Alex sprangen hinunter und kämpften sich zu den Hexen durch, die nun mit allen Mitteln Zauber wirkten, um im Kampf zu helfen. Alice hatte den Wolf von ihrer Brust geworfen und stand Rücken an Rücken mit Rose und Jeremy.

Trotz der flackernden Fackeln innerhalb der Steinkreise war das Licht spärlich, und lange schwarze Schatten zogen sich über den Boden. Alex und Avery ließen ihren Schattenzauber fallen, da sie entschieden, dass er zu schwer aufrechtzuerhalten war, und legten sich direkt mit den Devices an.

Alice kreischte. „Sie! Wie können Sie es wagen, sich hier einzumischen?" Sie schickte einen Feuerball auf Avery, den diese auffing und zurückwarf, und schleuderte dann in schneller Folge Blitze aus hellem, weißem Licht, die Alice von den Füßen fegten. Sie hörte ein Knurren, als ein Wolf nach ihrer Kehle sprang, und sie zog das Schwert aus der Scheide. Flammen züngelten an seiner Klinge entlang, als sie nach dem Wolf hieb und ihn an sich vorbeikullern ließ.

Alex kämpfte seinen eigenen Kampf mit Rose und dann mit Jeremy, als sich beide gegen ihn zusammentaten.

Josh eilte ihr zu Hilfe. „Sie gehört zu mir!", schrie er, als ein unbekannter Wandler sich ihr mit erhobenen Fäusten zuwandte.

Und dann gab es noch ein Heulen, diesmal kehlig und bösartig.

Die meisten Kämpfe kamen zum Erliegen, als Ollie triumphierend Coopers Kopf – und nur seinen Kopf – über das zuschauende Rudel hob. Ein Keuchen ging durch die Menge, und Alice erbleichte sichtlich.

„Will mich jemand herausfordern?“, brüllte Ollie.

Ein kleines Handgemenge brach aus, als Garret, Coopers offensichtlich zweiter Mann, sich mühte, vom Boden aufzustehen. Tommy saß rittlings auf ihm. „Wenn du auch nur einen Muskel rührst, mache ich dir jetzt den Garaus.“

„Fick dich!“, schrie er Tommy ins Gesicht, und ohne zu zögern riss Tommy ihm mit bloßen Händen die Kehle heraus, und Garret fiel tot zurück.

„Noch jemand?“, schrie Ollie erneut.

Die Stille war ohrenbetäubend.

„Akzeptiert ihr mich als euren Alpha?“, schrie er, während die Menge zurückwich und den Blick auf ihn freigab, wie er, von Blut und Gemetzel bedeckt, über Coopers nunmehr kopflosem Körper stand.

Josh antwortete als Erster. „Das tue ich. Wenn du zustimmst, das Rudel *ohne* die Apparate zu führen.“

Ollie sah die anderen an und schrie: „Ist es das, was ihr alle wollt?“

Das leise Murmeln von „Ja“ wurde lauter und lauter, als die Wandler ihre Machtposition erkannten, und dann waren die zustimmenden Rufe ohrenbetäubend.

Ollie nickte und wandte sich an Alice und ihre Kinder. „Von diesem Augenblick an haben Sie keinerlei Verbindung mehr zu uns. Ich verlange Ihr Wort, dass Sie dem zustimmen werden.“

Alice stotterte: „Aber wir sind diesem Rudel seit Generationen treu ergeben!“

„Sie waren den Dacres treu ergeben. Die gibt es jetzt nicht mehr. Stimmen Sie zu? Wenn nicht, werden Sie Castlerigg nicht lebend verlassen, ungeachtet Ihrer Magie.“

Jeremy und Rose sahen zu ihrer Mutter, und Alice nickte, wissend, dass sie geschlagen waren.

„Schwören Sie es", verlangte Ollie. „Keine Vergeltungsmaßnahmen. Ich werde Ihnen gestatten, in Cumbria zu bleiben, aber
unsere Angelegenheiten sind getrennt."

Alices Augen waren hart, aber sie nickte widerstrebend, und
Jeremy und Rose nickten ebenfalls. „Ich stimme zu. Keine
Vergeltungsmaßnahmen."

„Dann schwören Sie es mit einem Blutschwur", verlangte Ollie.

Alices Stimme war barsch. „So etwas müssen wir nicht tun."

„Doch, das müssen wir."

Ollie streckte seine Hand aus und Avery reichte ihm Els Schwert, dessen Flamme nun erloschen war. Er fuhr sich mit der
Klinge über die Handfläche und Blut tropfte auf das Gras. Er
reichte das Schwert an Tommy weiter, der nun neben ihm stand,
und dann an Hunter, der von Piper und Josh gestützt wurde.
Jeder schnitt sich in die Handfläche und reichte das Messer dann
an Alice weiter.

Alle leisteten den Eid, Handfläche an Handfläche, und
wiederholten: „Von diesem Tage an schwören alle Apparate,
von Generation zu Generation, dass sie das Cumbria-Rudel
ihre eigenen Angelegenheiten regeln lassen. Das Rudel schwört
im Gegenzug, sich nicht in die Angelegenheiten der Apparate
einzumischen. Der Bruch des Eides fordert den Tod."

Als es vollbracht war, brüllte Ollie zu den Wandlern: „Seid ihr
Zeugen?"

„Wir sind Zeugen", stimmten sie wie aus einem Munde zu.

„Und auch wir müssen einen Eid schwören, Alice", sagte Avery, entschlossen, sich selbst, Alex und die anderen zu schützen.
Sie traute Alice überhaupt nicht. „Wir versprechen, uns hier nicht
in Ihre Geschäfte einzumischen, und Sie versprechen, uns in
White Haven nicht zu verfolgen." Alice kniff die Augen zusam-

men, als wollte sie sich beschweren, aber Avery machte weiter. „Sie haben das Sanktuarium gebrochen. Ich verlange Ihren Eid."

Jeremy und Rose rutschten unbehaglich hin und her, aber Alice hielt ihrem Blick stand. „Ein Blutschwur?"

„Ein Hexenbindungs-Eid", antwortete Avery.

Alex griff in seinen Rucksack und holte die Zutaten für den Zauber hervor. Unter den Blicken der Wandler wiederholten alle fünf Hexen den Zauber, den Alex und Avery vorbereitet hatten, und während sie ihn sprachen, wickelte Alex das lange Efeustück um ihre Handgelenke und band sie alle zusammen. Als der Zauber endete, fing der Efeu Feuer und wurde dann zu Asche, die ein rußiges Mal hinterließ.

Alex lächelte, aber es erreichte seine Augen nicht. „Es ist vollbracht." Er wandte sich an Ollie und Hunter. „Seid ihr Zeugen?"

„Wir sind Zeugen", stimmten sie zu.

Ollie sprach Alice an, seine Augen leuchteten siegessicher. „Gehen Sie jetzt, Alice. Lösen Sie den Kreis auf und verschwinden Sie."

Er sprach erst wieder, als Alice den Schutzzauber aufhob und die normalen Geräusche der Nacht nach Castlerigg strömten, während die Hexen über die Felder gingen und verschwanden.

Einer der anderen Wandler sah Alex und Avery an und dann zurück zu Ollie. „Hast du Lust zu erklären, wer die sind?"

Eine Welle der Neugier und Angst durchlief die Menge, und Avery fragte sich, ob sie sich den Weg freikämpfen müssten. Über die Hälfte des Rudels hatte sich in Wölfe verwandelt, und als sie sich umsah, bemerkte sie, dass einige der Wölfe schwer verletzt waren. Coopers Anhänger, hoffte sie.

Es war Josh, der antwortete, als er neben ihnen stand. „Sie haben uns Sanktuarium gewährt, während wir uns erholt haben. Alice hat sich darüber hinweggesetzt und Hunter und Holly als

Geiseln für Cooper genommen. Sie sind hierhergekommen, um sicherzustellen, dass sich Alice nicht in das heutige Treffen einmischt."

Der Wandler nickte. „Schön und gut. Aber es ist Zeit für euch zu gehen. Wir haben viel zu besprechen."

Alex und Avery nickten zustimmend, und Avery sagte leise zu Josh: „Bis später."

Er lächelte ihr stumm dankend zu, als sie sich auf den Weg zur Straße machten. Alex schüttelte ungläubig den Kopf. „So viel dazu, dass wir einen Bindungszauber für sie wirken mussten."

Sie lachte. „Ihre Version gefällt mir besser, auch wenn sie scheußlich blutig war. Ich wusste, dass sie stärker sein würden als ein durchschnittlicher Mensch, aber jemandem den Kopf abzureißen ..." Sie schauderte bei der Erinnerung an Coopers blutigen Kopf.

„Ich mag diesen Ollie. Er wird ein guter Alpha sein!"

Avery streichelte seine Wange und lächelte. „Lass uns zu Evan zurückkehren und auf ihre Rückkehr warten. Wenn ich mich recht erinnere, leisten uns dort eine Flasche Whiskey und ein Feuer Gesellschaft."

Es dauerte mindestens noch ein oder zwei Stunden, bis die anderen zurückkehrten, und Alex und Avery, vom Whiskey wohlig eingelullt, dösten auf dem Sofa, als sie hörten, wie sich der Schlüssel im Schloss drehte und die anderen hereinkamen.

Evan ging mit federndem Schritt voran und grinste, als er Alex und Avery vor dem knisternden Feuer sah. Hunter humpelte hinter ihm her und stützte sich schwer auf Piper. Er blutete aus mindestens einem halben Dutzend Wunden. Sein rechtes Auge schwoll an, und er hielt seinen linken Arm ganz vorsichtig.

Josh und Holly folgten ihnen, und Josh sah nicht viel besser aus als Hunter. Holly hingegen grinste wie eine Grinsekatze.

Alex und Avery rutschten zur Seite, um Hunter Platz zum Sitzen zu machen. Er schenkte ihnen ein schwaches Lächeln. „Glaubst du, Briar flickt mich wieder zusammen?"

„Ich glaube, sie wird dir erstmal die Hölle heiß machen", sagte Avery und beugte sich vor, um seine vielen Wunden zu begutachten. „Aber ja, sie wird dich schon wieder hinkriegen. Solange du versprichst, dass du dich nicht mehr prügelst, zumindest nicht in naher Zukunft."

Er zwinkerte, lehnte sich zurück und schloss die Augen.

Holly umarmte Avery. „Danke, dass ihr geholfen habt, ihr beiden."

Alex zuckte mit den Schultern. „Wir haben am Ende nicht wirklich viel getan. Sieht so aus, als hätte Ollie den besseren Plan gehabt."

Evan schenkte ihnen nach, während er sagte: „Das war eine sehr kurzfristige Planänderung, als uns klar wurde, dass wir tatsächlich gewinnen konnten, wenn wir einfach weitermachen."

„Was passiert jetzt?", fragte Alex, setzte sich und zog Avery auf seinen Schoß, um mehr Platz für die anderen zu schaffen.

„Ollie hat Pläne", sagte Josh und setzte sich erleichtert hin. „Mir war gar nicht klar, dass er Alpha werden wollte."

„Ich glaube, das wollte er auch nicht, bis ein paar Sekunden, bevor es geschah", sagte Piper. „Wenigstens können wir jetzt hierbleiben."

„Nicht sofort", grunzte Hunter und öffnete ein Auge halb. „Ich fahre zur Heilung zurück nach White Haven, und du kommst mit."

Piper sah empört aus und schien sich beschweren zu wollen, doch dann besann sie sich eines Besseren. „In Ordnung."

„Was ist mit euch beiden?", fragte Avery Josh und Holly.

„Wir gehen zurück in unser Haus", sagte Holly lächelnd. „Erwecken unser Geschäft wieder zum Leben! Glaubt ihr, die Devices werden sich rächen?"

„Nein. Nicht nach einem Blutschwur", sagte Alex bestimmt.

Avery fügte hinzu: „Nicht, wenn sie nicht verrückt sind. Das hätte enorme Konsequenzen, und das wissen sie." Sie runzelte die Stirn, als sie sich an den Tod von Cooper und Garret erinnerte. „Äh, was werdet ihr mit den Leichen von Cooper und Garret machen?"

„Ihre Leichen wurden weit weggeschleppt und versteckt. Sie werden irgendwann gefunden werden, aber nicht, bevor die heimische Tierwelt ihre Knochen abgenagt hat."

Avery erbleichte, als ihr klar wurde, dass wahrscheinlich, hoffentlich, niemand erfahren würde, was wirklich geschehen war. Was dachte sie nur? Sie war dabei, ein Monster zu werden.

„Großartig", sagte sie schwach.

„Dann müsst ihr euch also nur noch um eure abtrünnige Hexe sorgen", sagte Holly, als wäre das Verstecken von Leichen etwas Alltägliches. Sie hielt ein Getränk in den Händen, während sie sich vor dem Feuer kauerte, und ab und zu warf sie schüchterne Blicke zu Evan hinüber.

„Ja, das müssen wir", sagte Avery nachdenklich. „Und das wird nicht einfach."

„Aber wir helfen, wo wir können", sagte Hunter ernsthaft. „Wir stehen in eurer Schuld."

Neunzehn

Alle kamen spät am Freitagabend wieder in White Haven an, nach einer Autofahrt, die Avery wie die längste ihres Lebens vorkam.

Sie hatten ein paar Stunden in Hunters Haus in Chapel Stile geschlafen, bevor sie am späten Vormittag aufbrachen, wobei jeder von ihnen abwechselnd fuhr. Avery hatte Reuben angerufen, um die anderen wissen zu lassen, wann sie mit ihnen rechnen konnten, und sie hatten Hunter und Piper bei ihrem gemieteten Haus abgesetzt, mit dem Versprechen, sie am nächsten Morgen mit Briar zu besuchen. Welche Verletzungen auch immer versorgt werden mussten, sie mussten warten, und wieder einmal hatte Hunter sich geweigert, ins Krankenhaus zu gehen.

Als sie bei Reubens Haus ankamen, war Avery erschöpft. Glücklicherweise schlug ihr der Duft von Essen entgegen, und sie gingen zum hinteren Teil des Hauses, wo sie alle drei Hexen und Newton im gemütlichen Wohnzimmer fanden. Sie aßen Chips, tranken Bier und warfen ein halbes Auge auf den Fernseher, der leise an der Wand flimmerte. Größtenteils waren sie von Zauberbüchern, Geschichtsbüchern und einigen, wie Avery erkannte, von Annes Aufzeichnungen umringt. Sie blickten auf und grinsten, als die müden Reisenden eintraten, und Averys Katzen kamen aus ihren Verstecken im Raum hervor, miauten laut und rieben sich an ihren Knöcheln.

„Circe und Medea", rief sie aus und bückte sich, um sie ausgiebig zu streicheln. „Ich habe euch vermisst."

„Ihr seid zurück!", sagte Briar und sprang auf. „Setzt euch, ihr seht fix und fertig aus. Ich bringe euch was zu essen."

Avery sah sie dankbar an. „Das musst du nicht", sagte sie, um zu protestieren, aber Briar wiegelte sie ab.

„Es ist Pizza, das dauert keine zwei Minuten."

„Na, hattet ihr ein paar vergnügliche Tage?", fragte Reuben spöttisch.

„Ja", sagte Alex trocken, während er sich in einen großen, weichen Sessel fallen ließ. „Meuterei in Wandlerrudeln, Wolfskämpfe, einmischende Artefakte und jede Menge Blut. Ich hab's geliebt!"

Newton hielt sich in gespieltem Protest die Ohren zu. „Ich will gar nicht hören, falls etwas Ernstes passiert ist."

„Wie Enthauptungen?", fragte Alex und nippte an seinem Bier.

Newton funkelte ihn an. „Ich meine das verdammt ernst! Ich bin Polizist!"

„Cornwalls bester *paranormaler* Polizist noch dazu!", fügte Reuben mit einem Grinsen hinzu.

El lachte. „Lasst ihn in Ruhe!"

Newton schaute finster drein. „Verpisst euch doch alle."

Briar kam mit zwei Tellern voller Essen herein und reichte je einen an Avery und Alex. Sie sah Newtons mürrisches Gesicht und grinste. „Oh nein, ich glaube, wir ziehen Newton schon wieder auf."

„Falls es hilft", sagte Avery, bevor sie einen Bissen nahm, „die beiden betroffenen Gestaltwandler waren ziemlich widerliche Leute."

Newton hob eine Hand. „Hör genau da auf."

Briar setzte sich auf den Teppich vor dem Kamin. „Sprecht ihr von Hunter? Geht es ihm gut?"

Alex nickte. „Mal wieder windelweich geprügelt, aber ihm geht es gut. Er ist wieder hier und möchte, dass du ihm wieder beim Heilen hilfst." Er zog eine fragende Augenbraue hoch. „Interessiert?"

Briar wurde rot. „Natürlich helfe ich. Aber er sollte besser aufhören zu kämpfen. Ich bin keine Wundertäterin."

„Kannst du gut gebrochene Knochen heilen?"

„Soll das ein Witz sein?" Sie sah entsetzt aus. „Nicht besonders, aber ich schätze, ich sollte es wohl besser lernen."

„Gut." Alex schob seinen Teller mit einem zufriedenen Ausdruck weg. „Denn er wird auf keinen Fall in ein Krankenhaus gehen." Er informierte die anderen über ihre Reise und den Ausgang des Kampfes. „Und jetzt, da sie zurück sind, will Hunter uns helfen – also, sobald er geheilt ist."

„Also, wie ist die Lage hier?", fragte Avery. „Wie geht es dir, El? Du siehst besser aus als bei unserer Abreise."

Sie lächelte. „Das bin ich auch, danke. Der Fluch hat mich eine Weile ziemlich geschwächt, und er hat mir echt auf die Stimmung geschlagen. Ich konnte dieses schreckliche Gefühl von Bedrückung und Traurigkeit einfach nicht abschütteln, aber es wird besser. Ich war heute bei der Arbeit, das hat mir etwas gegeben, worauf ich mich konzentrieren konnte."

„Keine Angriffe auf jemand anderen?", fragte Alex.

El schüttelte den Kopf. „Nein, und der Schutzzauber auf diesem Haus funktioniert gut."

„Gibt es Neuigkeiten aus Old Haven?"

„Verdammte Halloween-Horror-Jäger strömen da hoch", grummelte Newton. „Gabe hat alle Hände voll zu tun."

„Wirklich?", sagte Avery erstaunt. „Ich hätte nicht gedacht, dass sich so viele Leute tatsächlich die Mühe machen würden, dorthin zu gehen."

Reuben warf den Kopf in den Nacken und lachte. „Das ist die neueste Attraktion! Stan ist total begeistert. Er meint, es wird die beste Feier, die wir je hatten." Er bezog sich auf ihren gelegentlichen Druiden. „Er erwägt, das Freudenfeuer zu verlegen."

Avery schnappte nach Luft. „Bitte sag mir, dass du scherzt."

„Nein. Aber James hat ein Machtwort gesprochen, und Gabe auch, der, wie du dir vorstellen kannst, sehr bestimmt sein kann, wenn er will."

„Den Göttern sei Dank", sagte Avery erleichtert. „Das hätte die Dinge wirklich verkomplizieren können."

„Aber es gibt dort oben eine Veränderung", sagte El. „Die Hexe hat wieder einen Zauber um das Gebiet gelegt. Es ist eine Art Abstoßungszauber, der einem die Haut kräuseln lässt, wenn man nur in die Nähe kommt. Er ist sehr wirksam – wir konnten nichts dagegen ausrichten. Aber das Gute ist, dass er unsere Halloween-Jäger abschreckt."

Alex runzelte die Stirn. „Sie ist an Gabe und den anderen Nephilim vorbeigekommen?"

„Sie kann den Hexenflug, erinnerst du dich?", warf Avery ein.

Reuben nickte. „Ich war heute dort oben. Der ganze Ort strotzt nur so vor Macht, und sie baut sich immer noch weiter auf."

„Weniger als eine Woche bis Samhain", sagte Avery nachdenklich. „Habt ihr neue Informationen gefunden?"

„Ja, haben wir“, sagte Reuben, sichtlich zufrieden mit sich. „Habt ihr schon von Ley-Linien gehört?“

„Sicher. Das sind verborgene Linien übernatürlicher Energie, die sich über die Erde erstrecken, und wo sie sich kreuzen, wird ihre Kraft verstärkt.“

„Genau.“ Reuben deutete auf die Papiere um ihn herum. „Und auf ihnen finden wir alte Orte der Macht, wie Steinkreise, Cairns, Hügelgräber, Dolmen, Henges, Wallburgen, Langhügel.“

Newton spottete. „Klingt für mich nach Hokuspokus.“

Briar sah ihn nur an. „Nach allem, was du gesehen hast, willst du das einfach so abtun?“

„Na ja, versteckte Machtlinien. Klingt bescheuert.“

Ihr Blick verhärtete sich. „Und dennoch hast du gesehen, wie wir Magie wirken. Hast Gestaltwandler, Nephilim, Meerjungfrauen gesehen ... Warum sollten diese Linien nicht existieren? Nur weil du sie nicht sehen kannst!“

Newton wandte den Blick ab, etwas zerknirscht.

„Jedenfalls“, fuhr Reuben fort, „verläuft eine Ley-Linie direkt durch Cornwall, von Glastonbury und Stonehenge bis nach St Michaels Mount. Und eine kleine Linie zweigt davon ab nach Old Haven.“

Alex und Avery sahen sich an und dann wieder zu Reuben. „Wirklich?“

„Wirklich. Und in diesem Buch“, er deutete auf ein altes Geschichtsbuch über Druiden zu seinen Füßen, „sind Orte aufgelistet, an denen Druiden bekanntermaßen häufiger anzutreffen waren. Dieses Gebiet ist einer davon. Druiden mochten ihre Baumhaine. Das waren natürliche Orte der Anbetung und der Magie. Old Haven ist einer davon. Oder besser gesagt, der Baumhain mit der Eibe in seinem Zentrum ist einer davon.“

„Was gäbe es für einen besseren Ort“, sagte Briar, „um eine Kirche zu bauen, als an einem der alten heidnischen Anbetungsorte?“

El lächelte. „Die übliche Geschichte. Wir alle kennen sie. Man kauft sich das Wohlwollen der heidnischen Gemeinschaft, die den alten Göttern folgt, indem man ihre Kultstätte vereinnahmt.“

„Und ihre Feiertage im Kalender“, fügte Alex hinzu.

Avery runzelte die Stirn. „Gibt es nicht noch einen anderen Namen für Ley-Linien? Geisterwege oder Todeslinien?“

„Totenstraßen“, korrigierte Reuben sie. „Die Straßen, auf denen die Toten getragen wurden. Die Leute waren sehr eigen, was den Weg und die Art und Weise betraf, wie man seine Toten trug. Und man nennt sie auch Feenpfade – man muss sie respektieren, sonst geschehen schlimme Dinge.“ Er wühlte in den Büchern um sich herum, zog eines hervor und reichte ihr eine Seite mit einer Karte darauf.

Die Karte zeigte Britannien, durchzogen von Linien, von denen sich viele kreuzten. Auf diesen Linien, und besonders dort, wo sie sich kreuzten, befanden sich Orte von historischer und übernatürlicher Bedeutung. Insbesondere Stonehenge, Glastonbury, Anglesey und der Lake District waren Orte, an denen sich viele dieser Linien kreuzten, als wären sie Kraftzentren.

„Seltsam“, sinnierte Avery. „Wir haben die letzte Nacht am Castlerigg Stone Circle in den Lakes verbracht. Er war uralt und mächtig. Es ist die spirituelle Heimat der Gestaltwandler – ich glaube, so hat Piper es genannt.“

„Ich würde sagen, dort wurde über die Jahre eine Menge Blut vergossen“, überlegte Alex. Er war hinter Avery getreten, damit er die Karte sehen konnte.

Reuben fuhr fort. „Anglesey ist, wie ihr sehen könnt, ein weiterer Hotspot und bekannt für seine Druidenverehrung. Angeblich war es einst komplett mit Bäumen bedeckt, aber die Römer fällten sie, als sie die Druiden hinrichteten und ihre Religion zerstörten. Es ist ein weiterer Ort, von dem man annimmt, dass er eine Quelle für Avalon war – die Insel aus den König-Artus-Sagen. Sein alter Name war Ynys Mon."

Newton hatte all diesen neuen Informationen schweigend zugehört. „Gab es Druiden in Cornwall?"

„Jap. Woher, glaubst du, hat Stan seine Ideen? Cornwall war einst eine keltische Nation, und Kelten und Druiden gehen Hand in Hand."

„Wow." Avery lehnte sich zurück, tief in Gedanken versunken. „Also liegt der Hain in Old Haven auf einer Ley-Linie und war ein Machtzentrum der Druiden?"

El fuhr sich mit den Händen durch ihr weißblondes Haar und zauste es nachdenklich. „Sieht so aus. Und vielleicht ein Tor zu den Fey."

„Moment mal", sagte Newton und sah verwirrt aus. „Fey? Wie in Feen? Ihr redet so, als ob es die wirklich gibt!"

„Wir reden nicht ohne Grund ständig von Toren, Newton", erklärte Briar geduldig, als ob sie mit einem Kind spräche. „Feen leben in einer anderen Realität – angeblich – einer, die parallel zu unserer eigenen verläuft, aber vor Jahren zugänglich war, als die Pfade zwischen den Welten dünner waren. Die Druiden und die Fey tauschten Wissen aus."

„Druiden und Fey waren schon immer miteinander verbunden", fügte Reuben hinzu. „Druiden verehrten Bäume und die Natur und waren spirituell mit der Erde verbunden, genau wie die Fey. Es gibt nichts Magischeres als die Feen und ihre Hügel, wo sie den Mythen nach unter der sichtbaren Welt leben."

„Schon mal von Merlin gehört?", fragte El Newton.

„Natürlich, verdammt noch mal. Ich bin doch kein Schwachkopf."

„Merlin war ein Druide, und alle Geschichten um König Artus waren mit den Fey verbunden. Arthurs Halbschwester, die gefürchtete Morgan Le Fay, war halb Fey und eine Hexe – daher der Name."

Reuben erklärte weiter: „Die Eibe, denkt daran, steht auch für –" Er hob einen Finger nach dem anderen. „Tod, Wiedergeburt, einen Wächter zu anderen Welten, ein Symbol der Dreifaltigen Göttin, und sie ist mit Samhain verbunden, der Zeit des Jahres, in der die Schleier zwischen den Welten am dünnsten sind. Das ist eine ziemlich mächtige Kombination."

Briar schauderte und schlang die Arme um sich. „Tja, jetzt wissen wir, warum sie diesen Ort gewählt hat."

Alex atmete schwer aus. „Na ja, wir haben uns schon gedacht, dass es so etwas in der Art sein musste, aber es ist gut, handfeste Beweise zu haben. Aber das sagt uns nicht wirklich, warum."

„Und wir wissen immer noch nicht, wie wir es aufhalten oder schließen können", warf El ein.

„Oder wie verdammt groß es werden könnte!", sagte Newton. „Was, wenn das Ding hochgeht und den Großteil von White Haven einnimmt?"

„Es ist keine Bombe, Newton." Briar sah ihn entnervt an.

„Woher willst du das wissen?", sagte er wütend. „Da oben ist ein großer, heißer Fleck konzentrierter Energie, und er wird von Tag zu Tag stärker. Und was wird da rauskommen?"

„Wir müssen herausfinden, wer sie ist", sagte Alex und sah in die Runde. „Ich weiß, es scheint unmöglich, aber es könnte helfen."

„Mir ist scheißegal, wer sie ist", antwortete Newton und ließ den Kronkorken einer weiteren Bierflasche schnalzen. „Ich will nur, dass ihr sie aufhaltet. Das letzte Mal, als sich ein Portal öffnete, hatten wir die Nephilim am Hals. Ich will nicht, dass als Nächstes irgendein tobender Koboldkönig wie David Bowie da rauskommt."

Der Raum brach in Gelächter aus, und sogar Newton kicherte. „Tja, man weiß ja nie."

Zwanzig

Nach der besten Nacht seit Langem machte sich Avery auf den Weg zu Happenstance Books und freute sich darauf, den neuesten Klatsch von der Arbeit aufzuschnappen.

Samstage waren immer geschäftig und sie hoffte auf eine willkommene Ablenkung von Old Haven. Letztendlich war sie nicht zu Hunter gegangen. Briar war es recht, allein zu gehen, und Avery fragte sich, ob sie Hunter mehr mochte, als sie sich anmerken ließ. Bei Briar war das schwer zu sagen; sie behielt ihre Sachen gerne für sich. Allerdings bemerkte sie, dass Newton sehr mürrisch darüber war, dass Hunter zurück war, was sie ziemlich witzig fand. Vielleicht hatte er seine Meinung geändert, was eine Beziehung mit einer Hexe anging.

Der Laden war noch geschlossen, als Avery ankam, aber sie fand Dan und Sally im Hinterzimmer, die gerade bei ihrem ersten Kaffee des Tages saßen. Sally rannte auf sie zu und umarmte sie.

„Ich bin so froh, dass du wieder da bist! Ich habe mir solche Sorgen gemacht", sagte sie und musterte sie sorgfältig nach Anzeichen von Verletzungen.

„Es war seltsam, aber mir geht es gut und die Apparate sind fürs Erste neutralisiert", sagte Avery und versuchte, sie zu beruhigen. „Wie lief es hier so? Ist die Vorlesestunde gut gelaufen?"

Dan plusterte sich auf. „Hervorragend. Die Kinder waren begeistert, und heute Nachmittag gibt es noch eine Sitzung. Wir haben auch einen Haufen Bücher verkauft, das wird dich freuen zu hören."

„Und waren die Kostüme ein Erfolg?"

„Aber sicher doch! Ich freue mich schon auf deins, Avery." Er grinste, als er ihr einen Kaffee reichte.

„Ich kann es auch kaum erwarten", murmelte sie in ihr Getränk.

„Ausgezeichnet, ich ziehe mich jetzt um." Er schnappte sich sein Kostüm von der Stuhllehne und ging zum Personal-WC.

„Ich bin so erleichtert, dass alles in Ordnung war", sagte Avery und ließ sich auf einen Stuhl sinken. „Ich hatte mir Sorgen gemacht, dass etwas passieren könnte."

„Bisher alles gut. Nur Stan und seine Nichte haben in den höchsten Tönen von unserem Laden und den Kostümen geschwärmt. Die Lokalpresse kommt heute irgendwann vorbei."

Avery stöhnte. „Das ist nicht dein Ernst."

„Doch. Das ist gut für die Stadt, fördert den Tourismus und ist auch sehr gut für den Laden", betonte sie. „Sie besuchen ein paar Orte. Das Hexenmuseum steht als Erstes auf der Liste, glaube ich."

„Ich schätze, du hast recht", antwortete Avery.

Sally sah nervös aus. „Oh, und bevor ich es vergesse, ich muss dich vorwarnen, dass Stans Nichte, Rebecca, heute wiederkommt. Sie liebt diesen Ort, liebt alles daran, besonders die Tarotkarten, und Dan hat sich versehentlich verplappert, dass du sie legst."

„Er hat *was*?"

„Nichts Hexenhaftes erwähnt", sagte sie und versuchte, Avery zu beruhigen. „Nur Tarot. Also kommt sie für eine Legung wieder. Wir haben gesagt, sie muss ganz lieb fragen."

Avery stöhnte und stand auf. „Ich schätze, eine könnte ich machen." Sie ging mit ihrem Kaffee zur Ladentür. „In der Zwischenzeit versuche ich, mich aufzuheitern, indem ich uns ein bisschen Halloween-Magie zaubere."

„Und dann dein Kostüm!", wedelte Sally ihr mit dem Finger hinterher.

Avery lächelte vergnügt, als sie die Lichter im Laden anzauberte. Der Laden sah wirklich magisch aus, und das war alles Sallys Werk. Lichterketten mit Halloween-Motiven schmückten die Regale und Wände, und überall standen Kürbisse, grinsende Skelette, Hexen und Ghule. Die Leseecke sah besonders gut aus, mit Teppichen und Kissen, die auf dem Boden verteilt waren.

Avery erneuerte ihren besonderen Zauber, der ihren Kunden half, das Buch zu finden, von dem sie nie wussten, dass sie es schon immer gewollt hatten, und zündete auf ihrem Weg durch den Laden Räucherstäbchen und künstliche Kerzen an. Sie holte tief Luft, als sie sich umsah. Heute würde ein guter Tag werden; sie hatte einfach dieses Gefühl, obwohl sie sich verkleiden musste.

Ihre Gedanken wurden durch die Ankunft von Dan unterbrochen, der einen wallenden schwarzen Umhang, einen schwarzen Anzug und zurückgegeltes schwarzes Haar trug, wie es durch Film-Draculas populär geworden war. „Oh, hübsch! Ein Anzug steht dir gut, Dan. Du solltest öfter einen tragen."

Er zwinkerte. „Danke. Und der Umhang?" Er nahm eine Seite und hielt sie sich dramatisch vor die untere Hälfte seines Gesichts.

„Nein. Nicht der Umhang."

„Ich bin am Boden zerstört. Und jetzt los, zieh dich um." Er scheuchte sie hinaus, und sie ging zurück in die Küche, wo sie Sally im Bad in einem langen Empire-Kleid und mit den Anfängen von Zombie-Make-up im Gesicht erblickte.

„Das ist doch kein Zombie-Kostüm!", sagte Avery und betrachtete verblüfft ihr Kleid.

„Äh, doch, ist es! *Stolz und Vorurteil und Zombies*! Komm schon, Avery. Kenn deine Popkultur, bitte. Das hier ist ein Buchladen, und *Stolz und Vorurteil* ist ein Nationalklassiker."

„Ah! Sehr gut. Ich lasse mich korrigieren. Gib mir fünf Minuten, um bei dem Spaß mitzumachen."

Averys Kostüm lag dort, wo sie es auf dem Bett in ihrer Wohnung gelassen hatte, und sie zog sich schnell um und lachte über sich selbst im Spiegel. Trotz ihrer Bedenken sah es gut aus, und als sie mit ihrem langen, schwingenden Rock durch den Dachboden schritt, erschien Helena vor ihr, ein spöttisches Lächeln im Gesicht.

Avery lächelte und drehte sich im Kreis. „Morgen, Helena. Gefällt es dir?"

Helena streckte die Hand aus, und Avery spürte, wie Helenas kühle Hand ihre Wange streichelte.

Heilige Scheiße, was war das? Und war Helena etwa zärtlich?

Sie trat einen Schritt zurück. „Das solltest du nicht tun können!"

Helena zuckte mit den Schultern und lächelte schelmisch.

„Ist das so ein Samhain-Ding?"

Helena zuckte erneut mit den Schultern.

„Gibt es noch andere Überraschungen?", fragte Avery misstrauisch.

Helena grinste nur und verschwand.

Ein Schauer lief ihr den Rücken hinunter, als Avery den großen, spitzen Hexenhut mit breiter Krempe aufhob und wieder nach unten in den Laden ging, wobei sie anhielt, um einen kunstvoll verzierten, falschen Zauberstab aus einem Verkaufsregal zu nehmen. Hexen brauchten eigentlich keinen Zauberstab, sie selbst hatte noch nie einen benutzt, aber die gängige Vorstellung mochte sie, also beschloss sie, einen zu ihrem Kostüm hinzuzufügen. Wenn sie das schon durchzog, dann konnte sie es auch richtig machen.

Dan brüllte vor Lachen, als er sie sah. „Ich find's super!"

Avery setzte den Hut auf und posierte. „Sehe ich auch so aus?"

„Und wie!"

„Wo ist Sally?"

„Ich bin hier!", rief sie hinter einem großen Bücherregal hervor. Sie trat hervor, komplett als Zombie geschminkt, mit Kunstblut, das kunstvoll auf ihrem Gesicht und ihren Armen platziert war.

Avery lachte, als sie die Vordertür aufschloss. „Wie wir nur aussehen müssen! Komm schon, bringen wir die Sache ins Rollen!"

Die Kunden kamen schon früh und den ganzen Vormittag über in einem stetigen Strom und blieben lange. Sally hatte Schalen mit Halloween-Süßigkeiten im Laden und auf der Theke verteilt, und diese ermutigten zum Verweilen und Plaudern, sodass Avery, als die Presse eintraf, schockiert feststellte, dass es bereits später Vormittag war.

Stan strahlte, als er sie hereinlotste und alle mit herzlichen Hallos begrüßte. Avery war überrascht, die blonde Nachrichtenreporterin zu sehen, die in Old Haven gewesen war. Sie wurde von einem Mann mittleren Alters begleitet, der eine Kameraausrüstung trug, und einem jungen Mädchen, das die Beleuchtungstechnik hereintrug. Avery hatte Mühe, sich an den Namen der Reporterin zu erinnern, aber diese stellte sich trotzdem vor, als sie ihre Hand ausstreckte. „Sarah Rutherford. Es freut mich sehr, unsere ortsansässige Hexe kennenzulernen!"

Avery stotterte: „Was?"

„Ihr Kostüm! Sie sehen fantastisch aus!" Sie drehte sich in einer Parfümwolke um. „Und Dracula und ein Zombie-Fräulein-Bennett! Perfekt!" Sie deutete auf ihren Kameramann. „Das ist Steve." Er winkte stumm zur Begrüßung, da er damit beschäftigt war, die Kamera aufzubauen und den Raum zu inspizieren.

Eine junge Stimme sagte atemlos: „Ich bin Becky und ich freue mich so, dich kennenzulernen!"

Avery drehte sich erschrocken um und sah das Mädchen, das mit ihnen gekommen war, neben sich stehen und bewundernd zu ihr aufblicken.

„Hi!", sagte Avery, etwas verwirrt über dieses junge, atemlose Geschöpf, das so aufgeregt aussah.

Stan schritt ein. „Meine Nichte, Becky. Sie wollte dich unbedingt kennenlernen, nachdem sie von deinen Fähigkeiten mit dem Tarot gehört hat. Und sie liebt deinen Laden einfach, nicht wahr, Becky?"

„Ja! Und dein Kostüm liebe ich auch!"

Angesichts dieser enthusiastischen Teenagerin, die kaum älter als 14 sein konnte, blinzelte Avery und versuchte, höflich zu sein. „Das ist reizend, danke schön." Sie griff nach einer Schale mit Süßigkeiten. „Möchtest du einen Augapfel?"

„Lecker!", sagte sie, griff hinein und nahm sich ein paar. „Ich liebe die hier." Sie senkte ihre Stimme und zog Avery beiseite, während das Nachrichtenteam entschied, wo und was sie filmen wollten. „Dan hat gesagt, du wärst vielleicht bereit, mir später die Tarotkarten zu legen. Würdest du das bitte tun?"

Avery zögerte eine Sekunde lang, obwohl sie den ganzen Vormittag über Möglichkeiten geübt hatte, Nein zu sagen, fand aber angesichts eines solchen Flehens, dass es unmöglich war. „Natürlich. Wir gehen ins Hinterzimmer, nachdem das Nachrichtenteam fertig ist. Aber ich bin nicht wirklich so gut", sagte sie und log ganz furchtbar. „Ich würde mich nicht zu sehr darauf freuen."

Aber es war, als hätte sie nicht gesprochen. „Ich kann es kaum erwarten. Dan hat gesagt, du bist die Beste."

„Das sagt er nur aus Höflichkeit, weil ich ihn beschäftige." Sie blickte auf und erwiderte seinen amüsierten Blick mit einem finsteren, der besagte: ‚Ich bring dich um.' Sie wandte sich wieder Becky zu. „Weißt du, in White Haven legen viele Leute Tarotkarten. Du könntest einige von ihnen ausprobieren, wenn du magst."

„Aber keiner ihrer Läden ist so cool wie dieser. Ich möchte mir auch meine eigenen Karten kaufen."

Avery lächelte. „Man sollte sich nie die eigenen Karten kaufen. Sie sollten einem geschenkt werden."

Beckys Gesichtsausdruck fiel in sich zusammen. „Oh, warum?"

Avery senkte ihre Stimme. „Das sind die Regeln der Magie. So funktionieren sie besser."

Becky riss überrascht die Augen auf, aber Avery wandte sich ab, abgelenkt von dem Tumult an der Kasse.

„Also", sagte Sarah, „wen interviewen wir am besten?"

„Sally!", sagte Avery und ging hinüber. „Sie ist meine Ladenleiterin und diejenige, die für all diese tollen Dekorationen verantwortlich ist. Ohne sie wäre das hier nicht annähernd so gut."

Sally sah überrascht, aber eigentlich recht erfreut aus, und Avery lächelte. Sie hatte es verdient. Und außerdem wollte sie überhaupt nicht interviewt werden.

Sarah schien zufrieden. „Ausgezeichnet. Ich habe noch nie ein Zombie-Fräulein-Bennett interviewt."

Avery hasste es, ihr sagen zu müssen, dass Fräulein Elizabeth Bennett nie ein Zombie war, sondern eine Zombiejägerin, aber sie beschloss, es auf sich beruhen zu lassen und hielt sich aus dem Weg, während das Nachrichtenteam seinen Dreh machte. Sie brauchten nicht lange und Sally war ein Naturtalent.

Während der Kameramann sich auf den Weg machte, um noch mehr Aufnahmen im Laden zu machen, warnte Sarah sie, dass es vielleicht nur ein kleiner Ausschnitt in die Nachrichten schaffen würde. „Wir müssen noch ein paar andere Orte besuchen, also werden wir sehen, wie viel Zeit sie uns geben. Es wird wahrscheinlich alles auf höchstens ein paar Minuten zusammengeschnitten. Aber all diese Aktivitäten an der Kirche haben viel Interesse an Halloween und White Haven geweckt. Die Story könnte sogar landesweit ausgestrahlt werden!"

„Wirklich?" Während Avery das schrecklich fand, schien Sarah bei dem Gedanken erfreut zu sein.

„Ja. Es wird großartig für mich sein, und Sie bekommen mehr Touristen. Für alle eine gute Sache, finden Sie nicht?"

„Also glauben Sie, alles, was in Old Haven passiert, ist ein Schwindel?", fragte Avery und tat unwissend. „Sie waren doch neulich die Reporterin da oben, nicht wahr? Ich glaube, ich habe Sie im Fernsehen gesehen."

Für einen Moment sah Sarah besorgt aus. „Es war seltsam, wenn ich ehrlich bin. Der Pfarrer ist einfach von der Leiter geflogen, und die Kamera hat schon vorher gesponnen. Das hat mir auch einen höllischen Schrecken eingejagt." Und dann lachte sie.

„Aber natürlich war das ein Schwindel! Ein guter, das gebe ich zu, und wir konnten nicht herausfinden, wie sie es gemacht haben, aber – na ja, was sonst sollte es sein?"

Stan hatte mit Interesse zugehört und mischte sich ein. „White Haven ist bekannt für seine alten Religionen und seine Hexengeschichte. Da hat wohl jemand beschlossen, noch einen Schritt weiterzugehen." Er wandte sich an Sarah. „Ich stimme Ihnen zu, das macht den ganzen Spaß an Halloween in White Haven nur noch größer. Glücklicherweise geht es James gut, es ist also kein wirklicher Schaden entstanden."

„Na ja, Steve hatte ein paar Verbrennungen und unsere Kamera wurde zerstört, aber das übernimmt die Versicherung", fügte Sarah fröhlich hinzu, als ob Steves Verbrennungen gar keine Rolle spielten. „Und natürlich wird der Ort jetzt von diesem reizenden Gabe und seinem Team gut geschützt."

Avery nickte. „Das habe ich gesehen. Wart Ihr schon wieder dort?"

„Noch nicht, aber ich hoffe, im Laufe der Woche dorthin zu kommen, nur um vor Halloween über den neuesten Stand zu berichten, mit einigen der Einheimischen zu sprechen, die den Ort belagern, und Gabe zu interviewen. Wie auch immer", sagte sie, als Steve zurückkam. „Wir sollten besser zum nächsten Ort aufbrechen. Wo ist das, Stan?"

„'Engel als Beschützer'", sagte er und nannte einen der vielen Esoterikläden näher am Kai.

„Okay. Schön, euch alle kennengelernt zu haben", sagte sie und ging zur Tür.

„Onkel Stan", sagte Becky leise. „Kann ich hier bleiben und wir treffen uns später?"

„Klar doch", sagte er und tätschelte ihr den Kopf, als wäre sie ein Hund. „Wir sehen uns in einer Stunde im Cakes and Bakes."

Sobald er gegangen war, drehte sich Becky um, sah Avery erwartungsvoll an und Sally lächelte.

„Na, dann komm mal mit", sagte Avery und führte sie in den hinteren Raum. „Mal sehen, was die Zukunft für dich bereithält!"

Avery setzte Becky mit einer Tasse Tee an den kleinen Tisch und ging nach oben, um ihre eigenen Tarotkarten vom Dachboden zu holen. Sie war versucht gewesen, ein neues Kartenset zu verwenden, aber die Ergebnisse wären nicht so gut, und sie hatte das Gefühl, es dem jungen Mädchen schuldig zu sein, ihm eine richtige Legung zu geben, da es so aufgeregt war.

Als sie zurückkam, betrachtete Becky bereits einige der Tarotkartensätze, die sie auf Lager hatten. Avery fragte: „Gibt es ein Kartenset, das dich anspricht?"

Becky runzelte die Stirn. „Was meinst du?"

„Nun, normalerweise, wenn du dir ein Kartenset ansiehst oder es in die Hand nimmst, könntest du ein warmes Gefühl oder ein Gefühl der Vertrautheit mit einem bekommen. Mit diesem solltest du arbeiten."

Becky machte große Augen. „Wirklich? Ich weiß nicht! Ich muss sie mir noch mal ansehen."

Avery lächelte. „Das ist in Ordnung. Wir machen jetzt die Legung und das kannst du später tun." Avery zündete eine kleine weiße Kerze auf dem Tisch an und wickelte ihre Karten aus dem Seidentuch, in dem sie sie aufbewahrte. Sie fächerte sie auf, pustete sanft darüber, um sie zu reinigen, sammelte sie dann wieder ein und klopfte auf die Oberseite des Stapels. Sie reichte sie Becky. „Und jetzt misch sie für mich."

Immer noch mit großen Augen tat Becky, was ihr aufgetragen wurde, und als sie fertig war, teilte Avery sie in drei Stapel auf und legte sie auf den Tisch. „Wähle einen Stapel." Becky tippte auf einen, Avery legte ihn auf den Rest des Stapels und begann, sie im Keltischen Kreuz auszulegen.

„Das ist so aufregend", sagte Becky und beobachtete jede ihrer Bewegungen.

„Was möchtest du wissen?"

„Alles Mögliche. Ob ich reisen werde, ob ich einen gut aussehenden Mann treffen werde? Du weißt schon, so was."

„Eine bestimmte Frage funktioniert manchmal am besten", riet ihr Avery. „Aber das ist in Ordnung, ich kann heute eine allgemeine Legung machen."

Die ersten paar Karten schienen ziemlich eindeutig zu sein, und Avery erklärte sie, während sie sie hinlegte. Avery sah einen starken männlichen Einfluss, etwas Chaos in ihrer Vergangenheit, und Becky nickte. „Meine Eltern haben sich getrennt. Onkel Stan war wirklich lieb. Kommen sie wieder zusammen?"

„Deine Eltern? Ich kann nicht wirklich sehen, was mit ihnen passieren wird, hier geht es um dich", sagte Avery lächelnd.

Als Avery die Karten umdrehte und es vorzog, alle zu sehen, bevor sie Vorhersagen machte, überkam sie ein schweres Gefühl, aber sie bewahrte eine neutrale Miene. Dies war keine nette, leichte Legung für eine Jugendliche; sie hatte einen finsteren Beigeschmack. Das Rad des Schicksals lag auf ihrem Ergebnisplatz ganz oben auf der Leiter, darunter die umgekehrte Hohepriesterin, und darunter die Königin der Schwerter, und darunter der Mond. Es gab eine mächtige Frau im Leben dieses Mädchens, und sie hegte keine guten Absichten. Aber es gab auch eine Beschützerin, Averys eigene Karte, die Königin der Schwerter. Als Avery sich auf die Karten konzentrierte, hatte sie eine Vision von Blut, und sie schloss für eine Sekunde die Augen, um es klarer zu sehen, aber es verschwand so schnell, wie es gekommen war.

„Was siehst du?“, fragte Becky und beobachtete sie aufmerksam. „Ist es schlimm?“

Avery blickte auf und legte eine ruhige, neutrale Miene auf. „Nein, natürlich ist es nicht schlimm, aber es gibt eine starke Frau in deinem Leben, siehst du hier, die Hohepriesterin?“

„Sie steht auf dem Kopf.“

„Ja, jemand, der vielleicht einen negativen Einfluss auf dein Leben hat. Setzt dich im Moment jemand unter Druck?“

Becky sah alarmiert aus. „Nein. Niemand. Vielleicht meine Lehrerin in der Schule? Sie sagt, ich soll mich mehr konzentrieren – dumme Kuh.“

Avery schüttelte den Kopf. „Nein, das ist es nicht. Wie ist deine Beziehung zu deiner Mutter?“

„Ganz gut, schätze ich“, sagte Becky achselzuckend. „Sie hat meinen Dad verlassen, was Mist ist, aber du weißt schon ...“

Avery verstummte. Es war nicht ihre Mutter, das wusste sie einfach. Sie hatte ein intuitives Gefühl für die Karten. Warum sollte Avery ihre Beschützerin sein müssen? Sie kannte Becky nicht einmal. Ein schrecklicher Gedanke kam ihr immer wieder.

„Hast du in letzter Zeit jemanden kennengelernt? Eine neue Freundin?“

Becky zuckte mit den Schultern. „Da ist die neue Freundin von Onkel Stan. Sie ist ziemlich cool, schätze ich. Manchmal ein bisschen seltsam – intensiv, weißt du? Aber er mag sie.“

„Wie lange trifft er sich schon mit ihr, Becky?“

„Ein paar Monate, ich weiß nicht.“ Ihre Begeisterung ließ nach. „Was hat das mit meiner Legung zu tun?“

„Absolut gar nichts“, sagte Avery und log, dass sich die Balken bogen. „Kommen wir zu deiner Legung zurück. Die Karten sagen, dass du einige unruhige Monate hinter dir hast und einige schwierige Entscheidungen treffen musst. Diese Entscheidungen blockieren eine langfristige Legung und trüben sozusagen deine Zukunft. Ich denke, in einem Monat wird deine Legung viel klarer sein.“

„Also eine kurzfristige Legung, keine Zukunftspläne, ein heißer Mann, Reisen?“

„Das verraten sie noch nicht.“ Avery spürte die Enttäuschung, die in Wellen von ihr ausging. „Die Karten offenbaren, was sie wollen. Es ist meine Aufgabe, sie zu deuten. Manchmal ist das knifflig.“ Und gefährlich. Becky hatte vielleicht nicht einmal eine Zukunft. „Aber du hast auch eine mächtige Frau auf deiner Seite. Das ist cool – jemand Geheimnisvolles. Nenn sie einen Schutzengel. Sie sagt dir, dass du weise wählen und auf deine Intuition hören sollst. Wenn sich etwas schlecht anfühlt, dann ist es auch schlecht.“

„Ein Schutzengel ist cool, schätze ich.“

„Besser als cool“, sagte Avery und ließ die Karten auf dem Tisch liegen, damit Becky sie sich später in Ruhe ansehen konnte. Sie legte ein halbes Dutzend neuer Tarotkartenspiele auf den Tisch. „So. Fühle diese hier noch mal und schau, welches dich anspricht. Ich schenke dir das, welches du dir aussuchst.“

Becky hellte sich sofort auf. „Wow. Ernsthaft? Das ist großartig.“ Sie wandte sich wieder den Karten zu und betrachtete sie die nächsten paar Minuten schweigend, wobei sie die Augen schloss, während sie sich konzentrierte.

Avery wartete und betrachtete leise die Legung. Könnte die Hohepriesterin ihre geheimnisvolle Hexe sein? Wenn ja, war sie Becky nahe. Zu nahe. Was wollte sie von ihr? Warum sah sie Blut?

Becky wählte ihr Kartenspiel und schob es vor Avery. „Dieses hier, bitte.“

„Das aquarische Tarot-Deck. Gute Wahl!“ Avery nahm es ihr ab, segnete es kurz und wickelte es dann in einen Beutel. „Nimm dir einfach etwas Zeit, um sie kennenzulernen", schlug sie vor, als sie zurück in den Laden ging. „Ich bin sicher, du wirst viel Spaß mit ihnen haben. Übrigens, Becky, ich frage mich gerade, ob ich Stans Freundin schon mal getroffen habe. Wie sieht sie aus?"

Sie zuckte mit den Schultern. „Älter, so wie er – na ja, auf jeden Fall älter als du, und lange, rötliche Haare. Dunkler als deine. Ziemlich groß, wirklich."

„Wohnt sie bei ihm?"

„Nö. Ich weiß nicht, wo sie wohnt." Sie grinste Avery plötzlich an, was sie noch jünger aussehen ließ. „Danke für die Karten und so." Und dann ging Becky zur Tür hinaus und ließ sie hinter sich zuschwingen.

Um drei Uhr nachmittags war der Kinderbereich voller aufgeregter Kinder und Eltern, die bereit waren, eine weitere gruselige Halloweengeschichte zu hören. Sally hatte Küchlein mit Zuckerguss verteilt, der wie Hexen und grinsende Kürbisse aussah, und sie waren innerhalb von Minuten verschwunden.

„Was liest du heute?", fragte Avery Dan, als er ein Buch aus seiner Tasche zog.

„Ich dachte mir, ich bleibe auf vielfachen Wunsch lokal. Die Kinder wollen kornische Geschichten, also haben wir einen Knaller. Sehr passend zu Halloween!"

„Erzähl schon", sagte Avery neugierig.

„Ich lese eine Geschichte über die Devil's Dandy Dogs."

„Die was? Klingt nicht so gruselig. Was sind Dandy Dogs?"

Dan grinste. „Avery. Das solltest du wissen. Das ist es, was unsere Gestaltwandlerfreunde tun." Er sah sie erwartungsvoll an.

Avery sah ihn verständnislos an. „Sich in Wölfe verwandeln?"

„Jagen! Es ist die kornische Version der Wilden Jagd. Du weißt schon, unheimliche Krieger, die aus der Unterwelt gerufen werden, um weitere Seelen zu holen. Früher wurde es als eine

Möglichkeit gesehen, einen Ort zu reinigen – die bösen Leute zu beseitigen." Er blickte dramatisch auf. „Wenn du an Halloween in den Himmel schaust, kannst du die Wilde Jagd über den Nachthimmel rasen sehen – tollwütige Pferde und wilde Hunde!"

Avery runzelte die Stirn. „Ich habe von der Wilden Jagd gehört, aber nie von der kornischen Version. Wer führt sie an?"

„Odin, Herne der Jäger, manchmal Diana, manchmal Hekate. Das ist je nach Geschichte unterschiedlich. Aber im Grunde kommen sie aus der Unterwelt", er zuckte mit den Schultern, „oder der Anderswelt. Die Fae kommen, um aus Spaß Menschen zu jagen – und sie jagen bis zum Morgengrauen. Viel Blutvergießen, Tod, verschwundene Menschen und Chaos. Ein Spaß, was?"

Aber Avery grinste nicht. Ihr war gerade eine schreckliche Idee gekommen.

Einundzwanzig

Nach der Arbeit machte sich Avery auf den Weg zum „Wayward Son" und fand Alex vor, der eifrig hinter der Theke arbeitete.

Es war fast sechs und im Pub war viel los. Zee arbeitete ebenfalls, und er kam zu ihr herüber, als Avery sich an ihre übliche Ecke an der Bar setzte. Sie hatte noch nicht oft mit ihm gesprochen und konnte ihn noch immer nicht einem der Nephilim aus der Mine zuordnen.

Für seine Statur sprach er mit sanfter Stimme. „Hey, Avery. Was kann ich dir bringen? Geht aufs Haus."

„Hey, Zee. Ein großes Glas vom roten Hauswein, bitte."

Sie machte es sich bequem und winkte Alex zu, als er aufblickte und sie sah. Er zwinkerte ihr zu und zapfte weiter Bier. Sie hatte ihn an diesem Morgen im Bett zurückgelassen und freute sich darauf, morgen mit ihm auszuschlafen.

Zee schob das Glas vor sie hin, und bevor er wieder verschwand, fragte sie: „Na, wie ist das Leben im zwanzigsten Jahrhundert so?"

Er lächelte und entblößte blitzende Zähne. „Ziemlich gut, wenn auch anders."

„Das glaube ich. Gefällt es dir?"

„Ich gewöhne mich daran. Die Menschheit hat sich auf interessante Weise weiterentwickelt. Nicht immer zum Guten, muss ich sagen, aber um ganz ehrlich zu sein, geben die Menschen oft ihren niederen Instinkten nach.“

Sie senkte ihre Stimme. „Du siehst dich also überhaupt nicht als Mensch?“

„Nein. Ich habe Flügel. Du auch?“

Sie grinste. „Was? Mich als Mensch sehen oder Flügel haben?“

Er lachte. „Flügel haben.“

„Nein. Deine Perspektive ist interessant.“

„Deine auch, Hexe“, sagte er leise.

„Was hältst du von Old Haven?“

„Es ist durchtränkt von alter Magie und uralten Riten. Blutriten. Der Boden ist damit getränkt.“

Avery setzte erschrocken ihr Glas ab. „Wirklich? Woher weißt du das?“

„Ich spüre es. Wir alle spüren es.“ Er blickte auf, sah einen wartenden Kunden, der ihn finster anstarrte, und rief hinüber: „Einen Augenblick.“ Er senkte seine Stimme noch weiter. „Alte magische Orte sind oft auf Blut erbaut. Es erschafft Macht, aber das weißt du ja. Druiden liebten ihre Blutopfer.“

„Du kanntest Druiden? Ich dachte, die wären zu neu für dich.“

Er schüttelte den Kopf. „Es gibt sie schon sehr lange, nur ihr Name ändert sich. Sie glaubten, die Erde verlange Opfer – das tut sie manchmal, das ist wahr – und so gaben sie es ihr. Der Hain war einst ein dunkler Ort. Die Magie, die sich jetzt dort oben befindet, wurde mit Blut begonnen und wird mit Blut enden – wenn sich dieses Tor richtig öffnen soll.“

„Hast du die Hexe gesehen, die es ausgelöst hat?“

„Nein. Manchmal spüren wir sie. Sie zieht vorbei wie der Wind und fühlt sich an wie die Aaskrähe. Wir können sie weder aufhalten noch ihr folgen. Aber dafür sind wir nicht da. Wir halten die Einheimischen fern und sie sind sicher, solange wir da sind. Vorerst."

Und mit dieser unheilvollen Warnung kehrte er zu seiner Arbeit zurück.

Avery nippte an ihrem Wein und dachte über das nach, was Zee gesagt hatte. Er musste das mit Alex besprochen haben, also war sie neugierig, was er darüber dachte. Und sie wollte ihm von ihrer Tarot-Legung erzählen.

Sobald Alex frei war, kam er herüber, seine dunklen Augen warm und bewundernd. „Wie geht es meiner umwerfenden Freundin?"

„Von Moment zu Moment besser. Wie geht es meinem umwerfenden Mann?"

„Ich vermisse dich." Er beugte sich über die Theke und küsste sie. „Warum trägst du nicht dein Kostüm?"

„Witzbold! Das ist wieder im Laden, wo es hingehört."

„Schade, ich hätte dich später gerne daraus geschält."

Sie errötete. „Alex! Du bist sehr ungezogen. Du kannst mich stattdessen hieraus schälen." Sie deutete auf ihre Jeans, ihr Oberteil und ihre Stiefel.

„Das wird mir ein Vergnügen sein", sagte er mit einem Grinsen. „Willst du etwas essen, wenn du schon hier bist?"

„Kommt drauf an, könnte sein, aber was machen die anderen bei Reuben?"

„Keine Ahnung. Warum gehen wir nicht essen und fahren dann zurück?"

„Klingt großartig. Ich sage ihm Bescheid."

Aber kaum hatte sie das gesagt, als Briar hereinschwebte und sich neben Avery setzte. Ihre Wangen waren gerötet und ihr dunkles Haar fiel ihr um die Schultern und passte zu ihrem dunkelroten Mantel. „Da warst du schneller als ich, Avery. Darauf habe ich mich schon den ganzen Nachmittag gefreut." Sie zog ihren Mantel aus, winkte Zee zu, und innerhalb von Sekunden erschien ein Glas Wein vor ihr. Es hatte definitiv seine Vorteile, den Besitzer zu kennen.

„So schlimm?", fragte Avery.

Sie nippte an ihrem Wein. „Nur viel los. Die Ware fliegt nur so aus den Regalen, was großartig ist, aber es bedeutet, dass ich den ganzen morgigen Tag damit verbringen muss, neue Ware herzustellen und die Regale aufzufüllen. Eli hat gesagt, er würde helfen. All dieses Heilen hat mich ausgelaugt und meine Zeit aufgesogen." Sie sah schuldbewusst aus. „Versteh mich nicht falsch, ich helfe gerne, aber ich muss Zeit in meinem Laden verbringen, und obwohl Eli und Cassie großartig sind, können sie nicht tun, was ich kann."

„Ich verstehe. Aber du warst diese Woche großartig. Wir können uns glücklich schätzen, dich zu haben. Genau wie Hunter. Wie geht es ihm?"

Briar seufzte. „Auf charmante Weise gefährlich und er braucht eine Menge Heilung."

Avery stützte sich auf ihre Hand und beobachtete Briar. „Auf charmante Weise gefährlich? Klingt interessant."

„Er lädt mich ständig zum Essen ein. Er ist übersät mit blauen Flecken, hat einen gebrochenen Arm, und das hält seine Libido nicht im Zaum." Sie kicherte. „Stell dir mal vor, wie er ist, wenn er fit ist."

Avery verschluckte sich fast an ihrem Getränk. „Das überlasse ich *deiner* Vorstellungskraft."

„So habe ich das nicht gemeint! Jedenfalls will er mich später zum Abendessen ausführen.“

„Warum gehst du nicht? Du hast selbst gesagt, dass du morgen den ganzen Tag hart arbeiten wirst und es die ganze Woche schon getan hast. Mach heute Abend eine Pause und hab etwas Spaß. Es ist nur ein Abendessen. Und es ist Samstag.“

Avery blickte auf und sah Newton durch die Tür kommen, und Briar folgte ihrem Blick. „Ich glaube, er ist auch immer noch interessiert“, sagte Avery.

Briar verdrehte die Augen. Genau in diesem Moment klingelte ihr Handy und sie warf einen Blick darauf. „Es ist Hunter.“

Avery formte mit den Lippen: „Na los!“

Als Newton sich einen Hocker nahm, sagte Briar fröhlich: „Hi, Hunter. Okay, klingt gut. Wo?“ Sie sah auf ihre Uhr. „Klar, ich treffe dich dort. Nein. Keine Mitfahrgelegenheit. Tschüss.“

„Pläne?“, fragte Newton Briar.

„Ja. Abendessen mit Hunter.“ Sie stand auf, stürzte ihren Wein hinunter und schnappte sich ihren Mantel und ihre Tasche. „Bis später, Avery.“

„Viel Spaß“, sagte Avery und grinste, als sie sich wieder Newton zuwandte.

Er runzelte die Stirn. „Ich weiß nicht, was sie an ihm findet.“

„Er ist Single, heiß und steht auf sie. Und sie braucht im Moment einfach etwas Spaß in ihrem Leben.“

„Bleibt er in White Haven?“

„Keine Ahnung. Ist das wichtig? Ich dachte, du hättest kein Interesse mehr.“

Newton zuckte mit den Schultern und bestellte ein Pint.

Avery hatte Mitleid mit ihm und lenkte vom Thema ab. „Also, was hast du sonst so getrieben, Newton?“

Er stieß einen weltmüden Seufzer aus. „Dieser alte Kerl, ein Penner, der immer in der Gegend von Truro auf der Straße geschlafen hat, ist verschwunden. Es ist ein bisschen seltsam. Jeder kannte ihn – die Ladenbesitzer, die Einheimischen, die Polizei, die Sozialdienste, einfach alle. Wir alle haben mit ihm geredet, nach ihm gesehen, ihm zugeredet, in die Notunterkunft zu gehen, aber er hat sein eigenes Ding gemacht. Er saß vor den Läden, bettelte, schlief in Gassen, trank." Newton blickte in sein Pint. „Weißt du, er hatte mal einen Job, eine Frau, Kinder, ein Leben. Und dann – puff! Weg. Genau wie er."

„Ihr könnt ihn überhaupt nicht finden?"

Newton schüttelte den Kopf und sah Avery an, Traurigkeit erfüllte seine Augen. „Nein, und er ist schon seit ein paar Wochen weg. Er kann nicht in eine andere Stadt gezogen sein, denn wir haben nachgefragt – das hat er schon früher getan. Er ist buchstäblich vom Erdboden verschluckt. Wir können nicht einmal seine Leiche finden."

„Das tut mir leid. Das ist echt mies. Armer alter Kerl. Vielleicht hat ihn jemand aufgenommen?"

Newton schüttelte den Kopf. „Er hat gestunken. Niemand würde ihn aufnehmen. Und er wäre sowieso nicht mitgegangen. Hunderte von Leuten haben versucht, ihm zu helfen, und alle sind gescheitert, weil er keine Hilfe wollte. Ich kann also nur zu dem Schluss kommen, dass wir seine Leiche irgendwo finden werden – wahrscheinlich verrottend, in ein paar Monaten."

Zeit für einen erneuten Themenwechsel. „Na, dann lass mich dir mal von meinem Tag erzählen, denn ich wette, du musstest kein Kostüm für Halloween tragen!"

Beim Abendessen in einem thailändischen Restaurant erzählte Avery Alex von Beckys Tarot-Legung. „Ich glaube, wir müssen herausfinden, wer Stans Freundin ist."

„Du glaubst, sie ist unsere Hexe."

„Du nicht? Der Zeitrahmen passt – schließlich muss sie erst vor Kurzem hier angekommen sein. Sie hat das richtige Alter und die richtige Beschreibung, und ich habe einfach ein schlechtes Gefühl bei ihr. Und sie ist sehr intensiv."

„Vielleicht", sagte Alex nachdenklich. „Sie könnte auch einfach eine normale, intensive Person sein, die mit Stan zusammen ist. Ich könnte mir vorstellen, dass er einen intensiv machen würde."

Avery lachte. „Wirklich? Denkst du oft an Stan?"

„Die ganze Zeit", antwortete er todernst.

„Nun, ich finde, wir sollten versuchen herauszufinden, ob sie dieselbe Frau ist, die in deinem Wohnzimmer aufgetaucht ist. Wenn nicht, dann stehen wir wieder ganz am Anfang."

Alex runzelte die Stirn. „Ich finde es nur schwer zu glauben, dass sich unsere zeitreisende Hexe ausgerechnet mit Stan einlassen würde."

„Warum nicht mit Stan?", fragte Avery, fast ein wenig für ihn beleidigt. „Er ist ein netter, älterer Kerl mit einem guten Job, und er ist aufgeschlossen und kulturell sensibel. Er ist mir in letzter Zeit ans Herz gewachsen. Er war heute sehr lieb zu Becky." Sie dachte einen Moment nach. „Was, wenn die Tatsache, dass er der Pseudo-Druide unserer Stadt ist, sie zu ihm geführt hat?"

„Vielleicht. Und ich schätze, im Moment haben wir keine anderen Spuren. Aber warum sich überhaupt mit jemandem einlassen? Warum nicht einfach unauffällig bleiben, niemanden kennenlernen und mit niemandem reden? Auf diese Weise hat sie greifbare Verbindungen. Sie ist nachverfolgbar."

„Vielleicht braucht sie ihn für etwas." Avery hatte einen schrecklichen Gedanken. „Hast du mit Zee über Old Haven gesprochen?"

„Nicht wirklich. Er hatte ein paar Tage frei, und heute war viel los."

„Er sagte, dass Blut den Zauber im Hain geöffnet hat und dass Blut ihn wieder schließen wird. Vielleicht braucht sie Stan als Opfer." Und dann keuchte Avery. „Vielleicht wird es Becky sein? Sie ist jünger, leichter zu handhaben, beeinflussbarer. Das passt zu meiner Legung!"

Alex starrte sie verblüfft an. „Ein Blutopfer! Also, sie will jemanden umbringen?"

„Ja. Das haben Druiden getan. Das wissen wir. Sie haben daran geglaubt. Aber wenn du verzweifelt genug wärst ..."

Ihre Worte hingen in der Luft und Alex lehnte sich ratlos zurück.

Und dann fügten sich die Dinge zusammen, als Avery sich an ihr Gespräch mit Newton erinnerte. „Und ein Penner ist verschwunden. Einfach weg. Was, wenn er das Opfer war, das den Zauber in Gang gesetzt hat?"

Alex beobachtete sie nur für einen Moment. „Das ist aber ein gewagter Sprung! Ihm kann alles Mögliche passiert sein!"

„Ich weiß, aber es ist ungewöhnlich. Und wie Newton sagte, wenn er gestorben wäre, hätten sie seine Leiche inzwischen gefunden."

„Menschenopfer sind ziemlich altmodisch – und extrem!"

„Sie auch. Sie hat El verflucht. Sie hätte sterben können! Sie wäre gestorben, ohne Caspians Hilfe! Und du auch, wenn ich nicht da gewesen wäre! Diese Frau ist eine Mörderin. Sie wird alles tun, um dieses Tor zu öffnen, wo auch immer es hinführt!"

Alex hatte seine Mahlzeit beendet und schob seinen Teller weg. „Ich schätze, das ergibt Sinn. Furchtbaren, grausamen Sinn."

Je mehr sie über ihre Theorie nachdachte, desto mehr Sinn ergab sie für Avery. „Denk daran, was wir unter Reubens Mausoleum gefunden haben – Beweise für Dämonenfallen und Blutopfer. In unseren Grimoires gibt es Zauber, die Blutmagie beinhalten, und du musstest sie anwenden, nur um an dein Grimoire zu kommen. Das ist auch in unserer Vergangenheit!"

„Es gab keine Beweise für Menschenopfer", warf er ein. „Nur Blutmagie, was etwas ganz anderes ist."

„Stimmt, aber es deutet auf eine andere Denkweise hin – eine andere Art, an Magie heranzugehen."

Alex atmete schwer aus. „Also, du willst ihr heute Abend auf den Zahn fühlen?"

„Ja. Das müssen wir. Und wenn sie Stans Freundin ist, dann bin ich bereit zu wetten, dass entweder er oder Becky das nächste geplante Opfer ist."

„Wenn das ihr Plan ist – das wissen wir nicht, vergiss das nicht."

„So sehr ich meine Theorie auch hasse, ich würde darauf wetten. Und Dan hat heute etwas gesagt, das mich darüber nachdenken ließ, was unsere Hexe beschwören könnte. Hast du schon mal von der Wilden Jagd gehört?"

„Ja, vage."

Avery gab ihm eine kurze Zusammenfassung. „Was, wenn sie genau das versucht?"

Alex nahm einen langen Schluck von seinem Bier, bevor er sie ansah. „Ich glaube, deine Fantasie geht mit dir durch."

„Ich weiß, wie das klingt, aber es fühlt sich richtig an."

„Warum sollte sie die Wilde Jagd beschwören wollen?"

„Ich weiß es nicht."

„Einfach nur für irgendeine komische Spinnerei?"

„Nein. Es wird einen Grund geben. Wir müssen nur herausfinden, welcher es ist."

Nachdem Avery ein wenig gegoogelt und ein Telefonbuch durchgesehen hatte, fand sie Stans Adresse. Er wohnte in einer großen viktorianischen Doppelhaushälfte in einem kleinen Vorort mit Häusern ähnlichen Alters, und sie fuhren langsam die Straße entlang, um seines ausfindig zu machen, bevor sie ein paar Häuser weiter parkten.

Es war eine durchschnittliche Vorstadtstraße, gesäumt von Bäumen und mit am Bordstein geparkten Autos. Wie die meisten Häuser dieses Alters gab es keine Garagen, und jeder musste auf der Straße parken. Die Häuser hatten alle drei Stockwerke, mit kleinen Vorgärten und großen Gärten hinter dem Haus. Heute Nacht war auf der Straße viel los, und sie hatten Glück, sich in eine kleine Lücke zu quetschen. Glücklicherweise waren sie in Alex' Alfa Romeo unterwegs.

Sie sprachen Averys Lieblingsschattenzauber und machten es sich bequem, um das Haus und die Straße zu beobachten. Es war nach neun und kalt. Vereinzelte Blätter wirbelten im beißenden Wind vorbei, der die kahlen Äste gegeneinanderschlagen ließ. Einige der Häuser waren hell erleuchtet, und sie konnten in den

Wohnzimmern einiger Häuser Fernseher laufen sehen, in denen die Vorhänge noch nicht zugezogen waren. Stans Haus lag im Dunkeln, abgesehen von einem Licht über der Haustür und in einem der Dachgaubenfenster im dritten Stock.

„Vielleicht sind sie in einem Zimmer auf der Rückseite?", schlug Avery vor.

„Oder vielleicht ist Becky da und Stan ist mit seiner Freundin unterwegs? Oder Stan und seine Freundin knutschen auf dem Sofa und Becky hat sie in Ruhe gelassen. Ich wette, das ist Beckys Zimmer." Alex zeigte auf das Zimmer im dritten Stock.

„Vielleicht schauen sie auch alle zusammen *Let's Dance*."

Alex verzog das Gesicht. „Ugh. Klingt grauenvoll."

Sie kicherte. „Ich wette, du bist ein großartiger Tänzer."

„Na, natürlich! Aber *Let's Dance* würde ich mir nicht ansehen, danke vielmals."

Avery lachte wieder und rutschte dann tiefer in den Sitz, um es sich bequem zu machen. In der nächsten halben Stunde geschah nicht viel. Ein paar Leute gingen die Straße entlang, ein paar mehr Lichter gingen an, einige aus, und dann, gegen zehn, erschien Stan mit einer Frau an seiner Haustür. Zuerst war es schwierig, sie zu erkennen. Das Licht aus dem Flur kam von hinter Stan, und sie stand in seinem Schatten.

„Sie sieht groß aus", bemerkte Avery.

„Es gibt viele große Frauen auf der Welt."

Stan beugte sich vor und küsste die Frau auf die Wange, dann drehte sie sich um, ging den Weg zur Straße hinunter und bog nach rechts ab, von ihnen weg, zu einem alten, schwarzen VW Golf. Als sie unter einer Straßenlaterne hindurchging, konnten sie ihr langes, kastanienbraunes Haar und ihre schlanke Figur sehen. Sie trug einen stilvollen Wollmantel und Lederstiefel. Für eine Sekunde zögerte sie und drehte sich dann um, um die Straße hinunterzublicken. Instinktiv duckten sich Avery und Alex tiefer in ihre Sitze, obwohl ein Zauber sie vollständig verhüllte.

Das Licht enthüllte den arroganten Gesichtsausdruck der Frau, die in Alex' Wohnung aufgetaucht war. Sie kniff die Augen zusammen, als sie sich umsah, drehte sich dann zu ihrem Auto zurück und stieg ein.

„Na ja, das sieht ganz nach ihr aus." Alex klang verärgert. „Warum musste sie ausgerechnet Stans Freundin sein? Das ist doch Mist."

Die Scheinwerfer des Wagens blitzten auf, als der Motor ansprang, und sie fuhr los, auf sie zu. Sie erhaschten einen kurzen Blick auf sie, als sie vorbeifuhr, ein hämischer, zufriedener Ausdruck auf ihrem Gesicht, als sie beschleunigte und davonfuhr.

Sobald sie vorbei war, startete Alex sein Auto und fuhr los, mit der Absicht, ihr zu folgen. „Mist, hier gibt es keine Möglichkeit zum Wenden." Er raste die Straße hinunter, auf der Suche nach einer Lücke zum Wenden, erreichte aber die Kreuzung. Er bog rechts ab. „Ich hoffe, wir können sie auf diesem Weg einholen."

Avery verstummte für einen Moment. Etwas beunruhigte sie, und sie konnte es nicht recht einordnen.

Währenddessen fuhr Alex weiter, bog einmal und dann noch einmal ab, in der Hoffnung, sie in einer anderen Seitenstraße zu finden, doch nachdem er ein paar Minuten auf und ab gefahren war, schlug er frustriert auf das Lenkrad. „Verdammt. Sie ist weg."

Mist! „Oh, nein. Ich weiß, woher ich sie wiedererkenne."

„Äh, sie war in meiner Wohnung!" Er sah verwirrt aus.

„Nein. Ich meine, sie sieht aus wie jemand. Der Ausdruck auf ihrem Gesicht, als sie wegfuhr. Sie sah aus wie Helena. Das ist ihr Ausdruck, wenn sie bösartig und hinterhältig ist."

„Das ist doch ein Witz."

„Ist es nicht."

„Was willst du damit sagen? Dass Helena von ihr Besitz ergriffen hat?“

„Sie sah heute Morgen so zufrieden mit sich aus. Was, wenn sie es getan hat?“

„Du weißt wirklich, wie man einen perfekten Abend ruiniert“, stöhnte Alex.

Zweiundzwanzig

Avery wachte am Sonntagmorgen in Alex' Armen auf, mit dem Gewicht einer Katze auf ihrem Bauch und einer zwischen ihren Füßen.

Sie lächelte zufrieden, als Alex sich neben ihr regte, und streichelte seinen Bizeps, wobei ihre Finger seine Tattoos nachzeichneten. *Er ist so zum Anbeißen.* Auch Medea und Circe regten sich, miauten leise, und dann tapste Medea sanft auf ihre Brust und begann, ihr Gesicht und dann das von Alex abzulecken.

Er stöhnte. „Avery, leck mir nicht durchs Gesicht."

Sie kicherte. „Idiot. Das ist die Katze."

Er schmiegte sich an ihren Hals. „Ah. Ich wusste gar nicht, dass deine Zunge so rau ist."

Sie kicherte wieder. „Du Quatschkopf."

Das Haus war still und die Außenwelt schien meilenweit entfernt. Sie streckte sich genüsslich und die Katzen miauten und forderten Futter, also schlängelte sie sich aus dem Bett, um sie zu füttern. Sie hatte ihre Näpfe, ihre Decken und ihr Katzenklo in der Ecke ihres großen Schlafzimmers aufgestellt, damit die Katzen einen sicheren Rückzugsort hatten. Nicht, dass es sie zu kümmern schien; sie streunten beide durch das ganze Haus und versammelten sich dort, wo Menschen waren, hauptsächlich im Kaminzimmer.

Auch Alex wurde wach, sie zogen sich Jeans und T-Shirts an und tapsten hinunter in die Küche, wo sie El und Briar am großen Holztisch sitzen sahen, wie sie Kaffee schlürften. Draußen war der Himmel bleigrau, und das Meer hinter dem Garten glich ihm.

„Morgen, Leute“, sagte El mit schläfrigen Augen. Sie war in einen großen Bademantel gehüllt, in dem sie versank, und Avery nahm an, dass er Reuben gehörte. „Da drüben ist eine frische Kanne Kaffee.“

„Großartig, den hole ich“, sagte Alex, als er zwei Tassen aus dem Schrank fischte.

Avery setzte sich zu den anderen. „Du siehst viel besser aus, El!“

Sie lächelte. „Ich fühle mich auch viel besser. Endlich fühlt es sich so an, als käme meine Magie wieder an die Oberfläche. Ich glaube, deine Tränke helfen, Briar.“

Briar nickte, sah hellwach und aufmerksam aus, was Avery noch müder machte. „Das ist einer meiner Lieblingstränke und sehr wirksam.“

„Wie war deine Nacht?“, fragte Avery sie mit einem Grinsen. „Hattest du Spaß mit Hunter?“

„Gut, danke“, sagte Briar förmlich. „Wir hatten ein schönes Essen.“

El verzog das Gesicht. „Sie rückt mit nichts raus! Spielverderberin.“

Alex gesellte sich zu ihnen und stellte Avery einen Kaffee hin. „Gut für dich, Briar. Ich glaube, Newton ist eifersüchtig.“

„Was Newton denkt, ist mir egal! Und ich habe es nicht getan, um ihn eifersüchtig zu machen.“ Sie sah Avery an. „Du hattest recht. Es war nur ein Essen, und warum auch nicht? Er will uns helfen, unsere Hexe zu finden.“

„Wir haben sie gefunden – gewissermaßen", sagte Avery und brachte sie auf den neuesten Stand.

„Stans Freundin?" El sah verblüfft aus. „Und Blutopfer? Was *will* sie da oben?"

Alex seufzte. „Avery hatte wieder eine verrückte Idee. Erzähl ihnen von der Wilden Jagd und davon, dass du denkst, sie sei von Helena besessen."

„Dan hat mich auf die Idee gebracht", sagte Avery und erzählte ihnen von seiner Geschichte und dann von dem seltsamen Gesichtsausdruck der Hexe, der sie an Helena erinnerte.

El zog eine elegante Augenbraue hoch. „Habt ihr gestern Abend irgendwelche harten Drogen genommen?"

„Nein!", sagte Avery entrüstet.

„Das ist ein ziemlich gewagter Sprung", fügte Briar hinzu. „Du glaubst wirklich, dass Helena wieder jemanden besessen hat?"

„Es hat ihr letztes Mal gefallen. Was, wenn sie einen Weg gefunden hat, es wieder zu tun?" Avery spürte, wie Panik in ihr aufstieg, während sie darüber sprach. „Mist. Das könnte sie wirklich! Was soll ich nur tun?"

„Wir werden uns jetzt beruhigen und logisch darüber nachdenken. Nach dem Frühstück." Alex stand vom Tisch auf und ging zum Kühlschrank. „Ich kann mit leerem Magen nicht denken. Wo ist Reuben?"

„Beim Surfen, natürlich." El blickte nach draußen und schauderte. „Sieht eiskalt aus, aber wenn es so ruhig ist wie jetzt, kann man ihn nicht davon abhalten. Aber er ist sehr früh los, also ist er vielleicht bald zurück."

„Dann mache ich genug Frühstück für ihn mit", sagte Alex und begann, Speck, Eier, Tomaten und Brot zusammenzusuchen.

El nippte an ihrem Kaffee. „Ja, lass uns diese Diskussion vertagen, bis Reuben zurück ist und ich mindestens noch eine Gallone Kaffee getrunken habe.“

Avery fühlte sich leicht vor den Kopf gestoßen, weil alle dachten, sie sei verrückt, aber sie seufzte zustimmend. „Na gut. Was habt ihr beide denn gestern Abend so getrieben?“

„Wir hatten einen aufregenden Samstagabend, an dem wir uns unsere Familiengeschichten angesehen haben. Wir hatten die Theorie, dass die Hexe vielleicht hier ist, weil sie die Stadt irgendwann einmal gut kannte.“

„Interessant“, sagte Avery nachdenklich. „Du meinst, sie ist eine unserer Vorfahrinnen? Habt ihr etwas gefunden?“

El schüttelte den Kopf. „Nein. Noch nicht. Es ist nur eine Theorie. Mir gefällt sie besser als deine, wenn ich ehrlich bin.“

Avery grinste. „Mir auch. Ich will aber heute Morgen zuerst nach Old Haven, und heute Nachmittag helfe ich dann bei der Recherche.“

„Ich muss arbeiten“, sagte Briar. „Aber denk dran, Hunter anzurufen. Er will helfen.“

Nach einem ausgiebigen englischen Frühstück machte sich Avery auf den Weg nach Old Haven, wo sie sich mit Hunter verabredet hatte. Auf dem Parkplatz von Old Haven standen ein halbes Dutzend Autos, darunter Gabes großer, glänzender Geländewagen, und nur wenige Sekunden nach ihrer Ankunft fuhr Hunter in seinem alten Volvo vor.

Hunter zuckte zusammen, als er aus dem Auto stieg, nickte aber in Richtung des Geländewagens. „Schicker Schlitten.“

Piper stieg von der anderen Tür aus und schenkte Avery ein halbes Lächeln zur Begrüßung.

„Ja, ich habe keine Ahnung, wie er sich das leisten kann", sagte Avery und bestaunte insgeheim Gabes beneidenswerte Ressourcen und sein Verhandlungsgeschick. „Bist du sicher, dass du dich nicht ausruhen solltest? Du siehst aus, als hättest du Schmerzen."

„Nein. Ich würde mich nur langweilen. Außerdem sind Briars Heilkünste großartig."

„Aber du siehst furchtbar aus", sagte sie und betrachtete seine aufgesprungene Lippe, sein blaues Auge, die Kratzer und seinen Arm in einer Schlinge. „Hast du den Arm richtig eingipsen lassen?"

„Nein. Das würde bedeuten, dass ich mich nicht verwandeln könnte. Briar ist nicht begeistert."

„Sie ist die Einzige, auf die er hört", sagte Piper verärgert. „Aber nicht einmal sie konnte ihn dazu überreden."

Hunter grinste. „Ich mag es, wenn sie mich anschreit."

„Du bist widerlich", sagte Piper und führte sie über den Parkplatz und den Weg zur Kirche entlang.

Gabe stand am Ende des Weges, gekleidet in einen schwarzen Kampfanzug und mit einer dunklen Sonnenbrille. Er nickte ihnen zur Begrüßung zu, als sie sich näherten. „Hey, Leute. Seid ihr gekommen, um euch die Freakshow anzusehen?"

„Genau wie alle anderen auch", sagte Avery zu ihm. Sie war froh, dass sie ihn einigermaßen kannte, denn er sah wirklich einschüchternd aus. Sie blickte an ihm vorbei, wo sie ein paar Leute zwischen den Gräbern umherwandern sah. „Sind die wegen des Friedhofs hier oder wegen des Hains?"

Gabe grinste. „Sie sagen, wegen des Friedhofs, aber sie schleichen nur herum und machen haufenweise Fotos."

Hunter verengte die Augen. „Du wirfst sie nicht raus?“

„Es macht die Sache nur noch interessanter, wenn man sie gar nicht erst reinlässt. Wir lassen sie umherwandern, aber durch den neuen Zauber, den die Hexe über den Ort gelegt hat, will sich niemand über die Baumgrenze hinauswagen. Einem kriecht die Furcht in die Knochen, wenn man zu nah kommt. Aber ein paar meiner Jungs sind näher am Hain, nur für den Fall. Das werdet ihr sehen, wenn ihr dort ankommt.“

Avery runzelte die Stirn. „Ein Schutzzauber, richtig?“

„Sozusagen“, sagte er rätselhaft.

Interessant. „Okay. Das muss ich sehen.“ Avery ging den Pfad hinunter, gefolgt von Hunter und Piper. Ihr stockte der Atem, als sie den Hain im trüben Herbstlicht sah, und ihr gefror das Blut in den Adern.

Eine Reihe von Hexenzeichen hing an den Bäumen am Rande des Hains, verdrehte sich im beißenden Wind, der vom Meer her wehte, und markierte eine sehr deutliche Grenze. Sie konnte dunkelrote Flecken auf einigen von ihnen erkennen, und aus der Nähe bestätigte sich ihr Verdacht. Es war getrocknetes Blut.

Hunter und Piper hoben die Köpfe, atmeten tief ein und wichen beide zurück.

Und dann spürte Avery es. Eine Woge der Furcht und des schleichenden Terrors, die in ihr den Drang weckte, sich umzudrehen und wegzulaufen. Sie trat einen Schritt zurück und schauderte. Was war das?

Einer der Nephilim schlenderte zu ihnen herüber. „Avery. Du hast Freunde mitgebracht.“

„Ja. Hunter und Piper. Ich fürchte, ich kenne deinen Namen nicht.“ Sie streckte ihre Hand aus und er umschloss sie mit seiner großen.

„Othniel. Kurz Niel.“ Er drehte sich um und begrüßte die beiden anderen.

Niel war, wie die anderen Nephilim, groß, breitschultrig und hatte olivfarbene Haut, aber im Gegensatz zu den anderen hatte er weißblondes Haar und leuchtend blaue Augen. Er trug sein Haar lang, hatte es aber zurückgebunden, und er hatte lange Koteletten und Bartstoppeln.

Avery fragte: „Bist du schon mal im Hain jenseits der Hexenzeichen gewesen?“

„Ein- oder zweimal, als ich dachte, ich hätte dort jemanden gehört. Ich würde davon abraten.“

„Warum nicht?“, fragte Piper.

„Weil es sich hier auf dich auswirkt, kleine Wölfin.“ Er zeigte auf seinen Kopf und seinen Bauch.

„Damit werde ich fertig“, sagte sie und hob ihr Kinn.

„Das bezweifle ich.“ Seine blauen Augen bohrten sich in ihre.

Piper schmollte verärgert. „Woher weißt du, was ich bin?“

Er lächelte mit einem raubtierhaften Grinsen. „Ich habe viele besondere Fähigkeiten.“

„Hast du jemanden da drin gefunden?“, fragte Hunter. „Wegen des Geräuschs?“

„Nur das Rascheln trockener Äste und der Geruch der Aaskrähe. Sie war es, da bin ich sicher. Sie kommt mit dem Wind und verstärkt ihren Zauber.“

Avery atmete tief ein und hasste, was sie gleich vorschlagen würde. „Ich muss hinein. Ich möchte versuchen, herauszufinden, was sie getan hat.“

„Nur zu, aber ich komme mit.“

„Ist sie jetzt da?“, fragte Hunter, hob den Kopf und schnüffelte erneut.

Der Nephilim schüttelte den Kopf, drehte sich um und duckte sich unter den klappernden kahlen Ästen hindurch in die Bäume.

Avery folgte ihm, obwohl jeder ihrer Instinkte sie zur Flucht drängte. Furcht legte sich ihr schwer wie ein Stein in den Magen und sie begann zu zittern. Das ist ein Zauber, nur ein Zauber, flüsterte sie sich zu, während sie Niel tiefer in den Hain folgte, Hunter hinter ihr.

Eine leise Stimme rief: „Ich kann nicht!"

Sie blickten sich um und sahen Piper, erstarrt vor Angst.

„Schon gut", sagte Hunter beschwichtigend zu ihr. „Geh zurück und warte, wir brauchen nicht lange."

Sie drehte sich um und floh, und sie sahen ihr nach, bis sie aus den Bäumen heraus war.

Avery bekämpfte den verzweifelten Drang, ihr zu folgen. „Alles in Ordnung bei dir?", fragte sie Hunter.

„Nein, aber lass uns weitergehen."

Mit jedem Schritt, der sie näher an die Eibe brachte, stieg das Gefühl des Terrors, und Avery wirkte einen Schutzzauber in einer Blase um sie herum. Sofort ließ das Gefühl nach und sie begann, leichter zu atmen.

Hunter atmete erleichtert auf. „Wenn du das warst, danke."

Sie nickte und ging weiter, während die kahlen Äste ungeduldig über ihnen klickten. Niel wartete vor der Eibe, deren riesiger Stamm wie ein aufgerissener, vor Schmerz schreiender Mund zerklüftet war. Ihre knorrigen Äste ragten über sie hinaus; sie war einer der wenigen Bäume, die noch ihre dunkelgrünen, nadelförmigen Blätter hatten.

„Dieser Ort hat sich in den Tagen, seit wir das letzte Mal hier waren, verändert", bemerkte Avery. „Die Magie ist tiefer und dunkler. Die Bäume, der Boden, die Luft – alles ist von wachsender Macht durchtränkt." Sie sandte ihre Wahrnehmung aus, um die Magie jenseits des Zaubers zu suchen, und spürte plötzlich ihre eigene Magie, die sie aus dem Bannzauber befreit hatten. Sie zehrte davon; es war subtil, aber unverkennbar. Sie sah Niel an. „Kannst du ihren Zauber spüren?"

Er nickte mit wachsamen Augen. „Er lässt mir auch das Blut in den Adern gefrieren. Sie lässt mir das Blut in den Adern gefrieren. Sie ist nicht wie du."

Hunter hatte sich misstrauisch auf der kleinen Lichtung um die Eibe umgesehen, aber jetzt blickte er Niel an. „Du siehst menschlich aus, aber du bist es offensichtlich nicht. Du bist ein bisschen wie die Hexe – du hast etwas Uraltes an dir."

Niel schwieg, also antwortete Avery für ihn. „Da hast du recht, aber ich bin nicht sicher, ob Niel das teilen möchte." Sie wandte sich ihm zu. „Du hast sie vorhin Aaskrähe genannt, genau wie Gabe. Warum nennt ihr sie so?"

„Sie stinkt nach Tod, nährt sich vom Tod und weidet sich daran." Er deutete durch den Hain auf ein Bündel Federn am Boden. „In den letzten Tagen hat sie jeden Tag eine kleine Kreatur getötet, meistens Vögel, aber es könnten auch andere Waldtiere sein. Und immer dort."

Avery trat etwas näher und versuchte, nicht zu würgen, als der Verwesungsgeruch stärker wurde. Kleine Tierknochen und die verrottenden Leiber von Vögeln lagen in einem Haufen neben einem mit Blut bedeckten Steinhügel. Die Aaskrähe. Die Greisin. Sie runzelte die Stirn. Die Greisin war ein Aspekt der Göttin, der mit Alter und Tod in Verbindung gebracht wird, aber nicht zwangsläufig mit Grausamkeit. Aber es gab andere Aspekte ihrer Natur, wie Hekate, die Göttin des Todes. War es das, was sie spüren konnte, was die Nephilim spüren konnten?

Avery wich vor dem Todeshaufen zurück und wandte sich wieder Niel zu. „Der Ruf der Meerjungfrauen hat dich nicht beeinflusst, ihr Sirenengesang. Warum kannst du das hier spüren?"

„Wir haben ihren Ruf gehört, aber wir konnten ihm widerstehen, so wie wir auch diesem widerstehen können. Unsere Einzigartigkeit verleiht uns zusätzliche Stärke, aber wir sind nicht unverwundbar. Ich spüre es deutlich genug. Die Dunkelheit dringt in meine Träume ein. Hast du genug gesehen?"

Während er sprach, fegte der Wind durch die Bäume, ließ die Äste klappern und die Hexenmale rotieren, und der Geruch der Verwesung verstärkte sich. „Ja." Sie drehte sich um, und alle drei rannten los, als wäre ihnen der Teufel auf den Fersen.

Avery fuhr zurück zu Reubens Haus, und Piper und Hunter folgten ihr.

Das gemütliche Zimmer neben der Küche war warm und in die schwache Herbstsonne getaucht, die sich durch die Wolken kämpfte, aber Avery spürte immer noch die besudelte Luft des Hains, die wie eine zweite Haut an ihr klebte. Nur El war da, in einem Sessel vor dem Feuer zusammengekauert, und sie blickte auf, als sie hereinkamen.

„Was ist mit euch passiert?"

„Wieso?", fragte Avery. „Sehen wir seltsam aus?"

„Ihr seht verstört aus. Was ist passiert?" Sie richtete sich auf und legte ihr Buch weg.

Avery sank auf das Sofa, ihre Beine fühlten sich plötzlich schwach an. „Der Hain fühlt sich schrecklich an. Du hast recht mit dem Zauber. Er verströmt Schrecken und Furcht."

Piper setzte sich neben dem Feuer auf den Boden und schien sich zu schämen. „Ich konnte nicht einmal hineingehen. Ich wollte schreien."

„Dafür musst du dich nicht schämen", sagte Hunter und sah seine Schwester liebevoll an. „Genau das soll der Zauber bewirken."

„Aber ihr habt es geschafft, damit fertigzuwerden", protestierte Piper.

„Nicht lange", sagte Avery. „Ich musste einen Schutzzauber wirken, als wir in die Nähe der Eibe kamen. Das war das Einzige, was uns davon abgehalten hat, wegzulaufen."

El beugte sich vor. „Ist es nur ein Zauber oder geht da noch etwas anderes vor sich?"

„Oh, da geht eine ganze Menge vor sich." Hunter fuhr sich mit den Händen durch die Haare. „Der Gestank von Blut und Verwesung war überwältigend, und mit meinem Geruchssinn bin ich es gewohnt, empfindlicher zu sein. Aber das war etwas anderes."

„Sie bringt jetzt Blutopfer dar, täglich. Tötet kleine Tiere und Vögel." Avery schüttelte den Kopf. „Ich bin dorthin gegangen, um herauszufinden, welchen Zauber sie verwenden könnte, oder einfach nur, um zu verstehen, was passiert, aber das Gefühl des Schreckens war so überwältigend, dass es einfach alles andere übertönt hat – sogar mit meinem Zauber als Puffer."

„Verdammt!", rief El, sprang auf und schloss sich Hunters Herumlaufen im Zimmer an. „Wer ist sie?"

„Gabe und Niel nennen sie die Aaskrähe. Sie macht sogar ihnen Angst."

„Das ist kein gutes Zeichen", grummelte El.

„Weißt du, ich glaube, ich liege falsch", sagte Avery nachdenklich. „Ich hatte mir Sorgen gemacht, dass Helena das tut, aber sie ist es nicht. Ich weiß es einfach. Vielleicht hast du recht. Vielleicht ist es jemand, der die Stadt in der Vergangenheit gut kannte. Habt ihr etwas herausgefunden?"

„Nun, wir haben unsere Stammbäume und Familiengeschichten durchforstet, aber nichts besonders Seltsames sticht hervor. Wir haben Reubens verrückten Onkel Addison in Betracht gezogen, aber er passt aus vielen Gründen nicht, besonders weil er ein Mann ist. Aber wir dachten, vielleicht ein Nachkomme?" Sie zuckte mit den Schultern und seufzte. „Jedenfalls ist uns aufgefallen, dass die einzige Familiengeschichte, die wir hier nicht hatten, deine war, also sind Reuben und Alex los, um sie aus deiner Wohnung zu holen."

„Dazu hat es zwei von ihnen gebraucht?", fragte Avery.

„Recherchieren ist nicht Reubens Stärke", sagte El grinsend. „Ich glaube, er brauchte eine Pause. Und sie brauchten mehr Bier."

In diesem Moment schlug die Haustür zu und ihre Stimmen eilten ihnen voraus. Alex kam mit einer riesigen Kiste in der Hand ins Kaminzimmer, während Reuben in der Küche blieb und rief: „Wer will ein Bier?"

„Ich!", schallte es im Chor zurück.

Alex warf Avery einen Blick zu und seine Miene verfinsterte sich. „Was ist los?"

„So vieles", sagte sie stöhnend. „Aber mir geht es gut. Ich erzähl's euch beiden bei einem Bier."

Sie ging zu ihm und half ihm, Annes Akten auszupacken, wobei sie sie auf den Boden in Reichweite des Sofas und der Sessel legte. Sobald Reuben mit den Bieren hereinkam und sie es sich alle bequem gemacht hatten, erzählte sie ihnen, was im Hain geschehen war.

Reuben runzelte die Stirn. „Das hört sich alles gar nicht gut an. Die Vettel und die Aaskrähe?“

„Ich komme immer wieder auf die Wilde Jagd zurück“, sagte Avery. „Sie hat sich einfach in meinem Kopf festgesetzt und ich werde sie nicht mehr los.“

„Das ist doch sicher nur ein Mythos“, sagte Hunter. Er hatte sich endlich neben seine Schwester auf den Teppich vor dem Kamin gesetzt, nippte an seinem Bier und lauschte aufmerksam.

„Das waren Meerjungfrauen auch, bis sie White Haven angegriffen haben“, warf Alex ein.

Piper sah schockiert aus. „Und ich dachte, unser Leben wäre seltsam.“

„Bleib einfach noch eine Weile in White Haven, dann wirst du merken, was seltsam ist“, sagte Reuben trocken. „Was haben eure Supernasen aufgeschnappt?“

„Blut, Tod und Verwesung. Immer eine unschlagbare Kombination“, sagte Hunter.

„Gib mir mal eines deiner Mythenbücher“, sagte Piper plötzlich. „Ich werde die Wilde Jagd nachschlagen.“

„Und ich werde wieder anfangen, meine Familiengeschichte zu durchsuchen“, sagte Avery und lehnte sich mit Annes Unterlagen auf dem Sofa zurück.

Die nächste Stunde war es im Raum relativ ruhig, während sie Papiere und Bücher wälzten; sogar Hunter half, indem er sich einige der Karten von White Haven und die Geschichte der Ley-Linien ansah. Sie konnte hören, wie er, Reuben und Alex darüber diskutierten, wo die Linien durch Old Haven verliefen, aber sie versuchte, sie auszublenden, während sie die winzige Schrift studierte, die sich über mehrere Seiten ihres Stammbaums erstreckte. Obwohl sich Anne auf Averys Hauptlinie ab ein paar

Generationen vor Helena konzentriert hatte, gab es eine Menge Namen zu studieren.

Und dann sah sie es, tief vergraben in einer Zeile in der Mitte einer großen Papierrolle. Ein Name ohne Todesdatum – genau wie bei Addison Jackson. Der Name war Suzanna Grayling und sie stammte von Ava ab, Helenas älterer Tochter.

Averys Puls raste, als sie die Namen darüber und darunter überflog, aber Suzanna war die einzige, bei der kein Todesdatum vermerkt war. *Warum konnte Anne es nicht finden? War sie ihre geheimnisvolle Zeitwanderin?* Sie sah zu den anderen auf. „Ich habe etwas gefunden. Suzanna Grayling, eine meiner Vorfahren, hat kein Todesdatum.“

El stand vor Schreck der Mund offen. „Wow. Wann wurde sie geboren? Ich meine, würde es vom Alter her passen?“

„Sie wurde 1780 geboren und heiratete einen gewissen David Grayling, als sie ...“ Avery rechnete schnell nach. „Neunzehn Jahre alt war.“

„Steht da noch etwas über sie?“, fragte Alex.

Avery fummelte nach dem Notizbuch, das Anne angefertigt hatte. „Ich weiß nicht. Anne hat manchmal Anmerkungen zu bestimmten Personen und Anomalien gemacht, aber oft war es nichts Besonderes, nur seltsame Schnipsel, die sie darüber herausgefunden hatte, was sie taten und wo sie lebten.“ Sie schüttelte den Kopf. „Ihre Nachforschungen waren phänomenal. Gebt mir ein paar Minuten und dann sage ich es euch.“

Annes Notizbücher waren sorgfältig nummeriert und mit Anmerkungen versehen, und Avery fragte sich kurz, ob sie so viel Zeit mit der Geschichte der anderen Hexen verbracht hatte. Sie nahm an, dass Helenas besonderer Status als Einzige, die auf dem Scheiterhaufen verbrannt wurde, sie auf eine grausame Art interessanter machte.

Es dauerte weitere zehn Minuten, bis sie fand, was sie suchte, und sie hob den Kopf, um es den anderen zu sagen. „Suzanna Grayling war die erste von Helenas Nachkommen, die nach White Haven zurückkehrte."

„Nie im Leben!", sagte El mit großen Augen. „Das muss doch etwas zu bedeuten haben!"

„Wer ist Helena?", fragte Piper. „Ihr erwähnt sie ständig."

Unangenehm. „Sie ist meine Vorfahrin, die auf dem Scheiterhaufen verbrannt wurde und jetzt als Geist in meiner Wohnung spukt."

„Verstehe." Piper nickte mit einem grimmigen Lächeln.

Alex fragte: „Was steht da noch?"

„Der Mann, den sie heiratete, David, kaufte das Haus, in dem ich jetzt lebe ..." Sie überprüfte das Dokument. „Im Jahr 1801. Zwei Jahre, nachdem sie geheiratet hatten. Nun, er kaufte das mittlere Haus. Die anderen wurden später gekauft."

Alex lächelte. „Nach zweihundert Jahren ist deine Familie also nach White Haven zurückgekehrt. Das ist erstaunlich."

„Weiß einer von euch, wann eure Vorfahren hierher zurückgekehrt sind?", fragte Avery nachdenklich.

„Also, meine sind nie weggegangen", sagte Reuben und deutete auf das Haus um sich herum.

El nickte. „Stimmt. Steht in deinen Notizen, Avery, ir-gendwas über unsere Familien?"

„Nicht, dass ich es bemerkt hätte, aber ich habe auch nicht wirklich danach gesucht."

„Welches Datum stand in deinem neuen Grimoire?", fragte Alex.

Es war kein neues Grimoire, aber Avery wusste, was er meinte. Es war das Grimoire, das nicht von Helena stammte. Sie zögerte eine Sekunde, während sie unter den Dokumenten nach ihrem Grimoire kramte. „1795.“

„Und wer ist der erste Name in deinem neuen Grimoire?“

Ihr Blick traf seinen. „Suzanna Grayling.“

„Also war sie fünfzehn Jahre alt, als sie beschloss, ihre Hexenwurzeln zu bekennen. Das ist ziemlich jung. Wer ist der nächste Name?“

„Ava Helen Grayling.“ Sie sah die anderen schockiert an. „Ihre Tochter, die sie nach Helenas ältestem Kind und Helena selbst benannt hat!“

Piper hatte ihr Gespräch mit Interesse verfolgt. „Sie war eine Frau mit einer Mission. Sie kannte ihre eigene Geschichte offensichtlich sehr gut.“

El stimmte zu. „Deine Familie hat vielleicht nicht hier gelebt, aber sie hat ihr Erbe mit Sicherheit weitergegeben. Und Suzanna brannte darauf, die Kunst wieder auszuüben. Sie hat das Buch angefangen, bevor sie mit ihrem Mann hierhergezogen ist.“

Alex setzte sich neben Avery und nahm ihr Annes Notizbuch aus den Händen. „Hat Helena nicht gesagt, dass Ava schon als Kind stark war und Octavia sie deshalb wollte?“

Avery kniff die Augen zusammen, während sie nach dem ursprünglichen Grimoire suchte, und blätterte schnell nach hinten, wo die Notiz neben dem Bindungszauber geschrieben stand. Sie las: „Ava zeigt bereits Anzeichen von Macht, viel früher, als man es erwarten würde.“

„Also“, sagte Alex leise, „wäre es vernünftig anzunehmen, dass Avas starke Fähigkeiten an ihre Nachkommen weitergegeben wurden und dass Suzanna ihre Magie schon seit einiger Zeit verfeinert hatte. Vielleicht hat sie sogar ihren Mann dazu gedrängt, hierherzukommen.“

„Es muss ein wundervolles Gefühl gewesen sein, endlich nach Hause zu kommen", überlegte Avery. „Aber vielleicht hat sie sich, als sie erst einmal zurück war, geärgert und wollte White Haven für Helenas Verbrennung vor all den Jahren bezahlen lassen. Ich meine, es war nicht wirklich die Schuld der Stadt, aber ich schätze, sie haben es nicht verhindert."

„Das konnten sie nicht", warf El ein. „Unsere Familien sind auch geflohen, außer Reubens, und die waren reich und einflussreich genug, um zu bleiben."

Reuben zuckte zusammen. „Sorry."

El hob die Hände. „Moment mal. Wenn sie es ist – Suzanna –, warum ist sie dann jetzt hier? Nach all der Zeit?"

Alex seufzte. „Weil sie die Mutter aller Zauber wirkt, und dafür braucht man eine Menge magischer Energie, und ratet mal, was gerade über White Haven schwebt?"

„Und sie benutzt sie auch", sagte Avery und erkannte, dass sie ihnen nicht erzählt hatte, was sie gespürt hatte. „Sie zapft sie genau jetzt an. Als wir den Bindungszauber gelöst haben, muss sie es gewusst haben. Aber warum die Verzögerung?"

„Ein so großer Zauber braucht Vorbereitung", sagte Alex nachdenklich. „Es scheint, dass sie die Macht der Greisin anzapft und versucht, ein Portal zu öffnen, zu … was?", zögerte er. „Zur Unterwelt? Zur Welt der Feen? Um der Wilden Jagd zu erlauben, in diese Realität einzudringen, zu töten, Rache zu üben und allgemein Chaos zu stiften? Sie benutzt unsere eigene Magie gegen uns!"

„Es ist auch ihre Magie", warf Reuben ein.

Avery rieb sich die Hände über das Gesicht. „Wow. Sagen wir hier wirklich, dass sie über zweihundert Jahre auf ihre Zeit gewartet hat, um sich an White Haven zu rächen?"

„So scheint es", überlegte El.

Alex sagte: „Also, sie weiß, dass die Macht der Hexen von White Haven freigesetzt wurde, und sie muss sie so effektiv wie möglich nutzen. Sie wartet auf den bestmöglichen Zeitpunkt für ihren Plan – Samhain. Und wählt den wirkungsvollsten Ort, um ihre Magie zu zentrieren – den Hain. Und innerhalb von zwei Wochen vor Samhain beginnt sie mit ihrem Zauber."

Hunter sah sie an, als wären sie verrückt. „Sie macht sich also zu einer Zeitwanderin, wartet auf ihre Rache, und zu unserem Glück ist die Zeit jetzt reif!"

„Und dann nutzt sie ihre freie Zeit, um andere ins Visier zu nehmen, die sie für Helenas Tod verantwortlich hält", sagte Avery. „Vielleicht hat sie deshalb dich ins Visier genommen, El. Nicht, weil du versucht hast, ihren Zauber zu stoppen, sondern wegen des vermeintlichen Verrats deiner Familie an ihrer."

„Und vielleicht wollte sie dich deshalb nicht in Alex' Wohnung sehen, Avery", sagte El. „Sie muss wissen, wer du bist."

„Das hat sie aber nicht davon abgehalten, zu versuchen, mich zu töten, als sie wusste, dass ich da war", wandte Avery ein. „Ich bin mir nicht ganz sicher, ob sie rational ist."

„Du warst ihr im Weg", sagte Hunter. „In diesem Moment spielte ihre Loyalität dir gegenüber keine Rolle mehr."

„Rational oder nicht", sagte Reuben, „sie ist mächtig und bereit zu töten, um zu bekommen, was sie will. Also, seien wir mal logisch. Wir glauben, sie hat den Landstreicher getötet, um den Zauber zu beginnen – der Zeitrahmen passt –, und sie plant ein letztes Menschenopfer, um den Zauber zu besiegeln – Stan oder seine Nichte. Wie halten wir sie auf?"

Avery wurde aufgeregt. „Ich habe ihr Blut. Ich kann eine Puppe machen."

„Klasse", sagte El. „Aber wir brauchen mehr. Wir brauchen den Rat."

Dreiundzwanzig

Avery ging mit dem Telefon am Ohr über Reubens breite Terrasse und genoss die Nachmittagssonne, die endlich über die Wolken gesiegt hatte.

Der Sonnenschein war zwar nicht wirklich warm, aber er war ein Lichtblick an einem Tag, der sich als ziemlich düster erwies. Sie hatten eine Weile darüber gesprochen, ob sie die anderen zwölf Zirkel von Cornwall einbeziehen sollten. Avery war sich nicht sicher, ob es sich lohnte zu fragen, nachdem Genevieve ihre Hilfe bei den Meerjungfrauen abgelehnt hatte, aber Reuben hatte argumentiert, dass Suzanna eine viel größere Bedrohung für alle darstellte und sie es versuchen musste. Und er hatte recht.

Genevieve nahm den Anruf entgegen, ihre Stimme klang hell, aber schroff. „Avery, ich hoffe, du rufst nicht an, um Samhain abzusagen."

„Eigentlich nicht", sagte Avery und biss sich auf die Zunge, um ihr nicht zu sagen, sie solle sich zum Teufel scheren. „Wir haben ein Problem, ein großes Problem, und brauchen deine Hilfe. Wir würden gerne Reubens Haus als Treffpunkt für die Samhain-Feierlichkeiten anbieten. Es ist groß und abgeschieden, und alle hätten bequem Platz."

„Warum um alles in der Welt sollten wir von Rasmus' Haus wegwollen?"

„Weil wir deine Hilfe brauchen, um zu verhindern, dass die Wilde Jagd Cornwall verwüstet.“

Für einen Moment herrschte Stille. „Die was?“

„Die Wilde Jagd, die zwar mythisch ist, aber durchaus einen wahren Kern hat –“, brach sie ab, als Genevieve sie unterbrach.

„Ich weiß, was die verdammte Wilde Jagd ist! Warum sollte sie auf uns losgelassen werden?“

„Wir haben es mit einer abtrünnigen Hexe zu tun, von der ich glaube, dass sie eine Zeitwandlerin und eine meiner Vorfahrinnen ist, die Rache für Helenas Tod sucht. Glauben wir.“ Avery erklärte weiter, was vor sich ging, und als sie geendet hatte, spuckte Genevieve Gift und Galle.

„Das hättest du mir früher sagen sollen. Das ist eine riesige Sache! Das hat Auswirkungen auf uns alle.“

Avery atmete tief durch und erinnerte sich daran, dass sie die anderen brauchten. „Ich weiß, aber wir haben erst heute wirklich verstanden, was passiert. Und ganz ehrlich, Genevieve, unsere misslichen Lagen haben dich bisher einen feuchten Dreck geschert.“

Wie üblich peitschte der Wind umso stärker um Avery, je wütender sie wurde, und sie leitete ihn in den Garten, wo er Blätter in einem Wirbelsturm aufnahm und über den Rasen trug.

Genevieves Ton war eisig. „Nun, anders als beim letzten Mal wird diese Situation uns alle betreffen. Die Wilde Jagd ist tödlich und bösartig, und wenn sie einmal losgelassen ist, wird sie unkontrollierbar sein.“

„Deshalb rufe ich dich ja an. Wir wissen, wo es passieren wird. Wir müssen den Riss zwischen den Welten verhindern. Und wenn nicht, müssen wir einen Schutzkreis um den Hain bilden, um sie einzudämmen. Und dann müssen wir sie zurückschicken.“

„Kannst du deine entfesselte Magie nicht versiegeln?“

„Nein! Du weißt, dass wir das nicht können, sonst hätten wir es getan. Und außerdem benutzt sie sie bereits. Aber das heißt nicht, dass wir sie nicht auch benutzen können.“

„Und du konntest nicht spüren, wie sie sie benutzt?“, klang sie verärgert. „Hast du keine Verbindung dazu?“

„Nicht vierundzwanzig Stunden am Tag! Es ist nicht so, als wären wir an eine Batterie angeschlossen! Als sie freigesetzt wurde, hat sie uns überflutet, aber dann war es, als hätten unsere Körper genug und hätten sich einfach –“, sie bemühte sich, das richtige Wort zu finden, „abgekoppelt! Ich kann es nicht besser erklären.“

Genevieve schwieg einen Moment, und Avery spürte ihre Wut durch das Telefon knistern. „Ich kann heute Abend nicht kommen, aber ich werde morgen kommen. Und wenn es so schlimm ist, wie du sagst, dann ja, dann werde ich den Zirkel einberufen.“

Sie legte auf und Avery ging triumphierend lächelnd wieder hinein.

„Gute Nachrichten also?“, fragte Alex und sah sie an.

„Das kann man wohl so sagen. Genevieve kommt, um die Lage zu beurteilen, aber ich weiß, dass sie Ja sagen wird.“

„Wow“, sagte Reuben grinsend. „Stark, Avery. Und ich darf den Zirkel bei mir aufnehmen. Welch ein Glück für mich.“

El kam mit Schüsseln voller Chips und Dips aus der Küche. „Wir müssen es auch Newton sagen.“

„Das kann jemand anders machen“, sagte Avery sofort. „Ich will nicht, dass mich heute zwei Leute anmeckern.“

Alex erhob sich. „Lust auf einen weiteren Ausflug, Reuben?“

„Wieso?“

„Wir müssen Stans Haus schützen und ihn und Becky sichern. Irgendetwas, das Suzanna davon abhält, einen von beiden als Opfer zu benutzen."

„Ein Trugbild?", schlug Reuben vor. „Sie für ein paar Tage verreisen lassen?"

„Genial!", Alex sah ihn bewundernd an. „Lass uns los."

„Kann ich mitkommen?", fragte Hunter. „Ich würde gerne ihre Fährte wieder aufnehmen."

„Sicher. Roadtrip! Je mehr, desto besser."

„Bleib hier, Piper", sagte Hunter. „Wir fahren nach Hause, sobald ich fertig bin."

Sie nickte und sah ihnen schweigend nach, wie sie voller Energie und Tatendrang zur Tür hinausgingen.

In die Stille, die ihr Aufbruch hinterließ, sagte El: „Er ist ziemlich herrisch, nicht wahr?"

Piper erwiderte ihren Blick. „Und ob. Er ist ein geborener Alpha, was seine Vor-, aber auch seine Nachteile hat." Sie stand auf und streckte die Beine. „Ich muss laufen. In Ordnung, wenn ich mich hier verwandle?"

„Nur zu. Ich gehe zurück zu den Zauberbüchern und koche dann etwas, genug für alle." El klopfte sich auf den nicht vorhandenen Bauch und griff nach den Chips. „Ich verhungere. Ich habe zum Mittagessen nur eine Kleinigkeit gegessen."

„Und ich werde jetzt meine Puppe machen", sagte Avery. „Naja, eigentlich die von Suzanna."

„Irgendwo oben gibt es ein Nähzimmer", sagte El und gestikulierte vage. „Dort gibt es reichlich Stoff, und die Kräuter sind auf dem Dachboden."

„Bis später dann", sagte Avery, schnappte sich ihr Grimoire, klaute ein paar Chips aus der Schüssel und ging zur Treppe.

Nachdem Avery eine Weile herumgesucht und sich dabei in Reubens riesigem Haus verlaufen hatte, fand sie schließlich etwas Stoff und wählte ein kleines, quadratisches Stück einfachen Baumwollstoffs. Sie hatte noch nie zuvor eine solche Puppe angefertigt und war nicht gerade erpicht darauf, es jetzt zu tun.

Eine solche Puppe war eine kleine Figur, die so gefertigt wurde, dass sie der Person ähnelte, die man mit einem Zauber belegen wollte. Man konnte sie aus Stoff, Lehm oder Wachs herstellen, doch Stoff erlaubte es ihr, sie mit Kräutern und dem blutbefleckten Tuch zu füllen, das sie sorgfältig in einer kleinen Holzkiste aufbewahrt hatte. Magie sollte nicht dazu dienen, die Handlungen von jemandem zu kontrollieren, aber in diesem Fall hatten sie keine andere Wahl. Damit sie wirksam war, brauchte man etwas von der Person, wie Haare, Fingernägel oder Blut – also sollte selbst der winzige Blutstropfen den Zauber wirken lassen. Es gab keine Möglichkeit, etwas anderes von ihr zu bekommen.

Avery schnitt zwei Stoffstücke in Form eines Lebkuchenmännchens aus, begann, sie zusammenzunähen, und fügte dann rudimentäre Augen, eine Nase und einen Mund hinzu. Sie fertigte Kleidung an, um sie anzuziehen und sie weiblich aussehen zu lassen, und benutzte Wolle, um langes Haar zu formen. Die Handgriffe wirkten beruhigend und nachdenklich, und sie konzentrierte sich auf Suzanna, stellte sie sich deutlich vor: ihren Körper, ihr Haar und ihr Gesicht.

Als die Puppe fast fertig war, brachte sie sie nach oben in Reubens Werkstatt auf dem Dachboden. Obwohl er jetzt allein hier lebte – abgesehen von Els Besuchen – bewahrte er den Großteil seiner magischen Ausrüstung immer noch dort auf. Sie zündete Kerzen und Räucherstäbchen an, und als sie die benötigten Kräuter gefunden hatte, mischte sie sie in einer Schale zusammen und zerstampfte sie leicht. Zufrieden stopfte sie die Puppe mit den Kräutern, legte das blutbefleckte Tuch in die Mitte und vollendete dann die Naht, indem sie die Enden vollständig verschloss.

Und nun? Sollte sie jetzt einen Zauber wirken, oder wäre das zu früh? Sollte sie versuchen, sie zu fesseln und ihre Magie zu schwächen, sie zu verletzen, sie stumm zu machen? Was auch immer sie wählte, es musste wirksam sein. Wenn sie es zu früh einsetzte und Suzanna in der Lage war, ihm zu widerstehen, wäre eine wertvolle Ressource verloren.

Avery schloss die Augen und hoffte auf eine Eingebung. War diese Frau wirklich Suzanna? Es schien verrückt.

Die Wärme von Reubens Dachboden umhüllte sie und schloss sie in seinen Raum ein, der über die Jahre so viel Magie erlebt hatte. Sie atmete den beruhigenden Weihrauch ein, entspannte ihre Schultern, das Kerzenlicht war kaum durch ihre geschlossenen Augenlider sichtbar. Sie konzentrierte sich nur auf ihren Atem und sandte dann ihre Wahrnehmung aus, um zu versuchen, Suzanna zu spüren. Sie war von ihrem Blut, wie Helena, aber sie hatte sich irgendwo auf dem Weg verirrt, besessen von Rache und Dunkelheit. Wie würde es sich anfühlen, allein durch die Jahre zu gehen, wenn alle geliebten Menschen fort waren? Hatte sie sie sterben sehen? Ihre Kinder und ihren Mann? Ihre Freunde? Ihre Enkel und deren Enkel? Sie hätte White Haven verlassen müssen, sonst wäre sie erkannt worden, ihre unnatürliche Lebensspanne entdeckt worden. Vielleicht kehrte sie von Zeit zu Zeit zurück?

Und Helena? Wusste sie, wer sie war? Was sie geplant hatte? Billigte sie es? Avery erinnerte sich an Helenas verschmitztes Lächeln. *Ja. Wahrscheinlich schon.*

Während sie ruhig dasaß und dem Knarren und Setzen der Balken um sie herum lauschte, wurde sie sich einer anderen Präsenz in der Nähe bewusst, etwas Dunklem und Raubtierhaftem. Sie versuchte, nicht in Panik zu geraten, und hielt die Augen geschlossen. Es war keine physische Präsenz, die sie spürte; es war etwas anderes.

Plötzlich erklang eine Stimme in ihrem Kopf. *Ich habe dich vorhin gespürt, in meinem Hain. Du bist zu spät.* Die Stimme war stark, ihrer selbst sicher. Es war die Hexe.

Suzanna. Bist du das?, fragte Avery, ihre Frage schweigend, nur in ihren Gedanken.

Es gab einen Moment des Zögerns. *So hat man mich schon seit vielen Jahren nicht mehr genannt.*

Ja! Sie war es. Avery unterdrückte verzweifelt ihren Jubel, hoffend, dass sie ihn nicht spüren konnte, und kontrollierte ihre Gedanken sorgfältig.

Wer bist du also jetzt?

In einem Namen liegt Macht. Das weißt du, tadelte sie sie.

Aber ich kenne deinen wahren Namen, das ist mächtig genug.

Ich werde ihn dir nicht verraten. Alles Wissen ist Macht.

Ja, das ist es, und wir haben auch Wissen. Wir wissen, was du tust.

Das bezweifle ich.

Sie war sich ihrer Sache so sicher, so selbstbewusst.

Würde es schaden, es auszusprechen? Wahrscheinlich nicht.

Du beschwörst die Wilde Jagd.

Es folgte weiteres Schweigen, und für eine Sekunde dachte Avery, sie sei verschwunden. *Gut gemacht. Du bist klüger, als ich dachte. Aber es spielt keine Rolle. Der Zauber ist zu weit fortgeschritten, als dass du ihn noch aufhalten könntest.*

Warum tust du das, Suzanna? Diese Leute hatten nichts mit Helenas Tod zu tun.

Ihre Stimme troff vor Verachtung. *Sie sind die Nachkommen derer, die es taten. Sie gehen und reden und tun so, als wäre nichts geschehen. Sie feiern die alten Wege, ohne sie wirklich zu verstehen. Sie feiern ihre Feste und machen ihre Freudenfeuer, aber sie wissen nichts.*

Sie versuchen es. Ist das nicht besser als nichts? Dies sind andere Zeiten.

Suzanna lachte bitter. *Sie sind nicht anders. Die Menschen verraten sich immer noch aus Angst, Wut und Gier. Vertrau mir. Sie würden dich auf der Stelle verraten.*

Hatte sie recht? Würden sie? Sie hatten es James erzählt. War das ein Fehler? Nein.

Dein hohes Alter hat dich verdorben, sagte Avery traurig. *Du hast nichts gelernt. Du siehst alles durch einen Schleier der Vergangenheit.*

Das würdest du auch, wenn du an meiner Stelle wärst. Ausgerechnet du! Du hast unsere Grimoires erst dieses Jahr gefunden! So viel Geheimniskrämerei und Lügen. So viel Verrat. Du hast gut daran getan, den Zauber zu brechen. Ich bewundere dich. Ihre Stimme wurde tiefer, leise und verführerisch. *Bist du sicher, dass du dich mir nicht anschließen willst?*

Ja. Es ist zwecklos zu fragen.

Dann ist es sinnlos, mit dir zu reden. Du kannst versuchen, mich aufzuhalten, aber du wirst scheitern. Unsere Magie wird mir helfen, und mein Zauber ist zu stark. Ich habe mich sehr lange darauf vorbereitet. Du solltest jetzt gehen, solange du noch die Chance dazu hast.

Ich gehe nicht!

Dann wirst du mit allen anderen sterben.

Und dann war sie verschwunden.

Avery öffnete die Augen, sah sich im Zimmer um und blickte dann auf die Puppe hinab. Sie hatte den Gedanken an ihre Herstellung aus ihrem Gedächtnis verbannt und hoffte, dass Suzanna es nicht hatte sehen können. Sie würde sie jetzt nicht benutzen. Sie war zu wertvoll. Sie würde sie aufheben und zuerst mit den anderen sprechen.

Leider hatte sie nichts davon gesehen, wo Suzanna lebte. Sie war eine Stimme in der Leere gewesen.

Als Avery ins Kaminzimmer zurückkehrte, war es leer. Sie konnte riechen, dass gekocht wurde; El war in der Küche.

Laute Musik von Audioslave dröhnte, und El sang, während sie Gemüse schnitt und das Essen vorbereitete. Ein Glas Wein stand auf der Arbeitsplatte. Sie blickte auf, als Avery hereinkam. „Du siehst aus, als hättest du einen Geist gesehen."

„Eher einen gehört. Nein, keinen Geist. Suzanna."

El legte das Messer hin und starrte sie mit offenem Mund an. „Du hast mit ihr gesprochen? Wie?"

Sie deutete auf ihren Kopf. „Eins von diesen komischen Kopfgesprächen."

„Wow. Und was ist passiert?"

„Sie hat mir im Grunde gesagt, dass ich mit dem Rest von White Haven sterben werde, weil ich mich ihrem verrückten Kreuzzug nicht anschließen will." Avery ging zum Weinregal und holte eine Flasche Rotwein hervor, die sie gestern dorthin gestellt hatte. „Den brauche ich."

„Die ganze Flasche?"

„Irgendwann schon", antwortete sie, während sie sich ein Glas einschenkte.

„Ist sie es, Suzanna?"

„Ja. Und sie beschwört die Wilde Jagd. Wir haben recht, aber dadurch fühle ich mich auch nicht besser. Und es macht es nicht einfacher, zu versuchen, sie aufzuhalten."

El rührte in dem Topf, in dem sie was auch immer kochte – irgendetwas Würziges. „Hast du die Puppe gemacht?"

„Ja. Aber ich weiß nicht, was ich damit machen soll oder wann. Ich will sie im günstigsten Moment einsetzen."

El nickte. „Macht Sinn. Diesmal haben wir es wirklich mit einem harten Brocken zu tun."

„Das hatten wir letztes Mal auch, aber am Ende waren wir erfolgreich. Hoffentlich helfen uns Genevieve und der Zirkel."

Es dauerte noch ein paar Stunden, bis Alex und die anderen zurückkamen, aber als sie es taten, sahen sie zufrieden aus.

„Erfolgreich gewesen?", fragte Avery.

„Ja", antwortete Alex, als er zum Kühlschrank ging, sich drei Bier schnappte und sie Hunter und Reuben reichte. „Wir haben Stan und Becky erfolgreich bezaubert, und sie verreisen für ein paar Tage."

„Und", fügte Reuben hinzu, „wir haben ihr Haus mit ein paar gut platzierten Runen geschützt."

„Das sind großartige Neuigkeiten", sagte El erleichtert. „Ich fühle mich besser, wenn ich weiß, dass sie außer Gefahr sind. Wird Suzanna sie finden können?"

„Selbst wenn, haben wir Stan so stark bezaubert, dass er ihren Reizen widerstehen kann. Es sei denn, sie beschließt natürlich, sie einfach zu schnappen und gegen ihren Willen zu zwingen, was sehr gut möglich ist", warf Alex ein.

Avery runzelte die Stirn. „Das ist großartig, und ich werde ruhiger schlafen, wenn ich weiß, dass sie weg sind, aber ich kann nicht umhin zu denken, dass sie einfach jemand anderen benutzen wird. Hast du ihre Witterung wieder aufgenommen, Hunter?"

„Ja, sie ist schwach, aber da. Aber sobald sie ins Auto steigt, verschwindet sie natürlich und ich kann sie nicht aufspüren." Er sah frustriert aus, und die wilde Kraft des Wolfes umgab ihn immer noch; seine Augen hatten einen seltsamen gelben Schimmer. „Wo ist meine Schwester?"

El deutete in den Garten. „Irgendwo da draußen."

„Ich gehe sie suchen, und dann machen wir uns auf den Weg." Er hielt einen Moment inne. „Ich würde euch trotzdem gerne helfen, also kommen wir für Samhain zum Hain. Ich rufe Ollie, Evan und Tommy an, damit sie auch kommen."

„Ich glaube nicht, dass das eine gute Idee ist – ihr könntet leicht verletzt werden. Das könnten wir alle, und ihr habt keine Magie, die euch schützt", sagte Avery stirnrunzelnd. „Ihr seid uns auch nichts schuldig."

Er grinste sie frech an. „Aber ich bin ein Wolf und ich jage. Welche bessere Hilfe kann man bekommen, wenn die Wilde Jagd in die Stadt kommt?"

El stimmte Avery zu. „Du bist verletzt! Und du bist bereits in Gefahr. Wir sollten deinen Wohnort auch schützen."

„Schon erledigt", sagte Reuben, setzte sich und gesellte sich zu ihnen an den Tisch. „Wir waren heute schnell, effizient und effektiv!"

El zog eine Augenbraue hoch. „Na dann, Hut ab!"

Hunter ging zur Tür, die in den Garten führte. „Bis später, Leute. Und haltet mich auf dem Laufenden!"

Vierundzwanzig

Es war Montagnachmittag, als Genevieve in den Buchladen Happenstance Books marschierte. Sie sah sich gebieterisch um, und als sie Avery erblickte, bahnte sie sich einen Weg durch die Kunden, um zu ihr zu gelangen.

Genevieve senkte ihre Stimme, als sie näher kam. „Das ist ja ein schönes Schlamassel da oben!"

Avery versuchte zu lächeln, aber es gelang ihr nicht. „Wie schön, Sie auch zu sehen."

Genevieve hatte keine Zeit für Nettigkeiten. „Sie hätten mir das früher sagen sollen."

„Ich hatte keine Ahnung, wie schlimm es werden würde oder was da vor sich ging!"

Die Kunden begannen zu starren, und Avery ging in den hinteren Raum, Genevieve dicht auf den Fersen. Sie schlug die Tür hinter sich zu.

„Die Magie in diesem Hain ist sehr gefährlich!"

Avery funkelte sie an. „Ich weiß! Warum glauben Sie, habe ich angerufen? Werden Sie uns helfen?"

„Das werde ich wohl müssen. Wir werden alle brauchen, um sie einzudämmen, und ich glaube trotzdem, dass wir uns schwertun werden."

Avery sank erleichtert in einen Stuhl. „Danke. Das weiß ich wirklich zu schätzen. Möchten Sie etwas trinken? Tee, Kaffee?" Als sie Genevieves unbeeindrucktes Gesicht sah, fügte sie hinzu: „Whiskey?"

„Nein. Ich muss zurück und anfangen, die Dinge für Samhain zu organisieren. Ich werde mir überlegen, wie wir das angehen, aber im Grunde werde ich als Hohepriesterin jeden Zauber leiten, den wir ausführen. Ich werde all eure Energien kanalisieren."

„Das ist mir recht, was auch immer Sie von uns brauchen. Wollen wir unsere Samhain-Feierlichkeiten vorher bei Reuben abhalten?"

Genevieve schüttelte den Kopf. „Nein. Wir treffen uns bei Reuben, um unsere Pläne zu besprechen, und dann gehen wir direkt zum Hain. Das wird eine höllische Art zu feiern." Sie hielt inne und sah nachdenklich aus. „Wir haben seit vielen Jahren keinen so großen Zauber als Zirkel mehr durchgeführt. Jedenfalls nicht zu meinen Lebzeiten."

„Wirklich?"

Sie setzte sich auf den Stuhl gegenüber von Avery, all ihre Prahlerei war verflogen. „Es wird einigen der Hexen Angst machen, den unerfahreneren. Sie werden unsere Unterstützung brauchen. Unsere Stärke und unsere Fähigkeit, als Einheit zu handeln, sind von größter Bedeutung."

„Wie viele gehören zum ganzen Zirkel?"

Sie ging die Zahlen im Kopf durch. „Siebenunddreißig, glaube ich."

„Doch eine ganze Menge."

„Ja, eine Menge Energie, die man anzapfen kann, aber auch eine Menge, die man kontrollieren muss. Und wenn eine Person wankt ..." Ihr Satz verlor sich, doch die Andeutung war unmissverständlich.

Etwas fiel Avery auf. „Bedeutet das, dass Sie noch nie all unsere Energien kanalisiert haben?"

„Nicht ganz so viele, und schon gar nicht für ein Ereignis wie dieses." Wenn sie besorgt war, ließ sie es sich nicht anmerken.

„Ich frage nur ungern, aber sind Sie sicher, dass Sie all unsere Macht kontrollieren können?"

„Ich wurde nicht ohne Grund zur Hohepriesterin des cornischen Zirkels gewählt. Ich bin eine der wenigen, die mit all dieser Energie umgehen könnten, also ja, ich kann das schaffen. Aber es wird mich danach auslaugen, wahrscheinlich tagelang. Aber das ist in Ordnung, es muss getan werden."

„Und wer sonst hat diese Macht? Ich bin nur neugierig", erklärte Avery.

„Rasmus, Jasper, Claudia und Caspian. Wahrscheinlich Eve. Und mit der Zeit vielleicht auch Sie."

Avery hätte nicht schockierter sein können, als hätte sie ihr eine Ohrfeige verpasst. „Ich?"

„Überrascht?"

„Natürlich! Ich bin nicht stark genug, um die Macht so vieler Hexen zu kontrollieren."

Genevieve beobachtete sie nachdenklich. „Ich habe nicht gesagt, jetzt, aber Sie üben bereits Macht gut aus, und Ihre Konzentration ist gut. Und was wichtig ist, Ihr Herz ist positiv. Also ja, ich glaube, eines Tages könnten Sie das. Der Weg, den Sie beschreiten, ist lang, und das Wissen, das wir sammeln, ist unendlich. Solange Sie für diese Reise offen sind, werden Sie immer in einer Position der Macht sein, Avery. Ich melde mich."

Sie lächelte und ging, die Tür schloss sie leise hinter sich.

Es war fast fünf, als Caspian hereinkam. Er blickte sich um und ging dann zum Tresen. Avery saß allein dahinter und zählte die Minuten bis zum Ladenschluss. Der Laden war gut besucht gewesen, und sie konnte es kaum erwarten, nach Hause zu gehen. Na ja, zu Reuben.

„Ich hätte nicht gedacht, dass du hier noch mehr Halloweendekoration unterbringen könntest, und doch hast du es geschafft", grinste er.

„Es ist festlich. Ich mag es. Bist du nur zum Kritisieren hergekommen?"

„Nein. Ich habe von Gen gehört", sagte er.

Avery sah schockiert aus. „Ich habe noch nie jemanden sie so nennen hören."

„Ich bin nicht sicher, ob sie es selbst schon mal gehört hat", sagte er und zwinkerte. „Wie auch immer, sie hat mir von dem Hain erzählt und von der Notwendigkeit eines gemeinsamen Zaubers. Meine ganze Familie wird anwesend sein."

„Wirklich?" Sie wand sich unbehaglich, da es ihr nicht gefiel, so vielen Leuten Dank zu schulden, besonders den Favershams.

„Sie haben keine Wahl. Gen befiehlt es, und ich unterstütze es. Außerdem wissen wir alle um die Gefahr der Wilden Jagd."

„Es klingt verrückt", gestand Avery.

„Das wird es auch sein. Jeder wird betroffen sein, jeder in Gefahr. Und außerdem ist es nicht deine Schuld."

„Nun, eigentlich schon. Unsere rapide schwindende Magiewolke über White Haven hat Suzanna die Macht gegeben, das zu tun. Also ist es meine Schuld."

„Du bist nicht für die Wünsche einer Verrückten verantwortlich. Wie auch immer, das war alles, was ich sagen wollte. Wir sehen uns am Donnerstag."

„Bevor du gehst, habe ich eine Frage. Ich habe vergessen, Gen vorhin zu fragen."

„Sicher, schieß los."

„Ich habe eine Puppe mit ihrem Blut darin gemacht. Wann ist die beste Zeit, sie zu benutzen?"

Er sah beeindruckt aus. „Du hast ihr Blut?"

„Von unserem Kampf."

Er nickte. „Wahrscheinlich in der Nacht selbst, aber frag Gen. Als Hohepriesterin kontrolliert sie jetzt das Wie und Wann."

„In Ordnung, danke, ich werde sie fragen."

Er lächelte und ging, und Avery war sich nicht sicher, was beunruhigender war. Der Caspian, den sie hasste, oder der Caspian, den sie allmählich zu mögen begann. Wie seltsam war *das* denn?

Bevor Avery zu Reuben zurückkehrte, hatte sie noch einen Besuch geplant. Sie wollte James besuchen.

Seine Frau, Elise, öffnete ihr die Tür und kniff die Augen zusammen. „Sie sind wieder da."

„Könnte ich vielleicht mit James sprechen?"

„Er ist in der Kirche." Sie schlug ihr die Tür mit einem *Knall* vor der Nase zu, der den Rahmen erzittern ließ.

Avery wurde klar, dass James ihr erzählt hatte, was sie war, und dass ihr das ganz und gar nicht gefiel. Sie zuckte mit den Schultern und ging den Pfad zur Seitentür der Kirche hinauf, während sie darüber nachdachte, dass sie es nicht jedem recht machen konnte. Sie hoffte nur, dass James' Frau genauso diskret sein würde wie James.

Der Gang hinter der Tür war etwas wärmer als die kühle Luft draußen, aber nicht viel. Sie fröstelte und rief: „James?"

Stille. Sie ging zum Kirchenschiff, wobei ihr gedämpftes Licht aus dieser Richtung auffiel, und sah James betend vor dem Altar knien. Da sie sich schuldig fühlte, ihn zu stören, wandte sie sich ab und beschloss, ein andermal mit ihm zu sprechen, aber er hob den Kopf. „Schon gut, Avery. Komm nur herein."

Er sah gezeichnet aus, mit dunklen Schatten unter den Augen.

„Entschuldige, ich wollte dich nicht stören."

Er stand auf. „Ich bin fertig. Womit kann ich dir helfen?" Seine Stimme war kühl und übertrieben höflich.

„Ich wollte nur sehen, wie es dir geht."

„Wie du siehst, geht es mir gut."

Nein, es ging ihm alles andere als gut. Sie fühlte sich furchtbar unbehaglich. „Gut. Warst du in den letzten Tagen in Old Haven?"

Sein Gesichtsausdruck war hart. „Ich war gestern dort. Es ist ein Gräuel. Ich habe dort das Böse gespürt, das wahrhaft Böse."

„Ja, das spüren wir auch. Aber am Freitag wird alles vorbei sein. Du musst dich an Halloween von dem Ort fernhalten. Weit fernhalten."

Er trat auf sie zu und forderte sie heraus. „Warum? Hast du herausgefunden, was dort vor sich geht?"

Avery wollte es ihm sagen, fürchtete aber, es wäre zu viel für ihn. „Das haben wir, und wir können es aufhalten." Oder es zumindest versuchen. „Es wird ein sehr gefährlicher Ort sein, also musst du mir versprechen, dass du dich fernhältst."

„Es ist meine Kirche. Ich sollte dort sein."

Avery lief es eiskalt den Rücken hinunter. „Nein. Das solltest du nicht. Was du dort sehen würdest, wird dir nicht gefallen."

„Warum? Habt ihr vor, den Ort noch weiter zu schänden?"

„Natürlich nicht!", sagte sie und zuckte bei seinem Vorwurf zusammen. „Wir wollen ihn von der Magie befreien, die ihn jetzt in Besitz genommen hat. Wirst du dich fernhalten?"

„Ich glaube, ich muss mehr über dich und die Magie und die seltsamen Vorkommnisse in White Haven verstehen, nicht weniger."

„Aber nicht, indem du dorthin gehst", beharrte Avery.

„Was verbirgst du?" Er beobachtete sie einen Moment lang, während sie ihre Miene zu einem neutralen Ausdruck zwang. „Du hast gesagt, Magie sei gut. Das war eine Lüge."

„Wie alles kann sie missbraucht werden. Die Person, die hinter all dem steckt, trägt schon lange Rachegefühle in sich. Misstrauen und Hass auf andere, die sie nicht verstehen und die ihre Familie verraten haben, haben dazu geführt. Führe das nicht fort."

„Wie kann ich etwas anderes tun, wenn du mir weiterhin Dinge verheimlichst?"

Er hatte recht, und in ihr tobte ein Kampf darüber, wie viel sie ihm erzählen sollte. Bisher spielte sein Wissen darüber, was sie waren und was sie taten, nicht wirklich zu ihren Gunsten. „Sobald das hier vorbei ist, werde ich mehr mit dir teilen. Aber bis dahin hör bitte auf mich. Halte dich von Old Haven fern."

Er schüttelte den Kopf. „Ich kann nichts versprechen. Du solltest jetzt gehen, Avery. Wir sehen uns bald."

Sie warf ihm einen langen Blick zu, dann drehte sie sich um und ging. *Vielleicht sollten sie ihn am Donnerstag auch bezaubern.*

Fünfundzwanzig

Der Abend vor Allerheiligen kam allzu schnell. Der Himmel war von einem brüchigen Blau und ein kalter Wind fegte durch die Straßen, kroch in die Mäntel, schlug einem ins Gesicht und biss in Finger und Nasen.

Avery schaute aus dem Fenster und zitterte, trotz der Wärme des Ladens und ihrer fröhlichen Umgebung. Dies sollte ein Tag voller harmlosem Spaß, „Süßes oder Saures" und Gruselgeschichten sein, an dem man sich keine Sorgen um den Kampf machen sollte, der ihnen in dieser Nacht bevorstand.

Sally stupste sie an. „Du bist meilenweit weg. Kopf hoch."

Avery hatte ihr nicht viel über die Bedrohung erzählt, der sie gegenüberstanden. Sie hatte Sally oder Dan keine Angst machen wollen. Sie hatte erwogen, sie zu bezaubern und zu versuchen, sie zum Gehen zu bewegen, sich aber dagegen entschieden. Es war nicht fair, jemanden gegen seinen Willen zu etwas zu zwingen. Stan zu bezaubern war ein letzter Ausweg gewesen, weil sie wussten, dass er direkt verwickelt war. Sally und Dan waren es nicht.

Sie lächelte. „Entschuldige. Ich denke nur an heute Abend."

„Ah. Das Treffen des Zirkels und der Hain. Ich weiß, dass du mir etwas verheimlichst, Avery."

„Nicht wirklich. Ich freue mich darauf, den ganzen Zirkel kennenzulernen. Es ist längst überfällig.“

Und das stimmte. Darüber log sie nicht.

„Na ja, wenigstens trägst du heute dein Kostüm. Danke schön.“

„Natürlich tue ich das! Es ist Halloween.“

Sally grinste. „Ich mache heiße Schokolade. Willst du eine?“

„Ja. Klingt fantastisch.“ Sie ging zurück zur Kasse, während Sally ins Hinterzimmer ging. Dan war irgendwo im Laden und bereitete wahrscheinlich die Geschichtenstunde für später vor. Es würde zwei geben. Eine am Nachmittag und eine um sechs, da heute langes Abendshopping war. Aber nicht für sie. Um sechs würde sie bei Reuben sein und auf die Ankunft der Zirkel warten.

Ihr Telefon klingelte – Alex. „Hey, wie geht es dir?“

„Ich habe schlechte Nachrichten.“

Ihr Herz setzte einen Schlag aus. „Was?“ Als sie heute Morgen zusammen das Haus verlassen hatten, war alles in Ordnung gewesen.

„Ich kann Newton nicht erreichen. Er geht nicht an sein Telefon und hat sich bei der Arbeit krankgemeldet.“

Erleichterung durchströmte sie. „Da hast du es ja. Er liegt wahrscheinlich im Bett und schläft.“

„Du kennst Newton. Er ist zuverlässig, ein Arbeitstier. Seine Kollegen machen sich Sorgen, das konnte ich heraushören – obwohl sie mir nichts gesagt haben. Ich wollte dich nur wissen lassen, dass ich jetzt zu ihm fahre, um nach ihm zu sehen.“

„Du solltest nicht allein gehen“, sagte sie, sofort besorgt. „Ich komme mit.“ Sie blickte an ihrem Hexenkostüm hinab und stöhnte. Sie würde sich umziehen müssen.

„Nein. Bleib da. Ich gehe mit Hunter. Ich will wissen, ob sie dort war. Und wenn er mürrisch die Tür öffnet, dann weiß ich wenigstens, dass es ihm gut geht."

Averys Mund wurde plötzlich trocken. „Das ist nicht dein Ernst. Du glaubst, Suzanna hat etwas damit zu tun?"

Alex' Stimme war düster. „Den ganzen Morgen schon beschleicht mich dieses Grauen. Mein Nacken kribbelt und aus meinen Augenwinkeln nehme ich etwas wahr. Das war es, was mich überhaupt erst dazu veranlasst hat, ihn anzurufen."

„Oh, nein." Sie sank an der Wand zusammen und dachte nach. „Haben wir sein Haus oder ihn geschützt?"

„Nein – jedenfalls nicht in letzter Zeit."

„Verdammt. Hoffen wir, dass er krank ist … so schrecklich das auch ist."

Er seufzte. „Das hoffe ich auch, aber ich glaube nicht daran. Ich sage dir Bescheid, okay?"

„Okay. Pass auf dich auf, Alex." Es hatte ihr auf der Zunge gelegen, zu sagen: „Ich liebe dich", aber sie konnte es nicht. Seit dieser Autofahrt hatte sie vorgehabt, dieses Gespräch mit ihm zu beginnen, doch sie hatte sich gedrückt, aus Angst, sie hätte es falsch verstanden und er würde sie ansehen, als sei sie verrückt. Er hatte auch kein Wort darüber verloren. Stattdessen wiederholte sie: „Ich meine es ernst. Mach nichts Dummes. Ich mache mir schon jetzt Sorgen."

Sie hörte das Lächeln in seiner Stimme. „Mir wird nichts passieren. Sei du selbst auch vorsichtig." Und dann legte er auf.

Sie spürte, wie sich ihre nervöse Energie aufbaute und die Luft begann zu wirbeln und ihr Haar zu necken. Sie bemerkte den verdutzten Blick eines Kunden und unterdrückte es schnell, indem sie tief und beruhigend atmete. Die eine Hälfte von ihr wollte den Tag hinter sich bringen, damit sie die Nacht überstehen konnten, und die andere Hälfte wünschte, der Tag würde ewig dauern.

Sally kam herüber und balancierte unsicher drei Tassen. Sie reichte Avery eine. „Was ist noch passiert?"

„Newton ist verschwunden."

„Dieser nette Polizist?"

„Ja. Mist! Wir hätten ihn schützen sollen. Natürlich würde sie ihn ins Visier nehmen!"

„Immer mit der Ruhe!", ermahnte sie Sally. „Erklär es mir."

„Das kann ich nicht. Ich muss mit Helena sprechen."

Avery ging nach oben in ihre Wohnung und ließ ihr Getränk stehen. Drinnen rief sie: „Helena! Wo bist du?"

Stille.

Sie vermisste ihre Wohnung. Reubens Anwesen war großartig, und sie hatte es wirklich genossen, mehr Zeit mit den anderen zu verbringen, besonders mit Alex. Aber es war nicht ihr Zuhause. Morgen, wenn alles gut ging, würde sie wieder hier sein.

„Helena!"

Immer noch Stille.

Sie marschierte hinauf auf den Dachboden, wo Helena am ehesten erscheinen würde, und sandte ihre Magie und eine Beschwörung aus. „Helena. Ich befehle dir, sofort zu mir zu kommen! Ich meine es ernst!"

Mit einem leisen Lufthauch manifestierte sich Helena, eine Herausforderung in ihren Augen.

Avery funkelte sie an. „Du weißt, wer hinter all dem steckt, nicht wahr?"

Helenas Blick war kühl und berechnend. Sie war schockierend greifbar. War das Suzannas Werk, oder das von Samhain, oder beides?

„Helena, ich weiß, dass das, was dir passiert ist, schrecklich war, aber das ist lange her, und die Menschen, die jetzt in White Haven leben, sind nicht dafür verantwortlich. Du musst Suzanna aufhalten. Du bist die Einzige, auf die sie hören wird."

Helenas Blick verriet nichts.

„Einer meiner Freunde, ein sehr guter Freund, ist in Gefahr. Wenn du ihr hilfst und er stirbt, werde ich alles daransetzen, dich für immer zu verbannen!" Sie trat näher, sodass sie fast Nase an Nase standen. „Ich werde es tun. Diese Freiheit, dich zwischen den Ebenen zu bewegen, wird verschwinden. Du wirst für immer weggesperrt sein."

Helena beugte sich vor, ihr Mund streifte Averys Ohr, und sie flüsterte: „Vertrau mir."

Avery stolperte schockiert zurück, doch Helena war bereits verschwunden. Sie hielt sich die Hand ans Ohr und spürte noch immer Helenas eiskalte Berührung.

Sie ging zu ihrem Tisch, bereit, sofort mit einem Verbannungszauber zu beginnen, doch dann zögerte sie. Newton. Der Hain. Die Wilde Jagd. Es gab so viele Ungewissheiten und Helenas Rolle dabei war unklar. Wenn sie sie jetzt verbannen würde, würde das ihnen nützen oder schaden?

Verdammt! Sie musste warten.

Avery wollte gerade Alex anrufen, als er sich endlich bei ihr meldete. „Habt ihr ihn gefunden?"

„Nein. Bei ihm sieht es furchtbar aus. Es gab einen Kampf, also hat er sich nicht kampflos ergeben, aber ihr Geruch ist überall, genauso wie der starke Gestank von Magie."

Avery spürte, wie ihr die Tränen in die Augen stiegen, und ging in eine ruhige Ecke des Ladens, mit dem Gesicht zur Wand. „Wir müssen ihn finden. Wenn er stirbt, werde ich mir das nie verzeihen. Wir hätten ihn beschützen sollen. Er hätte bei uns bei Reuben sein sollen."

„Wir werden ihn nicht finden, du weißt, dass wir das nicht werden. Hunter hat den ganzen Ort abgesucht und außerhalb seines Hauses gibt es keine einzige Spur."

„Es muss doch irgendetwas geben, was wir tun können."

„Wir können bis heute Nacht nichts tun. Sie wird ihn am Leben lassen. Er wird ihr Opfer sein."

„Wenn sie ihn tötet, werde ich sie töten."

Alex' Stimme war düster. „Wir werden einen Weg finden. Pass auf dich auf."

Sobald er aufgelegt hatte, rief Avery Ben an. „Ich hoffe, du planst, dich heute Nacht von Old Haven fernzuhalten."

„Eigentlich wollten wir kommen. Es ist Samhain, Avery, und das größte Ereignis in Cornwall wird in Old Haven stattfinden. Natürlich wollen wir dabei sein."

„Nein. Das ist mein Ernst. Bleibt weg. Ihr alle. Ich werde Gabe sagen, dass er euch fernhalten soll, und du weißt, dass er das tun wird."

Avery hörte die Resignation in Bens Stimme. „Aus der Ferne also?"

„So wie vom Mond aus?"

„Witzig, Avery. Also gut, wir werden Old Haven meiden, aber wir werden in der Stadt sein. Unser Spukometer hat in den letzten paar Tagen einige erhöhte Messwerte angezeigt. Wenn wir nicht in Old Haven sein können, ist die Stadt der nächstbeste Ort."

„Dein Spukometer? Was für erhöhte Messwerte?"

„Mein EMF-Messgerät, natürlich. Die Messwerte in der Stadt steigen an.“

Sie war ungläubig. „Du bist mit dem Ding durch die Stadt gefuchtelt?“

„Diskret, ja.“

Sie seufzte schwer. „Bitte versuch, die Einheimischen nicht zu verärgern.“

„Vertrau mir. Bei uns steht Diskretion an erster Stelle.“ Er hielt inne. „Du klingst gestresst. So habe ich dich noch nie gehört.“

„Wir hatten es auch noch nie mit so viel Wahnsinn zu tun. Ich rufe dich morgen an.“

Hoffentlich.

Die Hexen von White Haven waren in Reubens Haus und schritten um halb sechs in nervöser Erwartung im großen vorderen Wohnzimmer auf und ab. Sie waren alle schwarz gekleidet, ganz ähnlich wie bei ihrem Einbruch ins Hexenmuseum vor ein paar Monaten.

Briar war weitaus aufgebrachter, als Avery erwartet hatte. Sie stand stocksteif da und starrte sie an. „Was meinst du damit? Sie hat Newton entführt?“

Alex nickte und beobachtete sie aufmerksam. „Ich fürchte ja. Wir hätten ihn beschützen sollen. Ich habe den ganzen Tag darüber nachgedacht.“

Briars Hände zitterten. „Ja, das hätten wir tun sollen. Aber das ist allein unsere Schuld. Ich war in letzter Zeit so wütend auf ihn, dass ich ...“ Sie brach ab. „Ich hätte es hinter mir lassen sollen.“

„Nun, heute Nacht", beruhigte Alex sie, „hat er für uns oberste Priorität."

Sie wurden durch die Ankunft von Genevieve unterbrochen, und Reuben eskortierte sie in den Raum. Sie wirkte ruhig und gebieterisch, weitaus ruhiger als jeder von ihnen. Sie warf einen Blick auf sie und sagte: „Was noch?"

Sie setzten sie über Newtons Verschwinden in Kenntnis, und sie fluchte vernehmlich. „Es spielt keine Rolle. Ich wusste, dass sie jemanden haben würde. Es tut mir nur leid, dass es ihn getroffen hat. Ich habe bereits entschieden, dass wir zwei Teams brauchen. Ein inneres Team und die Hexen, die den äußeren Hauptkreis bilden werden."

„Was meinen Sie damit?", fragte El. „Warum zwei Teams?"

„Der Großteil des Zirkels wird mich unterstützen. Wir werden einen Kreis um den gesamten Hain bilden. Ich habe entschieden, dass die einfachste Option die beste ist. Unsere Absicht heute Nacht, und die, auf die wir uns gemeinsam konzentrieren werden, ist es, die Wilde Jagd daran zu hindern, aus dem Hain auszubrechen und zu wüten. Der Zauber wird allein dafür sein. Eindämmung und sie dann dorthin zurückschicken, wo sie herkamen."

Avery war entsetzt. „Sie gehen also davon aus, dass sie in unsere Realität durchbrechen werden?"

Genevieve nickte. „Ja, es sei denn, wir können Suzanna aufhalten. Aber zu diesem Zeitpunkt ist sie viel zu gut vorbereitet und clever, als dass das passieren würde. Ich verfolge den groß angelegten Ansatz."

„Aber was ist mit ihrem letzten Blutopfer?", fragte Briar und baute sich vor ihr auf. „Wollen Sie damit sagen, wir lassen sie Newton einfach töten? Das werde ich nicht tun!" Ihre Stimme erhob sich vor Wut.

„Natürlich nicht!", fuhr Genevieve sie an. „Das zweite, kleinere Team wird im Hain sein. Ihr werdet ihn retten müssen, aber wie ich bereits sagte, erwarte ich nicht, dass seine Rettung den Zauber aufhalten wird. Sie wird ihr eigenes Blut vergießen oder jedes andere, wenn es sein muss. Es könnte gut sein, dass um Mitternacht die Magie so groß ist, dass die Wilde Jagd von allein durchbrechen kann. Sobald ihr ihn habt, müsst ihr zu uns zurückkehren, an den Rand. Aber es wird nicht einfach sein."

Reuben nickte. „Wir sind das zweite Team, richtig?"

„Richtig. Schafft ihr das?"

„Natürlich können wir das", sagte El und ballte und streckte erwartungsvoll die Hände. „Wenn die Grenzen zwischen den Welten fallen, wie lange wird es dauern, bis die Wilde Jagd eintrifft?"

Genevieve zuckte mit den Schultern. „Eine Sekunde? Eine Minute? Eine Stunde? Ich habe keine Ahnung. Niemand zu unseren Lebzeiten hat jemals so etwas gesehen! Aber wenn sie schnell durchbrechen, seid ihr schon da drin, wenn sie ankommen. Ihr könntet alle getötet werden, das muss euch klar sein."

Sie schwiegen und sahen sich an. Avery schob ihre Hand in die von Alex und drückte sie sanft. Er erwiderte den Händedruck und sagte: „Wir wissen es. Wir sind bereit, dieses Risiko einzugehen."

„Und wo ist die Puppe, Avery?"

Avery hatte ihr davon erzählt, nachdem sie mit Caspian gesprochen hatte, und sie zog sie aus ihrer Hosentasche und gab sie ihr. „Wie planen Sie, sie einzusetzen?"

„Ich habe ein paar Optionen, also werde ich sehen, was die Situation erfordert." Sie steckte sie in ihre Tasche.

Briar war immer noch verärgert. „Warum benutzen wir sie nicht jetzt? Ihr die Zunge binden, sie lähmen – sie sogar töten. Dann kann sie Newton nicht töten oder den Zauber vollenden."

Genevieve erwiderte Briars Blick. „Weißt du, wo sie wohnt oder wo Newton ist?"

Briar stockte. „Nein."

„Wenn ich sie jetzt verstümmele, könnte sie Newton aus reiner Bosheit auf der Stelle töten. Oder sie wird so handlungsunfähig sein, dass wir Newton, falls er durch einen Zauber gefangen oder irgendwo unzugänglich eingesperrt ist, vielleicht nie finden werden, und er wird trotzdem sterben. Ist es das, was du willst?"

Briar ließ die Schultern sinken. „Nein."

Genevieve tätschelte sanft ihren Arm. „Und genau deshalb kann ich die Puppe jetzt nicht benutzen. Ich persönlich finde sie zu ungenau und ihre Anwendung zu willkürlich. Ich sehe die Auswirkungen meiner Magie lieber aus erster Hand. Kann mir jetzt jemand das Badezimmer zeigen? Ich muss meine zeremoniellen Roben anziehen. Ich trage sie immer, wenn ich den Zirkel bei einer solchen Magie anführe."

„Klar, folge mir", sagte Reuben und führte sie aus dem Raum.

Avery sah die anderen an. „Das wird eine viel größere Nummer als der Kampf gegen die Meerjungfrauen. Vielleicht sollten nur ein paar von uns reingehen, um Newton zu holen. Ich gehe. Wer noch?"

„Auf keinen Fall", sagte Alex bestimmt und stemmte die Hände in die Hüften. „Wir gehen alle zusammen. Wir sind jetzt ein Zirkel, und wir arbeiten zusammen besser. Komm mir jetzt nicht mit so einer Hauruck-Aktion, Ave!"

„Schon gut." Sie lächelte schwach. „Ich fühle mich tatsächlich stärker mit euch allen."

Draußen hielten die ersten Autos an, und sie sah die vertrauten Gestalten von Eve und Nate aus dem ersten aussteigen. „Großartig. Die Verstärkung ist da. Ich geh und hole sie."

In den nächsten Stunden trafen Hexen aus ganz Cornwall ein, und wann immer ein Zirkel erschien, brachten sie sich gegenseitig über die Ereignisse der letzten Wochen und die Pläne für die Nacht auf den neuesten Stand. Es gab junge und alte Hexen in den Zirkeln, und Avery verstand, was Genevieve gemeint hatte, als sie sagte, einige von ihnen seien nervös. Sie wollten unbedingt helfen, aber Avery spürte ihre Unerfahrenheit.

Einige der Hexen trugen zeremonielle Roben – langärmelige Gewänder oder Umhänge. Andere trugen ihre normale Kleidung, eingewickelt in dicke Mäntel mit festen Stiefeln und Hüten. Claudia trug ein weites Gewand und einen Umhang und sah königlich und respekteinflößend aus; ihre Magie schien sich dem Anlass anzupassen. Eve und Nate trugen ihre übliche Kleidung, und die Gruppe aus White Haven nahm sich Zeit, um sich privat mit ihnen zu unterhalten und sie über die Einzelheiten zu informieren.

Jasper begrüßte sie herzlich, einen langen, dicken Umhang über Jeans und Stiefeln, und Avery freute sich, ihn Alex, El und Briar vorzustellen. „Ihr bringt unser ruhiges Dasein ganz schön durcheinander", sagte er lächelnd.

„Tut mir leid", sagte Avery. „Das war wirklich nicht unsere Absicht."

Er beruhigte sie. „So gewaltig und vielleicht tödlich die heutige Nacht auch sein wird, es ist gut für uns, zusammen zu praktizieren. Abgesehen von feierlichen Riten haben wir so etwas seit Jahren nicht mehr gemacht."

Oswald und Ulysses kamen zusammen an, wobei Ulysses alle überragte. Er trug Kampfausrüstung und einen dicken Mantel, aber Oswald trug, wie Jasper, einen dicken Umhang über normaler Kleidung. Die Letzten, die ankamen, waren Caspian und seine Familie, die in zwei Autos vorfuhren. Caspian war der Einzige, der sie begrüßte; die anderen ignorierten ihre Anwesenheit, aber wie sie trugen sie ihre normale Kleidung.

Genevieve war unzweifelhaft die Hohepriesterin. Sie sah umwerfend aus. Ihr Haar war kunstvoll auf dem Kopf hochgesteckt, und sie trug ein langes, dunkelgrünes Kleid mit engem Mieder und fließendem Rock und darüber einen langen schwarzen Umhang. Alle Blicke richteten sich wie von selbst auf sie, und sie ging im Raum umher und führte mit jedem private Gespräche.

Reuben hatte Platten mit Essen organisiert, die früher am Nachmittag geliefert worden waren, und Avery und El halfen, sie hereinzubringen. Sie alle mussten etwas essen, aber schweres Essen war vor einer Magie dieses Ausmaßes nicht ratsam. Einige der Hexen lehnten das Essen gänzlich ab und zogen einen leeren Magen und die Reinigung vor.

Schließlich sprach Genevieve zu ihnen allen, und der Raum wurde still, die Spannung war mit den Händen zu greifen. „Die heutige Nacht wird eine Prüfung unserer Stärke sein. Wir werden etwas sehen, das Menschen seit Hunderten von Jahren nicht mehr gesehen haben. Einige von euch zweifeln vielleicht daran, dass dies geschehen wird. Ich nicht. Die Wilde Jagd wird kommen. Ich habe den Hain bei Old Haven gesehen und die Blutmagie dort gespürt. Es ist ein alter Ort der Anbetung, der auf einer Kreuzung von Ley-Linien liegt – ein Tor zum Anderen, das seit Jahrhunderten nicht mehr benutzt wurde. Die Eibe in seinem Herzen bewacht dieses Tor, und die Macht baut sich auf. Die Grenzen zwischen den Welten werden heute Nacht zerbrechen. Die Wilde Jagd ist grausam und blutrünstig, und ich glaube, dass

Suzanna Grayling die Vettel gechannelt hat, um diesen Zauber so wirksam zu machen. Was den Anführer der Jagd angeht –" Sie zuckte mit den Schultern. „Wir werden sehen. Die Mythen deuten auf viele Anführer hin. Aber wenn sie aus dem Hain ausbrechen, werden viele Seelen verloren sein."

Ein junger männlicher Hexer, der Jasper begleitete, warf ein: „Verloren im Sinne von tot?"

„Verloren im Sinne von entweder tot oder entführt, ohne eine Wahl zu haben in die Länder jenseits der unseren verschleppt."

„Welches Land? Wohin?"

„Die Lande der Feen. Heute Nacht werdet ihr wilde Magie erleben, furchterregend und chaotisch. Ihr müsst standhaft bleiben." Sie blickte jede Einzelne von ihnen an. „Ihr werdet Angst haben, aber ihr dürft euch nur darauf konzentrieren, dass sie nicht entkommen. Es ist ein einfacher Zauber. Wir werden einen Kegel der Macht errichten und eine Mauer zwischen ihnen und uns aufbauen, und ich werde sie undurchdringlich machen. Und wenn die Zeit reif ist, werde ich sie dorthin zurückwerfen, woher sie kamen. Die Hexen von White Haven werden im Hain sein – sie müssen eine Freundin retten. Wenn das erledigt ist, werden sie sich uns anschließen. Aber niemand darf fliehen!"

„Werden wir uns an den Händen fassen?", fragte eine andere Hexe.

„Nein. Das Gebiet ist zu groß. Wir werden uns geistig verbinden, nicht körperlich, aber ihr wisst ja, wie das geht. Ihr werdet aber andere in Sichtweite haben. Wir werden uns am Rande des Hains aufstellen. Niemand geht hinein, außer mir und den Hexen von White Haven. Ist das klar?"

Sie murmelten alle ihre Zustimmung.

Avery ergriff das Wort. „Ich sollte Sie warnen, dass Hunter meinte, er würde heute Abend mit einigen anderen Gestaltwandlern auftauchen. Er will helfen."

Genevieve funkelte sie wütend an. „Wenn sie im Weg sind, sind sie auf sich allein gestellt. Ich kann nicht auf jeden aufpassen. Verstanden?"

Avery nickte und hoffte, dass Hunter nicht auftauchen würde. Sie wollte nicht, dass er auch noch verletzt wurde.

„Eine letzte Sache", sagte Genevieve. „Die Nephilim werden hinter uns sein, aber sie werden nicht am Zauber teilnehmen. Es kann aber sein, dass sie hierbei noch eine Rolle spielen werden. Noch weitere Fragen?"

Im Raum war es still.

„In diesem Fall treffen wir uns am Hain und hoffen, dass Gabe die Schaulustigen ferngehalten hat."

Sechsundzwanzig

Die Kirche von Old Haven kauerte wie ein Troll vor dem Nachthimmel. Die Luft war frisch und klar und über ihnen funkelte eine Handvoll Sterne, doch bereits stieg Bodennebel auf, der sich über die Pfade und Grabsteine schlängelte und sich zwischen den Bäumen hindurchwand.

Die Hexen machten sich auf den Weg zum Hain, wobei Hexenlichter ihnen den Pfad erleuchteten. Einige der Hexen waren in andere Richtungen aufgebrochen, zu den Feldern hinter der Kirche auf der Rückseite des Hains, um ihn zu umzingeln. Genevieve platzierte sie alle sorgfältig und ließ Avery, Reuben, Alex, El und Briar zurück, damit sie am Rande der Bäume ihren Mut zusammennehmen konnten.

„Verdammte Scheiße", rief Reuben aus. „Ich war seit Tagen nicht mehr hier. Dieser Ort ist abscheulich!"

Briar schauderte. „Ich kann nicht glauben, dass eine andere Hexe die Erde auf diese Weise schänden würde. Sie ist ein Monster."

Gabe stand an ihrer Seite. „Sie ist die Aaskrähe, die Überbringerin von Tod und Zerstörung. Ihr seid töricht, wenn ihr da heute Nacht reingeht."

Briar blieb entschlossen. „Wir haben keine Wahl. Wir müssen Newton holen."

Avery betrachtete Gabes starkes Profil, als er in den Wald blickte. „Lass niemanden sonst rein. Ich habe Ben und den anderen gesagt, dass sie wegbleiben sollen, und Hunter auch, aber ich habe das Gefühl, dass er schon mit den anderen Gestaltwandlern da drin ist.“

Er nickte. „Niemand wird passieren.“

„Versuchen gerade irgendwelche Schaulustigen, reinzukommen?“, fragte Alex.

„Nein. Obwohl später vielleicht noch welche kommen – das ist unvermeidlich. Eli wird für alle Fälle am Ende des Weges stehen. Die anderen Nephilim sind um den Hain herum verteilt.“ Er runzelte die Stirn. „Womit werdet ihr euch schützen?“

Avery antwortete als Erste. „Ein Schutzzauber, ähnlich dem, den ich neulich benutzt habe, stark genug, um das Schlimmste ihres Zaubers zu betäuben.“

Gabe nickte und machte sich auf den Weg, um das Gelände zu patrouillieren.

Die nächste halbe Stunde warteten sie, scharrten unruhig mit den Füßen und besprachen Taktiken, und die Zeit schlich dahin, während Genevieve den Kreis vorbereitete. Die stärkeren Hexen waren mit den schwächeren durchmischt, und zu ihrer Rechten sah Avery Caspian, sein Gesicht von unten durch die reinweiße Kerze erhellt, die er in seinen schalenförmig gehaltenen Händen hielt. Er fischte ihren Blick auf, nickte ihr zu und sie nickte zurück.

Es war jetzt halb zwölf, und schließlich erschien Genevieve wieder an ihrer Seite. „Wir fangen an. Viel Glück.“

„Dir auch“, murmelten sie, als die größere Gruppe in den äußeren Ring der Bäume trat.

Sobald sie den Hain betraten, durchfuhr Avery ein Schauder, und sie hörte die anderen nach Luft schnappen.

„Bei der Göttin", murmelte Briar. „Die Erde blutet. Ich fühle es."

„Ich spüre, wie die Luft von Blut vergiftet ist", sagte Avery.

„Und die Wasser sind damit befleckt", fügte Reuben hinzu.

„Feuer wird reinigen", sagte El entschlossen, als sie sich durch die überhängenden Äste schob. Sie hatte ihr Schwert gezogen, hielt es ruhig und schwang es vor sich her, während ein Schimmer aus weißem Feuer über die Klinge lief.

Alex sagte nichts und folgte schweigend.

Vor ihnen lockte die Gruppe ein gelbes Glühen weiter, das immer stärker wurde, je näher sie der Lichtung mit der Eibe in der Mitte kamen. Suzanna war bereits hier gewesen. Der Ort war voller Kerzen. Sie standen auf dem Boden, hingen an Bäumen und steckten in Ästen. Eine saß in der Aushöhlung des Eibenstamms, und das rote Holz schien in dem rosigen Schein zu bluten. Es sah sowohl wunderschön als auch tödlich aus, und der Geruch von Blut traf sie wie eine Welle.

Alex fiel auf die Knie, umklammerte seinen Kopf und atmete tief durch. Avery ließ sich neben ihm nieder. „Alex, was ist los?"

Er blinzelte und sammelte sich. „Ich kann Schreie hören."

Sie sah sich alarmiert um. „Von wo?"

„Überall."

Reuben, El und Briar standen um ihn herum, beobachteten die Lichtung und beschützten ihn, während er schwach war, aber nichts rührte sich.

Alex holte ein paar Mal tief Luft und erhob sich, auf Avery gestützt, auf die Beine. „Mir geht es gut. Ich habe es so weit blockiert, dass ich denken kann."

„Was schreit da?"

Seine Augen waren dunkel und bekümmert. „Die Erde und die Bäume. Der Zauber wirkt sich auch auf sie aus. Er schändet alles. Die Tiere sind geflohen.“

Reuben packte ihn an der Schulter. „Ich denke, wir sollten uns zurückziehen und tarnen, damit sie uns nicht sieht, wenn sie ankommt.“

„Sie wird aber wissen, dass wir hier sind“, sagte Avery mutlos. „Sie ist zu gut.“

Reuben versuchte, sie aufzuheitern. „Wir haben einen guten Plan. Wir werden uns wie geplant um die Lichtung verteilen – sie kann nicht alle von uns auf einmal angreifen. Sobald sie da ist, renne ich zu Newton, und ihr müsst mir Deckung geben. Einverstanden?“

Alle nickten. „Einverstanden.“

Bevor sie sich trennten, sagte Avery zu Alex: „Wenn du noch einen übersinnlichen Moment hast, verschwinde von hier – riskiere nichts.“

„Wenn du glaubst, ich würde dich verlassen, bist du verrückt. Mir geht es jetzt gut. Es ist unter Kontrolle“, beruhigte er sie. „Und stell du auch nichts Dummes an.“

Sie nickte, und sie duckten sich, kauerten hinter Bäumen und Büschen und warteten auf den richtigen Zeitpunkt.

Suzannas Zauber ließ Averys Haut kribbeln. Es war, als hätte sich etwas Böses unter ihre Haut gegraben und würde sich dort winden. Auf ihren Armen hatte sich eine Gänsehaut gebildet, und es fühlte sich an, als würde die Klinge eines Messers ihren Rücken auf und ab fahren. Sie wollte schreien. Es musste eine Art Abstoßungszauber von gewaltigem Ausmaß sein. Die Macht, das über Tage aufrechtzuerhalten, war beeindruckend.

Avery spürte auch, wie die Macht des Zirkels zu wachsen begann, eine subtile Wahrnehmung, die an ihrem Bewusstsein zerrte, und es beruhigte sie. Hin und wieder erhaschte sie durch die Bäume einen Blick auf eine ferne Flamme, die den Platz markierte, an dem eine Hexe stand. So weit, so gut.

Ohne Vorwarnung begann die Luft in der Mitte des Hains aufzuwirbeln, Blätter hoben sich vom Boden und flogen wie in einem Minitornado umher. Sie wirbelten in einem immer größer werdenden Strudel, während immer mehr Blätter in den Mahlstrom gesogen wurden und den Hexen die Sicht auf die Geschehnisse im Zentrum verwehrten. Avery sprang auf, als jede einzelne Kerze erlosch und sie in Dunkelheit hüllte. Ein Schrei zerriss die Luft, und gerade als Avery ein Hexenlicht in den Himmel schleudern wollte, flammten die Kerzen schlagartig wieder auf, und sie fiel, fast geblendet, zurück.

Newton kniete gefesselt und geknebelt am Fuße des Baumes, und neben ihm stand Suzanna. Ihr Haar stand wild um sie herum ab, und sie trug eine schwarze Hose, ein enges schwarzes Mieder über einem weißen Hemd, kniehohe Stiefel und einen Umhang. Aber Avery nahm das nur flüchtig wahr, denn ihre Aufmerksamkeit wurde von dem langen, gezackten Messer in Suzannas Händen und dem triumphierenden Hohnlächeln auf ihrem Gesicht gefesselt.

Avery war sich vage bewusst, dass mehrere Dinge gleichzeitig geschahen. Sie schnellte vor, ließ die Luft wie ein Lasso umherpeitschen, um Suzanna das Messer zu entreißen, und sah, wie Reuben mit gezogener Waffe auf sie zusprintete. Baumwurzeln stießen unter Suzannas Füßen hervor und versuchten, sie aus dem Gleichgewicht zu bringen, während gleichzeitig ein Feuerball aus den Bäumen auf sie zuraste. Aber sie waren alle zu langsam. Suzanna zog ihr Messer über Newtons Kehle, und Blut schoss hervor, als er zu Boden fiel. Blut sammelte sich um ihn herum in einer Lache, während sie eine wütende Beschwörungsformel schrie, die Avery nicht verstehen konnte.

Sie hatten sich alle darauf geeinigt, sie nicht mit zu viel Macht anzugreifen, aus Angst, Newton zu verletzen, aber als sie ihn fallen sah, schleuderte Avery einen Blitz auf Suzanna. Alex war an ihrer Seite, als sie in die Lichtung sprinteten, aber Suzanna war bereits auf den Beinen, lenkte den Blitz um die krallenden Baumwurzeln herum und rollte sich weg.

Alex, El und Avery bewarfen Suzanna weiterhin mit allem, was sie hatten, um sie von Newton wegzudrängen, und Reuben und Briar stürzten vor, um an Newtons Seite zu gelangen. Aber es war, als wäre er Suzanna nicht mehr wichtig. Sie hatte sein Blut vergossen, eine Menge davon, und das war alles, was zählte.

Sie stand am Rande der Lichtung, errichtete eine Mauer aus knisternder Energie vor sich und begann dann wieder zu singen, die Hände in die Luft gehoben.

Avery begann mit ihrem Zauber, um Suzannas Zunge zu binden, aber der Boden unter ihnen fing an, sich zu wölben und zu heben, und sie fiel, unfähig, ihn zu vollenden. Sie spürte, wie Alex sie um die Taille packte und nach hinten zog, während El gleichzeitig hüfttief in der Erde versank.

Avery wehrte sich gegen ihn. „El, geh El helfen!"

Alex ließ sie los, und gemeinsam eilten sie ihr zu Hilfe. Hinter ihnen war sich Avery vage bewusst, dass Reuben und Briar an Newtons Seite waren und versuchten, die Blutung zu stillen.

Plötzlich erfüllte heulendes Knurren die Luft, und Avery blickte auf, um zu sehen, wie sich ein halbes Dutzend Wölfe aus den Bäumen hinter Suzanna auf sie stürzten. Sie wurde völlig unvorbereitet getroffen und krachte zu Boden. Die Wandler mussten sich versteckt und auf ihre Gelegenheit gewartet haben. Sie alle rollten in einem Gewirr aus Zähnen, Fell und Haut durcheinander.

Leider konnte Avery ihnen nicht helfen. El sprach in einem verzweifelten Versuch, sich zu befreien, einen Zauberspruch, und Alex und Avery packten ihre Hände und zogen gemeinsam.

El schrie. „Ich komme nicht los. Es ist, als ob mich etwas beißt!"

„Warte!", rief Avery. Sie legte ihre Hände auf den Boden und schickte einen Kraftimpuls tief in die Erde, der sie aufwühlte, während ihre Macht tiefer sank. Alex zog weiter, und mit einem widerstrebenden Plopp riss Alex sie heraus und zog sie dann nach hinten. Els Jeans waren zerrissen und ihre Beine bluteten, als sie sich bemühte aufzustehen. Schließlich hob Alex sie auf.

Er rief über seine Schulter: „Zieht euch hinter die Lichtung zurück! Ich spüre es. Sie kommen!"

Avery blickte zu den Wölfen zurück. Suzanna rappelte sich bereits auf; die Wölfe wurden von ihr weggeschleudert, als wären sie Spielzeug, aber ihre Arme tropften vor Blut, und Blut war über ihr Gesicht verschmiert. So sehr Avery Suzanna auch angreifen wollte, es war zwecklos. Ihr Schild zwischen ihnen war immer noch stark, und sie mussten hier weg. Sie schrie: „Lauft!" Aber sie taten es nicht und knurrten und schnappten stattdessen nach Suzanna, während diese sich abmühte, sie abzuwehren.

Avery ließ sich neben den beiden anderen Hexen an Newtons Seite fallen. Briar hatte ihre Hand auf die Wunde an seinem Hals gelegt. Sie war mit seinem Blut bedeckt, ihre Arme und Kleider waren glitschig davon, aber sie ignorierte es und wiederholte immer wieder einen Zauberspruch, ihre Konzentration absolut.

Avery sah Reuben an. „Wir müssen ihn von hier wegbringen."

„Sie lässt mich nicht."

Avery wandte sich an Briar. „Briar, wir müssen gehen, jetzt!"

Ein wilder Wind fegte um sie herum, und die Flammen der Kerzen wirbelten und warfen Schatten über sie.

Avery drehte sich um, um die Eibe anzusehen. Sie waren nur wenige Meter entfernt, und sie sah einen Lichtriss in ihrer Mitte, als ob die Realität selbst auseinanderriss.

„Briar!", schrie sie.

Reuben zögerte nicht. Er hob Newton mit einer gewaltigen Anstrengung hoch, und Briar war gezwungen zu folgen, und dann rannten alle drei in die Bäume, so weit wie möglich von der Eibe entfernt, und folgten Alex' Weg mit El.

Der Rand des Hains leuchtete nun in einem hellweißen Licht und hob die Bäume vor ihnen scharf hervor. Der Zirkel hatte den Schild errichtet.

Am Rande der Lichtung riskierte Avery einen Blick zurück und sah, wie die Eibe in zwei Teile zerbrach, als Licht aus ihrem Stamm loderte. Die Luft wurde vom Geräusch wiehernder Pferde, bellender Hunde und dem langen, unheimlichen Dröhnen eines Horns erfüllt, das durch die Nacht hallte.

Sie drehte sich um und rannte, die Angst in der Kehle, ihr Magen vor Panik verkrampft. Wilde Magie schoss nach außen, löschte den Widerwillen aus, der den Hain erfüllt hatte, und ersetzte ihn durch etwas weitaus Furchterregenderes.

Dumpfes Hufgetrappel erfüllte die Nacht, und Avery stolperte und fiel. Sie blickte zurück und sah das Licht schimmern, als ein riesiges, schwarzes Pferd erschien, Jagdhunde zu seinen Füßen, auf seinem Rücken ein Mann mit einem Geweih auf dem Kopf und einem Bogen in den Händen.

Sie erstarrte, erfüllt von einer Mischung aus Schrecken und Faszination. Das Pferd galoppierte in die Lichtung, und hinter ihm tauchten immer mehr Pferde auf, die Reiter leuchteten in einem seltsamen, geisterhaften Licht, und eine irrwitzige, wilde

Musik wogte um sie herum. Das Horn ertönte erneut, und weitere Hunde rannten hindurch, alle riesig, mit aufgerissenen Mäulern, aus denen Speichel troff, während sie knurrten und schnappten.

Avery robbte rückwärts und versteckte sich in der Dunkelheit der Bäume und Büsche, weit weg vom aufbrausenden Kerzenlicht. Nicht, dass es noch gebraucht wurde. Die Wilde Jagd brachte ihr eigenes Licht mit sich.

Sie beobachtete die Gestalt, die zuerst eingetreten war. Sie wusste aus einem Mythos, wer er war; der Gefährte der Göttin, Herne der Jäger, gekommen, um durch die Nacht zu reiten. Auch die Gestalten hinter ihm waren nicht von dieser Welt. Sie sahen aus wie Menschen, aber sie waren es nicht. Es mussten Fae sein. Selbst auf dem Pferderücken konnte sie erkennen, dass sie groß waren und Magie ausstrahlten. Sie waren betörend schön, eine Mischung aus männlich und weiblich; grimmige, starke Krieger, in dunkle Kettenhemden gekleidet, mit Schwertern in den Händen und Bogen auf dem Rücken. Ihre Pferde waren mit Federn und Federbüschen geschmückt, und die Sättel und das Zaumzeug klirrten silbern.

Herne wandte sich Suzanna zu, die triumphierend zusah. Ihr Gesicht war verwandelt. Sie war nicht länger Suzanna; sie war die Greisin, die Bringerin des Todes.

Mit einer Stimme, die die Zeit zu überwinden schien, sagte Herne: „Reite mit mir, meine Königin!" Er streckte seine Hand aus, und als sie sie ergriff, zog er sie hinter sich aufs Pferd.

Sein Pferd wieherte und scharrte mit den Hufen, dann drehte er sich um und starrte genau dorthin, wo Avery im Unterholz kauerte. Er warf den Kopf in den Nacken und lachte. Sein Lachen hallte durch den Hain, und der Boden bebte unter ihren

Füßen, dann zeigte er auf sie, und die Hunde zu seinen Füßen rannten mit gefletschten Zähnen auf sie zu.

Plötzlich war Alex an ihrer Seite und zog sie auf die Beine. „Avery, lauf!"

Als sie sich umdrehte, sah sie, wie sich Hunter, der Wolf, auf den Hund stürzte und sie sich ins Unterholz wälzten. Dann brach die Hölle los, als die Jagd wie ein Mann auf ihren Pferden aufbäumte und aus der Lichtung in alle Richtungen stob, durch die Bäume zum Rande des Hains stürmend.

Die Wölfe kamen aus ihren Verstecken hervor und griffen a n.Alex und Avery rannten, von Herne selbst verfolgt. Sie hetzten dahin, halb stürzend und wahnsinnig vor Angst, während die Hunde heulten. Gemeinsam drehten sie sich um, und während Alex Feuer- und Energiebälle auf ihre Verfolger schleuderte, ließ Avery die Blätter zu einer Mauer aufsteigen und schickte sie auf Herne zu, wodurch sie sich nur Sekunden kauften.

Der Hain war erfüllt vom Donner der Hufe, dem Bellen der Hunde, dem Heulen der Wölfe und den frustrierten Rufen der Jagd, als sie vor dem Schutzkreis, den die Hexen geschaffen hatten, Halt machten. Ein paar Fae stürmten auf den Umkreis zu, wurden aber von der projizierten Kraft des Zirkels zurückgeschleudert.

Die Wölfe griffen die Hunde und Pferde weiter an, während diese durch den Hain jagten, aber sie waren furchtbar in der Unterzahl, und die Fae hieben mit ihren Schwertern nach ihnen.

Avery und Alex stolperten zum Waldrand und sahen Genevieve vor sich. Sie stand einige Fuß von der Lichtmauer entfernt. Hinter ihr lag Newton auf dem Boden, Briar neben ihm, die verzweifelt versuchte, ihn zu heilen, während sein Leben dahinschwand. Reuben und El standen neben Genevieve, kampfbereit.

Genevieve sah so gespenstisch aus wie die Reiter. Sie war in das reinweiße Licht des Schutzzaubers getaucht, ihre Arme ausgestreckt. Sie rief Alex und Avery zu. „Schließen Sie sich mir an, jetzt!"

Sie stellten sich neben sie, bündelten ihre Energie und verbanden sie mit der ihren, den Rücken zum Kreis, der Jagd zugewandt, und Avery spürte, wie der Schutzzauber auch sie einhüllte und sie in seine warme Umarmung schloss.

Herne kam zum Stehen, einige seiner Reiter hinter ihm verteilt, jeder darauf erpicht, den Zauber zu prüfen, der sie einschloss. Hernes Pferd scharrte wütend mit den Hufen, begierig darauf, die wahre Jagd zu beginnen, aber Herne lachte.

Avery versuchte, sich auf sein Gesicht zu konzentrieren, aber es war schwierig. Seine Züge schienen sich beinahe der Erinnerung zu entziehen. Er war gut aussehend, grausam, dunkeläugig, langhaarig und breitschultrig, seine Füße endeten in Hufen, und sein vielendiges Geweih ragte mehrere Fuß über seinen Kopf hinaus. Seine Augen schienen mit einem wilden Licht zu glühen.

Seine tiefe Stimme ließ die Erde erzittern. „Sucht Ihr mich aufzuhalten, Hexe?"

Genevieves Gesichtsausdruck war grimmig. „Ich trachte danach, Euch dorthin zurückzuschicken, von wo Ihr gekommen seid."

„Es ist nun unsere Zeit, geht, solange Ihr noch könnt."

„Ihr unterschätzt meine Macht, Alter. Eure Zeit ist längst vergangen. Ihr habt jetzt neue Jagdgründe. Dieser Ort ist nichts für Euch."

Er warf den Kopf in den Nacken und lachte wieder, als wären sie ein Witz, und auch die Reiter hinter ihm lachten. „Ihr fordert die Unsterblichen heraus?"

„Das tue ich." Genevieve trat einen Schritt vor und stieß ihre Macht auf ihn zu. Auch der Kreis trat vor, und sie rückte weiter auf ihn vor, einen Schritt nach dem anderen, und gegen seinen Willen wurde er zurückgedrängt, während der Kreis sich unaufhörlich verengte.

Herne zog seinen Bogen hervor, hob ihn und schoss einen Pfeil auf Genevieve.

Averys Herz stockte vor Angst, aber sie hielt ihre Magie aufrecht und spürte, wie die Kräfte des Zirkels mit den ihren anschwollen, als Genevieve den Pfeil wie eine Fliege wegschlug.

Suzanna sprang hinter Herne hervor, ihr Gesicht vor Wut verzerrt. Sie zeigte auf Genevieve und schoss einen Feuerstrahl auf sie, doch es war sinnlos, da Genevieve ihn mühelos abwehrte.

Avery hatte die vereinte Macht von Hexen schon früher erlebt, aber nichts war damit zu vergleichen. Sie spürte, wie es ihr die Haare aufstellte, und elementare Luft hob sie vom Boden, als die Magie durch alle hindurchflutete.

Herne verlor die Geduld. Er hob seinen Bogen, zielte auf Genevieve und schoss einen weiteren Pfeil auf sie ab, aber wieder schlug sie ihn beiseite, ihre Konzentration absolut. Sie trat erneut vor, und Herne hob für einen Moment die Hand. Jeder einzelne Reiter hob seinen Bogen, und die Luft knisterte vor Spannung. Und dann ließ Herne seine Hand wieder sinken, und die Luft war erfüllt von flammenden Pfeilen, die alle verzweifelt versuchten, den Schild zu durchdringen. Sie scheiterten, und die Pfeile fielen nutzlos zu Boden.

Avery hörte einen Schrei zu ihrer Rechten. Eine junge, unbekannte Hexe stand auf der anderen Seite von Caspian; sie sah verängstigt aus. Sie sank auf die Knie, und die Mauer flackerte. Sofort spornte ein Reiter sein Pferd an und stürmte auf die geschwächte Stelle zu, durchbrach sie, als sein Pferd vom Boden abhob, über die gefallene Hexe sprang und in die Nacht entkam, dicht gefolgt von einigen anderen.

Genevieve wankte nicht, sie verstärkte die Mauer, schloss die Bresche, und Avery hörte, wie die Reiter dahinter mit den Nephilim aneinandergerieten, ihre Schreie durchdrangen die Nacht.

Genevieve rückte weiter vor, und der Zirkel folgte ihr, bewegte sich stetig vorwärts, während sie den Kreis verengten. Sie hielt kurz inne, als sie über Briar hinwegstiegen und sie und Newton zurückließen, und dann drängten sie weiter.

Während sie vorrückten, griffen die Wölfe immer wieder an, schnappten nach den Beinen der Pferde, wichen Schwertern und Pfeilen aus und bedrängten die Hunde so sehr, dass sie vor Frustration und Schmerz heulten. Herne drehte sich um und raste zurück zum Eibenbaum.

Der Zirkel rückte nun schnell vor, als sie die Lichtung um die Eibe erreichten, und bald waren sie nur noch wenige Meter voneinander entfernt. Die Wölfe schritten vor ihnen auf und ab, viele von ihnen bluteten und hinkten, während sie zusahen, wie Herne und seine Wilde Jagd zum Tor zwischen den Welten zurückgedrängt wurden.

Suzanna schäumte vor Wut. Sie schleuderte viele Zauber auf den Zirkel, aber keiner davon wirkte. Sie schrie: „Ihr könnt das nicht beenden! Ich werde es nicht zulassen!"

Genevieve zog die Puppe aus der einen Tasche und ein Messer aus der anderen. Ihre Stimme dröhnte: „Sie haben keine Wahl, Suzanna. Sie, genau wie Herne, gehören nicht in diese Zeit. Für Sie ist hier kein Platz. Ich verbanne Sie für immer aus dieser Welt." Sie stieß das Messer in das Herz der Puppe, und Suzanna taumelte zurück, die Hand an ihre Brust gepresst.

Die Hälfte der Jagd hatte sich bereits durch den offenen Durchgang in das Land dahinter zurückgezogen. Als Suzanna stolperte, bäumte sich Hernes Pferd auf. Hernes wilde Augen funkelten wütend in der Niederlage, als er sie anstarrte; sie waren der einzige Teil seines Gesichts, der durch das Licht hinter ihm sichtbar war. Dann wirbelte er herum und ritt geradewegs in das Licht, der Rest seiner Jagd folgte ihm mit dem Klirren von Sporen, dem Aufblitzen von Silber und boshaften, bedauernden Blicken.

Genevieve warf die Puppe hinter ihm her, und mit einem Wimpernschlag war Suzanna verschwunden. Mit einem gewaltigen Grollen schrumpfte das Licht zwischen den Welten und schloss sich dann mit einem ohrenbetäubenden Krachen, und der Hain war wieder von Stille erfüllt.

Genevieve senkte langsam ihre Hände und gab die Macht des Zirkels an die Hexen zurück, und mit ihr das helle, weiße Licht des Schutzzaubers.

Mit einem Wort flammten die übrigen Kerzen auf.

Die meisten aus dem Zirkel brachen auf dem Boden zusammen, auch Avery. Sie fühlte sich so schwach, dass sie kaum den Kopf heben konnte. Sie streckte ihre Hand aus und suchte nach der von Alex, die sie fest ergriff. Er drückte zurück. Aber Genevieve hielt nicht inne. Sie drehte sich um und rannte zurück zum Rand des Hains.

Newton.

Alex zog sie auf die Beine. „Komm schon.“

Auch El und Reuben waren aufgestanden, und gemeinsam rannten sie los. Sie fanden Briar, die immer noch neben dem kaum noch lebenden Newton kauerte, Gabe auf der anderen Seite und jetzt auch Genevieve. Sie legte ihre Hand über die von

Briar und schickte ihr den letzten Rest der Zirkelmacht, den sie noch in sich trug.

Die Blutung hatte aufgehört, obwohl Newton schrecklich blass war. Aber bei Genevieves Berührung flatterten seine Augenlider und er stöhnte. Avery seufzte erleichtert auf, ohne zu merken, dass sie die Luft angehalten hatte. Aber es war noch nicht vorbei. Er klammerte sich immer noch mit letzter Kraft am Leben fest.

Briar weinte, Tränen strömten über ihr Gesicht. „Ich war nicht gut genug", sagte sie mit brüchiger Stimme.

„Oh doch, das warst du", versicherte ihr Genevieve, „sonst wäre er schon tot." Sie drehte sich beim Geräusch von sich nähernden Schritten um und sah, dass Caspian angekommen war. „Caspian, bringen Sie Briar und Newton ins Krankenhaus. Tun Sie, was immer nötig ist."

Caspian sah wie immer kühl, ruhig und gefasst aus. Er kauerte sich hin, eine Hand auf Newtons Schulter, und streckte dann Briar seine Hand entgegen. Sekunden später waren sie verschwunden.

Genevieve blickte die anderen sichtlich erschöpft an. „Ich glaube, ich werde eine Woche lang schlafen. Das ist die meiste Magie, die ich seit einiger Zeit gewirkt habe."

Avery spürte eine Welle der Schuld, als sie sich daran erinnerte, wie bissig sie manchmal zu Genevieve gewesen war. „Sie waren unglaublich. Ohne Sie hätten wir es nicht geschafft."

Sie lächelte schwach. „Schon gut. Ich verstehe das. Das Leben ist manchmal frustrierend." Sie fasste sich entschlossen. „Kommt, wir sind noch nicht fertig. Wir müssen den Hain reinigen, die verletzte Hexe versorgen und sicherstellen, dass dieses Tor für immer geschlossen ist." Sie sah Gabe an. „Habt ihr die entkommenen Jäger erwischt?"

Er nickte finster, und Avery bemerkte, dass er seine Schulter steif hielt. „Du bist verletzt", sagte sie.

„Ich werde es überleben, und die Feen sind tot. Aber ihr müsst nach White Haven."

Avery sah ihn und dann die anderen Hexen verwirrt an. „Was meinst du damit? Wir müssen den Hain reinigen."

„Ben hat angerufen. Die Geister haben sich erhoben. Sie wandeln durch die Straßen von White Haven, deine Helena ist unter ihnen."

Sie sah Alex, Reuben und El schockiert an, sprachlos.

Alex fasste sich als Erster wieder. „Wann ist das passiert?"

„Kurz vor Mitternacht." Er deutete um sich. „Sie sind von hier und anderen Orten aufgestiegen, als ihr den Kampf mit der Jagd begonnen habt. Geht, jetzt!"

Sie sahen zu Genevieve, aber sie scheuchte sie nur weiter. „Geht. Wir machen hier fertig, und dann reden wir später."

Während Reuben rücksichtslos in die Stadt fuhr, rief Avery Ben an, und es dauerte eine Weile, bis er abnahm.

„Wie schlimm ist es?", fragte sie, als die Verbindung endlich stand.

„Aus eurer Sicht ziemlich schlimm, aber aus unserer großartig!"

„Was meinst du damit?"

„Überall in der Stadt huschen Geister herum, und wir haben ein paar tolle Aufnahmen gemacht – hoffe ich. Ihr habt die Jagd also überlebt?"

„Gerade so.“ Sie blickte sich zu den erschöpften Gesichtern von El, Reuben und Alex um. Sie waren mit Schmutz und Blut verschmiert und mit Prellungen und Schnittwunden von ihrer Verfolgung durch den Wald übersät. Reuben fuhr mit grimmiger Konzentration, nahm die Kurven viel zu schnell, und Avery wurde auf dem Rücksitz hin und her geschleudert. „Wir sind jetzt fast da. Wo seid ihr?“

„Am Ende der High Street. Macht euch auf was gefasst, denn –“

Bens Stimme krachte, und die Verbindung brach ab.

Avery sah die anderen an. „Ich glaube, das wird eine große Sache.“

Reuben bog in die Hauptstraße ein und raste weiter die Straße hinunter. Es war jetzt fast zwei Uhr morgens, und die Straßen hätten verlassen und dunkel sein sollen, aber stattdessen brannten in den oberen Fenstern Lichter, Haustüren standen weit offen, und ein paar Leute rannten die Straße entlang und zogen sich im Laufen Kleidung an.

„Das ist nicht gut“, sagte El besorgt.

Sie waren jetzt fast am Ende der Stadt, und als Reuben um eine Ecke bog, fuhr er auf den Bürgersteig und kam mit quietschenden Reifen zum Stehen, und sie wurden alle nach vorne geschleudert. Els Hände schlugen auf das Armaturenbrett. „Verdammte Scheiße, Reuben –“, fing sie an, beendete den Satz aber nicht, denn vor ihnen herrschte das blanke Chaos.

Mitten auf der Straße zog eine Prozession von Geistern entlang, deren geisterhafte Gestalten ein blassblaues Licht ausstrahlten, und was wie die halbe Stadt aussah, sah mit schockierten Gesichtern zu; einige am Rande der Hauptstraße, andere in den Seitenstraßen und wieder andere hingen halb aus den Fenstern im Obergeschoss. Sie alle hielten Handys in den Händen, filmten und schossen wie wild Fotos. Die Schaufenster waren erleuchtet, und Auslagen mit Kürbissen, Kürbislaternen und Lichterketten bildeten die Kulisse für den wahnsinnigen Spuk der Geister.

Und es gab eine Menge Geschrei.

Während einige der Geister langsam daherschritten und ihre Zuschauer anscheinend gar nicht wahrnahmen, rasten andere umher, verschwanden und erschienen im Handumdrehen wieder, rannten die Straßen entlang, erschienen auf Dächern und manifestierten sich mitten in Menschenansammlungen, die daraufhin schreiend auseinanderstoben und davonliefen, nur um sich umzudrehen und in die andere Richtung zu rennen, als Geister auf sie zurasten.

„Heilige Scheiße!", rief Reuben aus und fing an zu lachen.

Alex stöhnte. „Wie zum Teufel soll ich Geister bannen, wenn die halbe Stadt zusieht?"

Reuben lachte wieder. „Da können wir verdammt noch mal gar nichts machen! Und sieh mal, niemand wird verletzt!"

Er hatte recht. Die Geister waren wie unartige Kinder. Sie zogen an Haaren, hänselten die Leute, rannten umher, durchwühlten Mülltonnen und schienen tatsächlich Spaß zu haben. Und trotz der spürbaren Angst, manchmal auch des Schreckens und der allgemeinen Aufregung der Menge musste Avery ihm zustimmen und wandte sich grinsend an die anderen. „Wow! Das ist der helle Wahnsinn!"

Die Hexen näherten sich und umkreisten die Szene langsam, und jetzt, da sie näher waren, konnten sie die altmodische Kleidung und die seltsamen Frisuren der Geister erkennen, während diese ihren verrückten Karnevalsumzug in Richtung Hafen fortsetzten.

Und dann sah Avery sie – *Helena*. Sie führte die Prozession an, ein Ausdruck der Freude auf ihrem Gesicht, während ihre geisterhafte Erscheinung Rauchschwaden ausstieß, die um sie herumwallten. Sie blickte sich um und sah, dass Avery sie beobachtete. Für einen kurzen Moment trafen sich ihre Blicke, als Helena triumphierend grinste, und vielleicht auch mit einem Ausdruck der Erleichterung, Avery nach ihrem Kampf in Old Haven unversehrt zu sehen. Und dann wandte sie sich ab und führte den verrückten Karneval weiter an.

Als sie den Hafen erreichten, schwoll die Menschenmenge an, und Avery sah Ben, Cassie und Dylan auf der Hafenmauer hocken. Dylan filmte, während Ben und Cassie an ihrer anderen Ausrüstung herumfummelten. Ein kleines Stück entfernt sah Avery Sarah Rutherford und Steve, den Kameramann.

Avery machte die anderen auf sie aufmerksam. „Mist. Das wird in allen Nachrichten kommen!"

Reuben lachte immer noch. „Das wird im ganzen Internet sein, auf der ganzen Welt!"

Auch El kicherte. „Das ist der Hammer!" Sie wandte sich an Avery. „Das ist es also, was Helena vorhatte. Du hattest ja den Verdacht, dass sie etwas im Schilde führt!"

Alex legte seinen Arm um Averys Taille. „Vielleicht wollte sie so die Leute von Old Haven fernhalten."

„Vielleicht war es das", sagte Avery und beobachtete die Geister, die ihre Freiheit genossen. Es war ansteckend, und sie hatte das Gefühl, mit ihnen mitlaufen zu wollen. Einige Leute taten das tatsächlich. Es war, als hätte ein kollektiver Wahnsinn die Stadt erfasst. Auch sie begann zu lachen und spürte, wie ihre Anspannung nachließ. Helena hörte nie auf, sie zu verblüffen. „Weißt du was? Ich rufe Genevieve an. Ich glaube, dem Zirkel würde das gefallen."

„Briar und Newton auch", sagte Alex traurig.

„Nein, er nicht", korrigierte El sie. „Er wäre stinksauer wegen der Publicity und dem paranormalen Stempel, den die Stadt aufgedrückt bekommt." Und dann zitterte ihre Stimme. „Wenn er überlebt."

„Ihm wird es gut gehen", sagte Avery entschlossen. „Das muss es einfach."

Siebenundzwanzig

Im Morgengrauen, nachdem sie die ganze Nacht kein Auge zugetan hatten, fuhren Avery und die anderen in das Krankenhaus von Truro.

Der wilde Geisterschwarm war endlich verschwunden, als die Nacht sich dem Ende zuneigte, und zu diesem Zeitpunkt war Avery überzeugt, dass der Großteil von White Haven und der umliegenden Landschaft in die Stadt geströmt war.

Als sie überzeugt waren, dass sie sicher gehen konnten und nichts Schlimmeres mehr passieren würde, verließen Avery und die anderen den Schauplatz und fuhren direkt ins Krankenhaus. Sie trugen immer noch ihre dunkle Kleidung und waren verdreckt, aber das war ihnen egal. Sie wollten Newton und Briar sehen.

Newton sah furchtbar aus, und Briar sah auch nicht viel besser aus. Er lag in einem Einzelzimmer und hing am Tropf, der ihm Flüssigkeit und eine Bluttransfusion zuführte, und ein großer Verband bedeckte seinen Hals. Er war blass und schlief, aber er lebte. Briar saß neben ihm und döste in einem großen Sessel neben dem Bett. Sie hatte sich das Blut von den Händen gewaschen, aber ihre Kleidung war steif davon. Sie rührte sich, als sie eintraten, und El und Avery eilten zu ihr, um sie zu umarmen.

„Wie geht es dir?", fragte Avery.

Gleichzeitig fiel El ihr ins Wort: „Wie geht es Newton?"

Briar nickte, während ihr wieder die Tränen kamen. „Es geht ihm gut, mir geht es gut. Er wird es schaffen."

Alex kam herüber und schloss sie in eine feste Umarmung, und Reuben drückte ihre Schulter, während sie sich alle in das kleine Zimmer drängten.

Alex lächelte. „Das hast du gut gemacht."

Sie schüttelte den Kopf und zweifelte wieder an sich. „Nicht gut genug."

„Briar, keiner von uns war besonders toll", sagte Avery bedauernd. „Wir waren da, um zu verhindern, dass Newton verletzt wird, und wir haben versagt. Suzanna war zu schnell, und letztendlich waren wir nicht gut genug vorbereitet. Aber wenn wir nicht dagewesen wären, wäre er verblutet. Also ..." Sie zuckte mit den Schultern.

El setzte sich auf die Bettkante und versuchte, Newton nicht zu stören. „Was ist letzte Nacht mit Caspian passiert?"

Briar rieb sich die Augen und setzte sich auf. „Er war unglaublich – schwer zu glauben, ich weiß. Zuerst rettet er dich, El, und jetzt Newton. Er hat uns bis vor die Türen der Notaufnahme gebracht, offensichtlich mit Hexenflug, und ist dann hineingelaufen, um Hilfe zu holen. Er sagte, er hätte Newton ganz in der Nähe auf der Straße gefunden und ihn einfach hergebracht." Sie schüttelte wieder den Kopf, sichtlich fassungslos über die Ereignisse. „Niemand hat ihn infrage gestellt. Sie haben uns einfach reingeschafft, und es war in Ordnung. Die Polizei kam und nahm Aussagen auf, aber wir sagten, wir hätten nichts gesehen. Ehrlich gesagt klingt das völlig unglaubwürdig, aber Caspian war bei Sinnen genug, um etwas Magie wirken zu lassen, und, nun ja, hier sind wir."

„Verdammt", rief Reuben aus. „Ich sollte den Kerl mögen, aber ehrlich gesagt fällt es mir immer noch schwer."

Avery verspürte das Bedürfnis, ihn ein wenig zu verteidigen. „Wir müssen ihm eine Chance geben, trotz dem, was mit Gil passiert ist. Er versucht eindeutig, es wiedergutzumachen." Sie spürte, wie Alex sie beobachtete, und sie lächelte. „Oder?"

Er nickte schweigend und Avery hatte das schreckliche Gefühl, dass er über etwas nachgrübelte. Sie streckte die Hand aus und drückte seine, und er erwiderte den Griff, plötzlich wild entschlossen und besitzergreifend.

„Was ist passiert, nachdem ich weg war?", fragte Briar und unterbrach Averys Gedanken.

Reuben antwortete. „Leider wurde die junge Hexe, die zusammengebrochen war und die Mauer hatte einstürzen lassen, von einem der Reiter niedergetrampelt. Es hat sie ziemlich übel erwischt. Sie ist auch hier, auf einer anderen Station. Gabe hat sie hergebracht – nachdem er und die anderen Nephilim die Reiter daran gehindert hatten, vom Gelände zu entkommen."

Briars Gesichtszüge entgleisten und sie setzte sich auf. „Nein! Das ist furchtbar. Wird sie wieder gesund?"

El nickte. „Wir denken schon. Wir haben nach ihr gesehen, bevor wir hierherkamen. Knochenbrüche, innere Verletzungen und ein ziemlicher Schock. Sie ist aus Jaspers Zirkel, und er war bei ihr. Ihr Name ist Mina."

„Haben die Reiter noch mehr Ärger gemacht?"

Reuben grunzte. „Kommt drauf an, was du unter Ärger verstehst. Sie haben erbittert gekämpft. Eli wurde verletzt. Er hat jetzt einen Speer durch seine Flügel und Schnittwunden am Arm, aber er wird heilen. Einer der Vorteile, ein Halber-Engel zu sein, ist anscheinend, dass man große Heilkräfte hat und übernatürlich stark ist."

„Zee auch", fügte Alex hinzu. „Ein Schwert hätte ihm beinahe das Auge ausgestochen. Jetzt hat er eine Narbe auf der Wange."

„Und Hunter und die Wandler?"

„Auch dort gab es ein paar Verletzungen. Hauptsächlich Bisse und Risswunden. Sie sind jetzt bei Hunter zu Hause, werden aber heute im Laufe des Tages nach Cumbria zurückkehren. Wir werden uns später mit Hunter treffen."

„Geht es ihm gut?"

Alex lachte. „Nein. Aber er wird es überleben. Er hat sich Sorgen um dich gemacht."

Briar schlug die Augen nieder. „Sag ihm, mir geht es gut."

„Das kannst du ihm selbst sagen, er kommt später zu Besuch."

Avery bemerkte Briars ständige Blicke zu Newton und wie nah sie am Bett saß. Sie war sich ziemlich sicher, dass Hunter das, was er sehen oder hören würde, nicht gefallen würde. Aber letztlich kam es auf Newton an. Was wollte er von Briar? Avery war sich ziemlich sicher, dass sich ihre Gefühle für ihn überhaupt nicht geändert hatten.

„Es ist auch noch etwas anderes passiert", sagte Reuben mit einem schelmischen Funkeln in den Augen. „Etwas Großes!"

„War die Wilde Jagd nicht groß genug?", fragte Briar besorgt.

Er lachte. „Es gab einen irren Karneval der Geister in White Haven!" Und dann begann er zu beschreiben, was passiert war.

In diesem Moment regte sich Newton in seinem Bett. Er öffnete ein Auge und verzog das Gesicht. „Ihr macht einen Heidenlärm."

„Hey, Newton!", grinste Alex. „Dir muss es besser gehen, du alter Griesgram."

„Verzieh dich, Bonneville. Ich kriege besser ein Jahr lang Freigetränke."

„Vielleicht einen Monat! Übertreib es nicht."

Avery seufzte erleichtert auf. Er würde wieder auf die Beine kommen.

Nach ihrem Besuch im Krankenhaus holte Avery ihre Sachen bei Reuben ab und brachte alles, einschließlich der Katzen, zurück in ihre Wohnung. Es war großartig, wieder zu Hause zu sein, und sie drehte die Heizung auf und genoss die Aussicht auf einen Abend vor dem Fernseher, an dem sie einfach nichts tun würde.

Von Helena war nach ihren Eskapaden der vergangenen Nacht keine Spur zu sehen. Also versuchte Avery sich einzureden, dass sie keinen Schlaf brauchte, und machte sich auf den Weg zur Arbeit, um Sally und Dan zu versichern, dass alles in Ordnung war. Um die verrückte Woche wiedergutzumachen, kaufte sie Kaffee und Gebäck und verbrachte Zeit damit, sich mit ihnen auszutauschen – hauptsächlich tratschten sie über die vergangene Nacht, die auch sie miterlebt hatten. Tatsächlich war es das einzige Gesprächsthema in der Stadt. Die Geschichte lief in den Nachrichten, im Radio und war überall im Netz. Den ganzen Tag über strömten die Leute in den Laden, aber sie wollten keine Bücher.

Als Avery und Alex bei Hunter ankamen, war es bereits später Nachmittag. Hunter öffnete die Tür, wieder einmal übersät mit frischen blauen Flecken, einem weiteren blauen Auge und nun auch mit Bissspuren an den Armen.

„Wow. Du siehst ja übel aus", begrüßte ihn Alex.

Hunter grinste und ließ sie herein. Sein Grinsen ließ seine Lippe aufplatzen und sie begann wieder zu bluten. „Autsch.

Danke. Bring mich nicht zum Lachen. Warum seid ihr nicht so ramponiert und voller blauer Flecken wie Piper und ich?“

„Wir haben seelische Narben sowie jede Menge Schnitte, Kratzer und blaue Flecken, danke sehr.“

Avery fügte hinzu: „Und genug Erinnerungen, um mir für den Rest meines Lebens Albträume zu bescheren.“

„Wohl wahr!“ Er führte sie in die Küche. „Bier oder Tee?“

Alex schnaubte. „Bier! Es ist fast fünf.“

Er reichte ihnen je eine Flasche und öffnete eine für sich selbst. „Das war wahrscheinlich die seltsamste Nacht meines Lebens. Und das will was heißen, nach dem, was bei Castlerigg passiert ist.“

Piper kam zu ihnen, ihr Haar jetzt in einem grellen Purpurrot, das zu dem langen Schnitt passte, der sich über ihren Arm zog. „Letzte Nacht war der Wahnsinn! Meine Haut kribbelt immer noch von all der Magie.“ Sie kniff sich in den Arm. „Sie ist genau hier! Und diese Geister in der Stadt! Ich kann es immer noch nicht fassen.“

Avery stimmte zu. „Da bist du nicht die Einzige. Überall war zu viel Magie. Unsere, Suzannas, die Magie der Wilden Jagd ... Wer hat dich erwischt?“

Piper schüttelte den Kopf. „Irgendein Reiter mit einem riesigen Schwert. Ich hab es geschafft, ihm in den Knöchel zu beißen. Feste.“

Avery sah sich um. „Wo ist der Rest von eurer Truppe?“

„Sind im Morgengrauen zurückgefahren. Sie wollten nicht zu lange wegbleiben, falls es zu einer Meuterei kommt“, erklärte Hunter. Er lehnte sich nachdenklich gegen die Theke. „Waren das Feen im Hain? Das Feenvolk? Und wer war der Kerl mit dem Geweih?“

Avery antwortete. „Das war Herne der Jäger. Der Gott der Jagd, der Gefährte der Göttin. Und ja, es waren Feen mit ihm, und ja, sie brachten ihre ganz eigene, wilde, chaotische Magie mit."

Alex pflichtete ihr bei. „Zu wild. Sie war für uns unvorhersehbar, unkontrollierbar."

„Ich konnte es hier spüren." Hunter klopfte sich auf die Brust und den Kopf. „Es hat all meine Kraft gekostet, dem Drang zu widerstehen, einfach loszurennen."

„Es ist leicht zu verstehen, warum normale Leute keine Chance hätten, wenn die Wilde Jagd durch die Landschaft und die Straßen tobt", sagte Alex. „Sie würden verrückt werden, vor Schreck sterben oder einfach vor Angst erstarren und darauf warten, niedergemetzelt oder mitgerissen zu werden. Ohne unsere eigene Magie und unsere übernatürlichen Fähigkeiten hätten wir keine Chance gehabt." Er atmete schwer aus. „Je mehr ich darüber nachdenke, desto mehr wird mir bewusst, was für ein Glück wir hatten."

„Verehrt ihr nicht Herne und die Göttin?", fragte Piper.

Alex stöhnte. „Verehren ist ein interessantes Wort. Manchmal bitten wir sie, unsere Magie zu unterstützen, aber wir beten sie nicht an. Bei der Hexerei verbeugt man sich nicht vor Göttern. Magie funktioniert ganz von allein."

Avery stimmte zu. „Wir besitzen und beherrschen Elementarmagie, wir brauchen keine Götter, aber manchmal stellen wir die Götter gerne zufrieden. Sie sind da draußen — in allem, wenn man dem heidnischen Glauben anhängt. Aber sie haben ihre eigenen Pläne, wie du letzte Nacht gesehen hast."

Piper war immer noch verwirrt. „Also ist Suzanna zur Alten geworden?"

„Sie hatte den Aspekt der Alten der Dreifaltigen Göttin angenommen, ihn aber für ihre eigenen Zwecke missbraucht, und ja, Herne hat die Göttin in ihr erkannt. Götter haben viele Gesichter. Und ich werde Herne wahrscheinlich nie wieder anrufen", sagte Avery mit Gewissheit. „Es ist leicht, ihnen menschliche Gefühle zuzuschreiben, aber sie sind nicht menschlich, und die letzte Nacht war eine gute Erinnerung daran. Sie können grausam und gleichgültig gegenüber unseren kurzen Leben sein."

Piper sagte: „Eure Hohepriesterin, sie hat den ganzen Unterschied gemacht. Und die Nephilim. Ansonsten hätten diese entkommenen Jäger allein schon genug Chaos angerichtet."

Sie schwiegen alle einen Moment lang und dachten über ihre große Flucht nach, und dann lachte Hunter. „Aber was für ein Anblick! Es war verrückt, aber unglaublich – wie aus einem Märchenbuch! Definitiv etwas, das man dem Rudel bei einem Drink am Feuer erzählen kann. Wenigstens hat es das nicht in die Nachrichten geschafft."

Avery musste zustimmen. „Stimmt. Es ist besser, wenn Geister in den Nachrichten sind als ein riesiger Hexenzirkel, der die Wilde Jagd wegzaubert."

Alex deutete auf die Kisten im Raum. „Also, ihr geht dann?"

„Sieht so aus."

„Wir bleiben aber in Kontakt", sagte Piper lächelnd. „Wenn ihr jemals ein Rudel braucht, ruft einfach an."

„Dasselbe gilt für euch", sagte Avery und lächelte zurück. Trotz ihrer schnippischen Art war Piper ihr ans Herz gewachsen, und sie würde es tatsächlich vermissen, die beiden nicht mehr zu sehen. „Ihr nehmt Briar nicht mit?", fragte sie und fragte sich halb, ob sie gehen würde.

Hunter schüttelte traurig den Kopf. „Ich weiß, wann ich geschlagen bin. Dieser blöde Newton musste sich ja unbedingt verletzen, nicht wahr? Sie ist wegen ihm völlig fertig."

„Hunter!", rief Piper empört. „Er ist ihr Freund und er ist fast gestorben!"

„Versteh mich nicht falsch, ich bin froh, dass es ihm gut geht, aber, naja, du weißt schon." Er zuckte mit den Schultern und grinste dann. „In der Liebe und im Krieg ist alles erlaubt. Er sollte sie besser gut behandeln, sonst komme ich zurück und versuche es noch einmal."

Während Avery ihn beobachtete, mit einem wölfischen Funkeln in den Augen und seinem zur Schau gestellten Alpha-Gehabe, wusste sie, dass er es ernst meinte. Newton sollte sich besser über seine Gefühle klar werden, sonst würde er Briar für immer verlieren.

Am Samstagabend war Avery auf einer ganz anderen Halloween-Feier. Es war die Nacht des städtischen Freudenfeuers, und sie befand sich in der Menschenmenge auf dem Schlossgelände und wartete darauf, dass Stan mit der Zeremonie begann.

Sie lehnte sich an Alex' Seite, schlang den Arm um seine Taille und zog ihn so fest an sich, dass er sich beschwerte. „Ich kriege keine Luft, du Verrückte." Er küsste sie auf den Scheitel.

Sie sah zu ihm auf und bewunderte sein Lächeln, seine dunklen Augen und seine Sanftheit. „Tut mir leid. Ich kann nichts dafür."

„Knuddeln ist schön, aber atmen ist auch wichtig."

Sie lachte und schmiegte sich wieder an ihn. Seit neulich Nacht, als sie alle fast gestorben wären, empfand sie es als großes Glück, ihn als ihren Partner zu haben. Sie waren erst seit vier Monaten zusammen, aber es fühlte sich wie eine Ewigkeit an, und das meinte sie im positiven Sinne. Er brachte sie zum Lachen, kümmerte sich um sie und sorgte dafür, dass sie auf dem Boden blieb. Er hatte ihr Leben einfach verändert. Sie musste immer wieder an das Gespräch im Auto denken, als sie nach Cumbria fuhren, und ärgerte sich über sich selbst, dass sie es immer noch nicht angesprochen hatte. Wovor hatte sie nur solche Angst?

Avery wurde durch einen Ruf von vorne aufgeschreckt und sah dann Stan auf der kleinen, erhöhten Plattform stehen, die als Bühne diente. Er und Becky waren von ihrer kurzen Reise zurückgekehrt, etwas verwirrt darüber, warum sie überhaupt weggefahren waren, und fragten sich auch, warum Suzanna nicht mehr auf seine Anrufe reagierte. Außerdem war er zutiefst enttäuscht, dass er die Geister verpasst hatte. Sie und Alex waren bei ihm gewesen, nur um nachzusehen, ob es ihnen gut ging, und hatten lahme Ausreden im Namen von Suzanna angeboten. Jetzt jedoch trug er wieder sein Druidengewand, und nachdem er seine Rede gehalten und seine Trankopfer dargebracht hatte, wurde das Feuer entzündet, und die Feier begann.

Sie schlenderten durch die Menge und besuchten ein paar Stände, die Apfeltauchen, warmes Essen, Donuts und Glühwein anboten, und fanden dann einen guten Platz, um das Feuerwerk zu beobachten. Mitten im „Ooh" und „Aah" nahm Avery ihren ganzen Mut zusammen und wandte sich an Alex.

„Hast du das ernst gemeint, was du neulich im Auto gesagt hast?"

Er sah sie nachdenklich an. „Was habe ich gesagt? Wann?"

„Du hast zu Hunter gesagt, dass du überallhin ziehen und alles tun würdest, wenn es mich oder irgendjemand anderen, den du liebst, retten würde."

Er schenkte ihr ein halbes Lächeln. „Ja, das habe ich ernst gemeint."

Sie schluckte. „Du liebst mich?"

Er zog sie an sich, blickte ihr in die Augen und streichelte ihre Wange. „Das hast du also gehört? Ich habe mich schon gewundert, weil du nichts gesagt hast, und dachte, vielleicht ist es dir egal." Er sah besorgt aus. „Aber natürlich liebe ich dich. Ich würde alles für dich tun."

Plötzlich wurde Avery von überwältigender Freude durchflutet. Sie strahlte ihn an. „Ich hatte schreckliche Angst, mich verhört zu haben, und wollte mich nicht zum Narren machen. Ich liebe dich auch. So sehr." Sie legte ihre Hand auf seine und stellte sich dann auf die Zehenspitzen, um ihn zu küssen, wobei der Lärm der Menge verblasste, als sie seine Wärme und seinen Kuss genoss.

Als er sie schließlich losließ, grinste er. „Ich dachte schon, du wolltest mir einen sanften Korb geben, so eine scheußliche ‚Wir sind nur Freunde'-Nummer."

Sie stieß ihn gegen den Arm. „Idiot."

„Also keine Zweifel wegen Caspian? Er wartet offensichtlich nur auf die richtige Gelegenheit."

Und da wurde ihr klar, warum er in letzter Zeit so besorgt ausgesehen hatte. „Nein! Bei mir wird er nie die richtige Gelegenheit bekommen, Alex Bonneville!"

Er grinste wieder. „Großartig. Lass uns über eine Reise sprechen, die ich mit dir unternehmen möchte." Und dann schmiegte er sich an ihren Hals, begann ihr ins Ohr zu flüstern und Avery konnte nicht aufhören zu kichern.

Ende von Buch 4 der White-Haven-Hexen. Bitte hinterlassen Sie eine Rezension!

Unsterbliche Magie, Buch 5 der White-Haven-Hexen, ist jetzt im Handel erhältlich.

Es folgt ein Auszug, also lesen Sie weiter.

Newsletter

Wenn Ihnen dieses Buch gefallen hat und Sie weitere meiner Geschichten lesen möchten, auf tjgreenauthor.com. Sie erhalten zwei kostenlose Kurzgeschichten, *Excalibur Rises* und *Jack's Encounter*, sowie kostenlose Charakterbögen für alle Haupthexen von White Haven.

Wenn Sie auf meiner Mailingliste bleiben, erhalten Sie kostenlose Auszüge aus meinen neuen Büchern sowie Kurzgeschichten, Neuigkeiten über Gewinnspiele und die Chance, meinem Launch-Team beizutreten. Ich werde auch Informationen über andere Bücher in diesem Genre teilen, die Ihnen gefallen könnten.

Ream

Ich habe meinen eigenen Abonnementservice namens Happenstance Book Club gestartet. Ich weiß, was Sie jetzt denken! Was ist Ream? Es ist ein bisschen wie Patreon, womit Sie vielleicht vertrauter sind, und es ermöglicht Ihnen, mich zu unterstützen und meine Bücher vor allen anderen zu lesen.

Dafür wird eine monatliche Gebühr erhoben, und es gibt verschiedene Stufen, sodass Sie die für Sie passende Stufe auswählen können. Alle Stufen bieten viele weitere Boni, einschließlich Merchandise für die beiden obersten Stufen, aber eines haben alle gemeinsam: Sie können meine neuesten Bücher lesen, während ich sie schreibe – es handelt sich also um Rohfassungen. Ich werde jede Woche ein paar Kapitel veröffentlichen, und Sie können sie in Ruhe lesen und auch kommentieren. Sie können auch kostenlos Follower werden.

Sie können meine Bücher kommentieren, über Spoiler diskutieren und Teil einer Gemeinschaft sein. Ich werde auch Umfragen und Charakterzeichnungen veröffentlichen, und einige meiner früheren Bücher stehen kostenlos zum Lesen zur Verfügung.

Interessiert? Dann besuche den

https://reamstories.com/happenstancebookclub

Happenstance Book Shop

Ich habe jetzt auch einen fabelhaften Online-Shop namens , in dem du E-Books, Hörbücher und Taschenbücher kaufen kannst, viele davon als Pakete zu tollen Preisen, sowie fabelhafte Fanartikel. Ich weiß, du wirst ihn lieben! Schau ihn dir hier an: https://happenstancebookshop.com/

YouTube

Wenn du Hörbücher liebst, kannst du sie kostenlos auf YouTube anhören, da ich dort alle meine Hörbücher hochgeladen habe. Bitte abonniere meinen Kanal, wenn du das tust. Danke. https://www.youtube.com/@tjgreenauthor

Lies weiter für eine Liste meiner anderen Bücher.

Auszug aus Undying Magic

Avery holte tief Luft und sprach den Zauber aus, den sie inzwischen auswendig kannte. Sekunden später verlor sie das Bewusstsein, und als sie wieder zu sich kam, fand sie sich auf dem Boden wieder, die Wange an den dicken Wollteppich gepresst.

Vorsichtig drückte sie sich hoch, untersuchte sich auf Verletzungen und sah sich dann im Raum um. Sie hatte keine Ahnung, wo sie war, aber das Zimmer war wunderschön mit antiken Möbeln, einem riesigen Bett und teuren Perserteppichen eingerichtet.

Einen Augenblick später hörte sie eine Stimme, leise, aber deutlich. „Avery! Kannst du mich hören?"

Sie seufzte. Sie hasste es, dass sie den Hexenflug nicht beherrschte. „Ja. Ich bin irgendwo in einem Schlafzimmer."

Eine wirbelnde schwarze Wolke erschien vor ihr und manifestierte sich zu dem großen, dunkelhaarigen Caspian Faversham. Er hob eine Augenbraue. „Du scheinst mein Schlafzimmer gefunden zu haben."

Sie funkelte ihn an. „Ich kann dir versichern, das war keine Absicht."

Er grinste. „Das Bett wäre eine weichere Landung gewesen.“ Er streckte ihr die Hand hin, und Avery nahm sie an, als er sie auf die Füße zog.

„Ich wäre schon damit zufrieden, auf meinen Füßen zu landen“, sagte sie spitz.

„Vielleicht möchtest du, dass ich es dir diesmal vorführe? Ich *habe* ja vorgeschlagen, dass das die beste Art ist, es zu lernen.“

Avery seufzte schwer. Sie war nun seit zwei Stunden in Caspians Haus – dem riesigen, das er von seinem Vater Sebastian geerbt hatte – und war der Beherrschung der Fähigkeit kein Stück nähergekommen als zu Beginn.

Seit Caspian bemerkt hatte, dass Avery Hilfe brauchte, hatte er angeboten, sie zu unterrichten, aber sie hatte sich gesträubt. Teils, weil Avery wusste, dass Alex bei dem Gedanken unbehaglich zumute war, seit er erfahren hatte, dass Caspian sie angemacht hatte, aber auch, weil sie nicht wirklich Zeit mit Caspian allein verbringen wollte. Obwohl sie ihm nichts vorwerfen konnte. Er war der perfekte Gentleman gewesen. Aber er war eben auch immer noch Caspian und daher zum Verrücktwerden. Er hatte gesagt, der beste Weg zu lernen sei, den Hexenflug mit ihm zu erleben, aber sie wollte es nicht. Bis jetzt.

Caspian sprach erneut und wiederholte damit ihre eigenen Gedanken. „Avery, ich weiß, du bist eine sture und unabhängige Frau, aber du bist jetzt wirklich kein bisschen weiter als bei deiner Ankunft.“ Er runzelte nachdenklich die Stirn. „Sagst du immer noch diesen Spruch auf?“ Er bezog sich auf den Zauberspruch, den sie in dem alten Grimoire gefunden hatte.

„Ja. Warum?“

„Weil ich, wie ich dir sagte, keinen benutze, und die meisten anderen Hexen auch nicht. Der Spruch, den du gefunden hast, war höchstwahrscheinlich für Hexen gedacht, die keine Meisterinnen des Elements Luft sind, und sollte ihnen daher helfen, den Hexenflug zu bewerkstelligen. Offensichtlich ist er fehlerhaft, und du solltest ihn nicht wieder benutzen. Er behindert deine natürliche Fähigkeit." Er hielt erneut seine Hand hin. „Lass es mich dir zeigen."

Avery starrte ihn ein paar Sekunden lang an und wog ihre Optionen ab, musste aber zugeben, dass er recht hatte. Sie streckte ihre Hand aus, und er hielt sie in seiner kühlen, zog sie näher an sich heran.

„Was machst du da?", fragte sie und wehrte sich.

„Ich verführe dich nicht, ich mache das Leben nur ein wenig einfacher", sagte er mit einem Grinsen.

Er legte seinen Arm um ihre Taille, sodass ihr Rücken gegen seine Brust gedrückt wurde und sein Kinn wenige Zentimeter über ihrem Kopf war. Sie hielt sich steif, sich seiner Nähe unangenehm bewusst.

„So, und jetzt möchte ich, dass du fühlst, wie ich die Luft sammle. Du machst, was du normalerweise tust – zieh sie zu dir und nutze ihre Energie für dich. Aber du musst ein Teil von ihr werden, Avery."

Sie verzog das Gesicht. „Ja, ich weiß, aber ...“

„Aber du überstürzt es. Du musst es kontrollieren. Ich habe dich schon einmal vom Boden abheben sehen. Das hier ist ein ähnlicher Vorgang. Wir gehen in die Küche, die ich mir sehr stark vorstelle. Leiste keinen Widerstand."

Avery spürte, wie Caspians Macht sich ausstreckte und die Luft sich zu sammeln begann. Er zog sie näher, bis sie davon eingehüllt waren, und dann spürte sie, wie die elementare Kraft durch sie zu rauschen begann und ihr Körper sich darin auflöste. Da der Vorgang jedoch von Caspian verlangsamt wurde, konnte sie besser fühlen, wie er funktionierte.

Mit einem Knacken verschwand das Schlafzimmer und wurde durch eine Küche ersetzt. Wichtiger noch, sie stand noch und war bei Bewusstsein.

Avery löste sich von Caspian, der sie immer noch leicht festhielt, und sah sich im Raum um. „Wow. Wir haben es geschafft!"

Er klang ungeduldig. „Natürlich haben wir es geschafft! Ich bin ein Experte."

Sie drehte sich um, ihn anzusehen, und unterdrückte den Drang, seinem arroganten Gesicht eine zu verpassen. „Du hast recht. Mit dir konnte ich besser fühlen, wie es geht."

Er grinste. „Alles ist besser mit mir, Avery."

Sie schnaubte. „Das bezweifle ich."

Er sah immer noch unerträglich selbstzufrieden aus. „Wie du meinst. Und jetzt noch einmal. Aber diesmal mache ich es etwas schneller."

Sie trat wieder in seine Umarmung zurück und fragte sich, an welchem Punkt Zweideutigkeiten mit Caspian normal geworden waren, doch innerhalb von Sekunden verschwand der Raum erneut. Diesmal tauchten sie im Garten wieder auf, mit Blick auf den großen Rasen, der sich bis zu den Sträuchern und Bäumen an der Grundstücksgrenze erstreckte.

Sie fröstelte, als sie von ihm wegging. „Verdammte Scheiße. Es ist eiskalt! Mussten wir nach draußen gehen?"

Er grinste. „Ich dachte, das würde dich motivieren, wieder reinzukommen. Bereit, es alleine zu versuchen?"

Avery nickte. „Ja. Ich kann definitiv spüren, was ich vorher falsch gemacht habe."

„Gut. Wir sehen uns in der Küche." Und damit verschwand er.

Sie holte tief Luft und schloss die Augen, stellte sich Caspians Küche deutlich vor, und dann rief sie die Luft und löste ihr Wesen darin auf. Das inzwischen vertraute, aber unangenehme Gefühl überkam sie, und diesmal landete sie in der Küche, bei vollem Bewusstsein, aber wieder auf dem Boden.

„Mist", rief sie aus.

Caspian lehnte an der Theke und beobachtete sie. „Aber du bist hier und wach! Ich bin wirklich ein großartiger Lehrer."

Avery starrte ihn nur an, während sie aufstand. „Kannst du aufhören, so schrecklich nervig zu sein? Ich werde es noch einmal versuchen. Setz den Kessel auf."

Nachdem sie Caspians Haus verlassen hatte, fuhr Avery zurück nach White Haven und steuerte The Wayward Son an, Alex' Pub, um dort zu Mittag zu essen.

Sie lächelte, während sie durch die Straßen navigierte. Es war ein Donnerstag Mitte Dezember und die ganze Stadt ächzte jetzt unter der Weihnachtsdekoration. Auf dem Marktplatz war ein großer Weihnachtsbaum aufgestellt worden, die Ladenfronten und Restaurants waren mit Lichterketten beleuchtet und die Straßen mit riesigen Weihnachtskugeln und Schneeflocken geschmückt.

Avery liebte Weihnachten. Sie glaubte nicht an Gott oder Jesus und feierte stattdessen die heidnische Wintersonnenwende, aber trotzdem liebte sie es, wie alle zusammenkamen, um die Gesellschaft der anderen zu genießen und sich Geschenke zu machen.

Die verwinkelten Straßen waren voller Käufer, die sich in schwere Wollmäntel oder Daunenjacken gekuschelt hatten. Der Himmel war grau und wolkenverhangen, und ein beißender

Wind schnitt durch die Straßen. Es sah nach Regen aus, und Avery überlegte, dass es vielleicht sogar schneien würde. Obwohl an der Küste der Schnee nie lange liegen zu bleiben schien.

Als sie um die Ecke zum Kai abbog, eröffnete sich ihr die Aussicht und sie sah das Meer, das sich bis zum Horizont erstreckte. Das Meer war so grau wie der Himmel, und Fischerboote schaukelten auf dem starken Wellengang. Avery fröstelte, trotz der Wärme in ihrem Van. Sie fuhr hinter das Pub und quetschte den Wagen in eine Parklücke. Als sie das Pub betrat, schlug ihr das Geplapper der Mittagsgäste entgegen, und sie steuerte die Bar an, um sich an ihren üblichen Platz zu setzen.

Alex, ebenfalls ein Hexer und ihr Freund, zapfte gerade Bier und grinste, als er sie sah. Er arbeitete mit Zee, einem der Nephilim, und einer jungen Frau, die Avery noch nie zuvor gesehen hatte. Das musste entweder Grace oder Maia sein. Alex hatte ihr erzählt, dass er für die Weihnachts- und Neujahrszeit zusätzliches Personal für die Bar eingestellt hatte. Die junge Frau war blond und schien Anfang zwanzig zu sein. Alex hatte gesagt, dass beide an der Universität studierten. Zee fing ihren Blick auf und nickte, bevor er weiter Kunden bediente, und Avery lächelte. Zee hatte jetzt eine Narbe, die über seine linke Wange verlief, nach seiner Begegnung mit der Wilden Jagd einige Wochen zuvor an Allerheiligen. Mit Briars Salben und seiner eigenen unnatürlichen Heilungsfähigkeit war sie bereits erheblich verblasst.

Avery setzte sich auf einen Hocker und blickte sich im Pub an den überfüllten Tischen um. Ein großer Weihnachtsbaum stand in der Ecke des Raumes, geschmückt mit Lichtern und Kugeln, und über der Bar war Lametta aufgehängt. Sie erkannte einige Gesichter, aber es gab auch neue, was für diese Jahreszeit ungewöhnlich war. Die Sommerferienzeit war längst vorbei, und die Schulferien begannen erst in ein paar Wochen. Aber sie wusste, warum der Laden so voll war. Es war derselbe Grund, warum die ganze Stadt seit Wochen so belebt war.

Seit Samhain und dem „Marsch der Geister", wie die Presse es genannt hatte, waren Liebhaber des Paranormalen und Geisterjäger in Scharen angereist. Sie hatten Hotels und Pensionen ausgebucht, und das Heulen von EMF-Messgeräten war in jeder Straße zu hören. Das Ereignis hatte White Haven bekannt gemacht. Das Filmmaterial – zugegebenermaßen lückenhaft – war in den nationalen Nachrichten gewesen, und Interviews mit den Einheimischen hatten über eine Woche lang die Schlagzeilen beherrscht. Ben, Dylan und Cassie, die paranormalen Ermittler, waren ebenfalls interviewt worden, und sie bekamen jetzt Anfragen aus ganz Cornwall. Nationale Reporter waren für ein paar Tage angereist und dann wieder verschwunden, als sie feststellten, dass nichts anderes von Interesse geschah. Aber der stetige Strom anderer Besucher war geblieben.

Avery erlaubte sich ein Lächeln. Der Marsch der Geister hatte Spaß gemacht, besonders nach den Schrecken der Wilden Jagd in der Alten Kirche von Haven. Obwohl sich seitdem kein einziger Geist im Zentrum von White Haven gezeigt hatte. Außer natürlich Helena, ihrer eigenen Hexen-Vorfahrin, die auf dem Scheiterhaufen verbrannt worden war. Sie war jetzt ein Geist, der von Zeit zu Zeit in ihrer Wohnung erschien. Avery hegte den starken Verdacht, dass Helena den Geistermarsch organisiert hatte, um die Aufmerksamkeit aller von der Alten Kirche von Haven abzulenken, falls Geister so etwas wie *Organisieren* taten. Es war eine überraschend großmütige Geste von Helena, falls das der Fall war. Avery nahm an, dass mit dem Ende von Samhain, der Zeit, in der die Schleier zwischen den Welten dünner wurden, die Gelegenheit für ein solches Massenereignis verstrichen war. Es gab jedoch immer noch Geistersichtungen, Spuk, Poltergeister und andere ungewöhnliche Geisteraktivitäten an bestimmten Orten.

Avery wurde aus ihren Träumen gerissen, als Alex ein Glas Rotwein vor sie stellte. Sein dunkelbraunes, schulterlanges Haar war offen, und wie üblich hatte er Stoppeln an Unterkiefer und Kinn. „Hi, Wunderschöne. Wie ist dein Hexenflug gelaufen?"

Sie lächelte. „Sehr gut. Ich kann es! Ich zögere, das Wort *meistern* zu benutzen, aber ich werde nicht mehr ohnmächtig."

Er grinste und beugte sich näher zu ihr. „Großartig. Ich wusste, dass du es schaffst. Und ich erwarte, dass du es mir später zeigst."

„Natürlich. Wie macht sich deine neue Angestellte?" Avery nickte in Richtung der Blondine.

„Das ist Grace. Sie ist ein bisschen langsam, aber das lernt sie noch. Sie ist sehr charmant, und ich bin mir ziemlich sicher, dass sie sehr gut darin ist, die übereifrigen Gäste abzuwimmeln." Er runzelte die Stirn und wechselte das Thema. „Wie war Caspian?"

„Sehr hilfreich. Ich habe den Zauber aus meinem Grimoire zwar nicht gebraucht, aber seine Anleitung schon."

„Hat er irgendetwas bei dir versucht?"

Avery wusste, dass Alex über Caspians übermäßige Vertrautheit mit ihr verärgert war, und sie versuchte, ihn zu beruhigen. „Nein. Er war der perfekte Gentleman und wie immer sehr nervig."

„Gut." Alex sah erleichtert aus und zog eine Speisekarte vom Tresen. „Such dir einen Platz und ich komme in einer Minute zu dir."

„Bist du sicher, dass du die Zeit entbehren kannst? Es macht mir nichts aus, wenn du zu beschäftigt bist." Sie blickte sich wieder im Raum um. „Es sind heute eine Menge Leute hier!"

„Und mein Barpersonal kommt mit dem Andrang sehr gut zurecht", sagte er mit einem Augenzwinkern. „Außerdem habe ich Neuigkeiten."

Avery ging in den kleinen Nebenraum, den Alex mit einem Zauber belegt hatte, damit es dort ruhig blieb – ein Zufluchtsort für die Einheimischen – und fand einen Tisch unter dem Fenster mit Blick auf den kleinen Innenhofgarten, der heute bis auf zwei hartgesottene Raucher, die unter einer bunten Lichterkette saßen, menschenleer war.

Avery hatte kaum Zeit gehabt, sich für ihr Mittagessen aus Suppe und Knoblauchbrot zu entscheiden, als Alex wieder auftauchte, ihre Bestellungen aufgab und sich ihr dann mit einem Pint gegenübersetzte.

„Also, was sind deine geheimnisvollen Neuigkeiten?", fragte Avery, die dachte, es ginge um den Pub oder ihre Weihnachtspläne. Sie hatten noch nicht entschieden, wie sie das Fest verbringen wollten, überlegten aber, ob sie zu Reuben fahren sollten, ihrem Surfer-Freund und reichen Hexer, der auf Greenlane Manor lebte.

Er seufzte, starrte einen Moment auf den Tisch und blickte dann auf, wobei sich ihre Blicke trafen. „Du weißt doch, dass wir dachten, Gabe, Zee und die anderen Nephilim hätten die beiden Feen getötet, die den Schutzkreis durchbrochen haben?"

„Ja." Avery zögerte. „Na ja, nicht so sehr vermutet. Gabe hat gesagt, dass sie es getan haben."

„Tja, er hat gelogen. Eine von ihnen wurde getötet, die andere hat überlebt."

Avery hätte vor Schreck beinahe ihr Getränk fallen lassen. „Was meinst du damit? Eine Fee ist am Leben, hier in White Haven!" Sie sah sich um, als würde sie erwarten, die Fee an der Bar sitzen zu sehen, wie sie zwanglos mit den Einheimischen ein Getränk teilte.

Alex lachte kurz auf, bevor er todernst wurde. „Nein, sie ist nicht hier. Gabe hält sie in dem alten, knarrenden Bauernhaus am Rande des Moors gefangen, in dem sie leben."

„Die Fee ist eine *sie*? Und woher weißt du das?" Averys Herz begann vor Sorge und Ärger zu hämmern.

„Zee hat es mir erzählt. Er ist nicht glücklich darüber. Er will, dass ich ‚etwas unternehme'."

Avery runzelte die Stirn und nahm einen großen Schluck Wein, um ihre Gedanken zu ordnen. „Aber seit Samhain sind fast sechs Wochen vergangen! Er hat sie die ganze Zeit gefangen gehalten? Das ist schrecklich!"

Alex zuckte mit den Schultern. „Tja, ja und nein. Wäre es dir lieber, sie wäre tot?"

„Na ja, wenn sie im Kampf getötet worden wäre, wie ich es erwartet hatte, ja. Sie hat uns angegriffen! Sie war Teil der Jagd!"

„Nun, laut Zee greift sie niemanden mehr an. Sie will nur hier raus und versuchen, ihr Leben zu retten."

Averys Gedanken spielten verrückt und sie lehnte sich in ihrem Stuhl zurück. „Weiß Gabe, dass du es weißt?"

„Noch nicht." Alex beobachtete sie, seine dunklen Augen nachdenklich. „Aber ich werde ihn heute Abend besuchen gehen, wenn Zee mit seiner Schicht fertig ist. Willst du mitkommen?"

„Verdammt, ja! Ich brenne darauf, zu ihnen zu fahren. Gabe war sehr geheimnistuerisch."

„Deshalb gehe ich mit Zee hin", erklärte Alex. „Ich will sichergehen, dass ich warm empfangen werde."

„Er lässt uns vielleicht trotzdem nicht rein. Tatsächlich könnte er stinksauer auf Zee sein."

„Zee ist ein großer Junge. Ich bin sicher, er wird damit fertig", sagte Alex und verstummte dann prompt, als ihr Essen von einer nervösen Grace gebracht wurde.

Sie lächelte, als sie ihnen die Teller hinstellte, und Avery stellte sich vor.

Grace nickte und sagte: „Schön, dich kennenzulernen, Avery. Ich habe schon alles über dich gehört! Bis zum nächsten Mal."

Als sie wieder zur Bar verschwunden war, sagte Avery: „Ich nehme an, sie weiß nicht, dass wir Hexen sind."

Alex schüttelte den Kopf. „Sie weiß auch nicht, dass sie mit einem Nephilim zusammenarbeitet. Das wissen nicht viele." Er zwinkerte. „Es gibt einige Dinge, die ich gerne geheim halte."

Anmerkung der Autorin

Vielen Dank, dass du *All Hallows' Magic* gelesen hast, das vierte Buch der „White Haven Witches"-Reihe. Ich liebe Halloween und die magischen Legenden, die sich um diese Nacht ranken. Ich dachte, das wäre ein großartiges Thema für meine Reihe. Es hat Spaß gemacht, mich über Druiden, Eiben, die Wilde Jagd und Ley-Linien zu informieren.

Nochmals vielen Dank an Fiona Jayde Media für mein fantastisches Cover und an Kyla Stein von Missed Period Editing für ihre fabelhaften Lektoratsfähigkeiten.

Danke auch meinen Beta-Lesern, ich bin froh, dass es euch gefallen hat; euer Feedback ist wie immer eine große Hilfe!

Vielen Dank auch an mein Launch-Team, das mir wertvolles Feedback zu Tippfehlern gibt und bereit ist, zum Erscheinungstermin eine Rezension zu schreiben. Sie waren wieder einmal fantastisch. Es ist schön, von ihnen zu hören – ihr wisst, wer gemeint ist! Ihr seid großartig! Ich liebe es, von all meinen Lesern zu hören, also freue ich mich, wenn ihr euch bei mir meldet.

Wenn du etwas mehr über die Hintergründe der Geschichten lesen möchtest, besuche bitte meine <u>Webseite</u> , auf der ich über die Bücher, die ich gelesen habe, und die Recherche, die ich für die Reihe durchgeführt habe, blogge – dort gibt es übrigens auch eine Menge Material zu meiner anderen Reihe, Rise of the King.

Wenn du mehr von meinen Texten lesen möchtest, Wenn du meinen Newsletter abonnierst, erhältst du eine kostenlose Kurzgeschichte mit dem Titel *Jack's Encounter*, die beschreibt, wie Jack Fahey kennengelernt hat – eine längere Version des Prologs in *Call of the King*. Außerdem bekommst du eine KOSTENLOSE Ausgabe von *Excalibur Rises*, einer Kurzgeschichte, die als Prequel dient.

Du erhältst außerdem kostenlose Charakterbögen zu all meinen Hauptfiguren aus White Haven Witches und White Haven Hunters – exklusiv für meine E-Mail-Liste!

Wenn du auf meiner Mailingliste bleibst, erhältst du kostenlose Auszüge aus meinen neuen Büchern sowie Kurzgeschichten und Neuigkeiten zu Verlosungen. Ich werde auch Informationen über andere Bücher in diesem Genre teilen, die dir gefallen könnten.

Ich freue mich darauf, dass du dich in meine Mailingliste einträgst.

Über die Autorin

Ich bin in England aufgewachsen und lebe jetzt an der Algarve in Portugal, zusammen mit meinem Partner Jason und meinen Katzen Sacha und Leia. Wenn ich nicht gerade schreibe, findet man mich in ein Buch vertieft, bei der Gartenarbeit oder beim Yoga. Und vielleicht gönne ich mir auch eine kleine Shopping-Therapie!

In einem früheren Leben war ich Sängerin in einer Band und habe in einer Theatergruppe mitgespielt – beides hat eine Menge Spaß gemacht.

Momentan arbeite ich an weiteren Büchern der „White Haven Witches"-Reihe, denke über ein Prequel nach und plane Spin-offs.

Folgt mir doch auf Social Media, um über meine Neuigkeiten auf dem Laufenden zu bleiben, oder tretet meiner Mailingliste bei – ich verspreche, ich spamme nicht!

f   facebook.com/tjgreenauthor/

P   pinterest.pt/tjgreenauthor/

d   tiktok.com/@tjgreenauthor

▶   youtube.com/@tjgreenauthor

g   goodreads.com/author/show/15099365.T_J_Green

instagram.com/tjgreenauthor/

bookbub.com/authors/tj-green

https://reamstories.com/happenstancebookclub

Weitere Bücher von T J Green

Rise of the King-Reihe
Eine Jugendbuchreihe über einen Teenager namens Tom, der berufen wird, König Artus zu wecken. Es ist ein spannendes Abenteuer über König Artus in der Anderswelt.
Call of the King #1
The Silver Tower #2
The Cursed Sword #3

White Haven Witches-Reihe
Hexen, Geheimnisse, Mythen und Folklore, angesiedelt an der Küste von Cornwall.
Buried Magic #1
Magic Unbound #2
Magic Unleashed #3
All Hallows' Magic #4
Undying Magic #5
Crossroads Magic #6
Crown of Magic #7
Vengeful Magic #8

Chaos Magic #9
Stormcrossed Magic #10
Wyrd Magic #11
Midwinter Magic #12
Sacred Magic #13
Cinderveiled Magic #14
White Haven and the Lord of Misrule Novelle

White Haven Hunters
Das actiongeladene Spin-off mit Shadow und den Nephilim.
Spirit of the Fallen #1
Shadow's Edge #2
Dark Star #3
Hunter's Dawn #4
Midnight Fire #5
Immortal Dusk #6
Brotherhood of the Fallen #7

Storm Moon Shifters
Paranormale Krimis rund um das Wolfswandler-Rudel Storm
Moon.
Storm Moon Rising #1
Dark Heart #2
Wolfshot #3

Moonfell Witches

In dieser Reihe geht es um die geheimnisvollen und magischen Hexen, die in Moonfell leben, dem weitläufigen gotischen Herrenhaus in London. Sie traten erstmals in *Storm Moon Rising*, dem ersten Band der *Storm Moon Shifters*, auf, und dann in *Immortal Dusk*, dem sechsten Band der *White Haven Hunters*. Die Reihe enthält Charaktere aus beiden Serien. Diese Reihe kann jedoch auch unabhängig von den anderen gelesen werden.

The First Yule #0.5 Novelle

Triple Moon: Honey Gold and Wild #1

Amber Moon: Secrets, Ink, and Firelight #2